创意写作书系

创意写作思维训练

丁伯慧◎著

Creative
Writing
thinking training

中国人民大学出版社
·北京·

本书系 2021 年重庆市高等教育教学改革研究重点项目《新文科背景下作为通识教育的创意写作教育教学实践与探索》（项目编号：212160）的研究成果。

前言

几年前，我带着一个写作项目组的学生，去重庆合川的涞滩古镇采风。我们尝试以涞滩古镇为背景或者素材，写一部小说。这个项目组的学生大都是刚进大学的大一新生。他们对一切都感到新奇，对于老师带他们去一个古镇采风也表现出了非常高的积极性。然而，当我带着他们在古镇上行走，并要求他们准备写一部小说的时候，他们脸上的笑容不见了，变得愁容满面。他们的脸上就像涞滩春天的黄桷树一样，转眼之间就脱掉旧叶、换上新叶。我问他们：写作难道不应该是一件更令你们兴奋和快乐的事吗？为什么愁眉苦脸？学生开始扳着手指头说，首先要找到中心思想，然后要准备一个值得别人学习的好人，还要构思一个有正能量的故事……这一切，想想都发愁。

我立即明白了他们发愁的原因：他们又回到了中学的语文课堂，打算按照中学的作文模式写一篇文章。那个时候，我认识到一个问题：比起写作技巧来，他们更需要解决的问题，是关于写作的思维问题、对写作的认识问题，以及如何拥有正确的写作心理。就在那个时候，我萌生了要开一门“创意写作思维训练”课的想法。

创意写作进入中国，是最近十几年的事。这十几年来，在大学校园里，关注创意写作的人越来越多。创意写作由当初的无人问津，变成了文学教育工作者眼中的“显学”。然而，中国的创意写作工作者在进入这个领域伊始，就面临着一个大问题：很多的创意写作课程，都是由完全没有写作经验的人来教。这就好比是一个不会游泳的人要教会别人游泳一样，是一件非常尴尬的事。我们知道，创意写作的肇始之地是美国，而美国创意写作的最大特点就是：教学者既是学者，更是作家。他们拥有丰富的创作经验，同时又对写作有着深刻的理论思考。而在中国，传统的汉语言文学的教学模式，就好比是一个站在牛跟前的人，来给人介绍牛是一种什么样的动物。他们只能介绍牛的外貌。而作为一名写作者，光了解牛的外貌是不够的，还需要庖丁解牛，了解牛的内部构造。很多同行都意识到，思维能力的培养才是创意写作的核心部分。然而，他们都只是作为研究者来了解写作思维，这就如同只站在牛跟前介绍牛。

我们的这门“创意写作思维训练”课，就是在这种背景下开设的。作为三所大学创意写作学科以及这门课的开创者，我从一开始就非常明确地知道，这门课的主要目的，是将一名写作者由写作文的人，变成创作的人。

所谓创作，顾名思义，就是创造性写作。而创造性原本是写作的应有之义。然而，长期以来，传统的作文教育强调模式化，形成了某种可以“得高分”的模式化写作，把写作变成了一项粗鄙的活动。这不仅让写作者丧失写作的快乐，还使写作变得固化，缺乏创造性。而创造，原本就是人类探索世界、解读世界的乐趣之一。写作活动亦然。只有让创造能力成为写作的基本能力，让创造贯穿写作的全部过程，写作者才会找回写作所拥有的乐趣。而创造能力的关键，又在于思维能力。从某种意义上说，写作的思维能力，既是对写作规律的掌握能力，又是写作过程中的创造能力，还是对写作前、写作时创作者心理的认识能力。因此，这门课程主要就是围绕这几个部分展开的。

我们把创意写作思维分为三大阶段。第一阶段是“写作前：如何让自己成为‘写作人’”。这个部分主要是让写作者了解写作和创造性本身。我们让他们了解的方式不是说教，而是通过具体的案例，让他们在讨论中发现写作原本应该有的样子。第二阶段是“写作时：技巧，以及那些比技巧更重要的东西”。在这一部分，我们继续打开牛的身体，甚至钻到牛的肚子里，去探索文学的语言、素材的来源和处理、思想的发现和表现、故事的走向以及主宰我们写作走向的“看不见的手”。这一部分是课程的主干部分，也是核心内容。第三阶段是“写作之外：是什么在影响你的写作”。传统的说法是“诗的功夫在诗外”，其实所有的写作皆是如此。但是，在这里，我们并没有打算去重复那些论调，或者把前人已总结的那些道理再讲解一遍。我们要用更具象的方式，去探讨写作者可能遭遇的一系列与写作有关的相关问题：如何确定自己的写作方向；写作前后遇到的困境，这种困境既有物质的也有精神的；如何才能成为更好的写作者；决定一名写作者站多高、走多远的关键因素是什么。

现在，我们看到了，作为创意写作领域的一门课，这门课和传统的汉语言文学课程以及写作课的区别所在：这门课从学生那里发起，由学生自己来解决问题，学生们相互激发，实现共同重建创作思维的目标。甚至从某种意义上说，有了正确的方法，学生都可以自行学习。

这门课开课的第一年，就受到了学生的热烈欢迎。我在第一节课的开始，就开门见山地告诉学生：这门课上，不要指望我能“给”诸位什么东西；恰恰相反，我的目的是要“拿走”诸位的东西，要把你们长期以来在作文教育中养成的思维模式“拿走”。随后，我所负责的创意写作学院的其他老师也开始开设这门课。我们的课堂变成了头脑风暴。学生们在课堂上反应积极，讨论热烈。关于这门课，我给老师们提出了一个基本要求：老师自己尽量少说话，让学生多说话。让他们相互激发，自我发现，最终实现自我觉醒。我们后来发现，这门课比传统的虚构写作、非虚构写作等课程更有效果。学生就像武侠小说中所说的那样，被“打通了任督二脉”，眼前豁然开朗。很多学生很快就开悟了。在后来的阅读课、故事课以及工坊课等课程中，他们事半功倍，得心应手而又自得其乐。他们终于开始快乐地学习写作，快乐地写作。他们的写作热情已经被激发。

经过几年的教学实践，我们觉得这门课就像夏天的西瓜，已经到了瓜熟蒂落的时候了。就在这个时候，世界华文创意写作协会会长、中国创意写作的先行者之一、上海大学的葛红兵教授，以及葛教授的高足、长期致力于创意写作研究的刘卫东博士和我聊起了这门课。他们说，现在有很多创意写作界同行都想开这门课，但是不知道如何开。他们鼓励我写一本有关创意写作思维的训练指南，说这有利于创意写作在中国的推广。我被他们打动了，于是开始在繁忙的教学和创作之余抖擞精神，完成这项艰难而又有价值的工作。

我期待着这本书对于打算开“创意写作思维训练”课程的老师、需要提高写作能力的大学生，以及所有热爱写作的人，能够起到一点作用。

使用之前

因为这本书主要针对初学写作者尤其是大学生，所以需要先强调一下使用条件和使用方法。

以课堂教学为例，教师需要将课堂变成一个团队，建立团队规则。正式授课前，教师需要以灵活的形式让所有参与者进行自我介绍，以活跃气氛，营造课程氛围，同时使所有参与者相互了解和认识。课程开始的几周，可以让每位参与者在座位上放置简易座位牌，便于相互认识。教师还可以建立 QQ 群或微信群，方便线上交流和布置作业。教师需要强调，所有参与课程的人要积极发言和反馈信息。上课时，大家需要带纸笔或者电脑，方便随时练习。

学习方式主要是课堂讨论、思维分享以及辩论陈述等形式，适合三十人以内的小课堂。课堂的座位摆放通常有两种形式：一是 U 形，即将所有座位摆放成 U 形，教师则坐在 U 形入口处或在圈内走动。基本要求是，课堂上的每一个人能够看到其他所有人。二是分组，即四五位参与者围成半圈坐在一起，组成小组。一般课堂内可以有四五个小组，便于讨论。

写作者需要一定的阅读量。建议书目如下：

中国古典文学：《聊斋志异》《红楼梦》《世说新语》《镜花缘》。

中国现当代文学：《边城》《我这一辈子》《青衣》《活着》《金锁

记》《黄金时代》《檀香刑》。

外国文学：《变形记》《局外人》《献给艾米丽的一朵玫瑰花》《百年孤独》《老人与海》《金阁寺》《雪国》《忏悔录》《悲惨世界》《瓦尔登湖》《红与黑》《恶童三部曲》《了不起的盖茨比》《蝴蝶梦》《赫索格》《傲慢与偏见》《安娜·卡列尼娜》《麦田里的守望者》《一个陌生女人的来信》《逃离》《我的名字叫红》《不能承受的生命之轻》《包法利夫人》。

以上这些作品作为课程的基础，参与者可以在授课过程中渐次阅读。有些作品会在授课时使用。

每次课后，教师会留有思考题、练习题或写作题。思考题、练习题或写作题会在下一次课开始时分享和点评，并由此切入下一次课程。

对于自学写作的人，也可以按照本书的设计进行训练，可以几个人一起学习，也可以自行学习。

目录

第一阶段
写作前：如何让自己成为“写作人”

第二阶段
写作时：技巧，以及那些比技巧更重要的东西

第一阶段

写作前：如何让自己成为“写作人”

第一章

创作与创意写作

创作到底是什么？这看起来是一个不需要回答的问题。但在实际的创作过程中，我们会发现，这个问题非常重要。很多人是在还没弄清楚这个问题的情况下，就开始写作，因而从一开始就走了弯路。甚至很多人写了很多年了，还在问：小说到底是什么？散文到底是什么？诗歌到底是什么？弄清楚创作是什么，会让写作者尽早建立创造意识，让创造成为写作的一种本能。因此，在开始写作前，这个追问就不是可有可无的了。另外，对于很多人来说还很神秘的创意写作到底是什么？创意写作和传统的写作到底有什么不同？

我们试着一起从作品诞生的过程来探讨：创作到底是一种什么样的活动。

第一节　作文与创作：作品诞生的思维路径

写作训练

父亲告诉我，农村老家的老屋进了小偷。老屋已经多年没人住了，是叔叔在帮着照看。小偷是村里的一个年轻人。那人从小娇生惯养，因为偷东西进过监狱，出来后又开始偷东西。

根据这件事，思考一下，可以写点什么？

传统的作文模式中，写作者的思维会是这样的：写一个故事来描述那个小偷是怎样一步步堕落成小偷的。最后阐述自己的“主题思想”：人只有不停地自我反省，严格要求自己，才能避免成为对社会有害的人。或者是，一个家庭，没有好的家庭教育，从而让一个孩子一步步堕入歧途，最后变成罪犯。总之，是“一个罪犯是如何养成的”。

思维开放一点的写作者则会这样来构思：那个小偷其实是个好人。他偷东西是为了帮助别人。

总而言之，他们习惯于先有一个道德观念，然后构思一个故事去进行道德评判。这是一种目标非常明确的写作方式，也是传统作文标准的写作方式，即：围绕某个“中心思想”来做证明题。这种写作的思维方式有什么问题？最大的问题就是，脱离了创作应有的规律，其结果就是，容易让写作从内容到形式都变得单一，从而缺少创造性。也就是说，会使写作者可以使用的写作内容和方法都变得有局限性。

那么，一部作品，从开始构思到完成，思维的基本路径是怎样的？

首先，面对一个素材，写作者会凭着自己的本能，去看看有什么能打动自己的东西。如果有东西打动自己了，就意味着可以写点什么了。比如说，上面所提供的这个素材，最引起我们注意的，可能是其中的“农村的老屋”或者别的什么。我们假设是“农村的老屋”，而且老屋多年无人居住。我们会联想到现在的乡村的状况，“老屋”可能就是一种象征。

接下来，我们会对这个素材进行深入挖掘，并在挖掘过程中进行思考，最终有所发现。发现是创意的重要部分。这个“发现”最关键的是：要有新意，是别人没有写过的。正如米兰·昆德拉所说：“发现唯有小说才能发现的东西，乃是小说唯一的存在理由。一部小说，若不发现一点在它当时还未知的存在，那它就是一部不道德的小说。”①

现在，我们的思维把我们带入一个广阔的社会背景中：当下中国城市化进程中，乡村正逐渐变得人烟稀少，以前热闹非凡的乡村在逐渐没落。随后，我们针对自己的发现，再深入思考。例如，我们会想到，既然乡村的人大部分都进城了，那么留下来的会是些什么人呢？这些人的生存状况是怎样的？在这个思考过程中，我们逐渐找到我们想探索的核心：乡村正在消失。这种消失不光是物质意义上的，可能还是精神意义上的。同时，在这个思考过程中，我们还可以去寻找一些相关素材，了解中国乡村的现状。当然，还可以有一些细节性的发现，例如：村庄没落的另一个标志，是那些以前已经消失的动物（包括野猪、狐狸、兔子）又回来了。人与自然在相互调节……这些新素材的发现可以丰富和充实我们的作品。

再接下来，我们回到素材中的故事。“小偷”在现在的乡村其实没有什么可偷的，那么，素材里的“小偷”会偷什么？我们渐渐有了核心的人物和故事。我们需要继续思考的问题是：怎么写？如何用更好的形式来进行表达？我们需要考虑人称、故事视角、写作手法等问题，需要有个大致的故事线索和结构。

这些都确定之后，写作的过程就变成了我们探索的过程。我们在这个广阔的社会背景之下，循着逐渐清晰的人物和故事，和读者一起探索，一步步前进，最后完成整部作品。

我们发现，真正的创作过程就是一个发现和探索的过程。在这个过程中，一名写作者无时无刻不面对着一个问题：如何让自己的作品在内容和形式上更有创造性？而写作的过程，其实就是一个创造的过程。我们正是在写作的过程中，一步步地进行探索。

这就是传统的作文和创作的最大区别：前者是有某种有明确目的

---

① 昆德拉．小说的艺术．董强，译．上海：上海译文出版社，2012：5.

性、主题性的写作，写作的目标就是为了实现某个确定性主题；写作者对于自己想要表达的东西，可能一开始就有着明确的确定性认知。创作则是一种探索的过程，这种探索本身就是一种创造，既探索写作素材中未知的世界，又建造一个新的世界。创作者在写作之前，大都没有某种确定性的明确主题，甚至没有确定的人物和故事，人物和故事也是在创作过程中逐渐变得清晰起来。

另外，按照米兰·昆德拉的说法，“小说审视的不是现实，而是存在。而存在并非已经发生的，存在属于人类可能性的领域：所有人类可能成为的，所有人类做得出来的”①。而在小说中，“人类可能性的领域”，也就是现实世界中并未发生甚至不会发生的事情，正是需要我们通过写作去探索的。

写作练习

> 读中学的时候，一位同学突然休学了。这几年里，关于他休学的传言很多。最广泛的说法是他父母离婚了。几年以后，再次见到他时，他已经是一所著名大学的学生了。

根据这个题材展开思考，你要创作一部什么样的小说？写出自己的构思，尤其是自己的“发现”。

完成构思后，所有人可以一起分享一下：大家的思维模式有什么不同？你的思维模式和之前有什么不同？可以自己记录下来这种思维模式的反差和变化。然后，找时间阅读威廉·福克纳的《献给艾米丽的一朵玫瑰花》，尝试思考一下：这部小说的构思过程是怎样的？如果是你自己写，会写成一部什么样的小说？

第二节 创作是一项什么样的活动

现在，我们需要思考一个问题：创作到底是什么？我们从作者和读者的角度提供几种思考。这几种思考可能是渐进的，也有可能是交

---

① 昆德拉．小说的艺术．董强，译．上海：上海译文出版社，2012：47.

义的。如图 1－1 所示：

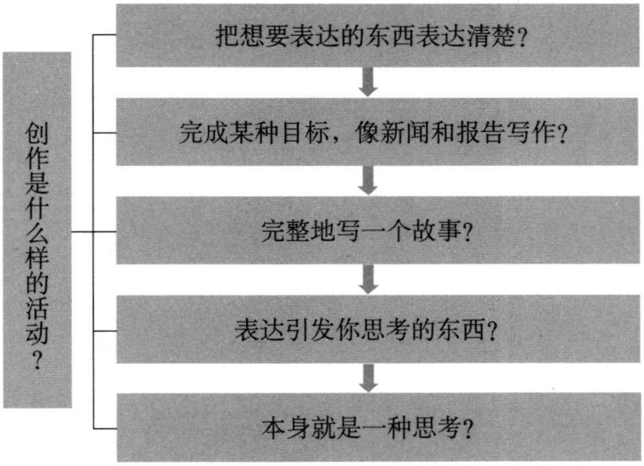

图 1－1　创作是什么样的活动？

1. 创作是否就是把想表达的东西表达清楚？

信息传递是文字的基本功能之一，写作亦如是。我们所有人的写作，都是从学会清楚地表达开始。无论是一个字、一个词、一个词组，还是一个句子、一段话，都从传递信息的功能开始。因而，在中小学，写作的最初要点都是从清楚地表达开始。

例如，要写一个人的妈妈去世了，他坐在妈妈的遗体边，却并不悲痛。从写清楚的角度，这样表达就可以了：

> 妈妈就躺在那里，可是我并不感到悲痛。

这件事情是写清楚了。但是，从写作的角度来看，我们对这种表达是否满意？

> 夜幕迅速降临，玻璃顶棚上的夜色急剧变浓。门房打开灯，光亮的突然刺激一时使我睁不开眼。他请我到食堂去用晚餐，但我不饿。于是，他转而建议给我端一杯牛奶咖啡来。我因特别喜欢喝牛奶咖啡，也就接受了他的建议。过了一会儿，他端了一个托盘回来。我喝掉了。之后，我想抽烟。但我有所犹豫，我不知道在妈妈遗体面前能不能这样做。我想了想，觉得这无伤大雅。

我递给门房一支烟，我们两人就抽起来了。[1]

我们来比较一下上面两段文字，看看有什么不同。哪段文字更让读者满意？对于文学来说，仅仅是清楚地表达能否满足读者的阅读诉求？很显然，仅仅是清楚的表达满足不了文学阅读者的阅读诉求。这是因为，文学作品除了传达表面信息外，还有深层信息。例如加缪的这段文字中，除了传递主人公“并不悲伤”的信息之外，还营造了一种氛围，同时为后面的故事埋下了伏笔。和创作一样，阅读同样是一种探索的过程，读者在阅读的过程中会和作者一起去探索未知领域。文学作品应该给读者这种探索的空间和可能。

2. 创作是否是这样一种活动：完成某种目标，像新闻写作和报告写作？

我们先来看一段文字：

有两位年近八十的美国老人，每年都在墨西哥约一次会，坚持了四十多年，最后一次约会的时候，被抢劫的船工用木桨双双打死，这场持续了近半个世纪的地下恋情才得以曝光。

这是一则新闻上的消息。后来，这则新闻被写成了一部长篇小说。这部长篇小说讲了一段跨越近半个世纪的爱情故事。“当年就因为我同这个可怜的男人的关系，人们糟践了我的生活，破坏了我的幸福，因为我们太年轻了。而现在，人们又想把这幕剧重演，因为我们太老了。”[2] 在近五十年的时间跨度中，作者企图展示所有爱情的可能性，以及所有的爱情方式。至于上面那则新闻，在小说中变成了这样一段文字：

一天晚上，她突然听到了一个陌生电台的声音，声音又大又清楚，就跟在邻居家里似的。这家电台广播了一条令人心碎的消

---

① 加缪．局外人．柳鸣九，译//加缪．鼠疫．柳鸣九，刘方，丁世中，译．南京：译林出版社，2017：6.

② 马尔克斯．霍乱时期的爱情．蒋宗曹，姜风光，译．伊犁：伊犁人民出版社，2010：320.

> 息：两个从四十年前开始就在同一个地方重温他们蜜月的老人，被带他们去游玩的船夫用桨打死了，为的是抢走他们身上所带的十四个美元。[①]

这段文字只是小说中一个无足轻重的片段。我们可以从中看到，新闻和小说的区别在哪里。前者只是记录一个事实，后者则做了进一步的加工和创造。哪一种是“创造性地写作”，一眼便知。

我们来看另一则标题为《河南：母亲拒绝给儿换肾称自己的命也是命 儿子诅咒母亲早死》的新闻：

> 据《齐鲁晚报》报道，河南商丘有位三十几岁的男子裴才前几年患上了尿毒症，现在最好的治疗是换肾。由于家境贫困，最后他提出让母亲捐肾。可是配型成功后，母亲却拒绝了。她称，自己年纪大了，儿子的命是命，自己的命也是命。这惹恼了儿子，裴才最后甚至破口大骂，诅咒母亲早死。对于这个令人痛苦和纠结的家庭故事，网友态度不一：有人说母亲不该见死不救；有人认为做儿子的也该体谅母亲，不该不给其换肾就这样恶语相加；还有人认为，母亲有选择的自由，不该被道德绑架。[②]

根据这篇新闻，当代作家任晓雯写了一部中篇小说《换肾记》。小说梗概为：年轻小伙儿梁真宝三年前患上了严重肾病。母亲严素芬配型成功，属于非常理想的捐肾对象。但严素芬因为怕死，一直拒绝为儿子捐肾。儿媳陈佩佩多次劝说无果后，将严素芬软禁在家，逼她同意上手术台。严素芬被逼无奈，只好答应下来。到了医院门口，严素芬再次反悔，跟陈佩佩起了口角，冲到马路中间，被汽车撞倒，生死未卜。小说结尾，画面定格在严素芬出门前特意换上的磨砂皮船鞋上：“唯有一磨砂皮船鞋，逃脱看客的视线，飞在半米外，碾扁着，黄里沾了灰，像只破碎的肾。”

---

① 马尔克斯．霍乱时期的爱情．蒋宗曹，姜风光，译．伊犁：伊犁人民出版社，2010：315.

② 河南：母亲拒绝给儿换肾称自己的命也是命 儿子诅咒母亲早死（2015－10－29）. https://www.guancha.cn/society/2015_10_29_339332_s.shtml.

小说与新闻的最大不同是什么？有一句耳熟能详的话可以概括这种不同：新闻结束的地方，文学开始了。新闻只描述已经发生的事实，而文学还要挖掘背后更为广阔的背景与真相，同时探索可能发生的领域。正如作者任晓雯自己所说：

> 归根结底，小说写作是心灵和想象力的映射，现实不过是完成这项工作的介质。小说必须完成超拔的一跃，从现实的不可能性里呈现出可能。这并非唯物主义者喜爱的“来于生活，高于生活”之类的表述。恰恰相反，小说从作家的头脑而来，在很多时候，它会呈现出比现实更多的真实性。①

从以上两个案例中，我们可以看到，仅仅完成一篇完整的文章，尚不能称之为“创作”。不仅新闻如此，报告类的写作也是如此。

3. 创作是否就是完整地写一个故事？

所谓故事，顾名思义，就是完整地叙述一件事情的发生、发展、经过和结果的文章。故事写作强调的是情节，作者致力于把故事讲得引人入胜。显而易见，故事写作也是一种创作。当然，有些故事未必呈现于笔端，在早期，很多故事甚至是以口口相传的方式流传下来的。比如说，关于特洛伊战争和奥德修斯返家的故事，一直在民间流传。但这些故事都是短故事，到了诗人荷马这里，经过重新创作，他将所有这些短故事整合成了《伊利亚特》和《奥德赛》两部史诗，即《荷马史诗》。从口头流传的故事到后来的文学作品，中间经历了荷马的重新创作。

另外，像中国的古典名著《西游记》，其主要故事来源于历史上的真实事件：唐玄奘赴印度取经之事。这件事最早见诸文字的，是由玄奘亲自口述、由其弟子辩机笔录而成的《大唐西域记》，但这本书只是记录西域诸国史地和风土人情的地理书，虽然书中也记录了一些各地的传说和神异故事，但与玄奘本身无关。后来，玄奘的弟子慧立、彦悰撰写了《大唐大慈恩寺三藏法师传》。这是一部传记作品，

① 任晓雯．从新闻到小说——我为什么写作《换肾记》．小说月报，2018（7）．

在这部作品中，为了美化玄奘，他们在写到玄奘西行的时候，渲染了部分宗教奇迹和怪异传说。但是，很显然，这些故事成了吴承恩的《西游记》的来源之一。不仅如此，关于孙悟空的由来等，在此之前民间也有各种传说。吴承恩融合所有这些历史故事和传说，创造了一个有完整的神、佛、人、妖、鬼的体系和规则的世界，并表达了作者对于世界、社会、政治、伦理道德等诸多领域的看法。

我们可以发现，故事创作和文学创作的不同之处在于：前者只是致力于讲述一个好听好看的故事，而后者不仅仅要讲一个完整的故事，还要塑造鲜活的人物，呈现作者的思考。

4. 创作是否就是表达引发你思考的东西?

从上面的叙述中，是否可以得出这样一个结论：创作就是一种促使作者思考的工具?

在讨论这个问题之前，我们先要搞清楚一个问题：创作是否需要表达作者的思考?

从文学的角度来看，似乎这是一个没有必要讨论的话题。文学缺少了思想，就如同人缺少了大脑一样不可想象。但是，站在更广泛的角度来看，这确实是一个值得讨论的问题：某些创作，似乎真的不以表达思想为目的。那么，这是否就意味着不需要思想?比如说，像早期的唐传奇和宋说词，是否就没有思想?显然不是。但是在这里，我们需要搞清楚一个问题：思想和思考，其内涵是不同的。思想可以是自己的，也可以是他人的。比如一篇文章，用来表达“好人有好报”，算是有了它的思想。但是，思考必须是自己的，也就是说，作者关于这个内容有自己的思考。比如说，中国传统的传奇类故事中，有大量宣扬传统道德观的“才子佳人”故事，这些故事只是为了阐述古已有之的思想，是用来说教的。而作者自己的思考，其目的则是企图从故事中发现自己另外的独特的思考。甚至可以说，我们所说的写作的“创造性”，从内容来说，不仅包括新的题材的发掘，还包括对于一个老题材的新的“发现”。例如鲁迅的《故事新编》，很多故事都是老故事，但是鲁迅先生赋予了这些故事新的思想内涵，这些新的思想内涵就是鲁迅自己的思考。

在确定了思考也是一种创造之后，我们再来讨论这个问题：创作是否就是为了表达作者的独特思考？

如果给予这个问题以肯定的答案，那么意味着创作之始，作者的独特思考就已经确立了，而创作的过程就仅仅是一个艺术表达的过程，不需要作者对于表达的内容有新的思考了。

5. 创作本身是否就是一种思考？

接上一个问题，如果我们的答案是否定的呢？那就意味着，写作之时，我们仍然会有新的思考。甚至，创作本身就是一种思考。按照这种观点，我们可以得出进一步的结论：文学创作和哲学、科学一样，也是思维方式的一种，只不过，文学创作是以艺术的方式来思考人和世界。

马尔克斯在谈写作的时候曾这样说：

> 近几年，我在写一本关于美国的经济封锁对古巴人民的日常生活产生的影响的书。封锁在古巴造成了一种真正的贫穷文化，这表现在生养孩子、做饭缝衣的新方式和千百件小事上，譬如有这么一件事：有一个妇女不是对她的女邻居说“请借给我一根针”，而是说“请把针借给我”。我的文章开始是一篇新闻报道，但是越写越长，生出了枝杈，最初的结构被打乱了，现在我不知道该拿它怎么办。我估计这本书要写三百页，但是我已经写了七百多页。随着对情况的调查了解，我的胃口越来越大，渴望深入到某些问题的根源。事实上，这本书具有了一定的自主性，它已远远超出了我预想的长度和适度。①

在马尔克斯的叙述中，我们发现一个明显的事实：写作的过程就是作家进行探索和思考的过程，这种探索和思考甚至连作者自己都无法控制，它必须顺着作品已经建立的逻辑前进。因此，从某种意义上

---

① 马尔克斯．两百年的孤独——加西亚·马尔克斯谈创作．朱景冬，等译．昆明：云南人民出版社，1997：127.

说，文学创作的过程就是思考的过程。和科学、哲学一样，文学也是一种思维方式。作家在写作的时候，不仅思考写作的对象本身，还借写作对象来思考人、思考世界。

以上我们探讨了写作到底是一种怎样的活动，以及到底什么是创作。当然，这里没有所谓的“标准答案”，只是提供各种思考，以便我们了解写作过程中的各种可能。

第三节　到底什么是创意写作

那么，到底什么是创意写作？通过以下几个问题可以来思考一下。

1. 胸有成竹是不是创意写作？

“胸有成竹”这个成语来自苏轼的《文与可画筼筜谷偃竹记》。文中说：“竹之始生，一寸之萌耳，而节叶具焉。自蜩腹蛇蚹以至于剑拔十寻者，生而有之也。今画者乃节节而为之，叶叶而累之，岂复有竹乎？故画竹必先得成竹于胸中，执笔熟视，乃见其所欲画者，急起从之，振笔直遂，以追其所见，如兔起鹘落，少纵则逝矣。与可之教予如此。予不能然也，而心识其所以然。夫既心识其所以然，而不能然者，内外不一，心手不相应，不学之过也。故凡有见于中而操之不熟者，平居自视了然，而临事忽焉丧之，岂独竹乎？”

“胸有成竹”这个成语对于大多数中国人来说可以说是耳熟能详，因为这是所有写作者都希望达到的状态：胸中有成竹，画竹的时候拿出来就可以了。这其实是一种误解。我们从苏轼的文章中可以看到关于绘画的观念“故画竹必先得成竹于胸中”，但是这并不意味着每次画出来的竹子都是脑子里既已有之的那根竹子。“成竹于胸中”的其实只是材料，而非材料所构成的成品。以文学作品换言之，成竹在胸的其实只是对写作对象的了解，要求作者在写作之前对写作对象有充分的了解，在写作的时候可以了然于胸，做到细节真实。如果把“胸有成竹”看作文章的所有东西都在大脑里，只需拿出来就行了，很显然，从某种意义上说，这其实也是一种复制——自我复制，而并非真正的艺术创造。

2. 创意写作是否就是指好的写作方法？

关于文学是否有“技艺”，历来是有不同的观念的。一种观念认为，文学是没有“技艺”的，文学只是来自大脑里的某种神秘的东西。很多作品的完成就像做了一场梦一样，自然而然地诞生了。这种观念把包括文学在内的很多艺术神秘化，认为艺术都是天生的，只需要某种契机去激发。另一种观念则认为，文学是有“技艺”的。比如小说，关于人物塑造，关于故事结构、叙事等，都是有很多“技艺”需要修炼的。文学只需要掌握了“技艺”，就可以搞定一切。

其实，这两种观念都是有失偏颇的。文学的确有“技艺”，但是这种“技艺”又在不断突破。比如，文学史上诞生的很多文学流派，都是以文学技法的突破为标志的。像意识流，就是技法上的一种突破。例如普鲁斯特的《追忆似水年华》，它打破了传统的叙事必须按照时间脉络的方法，按照人的意识的流动去叙述，给了作家更大的发挥空间，也解决了很多特殊情况下的叙述难题。尤其是在着力表现人物心理的作品中，作者可以有更多的自由发挥。

不仅如此，文学的发展还涉及文学观念的发展变化。甚至可以说，一部文学史，就是文学的观念和方法不断变化发展的历史。

创意写作的真正目的就是突破既有的创作规律和方法，寻求文学的创造性。所以，真正的创意写作自然不愿意将自己苑囿于某些条条框框之内。即便是好的写作方法，也会成为写作的窠臼，而不断突破、不断创造才是创意写作的真正诉求。

3. 创意写作是否就是想方设法写得跟别人不一样？

很显然，写作的“创造性”不仅是指形式上的，还指内容上。比如说，关于爱情，历史上曾有无数部作品都写过，现在要再写一部关于爱情的作品，该如何写？加西亚·马尔克斯在准备写《霍乱时期的爱情》的时候，首先就面临一个问题：如何写得和前人不一样？否则，即使小说中的人名、背景乃至故事都和别人不一样，对于爱情的思考还是一样的，也是一种重复。所以说，对于爱情的新的发现是创作的前提。其次，还得有不一样的故事和人物形象。如果马尔克斯再写一个家族矛盾带来的爱情悲剧，读者首先会想到的就是《罗密欧与朱丽叶》。即使是写疫情背景下的故事，历史上也有类似的作品。所以，必须有不同的故事和人物形象。再次，故事背景尤其是社会背景的不同也很重要。当然，除了以上几个方面，还得有其他内容上的创新，最终才有了那部让人耳目一新的《霍乱时期的爱情》。

“想方设法写得跟别人不一样”显然是指形式上的创造。当然，这是写作者的诉求之一。但是，仅仅形式上的创造是不够的，还需要内容上的发现。否则，即使形式上翻的花样再多，在内容和思想内涵上与已有的作品雷同，也是一种复制和抄袭，更不用说“创造性”了。

4. 创意写作就是标新立异、出奇制胜?

先来看一个案例：

一个中学生，不想上学，想要逃学并离家出走。

中小学生逃学和离家出走在现实生活中并不少见，文学作品中也有表现，比较有名的就是《麦田里的守望者》。现在如果再写这样的题材，如何才能标新立异?

中学生遇到外星人。
中学生离家出走的时候突然变成老师。
中学生离家出走前发现老师原来是个坏人。
父母希望孩子离家出走。
…………

还可以有很多新奇的故事设置。从学习写作者的思考反馈来看，从来不缺标新立异。但是，仔细思考各种答案，就会发现：有些标新立异是无法变成一部完整的作品的。

从内容上看，现在的网络文学中已经有大量所谓标新立异的作品。但是，“标新立异”也是具有两面性的。如果一味地为了“标新立异”而忽略思想内容以及艺术规律，就会出现“手撕鬼子”那样的抗日神剧。

关于文学的形式，事实上，先锋文学时期，中国作家已经大量地实验过了。那个时期，很多小说甚至追求形式上的极端表达。比如，一部小说没有故事，在排版的时候刻意排成宝塔的形状。这是另外一种极端，片面地追求形式，而忽视一个重要问题：写作本质上是人类交流的工具，没有内容的形式是没有意义的。

创意写作需要创意和创新，但是创意和创新的两个主要目标是：第一，能够更好地表达作者的思考；第二，能够更好地吸引读者。所以，创意和创新从来都不是目标，而是手段。

5. 创意写作是否是最能表达你的探索的工具？

写作训练

一个小孩子，早上被妈妈的哭声吵醒。他起来一看，发现妈妈正站在门口，而父亲瘫倒在门外的地上，怀里抱着酒瓶——他是晚上喝醉后在门口冻死的。

对于这个故事，思考一下，可以写成一篇怎样的作品？

常规的思考可以有几种指向：

（1）生活在一个酒鬼的家庭的孩子多么悲惨。

（2）父母感情不和对家庭的影响。

（3）孩子的家庭原本是幸福的，一场意外的酗酒夺去了他的幸福。

（4）父亲的形象对于孩子的意义……

我们还可以有其他一些类似的思考。但这些仅仅是在写作之前，写作的过程中，我们还会不断有新的发现。例如，我们的故事设定中有新的元素，故事就会有新的指向。在这个过程中，我们有多少探索意识和创造意识，会影响我们的故事呈现的最终思想。从这种角度来说，创意写作就是表现我们探索世界的工具。

同时，在某种意义上说，文学的不断创造和突破正是写作者摆脱束缚、解放自己对世界的认识的诉求。每个写作者都希望找到最适合自己探索世界、表现世界的那种工具。创意写作就是寻找这种工具的工具。然而，写作者的探索是无休无止的，一旦停止探索，他的创造力也就终止了。因此，这是一种辩证的关系：一个写作者，既希望找到最适合自己表达的工具，又需要不断突破自己。写完《战争与和平》后的列夫·托尔斯泰如此，写完《百年孤独》后的加西亚·马尔克斯也是如此。

内容小结

一部作品是怎样诞生的？这是初学写作者最好奇的事情。写作的过程其实并不是某种准备好的"胸有成竹"，而是面向未知领域的探索活动。创意写作本质上就是一种让写作还原为创造性活动的学问。从某种意义上说，创意写作的任务就是帮助写作者寻找探索世界、表现世界的工具。

写作练习

> 一个小孩子，早上被妈妈的哭声吵醒。他起来一看，发现妈妈正站在门口，而父亲瘫倒在门外的地上，怀里抱着酒瓶——他是晚上喝醉后在门口冻死的。

（1）针对这个故事，试着写出自己的思考，写出尽可能多的思考指向。

（2）根据上面的思考，试着写出故事梗概。在写故事梗概的过程中，再思考你的故事的最终走向。

写作思考

回顾你以前的写作，有什么值得反思的东西？

课堂设计

【课堂形式】

桌椅以分组的形式摆放。三到五名写作者组成一个小组。所有人准备纸笔或电脑，随时准备课堂训练。

【课堂流程】

1. 课程开始前，每个人在桌上放置座位牌，写上自己的名字；
2. 每个人用创造性的方式来简要介绍自己，相互认识；
3. 老师介绍自己，并讲述主要授课内容、授课方式及课堂规则；
4. 开始本次授课。

【内容设计】

第一个环节：

> 父亲告诉我，农村老家的老屋进了小偷。老屋已经多年没人住了，是叔叔在帮着照看。小偷是村里一个年轻人。那人从小娇生惯养，因为偷东西进过监狱，出来后又开始偷东西。

根据这一件事，思考一下，可以写点什么？题材不限，小说、散文、诗歌、戏剧都可以。

第二个环节：小组讨论，每个小组派代表分享自己小组的讨论结果。课堂人数比较少的，可以每个人都进行分享。

第三个环节：分享一部作品。重点分享作品写作的全过程，让学习者了解一部作品的完成过程。

第四个环节：讨论。注意讨论层层递进。讨论结果不重要，也没有结果，但讨论本身非常重要，可以引发学习者的思考。关于写作是什么样的活动，逐个讨论下面的问题：

1. 清楚的表达：字句清楚？
2. 完成某种目标：如新闻、报告？
3. 完成一个故事？
4. 表达引发你思考的东西？

5．思考本身？

第五个环节：讨论什么是创意写作。逐个讨论以下问题，注意，这些问题是层层递进的。同样，讨论结果不重要，重要的是讨论过程：

1．胸有成竹？

2．好的写作方法？

3．想方设法写得跟别人不一样？

4．标新立异、出奇制胜？

5．最能表现你的探索的工具？

第六个环节：总结今天课堂的内容。总结后，布置课后思考。下一节课开始前，要在课堂上进行讨论。

第二章

阅读决定写作的上限

几乎所有有成就的写作者，在介绍自己的写作时，都会无一例外地声称自己受过哪些作家的影响。写作这种工作和其他工作的区别就在于：所有的秘密都藏在作品里了。我们学习写作的时候需要大量阅读别人的作品，从别人的作品中去了解写作的秘密。

在这一章，我们主要探讨写作者的两类阅读——泛读和精读，一起分享两种阅读的方法，其中的重点是：如何从阅读中学习写作。

第一节 阅读分享

我们先来做一个训练：

第一步：把自己阅读过的图书书名尽可能多地写下来；

第二步：把其中的文学作品挑出来；

第三步：文学作品中哪些是自己印象比较深刻的，再挑出来；

第四步：在挑出来的作品中，再挑出对自己有比较大的影响的；

第五步：再在挑出来的作品中，找到读了之后能够让自己有写作欲望的作品。

如图 2－1 所示。

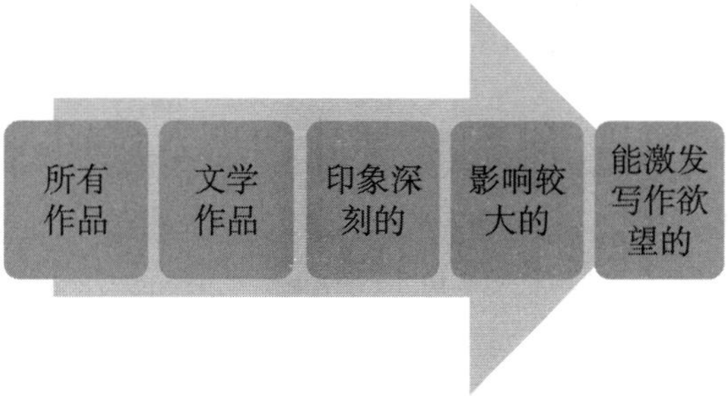

图 2－1 阅读作品挑选

语言文字是人类特有的记载过往文明的工具。阅读的目的就是学习借鉴前人的成果，文学作品则是人类文明成果的一部分。对于一名写作者来说，在学习写作的过程中，阅读是必不可少的一部分。阅读对于我们写作的影响是多方面的，通常而言，至少可以在以下几个方面产生影响：

（1）培养我们对文学的认知。比如，通过阅读可以了解，通俗文学与严肃文学是不同的，高质量的作品和低劣的作品是不同的，同时还可以了解不同流派、不同风格的文学作品之间的差异。

（2）培养我们的文学品位。我们并不是天生就会欣赏文学作品的，更不是天生就有着很高的文学品位。通常而言，我们读什么样的作品，就会得到与那些作品相对应的文学品位，这也是为什么如本章的标题所言：阅读决定我们写作的上限。如同人际交往一样，我们天天跟谁打交道，就会接近谁。

（3）培养我们的语感。文学是语言的艺术。语言是文学作品最基本的工具。我们对语言是有着不同的感觉的：有些人简洁，有些人啰唆；有些人文雅，有些人粗鄙；有些人古典，有些人现代；有些人干脆利落，有些人拖泥带水。一个人对语言的感觉也不是天生的，需要后天的培养。而对于语言感觉的培养，阅读就是首要的工具。

（4）学习文学的技法。谋篇布局、结构、线索、人物塑造、悬念设置……这些文学技巧都在作品里面，不同的作品有不同的技巧和长处，而阅读就是学习的过程。例如，想要学习小说的结构，我们读《安娜·卡列尼娜》，可以学习列夫·托尔斯泰的拱形结构；想要学习意识流手法，就去读《追忆似水年华》。

（5）学会像作家那样思考。人类的思维方式是多种多样的，文学也有自己的思维方式。对于作家如何思考，我们可以从作品中去学习。例如，读鲁迅的作品可以让我们学会思考国民性；读卡夫卡的作品可以让我们思考这个时代人的精神困境，等等。

除了以上几个方面，当然还可以通过阅读学习其他的东西。前面的五步挑作品的练习，是为了让我们了解文学作品自己的独特性，还可以让我们了解，哪些作品对于我们学习写作是可以有所启发的。

在找到能够激发自己写作欲望的作品后，我们再来思考以下三个问题：

1. 第一个问题：这些作品为什么能激发我们的写作欲望？

参考回答：

（1）确实写得好，很喜欢这样的作品。

（2）理解了这部作品的妙处。

（3）感觉自己也能写作了。

（4）自己也思考过类似的问题，却没有想明白，这部作品让自己恍然大悟。

（5）发现这部作品在写法上有很多值得自己借鉴的地方。

（6）领悟到写作原来是这么回事。

…………

归根结底，需要有两个方面的前提：一是读得懂，二是能够学到东西。

2. 第二个问题：看了这些作品，我们想写些什么？

参考回答：

（1）写一部类似题材的作品。

（2）写一个类似的人物。

（3）写一个类似的故事。

（4）以前就想写的一个故事，一直不知道怎么写，现在知道了。

（5）想起以前发生的一些事，感觉可以写出来。

…………

3. 第三个问题：怎么写？

（1）参考这部作品的结构。

（2）像这部作品一样开头。

（3）像这部作品一样塑造人物。

（4）像这部作品一样把故事讲得好看。

（5）像这部作品一样来叙述。

（6）语言风格可以模仿这部作品。

…………

我们把这些问题写下来，会发现：阅读也是有所选择的。甚至可以说，对于写作者而言，并非读得越多越好。我们的选择至少要有三个方面的考量：

第一，作品的优劣。

好的作品会对我们的写作有好的影响，差的作品也会对我们的写作有坏的影响。阅读有时甚至会破坏我们的写作状态。有些作家会刻意强调，在写作一部作品的时候，不去读别人的作品。

当然，作品的优劣也不是绝对的。同样一部作品，有人认为是精品，好到了极点，有人却认为很差劲。文学作品是一个无法绝对客观衡量的东西。但这并不意味着作品就没有优劣。当然，作品的优劣既有观念上的评判，也有艺术审美上的评判。我们在这里主要思考的，是艺术审美上的评判，因为我们主要学习的是写作的技巧。

另外，我们需要学会识别作品的好坏。在我们不懂得鉴赏作品的好坏时，我们通常被推荐去读经典。历史上很多著名作家都专门强调过读经典以及如何读经典。那么，接下来的问题是：什么是经典？文学理论家、耶鲁大学教授哈罗德·布鲁姆这样认为："一部文学作品能够赢得经典地位的原创性标志是某种陌生性，这种特性要么不可能完全被我们同化，要么有可能成为一种既定的习性而使我们熟视无睹。"① 这里所说的"陌生性"，其实就是艺术上的创造性，这种创造性的东西能够给我们带来耳目一新的感觉。经典作品常常具备创造性特征，是走在文学前列的。

我们倾向于认为，并非所有留在文学史上的作品都是经典。一部作品之所以留在文学史上，往往有两个原因：一是有开创性，二是艺术水准高。这两类作品我们都可以学习。

之所以要强调拒绝差的作品，是因为差的作品会败坏我们的文学趣味，在包括语感、文学认知、价值认同、叙述节奏、思想观念等诸多方面，都会给我们带来不好的影响。但在现实生活中，我们往往不能完全避免去读一些不好的作品。有些职业例如编辑，会被迫去读一些低水平的作品。有经验的编辑会强调，在读完这些作品后，每天会再去读一些经典作品，就是为了找回自己的高水准的文学品位。

甚至从某种意义上说，在开始阅读、能够阅读的早期，阅读好的文学作品是非常重要的，有时甚至会影响一个人一生的文学趣味和文学感觉。

第二，阅读方向。

作为有目标的写作者，阅读可以是系统性的阅读，也可以是选择性的阅读。

首先说系统性的阅读。系统性阅读的选择有几种考虑：

---

① 布鲁姆．西方正典．江宁康，译．南京：译林出版社，2011：3.

（1）中国的，还是外国的？外国的还要考虑是亚洲文学、欧洲文学，还是拉美文学？一般而言，我们建议中外不可偏废。那么，先读中国的，还是外国的？先说外国的。如果外语不够好，我们通常读的是翻译作品。近现代以来，外国文学作品大量通过翻译进入中国。我们甚至可以说，翻译家影响了整整几代作家。尤其是在语言上，他们对中国的很多作家影响都很大。甚至有些作家的语言有明显的欧化倾向，就是受翻译文学影响的结果。另外，从文学史的角度来看，现代以前，中国文学和外国文学是有明显差别的。以小说为例，从唐传奇、宋说词、元话本至明清章回小说发展而来的中国小说有着强大的故事能力，强调故事好看，吸引读者。而外国小说尤其是欧美小说在近代承担着启蒙人心、解放思想的任务，强调独特的思考，有些小说家像萨特首先就是哲学家；同时，外国小说在小说技巧上有着较大的突破性发展。这些都是我们选择阅读作品时需要考量的。当然，最好是中国文学和外国文学都要读。

（2）古代的，还是现当代的？中国文学在近代新文化运动之前有着自己鲜明的发展脉络；至新文化运动之后，西学东渐，受西学冲击巨大，发生了翻天覆地的变化，语言上由文言文发展到白话文，思想上更加复杂多元，艺术手法上受众多文学流派影响。因此，古代文学和现当代文学对我们的文学感觉的影响是非常不同的。不管怎么说，古代文学中好的东西，我们仍然要继承发扬，不可偏废。至于现当代文学，当然更要了解和学习。每个时代有每个时代的文学，但所有的现代人都是站在前人的肩膀上，因此我们必须吸收文学发展的成果。阅读现当代文学，可以让我们了解当下文学的现状，走在潮流的前列。

（3）按时间选择，还是按流派选择？这也是一个问题。按时间选择，我们可以了解文学是如何发展至今的。按流派选择，则可以让我们去了解不同的创作理念和手法。文学发展至今，诞生了数不胜数的文学流派。有些文学流派影响深远，有些文学流派昙花一现。但各种文学流派都给我们留下了丰厚的文学遗产。有些流派尽管现在已经不存在了，但其创造的新的文学理念和手法仍然影响至今。像存在主义、意识流等流派，其理念与手法仍然可以在当代作家的作品中找到痕迹，甚至会以某种形式在后来的作品中复活。

这三类选择，每个人可以有自己的答案，事实上也没有标准答案。对于不同的人来说，选择最适合的就是最好的。

也有些写作者学习写作时会选择一些经典作品进行研究，这就是选择性的阅读。比如说，美国有位小说家，在学习写作的时候，找出一百部经典小说作品，来研究它们的语言、人物、故事以及谋篇布局等方面的技巧，找出其中的规律。对于选择性的阅读而言，选择的作品非常重要。事实上，历史上可以被称作“经典”的文学作品数量是很多的，我们需要作出选择。我们在选择的时候，要考虑到，这些作品最好可以在写作的各个方面都能够对我们有所启发，还能够涵盖不同文学流派和文学手法。

第三，泛读与精读。

对于写作者而言，可以阅读的作品既包括泛读类作品，也包括精读类作品。泛读类作品给我们提供广泛的知识和普遍的文学感觉，精读类作品则是我们需要深入学习和模仿的对象。这两类阅读都不可或缺。那么，读什么？如何读？这是我们接下来要探讨的问题。

写作思考

我们以前的阅读，是什么样的阅读？我们从中有哪些方面的收获？建议写下来，总结一下这种阅读有哪些值得反思的地方。

课堂上也可以分小组，大约三五人一组，集中进行交流，谈谈自己的阅读思考。

第二节　泛读：阅读不仅为了增知

写作调查

1. 你在专业之外主要读哪些方面的书？

(1) 文学 (2) 历史 (3) 哲学 (4) 宗教 (5) 科学 (6) 法律

(7) 心理学 (8) 军事 (9) 建筑 (10) 人类学 (11) 文化学 (12) 艺术 (13) 天文学 (14) 医学 (15) 资料性书籍 (16) 旧闻类书籍……

2. 你认为哪些类型的书是必读的?

3. 哪些类型的书对于你的写作帮助最大?

4. 哪些是因为兴趣而读的书?

以上这个调查的目的是了解写作者日常的阅读情况。这些阅读对于初学写作者的写作有着重要的影响。当然，我们的调查还可以进一步细分。例如，文学可以细分为：严肃文学和通俗文学；古代文学和现当代文学；中国文学与外国文学；小说与散文、诗歌等。

通常而言，一个人的阅读大部分是泛读。但是，有目的的泛读和消遣性的泛读也是有区别的。消遣性的泛读以愉悦心理为主。对于写作者而言，泛读也是为写作而读。那么，写作者的阅读到底读什么?

上面的调查中，这些书籍的种类其实总体可以分为两类：一是必读类，二是兴趣类。基本上，文学、历史、哲学属于必读类。从某种意义上说，文学、历史和哲学是密不可分的。对于写作者而言，历史可以为我们提供认识世界的不同视野和方式。不仅仅是历史小说家需要读史，其他题材的写作者也需要读史。当然，历史既包括正史，也包括野史和杂史。正如鲁迅先生所说，我们既要读正史，也要读野史与杂史。文学和野史、杂史有着天然的亲近性。从某种意义上说，文学就是要消解正史中的宏大叙事和官方叙事，从个人化角度来记录和认识人类发生过的事。野史和杂史还可以给我们直接提供很多写作的灵感和素材。文学史上很多著名的作品都是从野史、杂史以及民间传说中取材的。中国古典四大名著中就有三部如此：《西游记》《三国演义》和《水浒传》皆有很多素材来自野史和杂史。很多作家都擅长把野史和杂史中的题材用于自己的创作之中，像鲁迅先生的《故事新编》就是如此。

哲学能够给文学提供思想，也有助于培养写作者的逻辑思维能力。近现代西方文学史上，很多文学流派都是受哲学思潮影响而诞生，像存在主义文学、荒诞派、黑色幽默等流派均受存在主义哲学影响，还有些文学家本身就是哲学家和思想家。即便对于普通写作者而言，文学也不能缺少哲学的滋养，因为缺少思想的文学是不可想象的。我们对世界的认识、思考以及判断都需要哲学。另外，文学的思维主要有两种：一种是形象思维，一种是逻辑思维。哲学能够训练我们的逻辑思维能力。

必读书中还应该包括一些资料性书籍和旧闻类书籍。这一点，我们在后面还将专门说到。

兴趣类的书籍对于写作者而言，也是很重要的。兴趣类的书籍虽然不一定直接与写作有关，但会间接影响一个人的写作。因为我们的写作对象中，总会涉及某些门类的知识。比如说，陀思妥耶夫斯基写《罪与罚》，如果不懂法律和心理学，是无法写好的。曹雪芹写《红楼梦》，需要懂得很多类型的知识：服饰、医学、茶艺、园林设计，甚至还有烹饪等。恩格斯评论巴尔扎克时说，他的作品“汇集了法国社会的全部历史，我从这里，甚至在经济细节方面（诸如革命以后动产和不动产的重新分配）所学到的东西，也要比从当时所有职业的史学家、经济学家和统计学家那里学到的全部东西还要多”①。文学作品需要有知识性，作家在写作时也会触及各个门类的知识。通常而言，作家需要兴趣广泛，甚至成为杂家。我们的兴趣越广泛，可以涉猎的写作题材就会越广泛，写作的时候也越能得心应手。

接下来，我们需要面对以下问题：泛读如何读？有哪些方法？

在这里，我们试着提供四种阅读方法。

1. 观其大略，不求甚解

《三国演义》上说，“孔明与博陵崔州平、颍川石广元、汝南孟公威与徐元直四人为密友。此四人务于精纯，惟孔明独观其大略”②。所谓“观其大略”，指的是读书追求的是其中的主要思想。“不求甚解”是指不必追求对一字一句的理解。

---

① 恩格斯．恩格斯致玛·哈克奈斯//马克思恩格斯选集：第4卷．北京：人民出版社，1995：684.

② 罗贯中．三国演义．长沙：岳麓书社，2016：170.

我们很多人，面对非专业的图书时，在阅读的时候，常常被专业性的东西所阻。例如读哲学或者古文，遇到某些不理解的段落或者语词时，常常就放弃了。其实，对于那些泛读的书籍，不重要的部分可以直接跳过去，关注其主要思想内容即可。

“观其大略”的好处是可以读更多的书，可以从更多的书里去汲取养分。例如关于春秋那段历史，很多书籍中都有记载，像司马迁的《史记》、司马光的《资治通鉴》、孔子的《春秋》、董仲舒的《春秋繁露》中就有记载；另外，还有“春秋三传”（《春秋左氏传》《春秋公羊传》《春秋穀梁传》）、冯梦龙的《东周列国志》中也有记载。不同作者写《春秋》，虽然是写同一段历史，但思想观念各有不同，侧重点也不同。广泛的阅读和了解，恰恰可以兼收并蓄，比较学习，各取所长。

对于文学作品来说，“观其大略”则可以选择不同的作品来学习其不同的方面，就像莫言跟福克纳学意识流、跟马尔克斯学魔幻现实主义一样。

2. 博学审问，批判阅读

《中庸》上讲：“博学之，审问之，慎思之，明辨之，笃行之。”“博学”与“审问”就是泛读的重要方式。这种阅读方式要求我们既要“博学”，又要“审问”。

英国哲学家伯特兰·罗素在谈论哲学时说：“研究一个哲学家的时候，正确的态度既不是尊崇也不是蔑视，而是应该首先要有一种假设的同情，直到可能知道在他的理论里有些什么东西大概是可以相信的为止；唯有到了这个时候才可以重新采取批判的态度，这种批判的态度应该尽可能地类似于一个人放弃了他所一直坚持的意见之后的那种精神状态。”①

罗素的这番话实际上也道出了我们阅读时的一种态度：阅读的时候先要尽可能地相信作者，认可作者，否则就不会完全进入书中理解

① 罗素．西方哲学史：上卷．何兆武，李约瑟，译．北京：商务印书馆，1982：67.

书的思想；阅读之后又要尽可能地批判这本书，挑它的毛病，找它的问题。这样才能够真正地理解书中的思想精髓。

批判性阅读实际上是我们阅读应该持有的态度。这种阅读方式要求我们既要认可书中的思想内容，又要进行批判，否则就会陷入罗素所说的“蔑视便妨害了这一过程的前一部分，而尊崇便妨害了这一过程的后一部分”①。

对于泛读而言，批判性阅读尤其有利于读者观书中之大略，吸收其最为有用的部分。对于文学作品而言，尤其如此。没有哪一部作品是完美无缺的。好的作品中也总有可以为我们所学习的东西。批判性阅读可以让我们站在跟作者不同的角度去理解该作品。

3. 牧牛反刍，咀嚼成知

牛的“反刍”，是指牛将吃下的未消化的草从胃里倒出来，重新在嘴里咀嚼。泛读可以借鉴牛的这项本领。泛读因为读得多、读得快，常常是囫囵吞枣，一时消化不了。这也没有关系，先读了再说，我们在空闲时可以重新回忆思考，进行消化。而且在某些时候，比如读到类似的内容或者在生活中遇到某些事的时候，就会启发我们重新思考，理解其中的内容。“反刍”能力是泛读的一项重要能力，“反刍”也会养成我们观察世界、思考世界的习惯，并使我们将书中内容与现实生活相结合进行思考，更容易让所学的东西跟自己融为一体。

禅宗用“牧牛”来形容一个人的修行。《佛垂般涅槃略说教诫经》中说：“汝等比丘，已能住戒，当制五根，勿令放逸，入于五欲。譬如牧牛之人，执杖视之，不令纵逸，犯人苗稼。”牛在放牧的时候常常不太自觉，稍不留神就会偷吃庄稼，因而牧牛者需要手拿棍杖，时时勒紧缰绳来进行约束。禅宗的“修行”其实就是一种自我放牧、自我约束。我们读书的主要目的不仅仅是为了记住书中的内容，也是为了使用书中的内容来进行自我修炼。所以，《大学》讲，读书人要“格物、致知、诚意、正心、修身、齐家、治国、平天下”，“修身”

---

① 罗素．西方哲学史：上卷．何兆武，李约瑟，译．北京：商务印书馆，1982：67.

就是古代知识分子读书致用、最后“治国、平天下”中的关键一环。泛读的功能之一，就是读书修身、牧牛自省、修炼自我。所以，我们读书的时候，要联系现实生活，并在阅读中进行思考，反思诸己。

我们以“反刍”咀嚼知识，并用以修炼自我，这正是完善我们世界观和价值观的路径之一。而文学，离不开我们认识世界的能力，离不开我们的价值判断。

4. 融会贯通，为我所用

正如吃食物一样，我们吃一块牛肉不是为了让自己身上长出一块牛肉，吃一个苹果不是为了让自己身上长出一个苹果。我们吃食物的目的，是吸收其中有益的养分，使其化为身体所需的有效成分，最终与我们的身体融为一体。阅读也是一样。

诸葛亮在舌战群儒的时候，曾批评某些读书人：“若夫小人之儒，惟务雕虫，专工翰墨，青春作赋，皓首穷经；笔下虽有千言，胸中实无一策”①。这其实就是批评民间所说的那种“书呆子”“读死书”。民间常说某人读书“读傻了”，其实就是指读书只会生搬硬套、掉书袋，不会学以致用。中国古人治学就有“古文经学”和“今文经学”之分。“古文经学”偏重训诂，与现实联系不紧密；“今文经学”则讲究借圣人之言，述“微言大义”，用以联系当下社会现实。作为写作者的泛读，更多的应该就是“今文经学”。阅读的目的不是为了考据训诂，而是为了经世致用。

正因如此，我们阅读各类书籍，最终的目的不是为了孤立地了解各类知识，而是为了将所有的知识融会贯通，最终形成自己的思想。这样，我们在面对现实生活的时候，就可以有自己独特的认识和判断。而这，正是文学的重要功能之一。

要融会贯通并不容易，需要我们在阅读的时候学会以书中之思想知识，修补、修正、修筑我们的思想。我们在阅读之时，“观其大略”“批判阅读”，并“牧牛反刍”，便能达到这个目的。

---

① 罗贯中．三国演义．长沙：岳麓书社，2016：198.

总而言之，泛读的关键首先在于“广博”，即阅读面要广。作家柯灵在《促膝闲话中书君》一文中，谈到钱锺书的阅读时说：“渊博使他站得高，望得远，看得透，撒得开，灵心慧眼，明辨深思……”[①]广博不仅在于要读得多，还在于要读得广，成为一个“杂家”。涉猎面广，不光可以让我们“明辨深思”，还可以使我们见多识广，写作的时候也可以信手拈来。

泛读的关键其次在于所学的东西最终要为自己所用。作为一名写作者，对世界、对社会、对人性要有独特的认识。只有如此，我们写作的时候才能有自己独特的发现和独特的思考。

写作思考

回顾前面所作的阅读小调查，反思一下自己的阅读面是否太窄？自己在阅读方法上有什么值得反思的？重要的是，回顾自己写作中的缺陷，和自己的阅读面以及思维能力、认识世界的能力是否有关？

第三节　精读：作为写作者的阅读

写作调查

1. 你平常阅读的文学书籍，主要有哪些类型？（可多选）

（1）中国古典文学（2）外国文学（3）经典严肃文学（4）通俗文学（5）网络文学（6）小说（7）散文（8）诗歌（9）非虚构作品

2. 精读的作品，你通常读几遍？

3. 精读一部作品的时候，你会写笔记吗？

以上这个调查是在学习写作者中进行的，目的是了解写作者学习写作的范本情况，同时了解写作者学习写作的方法。这个调查会在阅读本章内容之前进行，随后会对阅读情况进行分享和探讨，并进行反馈。

---

① 周振甫，冀勤．钱钟书《谈艺录》读本．上海：上海教育出版社，1992：1.

精读作品的目的，是为了研究作品，从中直接学习写作技巧。这种学习可以是多方面的，也可以是某一方面的。精读需要对作品进行反复研读，甚至还要对作品进行拆分，专门就某些段落或某些人物进行研究。

对于文学作品的精读，写作者和研究者的阅读方法是不同的。研究者的阅读是进行分析和概括，从中寻找作品的特质，并对这些特质进行阐述；写作者的阅读则是为了弄清楚写作的某些规律和技法，并将这些规律和技法运用到自己的创作当中去。

下面，我们以奥地利作家弗朗茨·卡夫卡的《变形记》为例，来探讨作为写作者的精读方法。

1. 先行一步，参与创作

阅读之前，我们先了解到《变形记》是讲一个普通的推销员的生存困境的作品。思考一下，如果我们自己写这样的题材，会怎么写，表现什么？我们可能会表现以下内容：

（1）民生多艰，生存不易；

（2）如何掌握职场生存规则；

（3）揭露某些行业的潜规则；

（4）一个发展的时代中，个人的命运沉浮；

…………

还可以有其他的各种思考。我们所有的写作者都可以自由联想，作出思考。有了这些思考之后，我们读《变形记》的时候，脑子里就带着问题了。我们会一直带着好奇心阅读：卡夫卡会表达什么？

接下来，就我们思考的主题，我们可以尝试写一个开头。写完之后，大家可以彼此分享，看看谁的开头更有特色。这个时候，我们才打开作品，读到卡夫卡《变形记》的开头：

> 一天早晨，格里高尔·萨姆沙从不安的睡梦中醒来，发现自己躺在床上变成了一只巨大的甲虫。①

---

① 卡夫卡．变形记．李文俊，等译．北京：北京燕山出版社，2000：86.

读到这一句的时候，我们会习惯性地想：这个格里高尔·萨姆沙一定是做什么梦了。作品是从梦境写起的。随后，我们发现，卡夫卡果然在接着写详细的情形：

> 他仰卧着，那坚硬得像铁甲一般的背贴着床，他稍稍抬起头，便看见自己那穹顶似的棕色肚子分成了好多块弧形的硬片，被子几乎盖不住肚子尖，都快滑下来了。比起偌大的身躯来，他那许多只腿真是细得可怜，都在他跟前无可奈何地舞动着。①

读到此处，我们可能会心一笑：这个卡夫卡，对梦境这种虚幻的东西，他居然写得这么细致，像真的一样。于是，读到下面的一句的时候，我们就被惊到了：

> "我出了什么事啦?"他想。这可不是梦。②

这个时候，我们会发现，卡夫卡居然写的不是梦境，他是在一本正经地写一个叫格里高尔·萨姆沙的人变成了一只甲虫。所谓"变形记"原来真的是身体变了形，由人变成了甲虫。此时我们会思考：他是在写一部科幻作品吗？但是，据我们所知，卡夫卡不是科幻作家啊。接下来要怎么办？如果我是作者，该如何往下写呢？或者，我仍然在震惊当中：他怎么可以这么写呢？当然，更多的人会恍然大悟：原来小说可以这样写。小说的本质，就是重新建造一个世界。

现在，我们看到了，先行一步、参与创作可以带来怎样的好处：我们可以更深入地参与到作品当中去，并且已经在阅读过程中进行创作了，而且我们的创作还有人可以比照。我们带着与作者一比高下的雄心去阅读。对于作品的创造性和技巧，我们将领悟得更深。

随后的每一步，我们都这样进行，这样的"参与创作"不仅仅是思想的比照，还有故事的设置和人物的塑造，以及每一个环节故事的推进，我们都会进行比照。我们每一步都比作品先行一步，自己先创作试试，创作完了再看看作者是怎么写的。一直到小说的结尾，我们相当于在这个过程中写完了一部作品，但又不止一部作品。因为我们

①② 卡夫卡．变形记．李文俊，等译．北京：北京燕山出版社，2000：86.

不仅仅是写我们自己的构思，我们还要在跟上作者的构思后修正自己的构思，每一步都紧跟、创作、比试、思考。在这个过程中，我们对写作的理解会更加深入。我们可以把一部作品的所有技巧，尤其是创造性技巧，都一览无余。

2. 模仿练习，学习手法

读完全部作品后，我们会对这部经典作品感叹不已。我们可能会顶礼膜拜，会有很多感悟，会发现很多写作技法。但这还不够。接下来，我们会对某些段落进行模仿。这种模仿可以是语言方面的，比如上文所引用的这一段，我们可以尝试着写类似的文字：

> 重新变成人之后，李小竹还是对自己做猴子的这段经历念念不忘。那个时候，她是又瘦又灵巧……

自己在进行写作模仿的时候，才会发现，卡夫卡的开头那一段为什么写得那么逼真，他写出开头那一段的关键点是什么：

（1）他在写作的时候，是把自己当成格里高尔·萨姆沙了，而且，他觉得自己真的成了甲虫了，这就是我们平常所说的，要“入戏”。

（2）诚如卡夫卡所言，“越是虚构的地方，细节越要真实”。他写得非常细致，而且精确。

（3）好的小说一开始就能营造一种氛围，然后把作者拉进自己的氛围中，远离现实世界。所以，卡夫卡的用词、语调都是非常考究的。

（4）看起来平淡的东西，其实是刻意的，而且并不容易。表面平淡的语言背后，隐藏着巨大的推动力。

诚如世间的很多事情，“看花容易绣花难”，写作也是如此。看别人的作品，似乎写得很容易，但是自己却不一定做得到、做得好。所以，模仿是必要的。阅读的时候，我们还可以模仿不同作家的东西。强如列夫·托尔斯泰，在成名之后，还会做这种模仿练习。他的《安娜·卡列尼娜》开头里的一句话“奥勃隆斯基家里，一切都乱了套”，甚至就是受普希金的小说《别尔金小说集》的启发而写出来的。

这种模仿还可以是集中的。比如说，打算写一幕去母校见一位不想见的老师时的情景，我们可以模仿风格完全不同的作家的作品，既可以模仿卡夫卡的《变形记》，也可以模仿加缪的《局外人》，还可以模仿川端康成的《雪国》。这些比较模仿有助于我们掌握不同的写作技巧。

3. 努力挑刺，另找出路

对一个作家顶礼膜拜、努力学习之后，接下来该做一个“负心人”了。我们接下来的任务是：努力给这部作品挑刺，看看这部作品还有哪些问题。

事实上，世界上没有完美的作品，每一部作品都是有不足的。即便是那些看起来完美无缺的作品，也会因为时代性的原因，带有某些局限性。我们精读一部作品的时候，在学习完它的长处之后，就需要给这部作品挑挑刺了。当然，你挑的“刺”不一定是科学的，甚至不一定是正确的，这也没有关系。挑刺的过程是非常有必要的。在挑刺的过程中，我们还可以寻找别的可能。

比如说，关于《变形记》，我们可以这样来挑刺：为什么一定要变成甲虫呢？如果变成其他的东西，例如猫啊狗啊的，是不是更好呢？如果变了形之后，还能够用人的语言进行交流，会有什么结果？如果不能交流了呢？小说中，格里高尔·萨姆沙的亲人知道萨姆沙的身体变不回去了，只有精神还是自己的。但如果还能变回去，会怎么样呢？

再比如，在人际关系的设定中，有没有一种更好的设定？假如格里高尔·萨姆沙结婚了，有一个妻子，小说会不会有更多的复杂性呢？小说涉及的人际关系就不仅仅是他原生家庭的关系了，还会关系到他的爱情和婚姻，有没有可能呈现出更多的复杂性？

不要觉得这种假设是无聊的、没有意义的。这种假设的意义在于：以后当你自己创作某部作品的时候，假设就会在你的作品中成为可能。我们探讨一部作品中多种可能的意义就在于，给一部作品以更多的出口和可能。毕竟，当我们自己要创作一部作品的时候，面临的就是多种可能。这种练习有助于我们打开自己的思维空间，给作品以更多的出路。

努力挑刺与另找出路既是各自独立的，又是相辅相成的。我们可以在挑刺之后，自己再想一想：如果是自己，可以怎么做？会不会比作者做得更好？

给作品挑刺彰显了一名写作者的雄心：我可以站在巨人的肩膀上，我要超越这部作品，我有能力写出更好的作品。

4. 阅读他人，思考自己

很多时候，我们想写一部作品，很多东西都构思好了，却一直无法下笔。原因是各种各样的：开头没想好，结构不满意，线索不好，视角不好，叙述方式不好……这些问题始终在我们的大脑里，让我们寝食难安。此时，当我们阅读一部作品的时候，解决问题的契机就来了。我们看到了《变形记》的开头，恍然大悟：可以这样直截了当地来写一件事。还有视角问题，原来可以从这个视角来写一个人的生存困境……

当然，我们在思考自己打算写的作品的时候，不一定要把自己的作品像《变形记》一样去写，但是《变形记》可以给我们灵感，激发我们的创造力：我还可以这样做。

一名写作者阅读一部作品的主要目的，是为了学习写作，并对自己的写作产生有益的影响。所以最终，我们的阅读还是要回到自身。当我们带着问题，尤其是带着某部打算写或者已经写了但不满意的作品去阅读的时候，这种价值就会更加明显。

比如说，我们曾经写过一个爱情故事：一名青年男子爱上一名青年女子，但是女子却和别人结婚了。我们要写这个男人的挣扎与坚守。写完了，但感觉非常不满意：没有写出自己想要的东西，或者说，自己写得太陈旧了，没有新意。当我们去读《霍乱时期的爱情》的时候，我们会惊喜、羞愧甚至绝望：原来马尔克斯也写过这样的故事，但是他写得那么好！那么，我们会进行比较：和我的作品相比，《霍乱时期的爱情》好在哪里？思想发现上？构思上？人物塑造上？抑或是叙述技巧上？那么，我对自己的作品最不满意的地方在哪里？读了《霍乱时期的爱情》之后，我受到了什么启发？如此一来，我们对《霍乱时期的爱情》的阅读，其价值就远超一般读者的鉴赏性阅读。我们会深入作品的内部而不是站在作品的外面去了解作品。

有些作品甚至还会促使我们对自己的写作进行全面的反思——反思我们的文学观、写作理念以及写作方式。

当然，我们所说的这些阅读方式的前提是，我们是一名写作者。我们曾经尝试写过一些作品，不管这些作品水平高低、是否发表。我们有过一些创作的经验和尝试。只有在这种前提下，我们的阅读方式才能是作为一名写作者的阅读方式。

和泛读不同，精读要学习具体的写作技法，解决我们写作过程中的具体问题。带着问题去阅读，并在阅读过程中尝试创作，是最有效的阅读方式。

现在，让我们回到本章的主要问题，即为什么说阅读（此处专指文学作品）会决定我们写作的上限？通过上面的探讨，我们可以发现，对于写作者而言，阅读会对一名写作者在如下几个方面产生影响：

（1）我们的文学感觉、文学趣味和文学鉴赏能力。

文学感觉、文学趣味和文学作品的鉴赏能力不是天生的，需要后天培养。如同环境对于一个人的成长会产生影响，一个人的阅读对象也会对一个人的文学感觉、文学趣味和鉴赏能力产生影响。这种影响是潜移默化的。譬如说，如果我们天天读武侠小说，我们的文学趣味就会跟那些作品相似，我们对文学作品的判断也会受那些作品的影响。

从某种意义上说，一个人的文学感觉、文学趣味和文学鉴赏能力就是他对文学的态度，这种态度会影响一名写作者朝什么方向去创作。

（2）我们对文学的认知。

文学到底是什么？在我们的心里，什么才是最好的文学？这些问题的答案也是因人而异的。诚如“一千个读者眼里就有一千个哈姆雷特”一样，一千个读者眼里也有一千个关于文学的认知。关键就在于，我们平常读些什么。俗话说，近朱者赤，近墨者黑，阅读也是如此。另外，文学一直在发展。一部文学史，甚至就是文学的概念不断变更的历史。因此，我们读什么，会影响我们对于文学的认知。而我们对文学的认知是怎样的，也会影响我们写出什么样的文学作品。

（3）我们的写作习惯。

一名写作者，最初的写作都是从模仿开始的。所以，我们读什么，就会模仿着写什么。我们的写作习惯就是在阅读与模仿中慢慢建立的。在我们正式确立属于自己的写作风格之前，这种模仿是一直存在的。而当我们的写作风格正式确立之后，我们的写作习惯也已经成型。当然，一名写作者会努力挣脱自己的写作习惯，不断去突破、去创新。但是，突破也是有限度的，是在既有习惯的基础之上进行的。因而，写作习惯对于一名写作者来说是非常重要的。而一名写作者的写作习惯，对于他的写作无疑会产生重大的影响。

（4）我们对文学技法的掌握。

正如前文所说，写作都是从模仿开始的。我们对文学技法的掌握，也是从模仿开始的。所以说，我们的文学技法从一开始，就是由阅读带来的。即便你有再好的写作老师，你关于写作的学习主要还是从文学作品中来的。老师可以告诉你一些写作的技巧，但是如果不伴以阅读，你终究仍然很难掌握。所以，写作这种活动，归根结底主要从阅读中习得。而我们所掌握的文学技法，当然会影响我们成为什么水平的写作者，也会决定我们写出什么样的作品来。

总而言之，一名写作者平常阅读什么样的作品，他就会成为什么样的写作者。天天跟谁打交道，才有机会成为那样的人。文学创作也是一样。所以，我们说，阅读决定了一名写作者的上限。

内容小结

阅读决定了一名写作者的文学品位和对写作技巧的掌握，因而阅读决定了一名写作者的上限。作为写作者的阅读与作为鉴赏者的阅读是不同的。写作者既要“泛读”，让自己成为一个“杂家”；又要“精读”，让自己成为一个“专家”。泛读除了阅读文学作品之外，还要阅读其他各类的读物，其要领则是观其大略，不求吃透。精读则要学会“作为一名写作者”的阅读，即在阅读过程中学习如何写作，其要领则是抢先思考和批判性阅读。

写作思考

认真思考一下，然后制定一项自己的阅读计划。这项阅读计划要尽可能详细，选出你要精读的文学作品和泛读的各类作品，给自己划定一个时间去阅读。

课堂设计

课堂以讨论为主，课前分四到五个小组，便于小组讨论。所有人都需要携带纸笔或笔记本电脑，以方便随时写作与分享。

开始之前，我们要回顾上堂课留下的问题，在课前进行分享：我们对自己以前写作的思考，有哪些需要反思的东西？

第一个环节：将大家阅读过的作品分享出来，写在纸上。

第二个环节：选出文学作品，再按照“印象深刻的”“影响最大的”“能刺激写作欲望的”顺序，逐次选出来。

第三个环节：如何有效地泛读？就此讨论分享。

泛读四法：

- 观其大略，不求甚解
- 博学审问，批判阅读
- 牧牛反刍，咀嚼成知
- 融会贯通，为我所用

第四个环节：如何进行有效的精读。就此讨论分享。

精读四法（学习性阅读，文学作品阅读）：

- 先行一步，参与创作
- 模仿练习，学习手法
- 努力挑刺，另找出路
- 阅读他人，思考自己

第五个环节：课堂讨论，为什么阅读决定我们写作的上限？教师在讨论后讲述。

第六个环节：布置课后思考题。

思考：你的阅读计划。所有人为自己制定一项阅读计划，包括泛读和精读。要有具体的书目和时间。

第三章

丢失的感官

写什么，始终是写作要面对的问题。不论是初学写作者，还是成名作家，都要面对这个问题，只不过他们面对的是不同层次的问题。对于成名作家来说，问题是如何从现实生活中发现有价值的东西；而对于初学写作者来说，问题是如何让笔下有东西可写。很多初学写作者都会有这样一个困惑：为什么别人下笔千言、滔滔不绝，而自己却腹中空空、无话可说？不仅如此，初学写作者还有一个困惑：为什么别人笔下的文字那么有质感，让人身临其境，而自己的文字却那么干瘪，读起来很假？

这一章的主要任务，就是探讨写作者如何从自己所在的世界中获取素材。

第一节 写作者与这个世界

纪念公园伫立在那里，安详，静谧，空旷。草坪和一簇簇九重葛之外，是一片由松林构成的浓密黝黑的板块。吉莉·斯提纳深深地吸了口气，加快了步伐。她的鞋子踩在石子路上，发出吱吱嘎嘎的声音，好像踩到了某种短促尖叫的小动物。吉戴恩四五岁时，他的母亲带他到刚开始在特里宜兰做家庭医生的姨妈这里。他是一个昏昏欲睡、耽于梦幻的孩子，可以一连几个小时一个人玩游戏。他玩三四种简单的东西：一只杯子，一只烟灰缸，一副鞋带。有时他会身穿邋里邋遢的短衫坐在屋前台阶上，对着天空发呆，只有两片嘴唇翕动着，似乎在讲述故事。吉莉姨妈不喜欢让孩子沉浸在孤独中。她想方设法给他找玩伴，可邻居家的孩子都觉得他无趣，一刻钟后他又一个人待在那里了。他并不尝试着和他们交朋友，而是坐在长廊的秋千椅上发呆，不然就是把钉子排成一排。她给他买了一些游戏和玩具，可是孩子玩不了多久，就回到平日的消遣里去了：两只杯子，一只烟灰缸，一只花瓶，几枚回形针，还有汤匙。他按照某种只有他自己才懂的逻辑在毯子上排列这些东西，然后将其打乱，再重新组合。他的嘴唇一直动着，似乎在给自己讲故事，这些故事他从未和姨妈分享过。夜晚，他手里攥着一只褪色的小玩具袋鼠入睡。①

我们先来看看，上面这段文字，从写作者的角度看，它的内容是从哪里来的？

很显然，这段文字写得如此具体、如此有现场感，如果没有现实生活作为基础，是很难做到的。无论是“排成一排的钉子”，还是“一只杯子，一只烟灰缸，一副鞋带”，都让我们感觉到这就是生活。那么，我们有些写作者为什么做不到呢？为什么我们的笔下没有如此

① 奥兹．乡村生活图景．钟志清，译．南京：译林出版社，2016：29.

具体、细微、生动的东西呢？这其实跟我们与这个世界的关系有关。我们先来思考两个层面的问题。

1. 我们如何对待这个世界

每个人都生活在这个世界上，但是，我们对待这个世界的方式却是不同的。有些人天天处在某种环境中，却漠视这个环境，或者认为这个环境是没有意义的。但作家不同。作家面对这个世界，会贪婪地从这个世界汲取一切可用的东西。

我们从前面这段引文里看到，奥兹对待他眼中的世界的态度是：他有整体，感觉到了这个世界的“安详，静谧，空旷”；他有细致，深入到如此具体的东西上——“两只杯子，一只烟灰缸，一只花瓶，几枚回形针，还有汤匙”；他有感知，“她的鞋子踩在石子路上，发出吱吱嘎嘎的声音，好像踩到了某种短促尖叫的小动物”；他还有温暖的关怀，“有时他会身穿邋里邋遢的短衫坐在屋前台阶上，对着天空发呆，只有两片嘴唇翕动着，似乎在讲述故事”，“他的嘴唇一直动着，似乎在给自己讲故事，这些故事他从未和姨妈分享过。夜晚，他手里攥着一只褪色的小玩具袋鼠入睡”。

我们看到，奥兹融入了整个世界，他也把整个世界贪婪地吸入了自己的大脑和内心。

写作思考

我们天天面对的世界，哪些是被我们忽略其实又非常有意义的，其中又有哪些是有可能被我们写进我们的作品中的？

还有一些作品的世界，如《西游记》中所创造的世界，尤其是仙佛鬼妖的世界，是生活中所没有的，它们来自哪里？我们先思考一下，后面的章节中再详细探讨。

2. 信息接收

从某种意义上说，写作的过程，是一个信息、情感和思考从作家大脑里输出的过程。其中，信息的输出是最基础的部分。比如说，前面的引文中，写一个小孩子的孤独寂寞，既有静态的环境，又有动态的动作，还有具体的物品。其中包含多个方面的信息，有些信息并不是别人介绍的或描述的，而是我们大脑里本来就有的。而对于我们人类来说，这些信息并不是大脑天生就有的，而是我们后天从外界接收到的，经过大脑的加工，最后变成输出的信息。我们写作的过程，就是把这些信息进行处理然后输出的过程。

这些信息也是我们写作的素材，是更具象的素材，如同人体的一个个细胞，最终让我们的作品真实、熨帖、完整。如前面所说，为什么有些人笔下的文字能够让人身临其境，很快就把人带入了他所营造的场景中，而有些人笔下的文字却味同嚼蜡，让人看都看不进去？从某种意义上说，我们笔下的文字是否生动，是否能够抓住读者，把读者带入我们所营造的场景中，就取决于我们输出的这些信息。那么，这些信息是从哪里来的？又如何才能使用好呢？我们在下一节探讨。

接下来，我们先检查一下前文提供的那段引文，看看里面的素材，思考一下：这些素材都是从哪里来的？是用什么手段获得的？

我们还可以两个写作者一组来做一个练习，其中一位写作者写一个场景，可以是记忆里的，可以是听来的，也可以是书本上或电影里看到的。写成文字之后，由另一位写作者指出，这些内容是从哪里来的，是用什么方式得来的。

第二节 感官与素材

写作训练

所有写作者先走出房间，在室外待五到十分钟。五到十分钟后，所有的写作者都回到室内，把自己在外面所接收到的信息都如实写下来，不必做进一步加工。

我们来看看，在我们的训练中，大家在外面都接收到了哪些信息，又是如何获得这些信息的。第一位写作者这样写：

> 我看到了旁边有树木，在夜色里不太清晰。不远处有教室，教室里有灯光。教室里坐满了人。旁边都是人，大家都站在外

> 面，有的在看手机，有的在聊天。还有几个人无聊地到处乱逛。

在这段文字里，我们发现，这位写作者接收到的信息不多，而且基本上都是用眼睛接收到的。即便是眼睛，也使用得不太充分。这位写作者只看到了不远处的东西，而且还看得不仔细，说明他对于周围的环境是漫不经心的，没有留心观察周围的习惯。

第二位写作者就要好一些。他这样写：

> 天上没有星星，也没有月亮，夜色深沉。旁边是几棵小树，树叶在轻轻地摇摆着。远处有一座小山。旁边的教室里坐满了人，有两个人坐在一起，看起来像是在讨论问题。一个人手上拿着一本书。身边也有很多人，大家不知道为什么被赶了出来，都很茫然。

这位写作者明显要好一些，不光看到了远处的东西，还看到了近处的东西；不光看到了静态的东西，还看到了动态的东西；不光有大致的轮廓，还有细节。这说明他喜欢观察世界。但是，他也只是使用了眼睛而已。

第三位写作者做得更好一些。他是这样写的：

> 四周黑洞洞的。只有不远处的教室里有灯光。教室里正在上课，里面坐满了人。我的面前是几棵樟树，一阵风吹过，吹得树叶哗哗作响。几只不知名的虫子尖声叫着，叫声穿过夜空。我一个人在外面踱着步，不远处有几个人在讨论问题，声音有些小，听不清楚。

很明显，第三位写作者不仅写到了他所看到的东西，还写到了他听到的声音。他不仅使用了眼睛，还使用了耳朵。他对外界的感知更多一些，运用了更多的感官。我们看他的文字的时候，对他所处的环境感受就会更深、更具体一些。这是一位对外界更敏感的写作者，而且外界的东西会在其内心产生感应。但是，这样仍然不够。我们看看第四位写作者是怎么写的：

> 屋外灯光暗淡，夜色温柔。远处的小山和不远处的树木一起

湮没在黑夜里。前方传来一两声鸟叫，周围是虫子的叫声，听起来像是蝈蝈的叫声。周围弥漫着香气。那是樟树特有的气味。我深深地吸了一口气，觉得头脑清醒了很多。恰好一阵风吹过，吹得脸上凉飕飕的，非常舒服。

第四位写作者的笔下，不光有看到的、听到的东西，还有闻到的东西，以及皮肤感受到的东西——凉飕飕的。也就是说，他接收到的信息，不光来自眼睛，还来自耳朵、鼻子和皮肤。他的文字，可以基本上让我们清楚地了解他所处的环境，甚至他所处的季节。他笔下的信息量大得多，带给读者的体验也多得多，能让读者更好地进入他所展示的环境之中。这位写作者和前面几位写的字数其实差不多，但是给读者提供的信息量却完全不同。

当然，如果他有心，还能使用自己的触觉，比如，抚摸一下树木或者教室的外墙，感受周围是否潮湿。在北方和在南方，尤其是潮湿的南方，当我们抚摸树木的时候，感觉是完全不同的。另外还有味道，用舌头舔一下鹅卵石，如果发现是咸的，说明到了海边，是海的味道。

看看，其实我们感知外界的工具是很多的，但是很多人都忘掉了这些工具，以至于我们对于外界的感知是迟钝的。

语言文字的首要功能，就是传递信息。而我们传递的信息，都来自我们的感官——我们看到的、听到的、闻到的、摸到的、尝到的。我们能够传递的信息的多少，首先来自我们接收到的信息的多少。对于写作的人来说，感官接收到的信息自然是多多益善，这样，使用的时候才能够信手拈来。

比如说，我们在马路边目睹了一起车祸：一辆摩托车撞倒了一个卖鸡蛋的大妈。警察带走了肇事者，并且请部分目击者向他们描述现场情况。肇事者是一个送餐的小哥，刚刚闯了祸，还在惊吓之中，他所描述的，只是事情发生的经过：他骑着摩托车去送餐，一位老大爷突然闯红灯，他猝不及防向右躲避，撞倒了路边提着篮子的大妈。肇事者能提供的信息基本上就只有这些。目击者站在旁观者的角度，能提供的信息可能会更多一些。肇事者从哪里出现，大妈怎么站在那个地方，老大爷从哪里出现，当时路上的交通状况如何，出事后路人的围观，他自己的反应……大致就是这些信息。警察根据这些信息基本就能确定事故责任以及如何处理了。但是，对于一名小说家来说，这些信息是远远不够的。小说家除了要了解事故的前因后果之外，还需要了解肇事者的情况、他的心理状态、他最近的情况，以及大妈和老大爷的相关情况。除此之外，他还要了解这一天的天气：晴天、阴天还是雨天，炎热还是寒冷。他还要了解出事的路段情况，出事时是否是交通的高峰期；当时路上的行人多不多；路上的人的状态，是慢慢悠悠，还是来去匆匆；当时是什么季节；路边种了些什么树，是否有些树开了花，空气里是否有花香……

我们看到，小说家似乎了解了很多与事故完全无关的信息。这就对了。小说家不是警察，他的使命不是处理这起事故。小说家的使命是记录生活，并努力还原现场。所以，小说家除了把事情搞清楚，还需要尽可能多地掌握信息。这些信息是具体而精确的。他要调动他所有的感官，去接收各种信息。他不光要有一双鹰的眼睛，还要有狗的鼻子、猫的耳朵、蜥蜴的舌头……所有这些感官接收到的信息都可能被他运用到小说中去。所以，我们看到，小说里出现的文字不仅仅是事故的前因后果以及处理情况，还包括人的生存状况、事故背后的东西。换句话说，小说家还原的“现场”不仅仅包括事故现场，还包括人的生活现场。

我们再来看另一个例子。一个人在海滩上碰到一个之前险些跟他发生冲突的人。他身上恰好带了枪。那个人也发现了他，拿出了一把刀子。后来，这个人就开枪打死了那个人。这个案例中，如果仅仅是关于事情的描述，非常简单，没有多少打斗场面，一枪就结束了冲突。但是，对于小说家来说，这显然是不够的。我们看看小说家笔下的文字是怎样的：

> 我从远处看见那一小堆黑色的岩石，阳光与海上的尘雾在它周围笼罩着一层耀眼的光晕。我一心想着岩石后那清冽的泉水。

我挺想再听听泉水的潺潺声，挺想逃避太阳的炙烤与步行的劳顿，离木屋里妇女的哭泣远远的，得到一片阴凉的地方，好好休息休息。但当我走近时，却发现雷蒙的那个对头又已经回到那里了。

他只一个人，仰面躺着，双手枕在脑后，面孔隐在岩石的阴影中，身子露在太阳下。他蓝色的工人装被晒得直冒热气。我颇感意外。对于我来说，刚才打架的事已经了结，我后来就没有把它再放在心上。

他一看见我，稍稍欠起身来，把手伸进口袋。我呢，自然而然就紧握着衣兜里雷蒙的那把手枪。这时，那人又恢复原状躺下去，但仍把手放在口袋里。我离他还相当远，约有十来米。我隐约看见他的目光不时在细眯的眼皮底下一闪一闪。但更多的时候，我感到他的面孔在眼前一片燃烧的热气中跳动。海浪的声音更加有气无力，比中午的时候更为沉稳。太阳依旧，光焰依旧，一直延伸到跟前的沙滩依旧。已经有两个钟头了，白昼纹丝未动。已经有两个钟头了，白昼在沸腾着的金属海洋中抛下了锚。在天边，有一艘小轮船驶过，在我视野的边缘，我觉得它像是一个黑点，因为我一直正眼紧盯着那个阿拉伯人。

我想，我只要转身一走，就会万事大吉了。但整个海滩因阳光的暴晒而颤动，在我身后进行挤压。我朝水泉迈了几步，那个阿拉伯人没有反应。不管怎么说，我离他还相当远。也许是因为他脸上罩有阴影，看起来他是在笑。我等他作进一步反应。太阳晒得我脸颊发烫，我觉得眉头上已聚满了汗珠。这太阳和我安葬妈妈那天的太阳一样，我的头也像那天一样难受，皮肤底下的血管都在一齐跳动。这种灼热实在叫我受不了，我又往前走了一步。我意识到这样做很蠢，挪这么一步无助于避开太阳。但我偏偏又向前迈出一步。这一下，那阿拉伯人并未起身，却抽出了刀子，在阳光下对准了我。刀刃闪闪发光，我觉得就像有一把耀眼的长剑直逼脑门。这时，聚集在眉头的汗珠，一股脑儿流到眼皮上，给眼睛蒙上了一层温热、稠厚的水幕。在汗水的遮挡下，我的视线一片模糊。我只觉得太阳像铙钹一样压在我头上，那把刀闪亮的锋芒总是隐隐约约威逼着我。灼热的刀尖刺穿我的睫毛，戳得我的两眼发痛。此时此刻，天旋地转。大海吐出了一大口气，沉重而炽热。我觉得天门大开，天火倾泻而下。我全身紧绷，手里紧握着那把枪。扳机扣动了，我手触光滑的枪托，那一瞬间，猛然一声震耳欲聋的巨响，一切从这时开始了。我把汗水与阳光全都抖掉了。我意识到我打破了这一天的平衡，打破了海滩上不寻常的寂静，在这种平衡与寂静中，我原本是幸福自在的。接着，我又对准那具尸体开了四枪，子弹打进去，没有显露出什么，这就像我在苦难之门上急促地叩了四下。[①]

这一段文字显然远远超越了一起杀人案，而不仅仅写了杀人过程。在这段文字中，我们看到了杀人者在杀人前的心态，杀人者在杀人时所处的环境，以及文字给我们营造的那种特殊的氛围。文字中有视觉：远处的太阳、岩石、小轮船，还有近处的人、热气、光焰、水泉、手枪等；有静态的岩石等，还有动态的轮船、人和光焰。有听觉：他听到的声音、海浪的声音、枪声等。有触觉：皮肤的灼热、发烫的脸、眼睛蒙上的温热、稠厚的水幕、两眼发痛、光滑的枪托等。换句话说，如果要拍一部影片，拍这幕场景的话，所有的周边环境都已经有了。我们对这个杀人的场景的感受是非常具体细致的。这样，当我们读这段文字的时候，现场感显然是非常强的，文字的感染力就这样出来了。好的文字不仅仅提供字面上的信息，还有信息交叉、共生带来的背后的信息。

事实上，我们在日常生活中接收到的信息就是立体的。我们有五官。虽然关于五官的说法不一，但是关于人的五种感觉却是很明确的：视觉，听觉，嗅觉，触觉，味觉。这五种感觉构成了我们对世界的基本感知力。前面的练习中，很多写作者丢失了一部分感官。当然，我们写作的时候，不一定要写出所有的感觉，但是有一点却是毋

---

① 加缪．局外人．柳鸣九，译//加缪．鼠疫．柳鸣九，刘方，丁世中，译．南京：译林出版社，2017：38.

庸置疑的：多种感觉比单一感觉更能让人感知周围的环境。

当然，生活中的感觉是一码事，到了我们的笔下变成文字又是一码事。因为这些感觉往往不是独立、各自为政的，它们是一体、相互影响和相互支持的。比如，当我们孤独的时候，我们看到天上只有一两颗星星在闪烁，周围只有一两声鸟叫，闻到的气味是熟悉的，让人想起过去某段时光，空气也是凝滞的，甚至喝到口里的咖啡也是苦的。所有这些感觉都服务于“孤独”，都是在“孤独”的情绪下呈现的。

我们再来看下面这段文字，看看其中有哪些感觉，这些感觉如何在作者的笔下登场，又如何浑然一体：

> 那是个闷热潮湿的夜晚。花园里的树木笼罩在潮湿的雾气中，就连星星也似乎被淹没在了肮脏的棉絮里。拉海尔·弗朗科和她的老父亲坐在走廊上。她正在看一本描写特拉维夫某居住区居民的长篇小说。老人把他黑色的军事贝雷帽拉到了前额，宽大的土黄色裤子用背带固定住；他一边翻阅着《国土报》增刊，一边愤怒地夸夸其谈。“可怜的人，”他咕哝道，“他们确实运气不好，孤独直入骨髓。他们在母亲的子宫里就被抛弃了，没人可以容忍他们。大家形同陌路。就连天上的星星也彼此形同陌路。”
>
> 三十米开外，阿迪勒坐在棚屋的最高级台阶上，一边抽烟，一边平静地修理一把弹簧松弛的剪枝剪刀。两只小猫卧在走廊低矮的挡墙上，有点像在发情期。从朦胧的夜晚深处传来洒水器里的咕咕水声，还有蟋蟀刺耳的长鸣。一只夜鸟不时发出厉声的尖叫。在遥远的农家场院，犬声阵阵，声音有时化作令人心碎的哀嚎，偶尔呼应着山坡果园那边一只孤独的胡狼的悲鸣。①

上面一段文字中，视觉：雾气，星星，肮脏的棉絮，两只小猫等；听觉：洒水器咕咕的水声，蟋蟀刺耳的长鸣，夜鸟厉声的尖叫，阵阵的犬声，令人心碎的哀嚎，胡狼的悲鸣；触觉：闷热潮湿……这

① 奥兹．乡村生活图景．钟志清，译．南京：译林出版社，2016：86.

一切都在围绕“孤独直入骨髓”“他们在母亲的子宫里就被抛弃了”。在孤独之下，一切的感觉都是相似的。这些感觉让人更加孤独。

很多时候，我们的感觉还可以是变形、夸张的，因为我们笔下的文字里呈现的所有感觉都是为写作的目标服务的。在这里，如同梵高笔下的太阳，巴尔扎克时代所强调的对世界的“精确”描绘体现为感觉的真实、心理的真实，这是另外一种意义上的“精确”。这种“精确”既是变形后的格里高尔·萨姆沙的真实的甲虫形象，也是加西亚·马尔克斯笔下夸张的变形的呈现：

> 每年三月前后，一家衣衫褴褛的吉卜赛人都会来到村边扎下帐篷，击鼓鸣笛，在喧闹欢腾中介绍新近的发明。最初他们带来了磁石。一个身形肥大的吉卜赛人，胡须蓬乱，手如雀爪，自称梅尔基亚德斯，当众进行了一场可惊可怖的展示，号称是出自马其顿诸位炼金大师之手的第八奇迹。他拖着两块金属锭走家串户，引发的景象使所有人目瞪口呆：铁锅、铁盆、铁钳、小铁炉纷纷跌落，木板因钉子绝望挣扎、螺丝奋力挣脱而吱嘎作响，甚至连那些丢失多日的物件也在久寻不见的地方出现，一窝蜂似的追随在梅尔基亚德斯的魔铁后面。①

当我们看到“木板因钉子绝望挣扎、螺丝奋力挣脱而吱嘎作响”的时候，我们并不觉得不真实，相反，还觉得特别形象，因为特别符合当时人的感觉。另外，当我们处在某种特别的境遇之中，感觉也会变形。比如恐惧，当人处在恐惧的情形下，感受到的周围的东西都不同：石头像鬼怪，鸟叫是鬼叫，树影像野兽。

当然，我们的感官所感知的世界，不仅仅出现在场景描述中。我们对身边发生的事情是否敏感，我们是否善于倾听来自这个世界的不同声音，我们是否“对他人的痛苦有着痛彻肺腑的怜悯”（伯特兰·罗素语），这些都考验着我们的感官，同时也决定着我们能否成为一名好的写作者。对情绪、情感、氛围的感知更考验着我们的感知力。

---

① 马尔克斯．百年孤独．范晔，译．海口：南海出版公司，2011：1.

这种时候，我们的感官可能都不够用了，我们还需要用大脑、用心灵来和世界交流。

第三节　如何重拾感官

正如写作之前要做很多准备工作一样，一名写作者在打算开始自己的创作生涯，由一个“写作文的人”成为一个“创作的人”时，也需要做很多的准备工作。本章所说的写什么和写作素材来自哪里，就是必须要解决的问题。

一名写作者，必须是对世界敏感的人，他对于这个世界有着异于常人的感知力。但是现在，如前文所言，我们很多人的感官丢失了，怎么办？如何重拾我们的感官？我们可以通过四种训练来尝试找回自己的感官。

1. 打开感官

目标： 打开自己所有的感觉器官。通过比赛的形式看谁接收到的信息更多、更全面、更复杂、更有价值，同时相互启发。

形式： 三位写作者一组。

方法：

第一步：寻找。寻找一个户外比较复杂的环境，有自然景观，有人，有活动，例如公园。几个人正在打太极拳。另外几个老人组成的乐队正在进行练习。两个年轻人正在晨练。三位写作者进入那个地方待半个小时。要求三位写作者动用自己的所有感官，观察、聆听、闻气味等。这半个小时里，先远观，全面了解大致情况。接下来，走近体验的环境，可以走动，也可以就近具体感受某一个人或某一个地方，关键是努力接收更多的信息。尤其需要注意的是，要重点关注动态的信息。比如说，有两个老人争吵起来了，要观察他们争吵时的样子、周围人的反应，还要仔细聆听他们争吵的内容以及周围人的话语，了解事情的来龙去脉、前因后果。

第二步：记录。三位写作者各自记录自己感知到的所有信息，分视觉、听觉、嗅觉、味觉和触觉五个方面来记录。记录是零碎的，不必成文。可以边记录边感知，边增补所感知的内容。若有故事发生，则可以将故事简单地写下来。

第三步：比较。三位写作者将各自记录下来的信息进行比较。首先比较一下，看看谁记录的更多、更复杂、更有价值，为什么各自记录的内容是不同的，各自的关注点是什么。其次是相互启发，看看还有没有需要记录的东西，再增补进去。接下来，将三位写作者的信息进行整合，看看三个人共同的信息与一个人所掌握的信息有什么不同。对于发生的故事也要比较，看谁记录的故事更加具体、深入和完整。

第四步：选取。所有的信息之中，看看哪些是有价值的。哪些适合变成文字？哪些可能会用在文学作品之中？尤其对于动态的信息，要看看是否有写下来的价值。

第五步：讨论。三位写作者一起讨论一下：各自日常比较敏感的感官是什么？容易忽视的是什么？如何让自己比较迟钝的感官变得敏锐一些？对于动态的信息，同样的一件事，为什么不同的练习者会表述得不一样，甚至大相径庭？

第六步：总结。大家共同总结这项练习给自己带来的启发，尤其要总结在整个练习过程中我们的行为习惯。

2. 事件采访

目标：学会在复杂的事件之中掌握有价值的信息。

形式：三五位写作者一组，一起观察，并相互比较、讨论、总结。

方法：

第一步：寻找。找一个事故或案件现场，观察、聆听、采访相关人与事，了解事故或案件的经过。每位写作者先各自寻找自己认为有价值的东西，找之前相互之间不作交流。我们以一场斗殴为例。每位写作者去斗殴现场，了解现场情况。每位写作者要动用自己所有的感官，尽可能多地掌握信息。要了解事件发生的现场大环境及小环境。

所有的信息都要记录下来。

第二步：采访。了解相关情况之后，还要主动采访有关人员，了解自己想要了解的信息。每位写作者挑选自己认为有价值的采访对象进行采访。自己制定采访计划，准备采访内容，各自进行采访，了解事件的经过以及前因后果。采访时也要观察和聆听，动用自己的一切感官去掌握信息。所有的信息都要记录下来。

第三步：讨论。需要讨论几个方面的问题：（1）所有写作者将自己掌握的信息拿出来，大家相互比较，看看有什么不同，为什么会不同。（2）讨论一下，比起景物信息采集，有故事的信息采集有什么不同。（3）讨论一下，所有写作者搜集到的这些信息，哪些信息是有价值的，哪些是没有价值的。（4）剔除无用信息之后，再讨论一下，所有这些信息是否可以形成一个完整的故事。（5）如果不够的话，还缺哪些信息？列出来。（6）对事件进行深度挖掘，讨论一下事件背后有什么有价值的东西，进一步探讨需要补充的信息。

第四步：补充。完成上述的讨论之后，根据缺乏的信息进行分工，大家分头再去采集。采集信息的时候，要注意带着还原现场的目标，尝试将所有的信息组成一个完整的故事。

第五步：总结。总结事件采访的几个关键问题。总结文学采访和新闻采访的不同。总结一下，如果是自己单独去采访，有哪些注意事项。总结如何在复杂的事件当中，去掌握适合自己写作的有用的信息。总结如何带着问题去了解一个事件中有价值的信息。总结如何在采访的过程中，去捕捉、发现、寻找新的有用的线索。

3. 信息使用

目标：掌握如何使用自己获得的信息。在使用的过程中回过头来，了解什么样的信息是创作时的有用信息。

形式：上一项练习完成后，小组继续完成这项练习。练习需要写作、分析、讨论。

方法：

第一步：写作。每位写作者根据大家讨论后共同获得的信息，来尝试写一个完整的故事。注意：不一定是一部完整的小说，但必须是一个完整的故事。写作的过程中，每位写作者自行决定使用哪些信息、如何使用。

第二步：交换。写出故事后，大家相互交换，看看跟自己写的有什么不同。注意：每一位写作者都要看到其他所有写作者的作品。看的过程中要做记录，记下其他写作者的作品跟自己作品的不同之处，哪些是可以启发自己的，哪些认为是有问题的。

第三步：讨论。讨论分两部分。首先由一位写作者谈一谈自己的写作感受：为什么要这么写，写的什么，有什么困难，难点在哪里，哪里是自己感到遗憾的地方，哪里需要大家帮助。接下来，其他写作者谈阅读这位写作者作品时的感受，尤其要回应这位写作者提出的问题，看看自己能否提供有价值的意见。每位写作者都要思考自己的视野和其他写作者有什么不同，为什么会有这种不同。每位写作者的作品都要经过讨论，每位写作者也需要对其他写作者的作品提出自己的意见。每位写作者在讨论的时候要做记录，尤其是关于自己的问题和意见的记录，也可以记录自己受到的启发。

第四步：总结。在讨论结束后，每位写作者要做总结。总结自己在信息采集方面的问题、信息使用方面的问题，以及写故事时的问题。总结要写下来。

第五步：重写。在总结完自己的问题之后，尝试重写这个故事。但在写作之前，需要再思考一下：自己在素材方面还缺少什么？如果需要进一步采访的话，就要去做补充采访。采访补充素材之后，再重写自己的故事。再自行比较一下：和先前写的故事相比，新写的故事有什么不同？

4. 信息变形

目标：学会掌握不同情绪下人对世界的感知能力。了解如何通过对外界的描述来准确地表达人的情绪、情感和心理。

形式：三五位写作者一组，进入同一个环境。让不同写作者尝试带着不同的情绪去感知这个环境，并写下来，最后进行比较、总结。

方法：

第一步：挑选环境。挑选一个具有标志性的环境。比如说，春暖花开时节，桃花盛开的桃林；或者冬天里，下雪天，四周都是冰天雪地。注意，最好是有明确标志性的环境，以利于后面的练习。

第二步：分派任务。几位写作者分别担任不同的角色。角色的标识是：愤怒、焦虑、恐惧、兴奋、烦躁等。注意，要明确告诉每位写作者，带着自己所分派的这种情绪到那个环境中。

第三步：进入环境。所有写作者进入到这个环境当中，进行半个小时的体验。这半个小时体验中，要努力带着自己的情绪。注意，这里都是单独感知，写作者之间不要交流。要尽量调动自己的各种感官，去感受看到的、听到的、闻到的……

第四步：写作练习。每个人将自己感知的东西记录下来，写成一个片段。注意，是自己那种情绪下所感知的东西。尽量写得饱满一些、立体一些。这种写作不是简单地记录，而是认真地创作。所有的感觉之间要连成一体。写出来的文字要有完整性。

第五步：分享讨论。所有写作者分享自己写的片段，感受一下不同情绪下所感知的同一个环境有什么不同。相互提意见：写得是否到位，是否是那种情绪下所感知到的环境。讨论一下为什么在不同的情绪之下，人所感知的环境会不同。

第六步：总结思考。每位写作者在讨论之后，自己再作总结。总结一下在不同情绪之下变形的环境。写作者需要有随时切换自己身份和情绪的能力，要能够像演员一样“入戏”，这样才能够让自己的作品真实可信。几位写作者还可以做不同的尝试，尝试以另外一种情绪去感知和写作。

以上几项练习可以由老师组织进行，也可以由写作者自行组织。不同写作者也可以有选择性地寻找自己比较薄弱的方面来练习。

这些练习的主要目的，是进一步强化我们感知世界、记录世界的能力。但是，仅仅一两次的练习是不够的。我们需要真正打开自己的所有感官，让自己对这个世界真正敏感起来。同时，要学会选择自己所感知的信息，并把它们变成自己笔下的文字。这些不是写作素材来源的全部，却是写作素材来源的基础。这些练习可以让我们不断思考，如何在开始写作前做好准备，如何去和这个世界打交道，以及如何学会像作家那样去感知世界、记录世界。

内容小结

“写不长”是初学写作者的首要问题，即写作时不知道写什么。写作者写作材料的首要来源，是我们大脑里所储存的信息，而这些信息主要来自我们的感官。但是，很多人的感官通常都是沉睡的，大部分人只使用了眼睛和耳朵，甚至连这两样都没有使用好。如何在日常生活中使用我们的感官接收信息，又如何在写作时唤醒我们平时接收到的信息，是需要进行训练的。

写作思考

如何以一位写作者的心态去感知生活、感知世界？

课堂设计

【课堂形式】

以分组为主。三到五位写作者组成一个小组。进行大量的练习、讨论、陈述。可以在教室里，也可以到户外去。

【课堂流程】

第一个环节：

让所有写作者走出教室，自行活动，不讲述原因，也不作任何要求。时间为 5 到 10 分钟。

第二个环节：

所有写作者回到教室。若在户外上课，则聚在一起。要求所有写作者将刚刚在户外感知到的东西写下来。不要求写完整的文字，只需要尽可能多地记录所感知到的东西。单个的词语或句子都可以。时间为 6 分钟左右。

第三个环节：

提问：我们感知世界的工具主要有哪些？

老师讲述：我们感知世界的主要感官有哪些，主要从哪些方面来感知世界。

第四个环节：

所有写作者逐个朗读自己写的文字。其他写作者记录这位写作者用了哪些感官，用得怎么样，是否充分。在一位写作者朗诵完之后，其他写作者马上开始评论。

第五个环节：

老师分享部分文字，写作者阅读后分组讨论：这些文字有什么不同，作者在感官使用上有什么特别之处。

第六个环节：

老师讲述写作素材的来源。根据作品分析：这些文字好在哪里，作者是如何感知这个世界并将自己的感知诉诸文字的。

第七个环节：

练习。如果还有时间，可以做一项前面所说的感官练习。

第八个环节：

总结这次课，并让写作者意识到这堂课的目的和意义。最后给写作者留下课后的练习和思考题。

第四章

探索欲与表达欲

我们经常会有这样的感觉：有一个故事，一直想写，却不知道从哪里下笔。有些故事甚至在心里埋藏了很多年，却不知道如何去写。这让我们一方面如鲠在喉，一方面又无从下手。对于写作者来说，这其实是个常见的问题。

有了写作的题材，接下来我们面临的问题就是：如何对待这个题材。对于写作者来说，题材只是写作对象，而不是作品本身。因此，如何处理这个题材就是接下来必须面对的工作。有些初学写作者，一有了写作的想法就马上动笔，结果却不尽如人意，要么写了没多久就卡壳了，要么干脆就放弃了。那什么时候才可以开始动笔？有了写作的题材，动笔前，我们还需要做些什么？这是我们需要解决的问题。

我们这一章的主要任务，就是探讨：面对一个素材时，我们应该如何处理？什么时候才是开始写作的时机？

第一节　动笔的时机

我们先来看一个故事：

> 快过年了，村里突然来了一个不速之客。有人认出，这个不速之客原来是十多年前就从村子里消失了的一个青年，现在已经人到中年了。当年他在村里偷人家东西，被他父亲痛打了一顿，他一气之下就离家出走了，后来一直没有消息。村里有很多传说：有的说他出去又干了坏事，坐牢了；有的说他在外地入赘了；还有的说他早就不在人世了。他的父母对他也一直不闻不问，有人要他们报警，他父母也拒绝了。没想到，这么多年过去，他突然又出现了。大家围住他，纷纷问他这些年都干什么去了。他只是笑笑，什么都不说。

这是一个真实的事件。我们就用这个事件作为一个写作题材来探讨，什么时候才是我们开始写作的时机。根据写作的日常心理，我们把写作的准备过程分为几个时期，通过这几个时期来进行探讨，看看哪个时期是最适合我们开始动笔的时期。

1. 第一个时期：发现了一个素材

对于写作的人来说，素材就好像是厨师的食材。素材是写作的基础。那么，当我们面前摆着一个素材的时候，我们是否马上就要动笔呢？

我们通过一个真实的案例来思考这个问题。

1772 年初夏，23 岁的歌德从法兰克福到威茨拉尔的最高法院去工作。一次，他在一个舞会上结识了年轻漂亮的女孩儿夏绿蒂。歌德对她一见钟情，同时，他感觉到，夏绿蒂对他也是有好感的。但是很快，歌德就知道，她已经与自己的好朋友、外交官克斯特纳尔订了婚。此时，夏绿蒂也非常矛盾，她既钟情于歌德，又不忍心抛弃自己的未婚夫。在歌德再次向她表白之后，她向歌德诉说了自己的苦衷。歌德听说之后，明白自己没有希望了，于是痛苦地离开了威茨拉尔，回到自己老家法兰克福。他刚一到家，就得知了夏绿蒂结婚的消息。没过多久，他又听说，自己的好朋友耶路撒冷也因为爱上一个有夫之妇，最后失恋自杀了。于是，歌德想自杀。他甚至把一柄短剑挂在身旁，随时准备结果了自己。最后，歌德没有自杀，他用四个多星期的时间，写出了后来的名著《少年维特之烦恼》。

从这个案例当中，我们似乎看到，当一个素材来到歌德面前的时候，他马上就动笔，一气呵成，写成了这部作品。这个案例经常被人当作那种因为不可遏制的灵感而一气呵成写出作品的案例。然而，事实真的是这样吗?

歌德在晚年，对他的秘书爱克曼谈及《少年维特之烦恼》时，曾经说过这样一段话："我像鹈鹕一样，是用自己的心血把那部作品哺育出来的。其中有大量的出自我自己心胸中的东西、大量的感情和思想，足够写一部比此书长十倍的长篇小说。我经常说，自从此书出版之后，我只重读过一遍……一看到它，我心里就感到不自在，生怕重新感到当初产生这部作品时的那种病态心情。"①

从这段话中，我们发现，当歌德意识到自己失恋这件事是个素材的时候，其实作品中的很多思想和情感已经酝酿多时了，因此他才能够一气呵成。所以，这部作品并不是什么神秘的产物。

我们再看看前面所说的这个失踪后又出现的人的故事。当我们面对这个素材的时候，能够马上动笔写成一部小说或者非虚构作品吗?我们能够写出一部什么样的作品呢?考虑清楚之后，我们发现，马上就动笔太唐突了。我们还没有想好，要把它写成一部怎样的作品。我们甚至都还没有判断，这是否是一个好素材或者适合写的素材。这个素材对于我们来说，如同一堆原始的食材，我们还没想好要做成什么菜，甚至连食材本身也是缺乏的、不完备的。如果仅仅把上面提供的素材以小说的形式写出来，那是一部不完备也不合格的小说。同时，仅仅根据上面的材料来写小说，在写作的时候，我们也会觉得处处受制：一方面，不明确我们要前进的方向；另一方面，如同厨师做菜，

① 爱克曼．歌德谈话录．朱光潜，译．北京：人民文学出版社，1978：17.

在做的时候才发现缺少配菜和佐料，这时再去找，菜肯定是做不好的。

综上所述，我们可以得出一个结论：刚开始发现一个素材的时候，并不是动笔的好时机。

2. 第二个时期：这个素材触动了自己的内心

当我们看到一个故事的时候，首先会有一个想法：它值不值得写？或者说，它适不适合写？对于有经验的写作者来说，这个问题常常是由自己的经验和直觉来决定的。但是，通常判断的标准是：这个故事是否打动了你。

像前面所说的这个失踪后又突然出现的农村青年的故事，不同的人看了之后感觉可能也会不同。对于有些人来说，只是相当于在报纸上看了一则平常的新闻而已，甚至连新闻都不如。而对于另外一些人来说，看到之后可能内心会产生震撼。通常而言，一个故事是否能够打动一个人，除了故事本身之外，还跟读者自身的阅历、思想、关注面等有关。而阅历、思想和关注面，则关乎我们日常所思所想，关乎我们是否对类似的内容有过思考。以笔者自身为例。笔者在农村长大，又关注社会热点问题，看到这个素材之后，马上就会回忆起自己成长的那个山村，又会想到我们这个大时代——在中国前所未有的城市化进程中，人的迁徙、生活的变化以及精神的缺失。这样一来，这个故事自然就打动了笔者。所以，一个素材能否打动一个人，关键在于是否激发了这个人的思考和情感。从某种意义上说，一个素材，只有在打动你的情感的条件下，你才有可能想去写它。因而，一个素材触动了内心是可以写作的前提。

接下来，我们假定这个素材打动了你，触动了你的内心，那么，现在是否可以动笔了？

我们再看一个案例：

> 1801 年，一个名叫彼埃尔·莫的穷苦农民因饥饿偷了一块面包，被判五年苦役。刑满释放后，他持黄色身份证找活干，又处处碰壁。

当时，法国作家维克多·雨果看到了这件事，并被这件事打动了。但是，雨果没有马上动笔。一直到 1828 年，雨果又开始搜集有关米奥利斯主教及其家庭的资料，酝酿写一个释放的苦役犯受圣徒式的主教感化而弃恶从善的故事。此后，在 1829 年至 1830 年间，他又搜集了大量有关黑玻璃制造业的材料（后来，这些材料成了小说中冉阿让到海滨城市蒙特伊化名为马德兰先生，从苦役犯变成企业家，开办工厂并发迹的由来）。此外，雨果还参观了布雷斯特和土伦的苦役犯监狱，在街头目睹了类似芳汀受辱的场面。即使如此，雨果仍然没有动笔。一直到 1845 年 11 月，雨果才真正开始创作。

从上面这个案例中，我们发现，仅仅触动了自己的内心也是不够的。作家后来还做了大量的资料准备和构思准备。事实上，作家在创作一部作品的时候，既要还原很多生活现场，又要构筑一种新的生活乃至一个新的世界。而要做到这一点，需要大量的准备工作。这个准备工作既包括对这个世界的设计，也包括准备构筑这个世界的材料。从某种意义上说，一个素材打动了作家，只能算是创作的第一步，说明作家有了创作的冲动。但是，并不是所有的创作冲动都能最终转化为作品。对于一位作家来说，更多的，是大量有了冲动但没有写完甚至没有开始写的素材。

以鲁迅先生为例：

> 第一部是历史小说《杨贵妃》。一九二四年，鲁迅应西北大学邀请到西安讲学。鲁迅当时的想法是沿途好好考察，回来后完成长篇小说《杨贵妃》。关于这个写作计划，鲁迅曾多次向许寿裳、郁达夫等人提及。但是，等鲁迅从西安回来后，他却说不写了，理由是他到西安后发现西安的天空已经不是唐朝的天空了，艺术感觉全都被破坏了。
>
> 第二部是关于红军的故事。一九三二年五月，鲁迅在上海结识了因腿部受伤而住院治疗的陈赓将军。其间，他听陈赓将军讲述了红四方面军在鄂豫皖边区反“围剿”的许多故事，激动不已，马上向陈赓索取了相关的油印材料，决定写一部《飘落的红

> 云》。冯雪峰回忆说鲁迅准备写这样一部小说，并说鲁迅谈道“要写，只能像《铁流》（苏联战争小说）似的写”。但是，鲁迅此时忽然接到母亲生病的电报。返回北京探望后，他又应几所高校邀请讲学。这部关于红军的小说也终于未能写成。
>
> 第三部是一九三六年六月鲁迅大病后想写一部反映中国四代知识分子生活的长篇小说。据冯雪峰回忆，鲁迅当时说他要写一部长篇小说，讲四代知识分子的命运：“一代是章太炎先生他们；其次是鲁迅先生自己的一代；第三，是相当于例如瞿秋白等人的一代；最后就是现在如我们似的这类年龄的青年。”冯雪峰还说：“大约过了一星期，一晚再去访问的时候，鲁迅先生说道：‘那天谈起的写四代知识分子的长篇，倒想了一下，我想从一个读书人的大家庭衰落写起……’又说，‘一直写到现在，分量可不少。不过一些事情总得结束一下，也要迁移一个地方才好。’”可惜的是，这个计划最后也没有完成。①

由此，我们看到，一个素材仅仅打动了作者的内心是不够的。还有很多需要准备的东西，还有很多可能制约写作的因素。这个时候不是动笔的最佳时机。

3. 第三个时期：对这个素材进行了深入思考

看起来，这应该是动笔的好时机了。我们已经对素材进行了深入思考。那么，我们首先得搞清楚：思考了什么？

首先，我们得思考隐藏在素材背后的很多问题：他离家出走的真正原因是什么？这些年他到底在做什么？他为什么又回来了？他为什么过了这么多年才回来……

很显然，这些问题素材里没有给出答案，需要我们自己去猜测。当然，猜测虽然有趣，但却无法验证。所以，最后我们需要自己去给出答案。那么，我们如何给？只能结合自己的经验，利用自己的想象力去制造答案。给答案其实并不难。任何人都可以给出一个答案。但

① 史飞翔．鲁迅为何不写长篇小说．中国文化报，2017－06－15．

是，作为一名写作者，最难的在于三点：第一，你的答案是有创造性的。也就是说，是别人想不到的。一般情况下，我们面对这些问题的时候，会本能地从生活经验里去找，或者是从自己看过的作品以及影视剧里去找。但前者不一定合适，后者则明显缺少原创性。比如说，离家出走是因为挨打，这是素材里可以直接得到的答案，但这个答案是人人都能想到的。第二，你的答案是符合逻辑的。也就是说，你不能胡思乱想，不能胡乱给出一个答案。你的答案至少要能和素材里给出的内容相合，还要能够自圆其说。第三，你的答案是有价值的。这也是最难的一点。文学作品的价值不是体现为由作者自己发表长篇大论，而是通过人物、故事等让读者自己去思考。

其次，我们得思考这个故事的背景。这个背景不仅影响你写作时的表达，还会影响你作品的价值。一个故事，在不同的时代，可能内涵完全不同。比如说鲁迅的《狂人日记》，如果放到古代，或者放到当代，作品所呈现的价值就会完全不同。

再次，我们得思考这个故事的最终走向。从素材来看，里面并没有什么有价值的结果。那个人只是中年的时候回家了。我们得思考他回家后带来的其他东西，这些东西可能隐藏在素材之外。比如说，从心理的角度，我们会思考他回归的内在东西：是无奈回家还是荣归故里？是逃离后的释然还是回归后的报复？是挣扎的结果还是顺其自然的回归？从教育的角度，我们会思考农村家庭教育的缺失给人带来的成长问题。从社会的角度，我们还可以思考，在千年未有的城市化进程中，人与故乡之间的纠葛。从不同角度去思考最终走向，会让作品有不同的意义。

另外还有，我们想用这个故事来表达什么、思考什么。也就是说，我们要从素材中挖掘出什么思想，或者说，我们将赋予素材什么思想。

当然，我们还会有其他的思考。当这些思考都完成之后，看起来似乎可以动笔了。一般情况下，也的确可以动笔了。但是很多时候，我们却发现，思考了这么多之后，似乎我们动笔的欲望不那么强烈了。或者说，我们考虑得太多了，以至于不知道从哪里下手了。因此，看起来，离开始动笔我们好像还缺点什么。

4. 第四个时期：对这个素材有了不可遏制的表达欲

表达欲是人类重要的欲望之一，是人类交流的需要。对于写作者来说，有了不可遏制的表达欲意味着有了写作的灵感，而灵感是写作者写作的强大动力之一。

在与写作相关的各种东西中，灵感是最神秘莫测的东西之一。历史上曾有很多作家讲述自己获得写作灵感的经过。法国作家罗曼·罗兰就是其中之一：

> ……夕阳在下山。深红色的城市在我足下呈现半圆形，燃烧着。亚尔彭群山的笑意正在天际消逝。索拉克特山上的拱门似乎在荒原上飘浮……此刻我又生活在那一瞬间了，我又清晰地看见了使我精神得到新生的地点。从此它一直深深地渗透于我的思想中，即使在二十多年后，当我最亲密的朋友——使那美名又戴上桂冠的年青兄弟跟我一起在罗马，初次经过霞尼古仑山时，他就停住了说：
>
> “我看见约翰·克利斯朵夫了……”
>
> 他那心灵的触觉感到了那遥远的往日的震动，那时涌现了克利斯朵夫本人，那个人物，而不是那作品。
>
> 顿时涌出。起先，前额从地下冒起。接着是那双眼睛，克利斯朵夫的眼睛。其余的身体在以后的年月中逐渐而从容地涌现。[①]

显而易见，此时的罗曼·罗兰有了强烈的表达欲。他兴奋、激动，不吐不快。写作是一项需要冲动的活动。但是，冲动有时候也会毁灭作品。尤其是对于小说来说，写作者在完成构思、自己进入角色之后，就会有表达的冲动。从写作的角度来说，我们的表达欲的对象通常包括这几个方面：介绍人物的欲望，讲故事的欲望，表达情感的欲望，传递思想的欲望，语言宣泄的欲望……所有这些欲望都是写作前的要素之一。这些欲望会调动写作者的情绪，让写作者兴奋。但这

---

① 罗兰．罗曼·罗兰文抄．孙梁，辑译．上海：上海译文出版社，1985：208.

个时候，写作者恰恰需要控制自己的情感和表达欲。从这种意义上说，写作其实是一种控制和节制的艺术。写作者再有充沛的情感，在表达的时候也需要节制，这样才能理智地与作品中的人物对话。

从某种意义上说，表达欲是一柄双刃剑。缺少表达欲，就没有写作的动力；有充沛的表达欲，也会让我们在创作的时候失去理智，只想一味地把自己心里的东西吐出来。这个时候，吐出来的可能不仅仅是作品，还有作品的附加物——你过多的语言、故事、情感或者思想。

这个时候，我们发现，在有了不可遏制的表达欲时，固然是可以写作的时候，但同时，也是需要我们警惕的时候。

5. 第五个时期：对于这个素材经过充分思考，已经冷静下来

现在，我们已经度过了写作冲动时期，冷静了下来，是否可以开始动笔了？事实上，写作时的冷静也是一柄双刃剑。过于冷静，往往会失去写作的激情；不够冷静，则有可能失之草率。对于诗歌来说，可能更需要激情；而对于小说来说，则需要激情后的冷静。但凡事都有个度，过犹不及。对于每一位作者来说，写作习惯不尽相同，因此需要区别对待。有些题材，甚至要经过“冲动——冷静——再冲动——再冷静——再冲动”这样一个反复的过程。谨慎一点说，如果一个题材在冷静之后，还能有新的东西能再令你激动起来，产生创作冲动，那可能意味着这个题材确实值得你去写。这是一个对题材的价值再发现的过程。有价值的题材其实并不害怕多放一放。如前文所言，雨果写《悲惨世界》，就是做了充分的准备，放了很多年才动笔。即便如此，他在经历被流放之后，思想发生了很大的变化，对这个题材又有了新的认识，因此又做了大量修改。

另外，有些题材当时令你冲动，但事实上可能并不具备写作的条件。因为还要做大量的准备工作，包括素材的补充、构思、语言风格的选择、如何开头等，这些都需要写作者耐心地去准备。而在准备这些东西的时候，你可能会对这个题材有新的发现和新的思考。

以上所说的面对一个题材所经历的各个时期，只是个大概的划分。本书提供的这些思考，希望能让我们在开始动笔的时候更加谨慎一些。总而言之，面对一个题材，大致上会有三个写作的时机：

（1）第一个时机，考虑清楚，瓜熟蒂落。

也就是说，你对一个题材已经考虑得很成熟了。从思想到构思到语言再到谋篇布局，都考虑好了，甚至连细节都想清楚了。从某种意义上说，这部作品已经在你的脑子里了，你只是将它拿出来而已。这恐怕是很多初学写作者最期望的状态：所谓胸有成竹，然后下笔千言，倚马可待。关于这个问题，我们在第一章第三节已经探讨过，这里不再赘述。

对于创意写作而言，写作过程其实就是一个思考的过程。文学创作也是思维方式的一种。因此，打好腹稿一气呵成其实只是一种理想状态，或许文学史上有过成功的案例，但应该只是特例，并不具有代表性。

（2）第二个时机，不清不楚，想弄清楚。

对于一个题材，仍处在好奇阶段，有强烈的想弄清楚的欲望，这自然是一个人写作的动力之一。但在这个时候就去动笔，显然是轻率的。一边写、一边思考，随后再写、再思考，同时可能还要再补充材料。很多初学写作者的确是这么干的，或许也有成功的案例。但是，这不是一名成熟的写作者的写作习惯。这种写作方式对写作的耗费是巨大的，甚至很多时候会写废一个题材。

写作的确是一个“想弄清楚”的过程，但绝不应该是在完全不清不楚的状态下进行的。完全的不清不楚会让写作者盲目，做很多无用功。

（3）第三个时机，大处清楚，小处不明。

本书认为，从写作规律来讲，这才是一名写作者通常有的动笔时机。大处清楚通常包括以下几个方面：我们对于一个题材有了自己独特的“发现”；考虑清楚了想从哪方面去探索，想去思考哪方面的问题；设置好了主要人物，并有了初步的人物形象；有了核心故事和主要故事线索；思考了作品的结构；找到了写作的语感；想好了如何开头……这样，就算是“大处清楚”了。“小处不明”包括：故事背后的真相还未显现，想要表达的思想还不具体，人物的形象还不够清晰，故事的走向还不明确……

“大处清楚，小处不明”既避免了我们写作的盲目性，又让我们保持探索的欲望，并在写作过程中完成思考。通常而言，也许这才应该是动笔的最佳时机。

第二节　探索欲与表达欲

一名写作者写作的原因是多种多样的，既有功利的原因，也有非功利的原因。功利的原因，包括要完成任务的需要、成名获利的欲望等，这些我们不去探讨。我们主要探讨非功利的原因，也即写作本身对于写作者的吸引力。这种吸引力通常是由两种欲望构成的：一是探索的欲望，二是表达的欲望。

1. 探索欲

我们以前文所说的题材为例，看看面对这个故事，我们通常会有哪些探索欲。

（1）我们想弄清楚事情的来龙去脉。

一个中年人春节的时候回老家了，原本这没什么可说的——春节回家是中国人的习惯。但是，这个中年人的回家居然引起了村里人的注意，大家纷纷去看他，这就有些让人好奇了。我们首先想弄清楚这件事的来龙去脉。我们发现，原来这个中年人曾在年轻的时候离家出走。而离家出走的原因，是因为当年他偷东西，被父亲打了一顿。这样，事情的大致脉络我们就弄清楚了。

“年轻时挨打——离家出走——多年以后回家”，这就是这个故事的大致脉络，前因后果都很清晰，也很符合逻辑。

这是我们探索的第一步：了解情况。当然，我们还可以了解得更具体一些。比如说：什么时候偷东西并且挨打的，当时这个人多大；这个人的背景，当时是在校学生还是辍学在家；他回来的时候多大年纪；他回来的时候家里人的反应是怎样的……弄清楚了这些，这个故事在我们的心里就比较丰满了。我们如果跟一个朋友讲述这件事，基本上就能够讲得比较清楚了。

事实上，一个题材之中，并不是所有的事情都会清晰地摆在我们面前，有些事情的前因后果并不清楚，甚至中间还有很多矛盾的地方，这些都需要我们去探索。人类的基本欲望之一，就是对事情的完整性的诉求。但是，当一些题材摆在我们面前的时候，它们并不是完整的，中间可能有残缺，前因后果说不通，逻辑上有问题，解释不通，等等。例如这样一个案例：

> 在法国作家司汤达的故乡发生了一宗谋杀案。一个名叫伯尔岱的青年在一个有钱人家里当家庭教师，成了这个家庭主妇的情人，后来，这个情妇所写的一封信阻碍了他和第二个情妇——一个非常有钱的小姐结婚。由于怨恨和绝望，家庭教师杀死了那个主妇。

在这个案例中，就有不少不清楚的地方。这个青年伯尔岱成了家庭主妇的情人，怎么又有了另一个情妇？而且为什么他的两个情妇都是有钱人，他是如何做到的？既然是情妇，应该是隐瞒得很好的，家庭主妇是如何知道他的另一个情妇的？这两个情妇，他是同时交往的，还是认识了新的就抛弃了旧的？一封信如何阻碍他们结婚？这个家庭主妇写信阻碍伯尔岱和那位小姐结婚，就不怕他们的情人关系暴露吗？从材料中看，伯尔岱应该是一个浪荡子，他为什么会为一个小姐而杀人？他就不知道这样做的代价是什么吗……

换句话说，如果我们要跟朋友讲述这样一宗谋杀案，不清楚的东西太多了，我们没办法讲清楚其中的来龙去脉。如果我们只是把这么一件事跟朋友讲，他肯定会像前文一样，问很多问题。而我们要能够回答这些问题，就必须弄清楚事情的来龙去脉。

有些时候，我们看到的题材中，还有逻辑不通、不合常理甚至自相矛盾的地方。这些东西都需要我们去弄清楚。

（2）我们想弄清楚背后的真相。

弄清楚事情的来龙去脉之后，我们还想弄清楚很多背后的真相。

探索真相也是人类的欲望之一。科学、哲学和宗教，都是我们弄清楚世界真相的工具，而真相也是刺激我们进行科学、哲学和宗教思考的因素之一。文学也不例外。一个作家一定是一个对世界充满好奇的人，他对于一个故事背后隐藏的东西会有着不可遏制的探索欲望。像前面我们说的那个故事，就有很多需要我们探索的真相藏在其中。比如说：他失踪了那么多年，家里人为什么不闻不问？村里为什么也没人过问？警察为什么不管？他离家的那些年，到底去了什么地方，做了些什么事情？他这些年到底经历了什么？他为什么还要回来？他这次回来，是衣锦还乡，还是落魄潦倒？他的父母为什么对他的回来如此淡定，就像他每年都回家一样……

世界呈现给我们的，常常只是假象。一对夫妻看起来非常恩爱，甚至在外人眼里是模范夫妻，但是有一天他们突然离婚了。这个时候，我们才发现，这对夫妻其实只是别人眼里的“恩爱”夫妻，真相却是：他们的婚姻早就已经千疮百孔。在《霍乱时期的爱情》里，乌尔比诺医生和费尔米纳小姐就是别人眼里的恩爱夫妻，他们郎才女貌，一个出身贵族，一个家中富有。最后，他们有始有终：在丈夫乌尔比诺医生突然去世以后，人们在葬礼上看到悲痛的费尔米纳，都会觉得，他们的婚姻应该是世界上最完美的婚姻之一。然而，事实的真相是：当初他们结婚之时，就不一定因为爱情，而是因为费尔米纳的父亲急于摆脱追求她的穷小子阿里萨，替她找了个替代者。在漫长的婚姻生活中，他们的生活有很多不协调的地方：爱好不同，行为习惯不同，甚至世界观也不同。另外一个真相就是：看起来是“完美男人”的乌尔比诺医生，还曾经出过轨，而且费尔米纳也知道他出轨的事。

无论对于写作者还是对于读者来说，对真相的探索都是一种本能的欲望。当然，在有些故事之中，“真相”还是相对的。人们会发现所谓的“真相”其实只是假象。我们不停地去找真相，结果发现被蒙骗，然后继续去寻找真相，甚至最后发现，这件事……原本就没有真相，抑或是真相在这个时候已经不重要了。在《我的名字叫红》里，土耳其作家奥尔罕·帕穆克就利用读者的这种探索真相的欲望，牢牢地把读者吸引在自己的小说中。小说一开始，“我”就是一个“死人”，接下来，读者最想探索的真相就是：谁干的？为什么要杀“我”？我们透过已经完成的作品，也能看得到：帕穆克在构思这部小说的时候，就一直在不停地探索真相。只不过，他最终把这种探索过程放在了书中，带着读者一起来探索。

在我们的世界中，真相和假象其实是一对孪生兄弟，它们相伴而生，如影随形。甚至很多时候，真相和假象是不断相互转化的。作家对于真相的探索欲，就是那种想搞清楚事情的本来面目，以及搞清楚事情的原因的欲望。这种欲望是作家写作和思考的动力之一，也是一部作品诞生的重要驱动力之一。

（3）我们会因故事引发思考。

在弄清楚事情的来龙去脉以及很多问题的真相之后，写作者会进入到思考之中。这种思考可能会有几个层面。第一个层面，是对事情本身的思考。像前面提到的那个消失多年的中年人突然回乡的案例，我们可能会思考教育问题。这个孩子是不是教育上出了问题？或者是留守儿童问题，即这个孩子是不是因为父母不在身边，长期无人陪伴，才导致的偷盗、冷漠，以及与父母没有感情？第二个层面，是由故事引发的延伸思考：社会问题。在如今这样一个人员大迁徙的时代，无数人离开自己的故乡到外地去打工，他们面临着夫妻不在一起而导致的感情危机，还面临着孩子隔代教育的问题，以及人们在这种大的社会发展时代中思想观念的变化问题。第三个层面，是哲学层面的思考——思考一些人类的恒常主题。像这个案例中，我们可能会思考逃离和回归。这个孩子年轻的时候离开故乡是一种逃离，而中年回到故乡又是一种回归。在精神层面上，这种逃离和回归是所有人都会经历的过程。

由故事所引发的思考，也是写作者的探索之一。写作者日常对很多问题可能都有所思考，但是遇到这个案例之后，又唤醒了那些思考，并且催生了一些新的思考。这些思考也是一种探索。例如，列夫·托尔斯泰听到这样一个故事：一个名叫安娜的庄园管家是庄园主的情妇，后来被庄园主抛弃，因而自杀了。托尔斯泰听说这个故事之后，先去了解了故事的来龙去脉，随后又去了解了故事背后的真相，甚至还去看了尸体解剖，把事情的所有情况都弄清楚后，就陷入了漫长的思考之中。后来在小说《安娜·卡列尼娜》里，我们看到了他思考的东西远远超过了故事本身：爱情与婚姻，社会制度问题，道德问题，妇女解放问题，宗教信仰问题……如此多又如此大的社会问题都进入了托尔斯泰的视野。从某种意义上说，这个故事只是一个导火索，而托尔斯泰的大脑才是一个火药库，这个导火索点燃了火药库，最终爆发出巨大的能量。

对问题的深入思考是作家的探索欲之一。这种探索的欲望一点也不亚于作家对于真相的探索。而这种探索的结果也会决定一部作品最终的高度，就像冉阿让之于人道主义、阿Q之于精神胜利法一样。这就是为什么一位伟大的作家也会是一位伟大的思想家。我们从列夫·托尔斯泰、维克多·雨果、威廉·莎士比亚、阿尔贝·加缪、鲁迅等作家的身上，都可以发现这一点。

（4）我们想去探索一个未知的世界。

除了上述三个方面，作家的探索欲甚至还会让作家通过这个故事，去探索一个未知的世界。这个未知的世界常常是我们没有思考过的，甚至对现实世界有些冒犯的。比如说，加西亚·马尔克斯通过《霍乱时期的爱情》去思考爱情的本质。在原始素材中，只是两个保持了几十年关系的男女偷情的故事。但是，在《霍乱时期的爱情》中，我们看到了作家企图去思考爱情的各种可能。在小说中，阿里萨对于费尔米纳的爱情不可谓不深不真。甚至当费尔米纳的父亲洛伦索·达萨拿着手枪威胁阿里萨，要他离开自己的女儿的时候，阿里萨都视死如归：

> “朝我开枪吧！”他说，把一只手放在胸口上，“没有比为爱情而死更光荣的事情了。”①

在这里，我们俨然看到了又一个罗密欧与朱丽叶、梁山伯与祝英

---

① 马尔克斯．霍乱时期的爱情．蒋宗曹，姜风光，译．伊犁：伊犁人民出版社，2010：83.

台、焦仲卿与刘兰芝的故事，他们为了爱情，不顾一切，真的是“生命诚可贵，爱情价更高”。所以后来，在费尔米纳嫁给乌尔比诺医生之后，我们以为，阿里萨要么会奋力一搏，去找乌尔比诺医生决斗；要么会守身如玉，一辈子等着费尔米纳。但是，我们发现，阿里萨没有去找乌尔比诺医生决斗。他倒是在等费尔米纳，而且终身未婚，但是，他并没有守身如玉，他在从费尔米纳结婚到乌尔比诺医生去世的这几十年里，曾经有过600多场艳遇，和多个女人同床共枕。但是，最后当他得知乌尔比诺医生去世后，他又果断地去重新追求费尔米纳，尽管他们都已经到了耄耋之年。

我们看到，正如马尔克斯自己所说，他是在探索所有的爱情的可能性。事实上，后来，关于阿里萨对费尔米纳的爱情是不是真正的爱情这个问题，引发了读者的广泛争议。而马尔克斯无疑是在探索一个未知的世界：人性中更幽微、更隐秘的世界。

2. 表达欲

关于前面那个消失多年的中年人突然回乡的案例，你想说点什么？可以讨论一下。我们对一部分讨论进行总结，发现大家想表达的东西通常是以下几个方面：

（1）觉得这个故事非常有意思，想清楚地告诉别人。

（2）看到这个故事之后，心里非常不舒服，想跟别人聊一聊。

（3）对于这个故事有自己的一些想法，这些想法是别人没想到的。

（4）突然想起了一些好的句子，想写一首诗或者一段文字。

通过讨论我们发现，在写作者对于一个题材进行探索的过程中，另一个欲望也同时存在，那就是：表达欲。

一名写作者的表达欲，包括哪些方面？

（1）传递信息的欲望。

这其实是人类的共同欲望。当听说了一件有趣的事情之后，我们总会想把这件事分享给别人。作家也不例外。讲故事的欲望是写作者首要的表达欲，但是只有极少数写作者愿意把故事口头讲给别人听，理由是这样会失去写作的欲望。在人类的传播媒介不怎么发达的年代，信息传递的欲望是写作者非常大的支撑力量。

当然，和普通人一样，写作者在传递信息的时候同样会“添油加醋”甚至“夹带私货”。而且写作者还可以堂而皇之地这么做，因为这样会让故事更加精彩、内容更加丰富。如前文所说的司汤达写《红与黑》，就是其中的典型。司汤达在《红与黑》里添加了很多内容。他把“有钱人”变成了市长，这让故事更加吸引人。他把伯尔岱变成了于连——一个形象更为丰满、内心更为丰富的人。他甚至让于连成为某一类人物的代名词。小说家通过补充和虚构，让人物和故事更富表现力，更加吸引人。

（2）倾诉的欲望。

如同生活中一样，我们在马路上散步，结果目睹了一件让人气愤的事情，这件事让我们一直不舒服。这个时候，我们就有了倾诉的欲望。我们要把自己看到的东西向别人倾诉，甚至控诉。“愤怒出诗人”，从某种意义上说，这也是一种倾诉和控诉的欲望。

写作者总是比普通人更敏感的那群人。他们对于世界更加敏感，能够敏锐地发现世界上的各种不平常的东西。这些东西有些是丑陋的：不公平的、不道德的、悲惨的、没有人性的、黑暗的……有些是美好的：感人的、人道的、英雄的、伟大的……这些东西都会让人如鲠在喉。尤其是那些普通人没有发现而写作者发现了的，写作者就会有向世人倾诉的欲望，想让世人都来分享这些东西。《离骚》从某种意义上来说，就是一种“牢骚”、一种倾诉。爱国的、品行高尚的人不受待见，小人却高居庙堂之上，最高统治者是个昏庸无能的人，所以屈原就要倾诉：“众皆竞进以贪婪兮，凭不厌乎求索。羌内恕己以量人兮，各兴心而嫉妒。”而且还有担忧：“惟草木之零落兮，恐美人之迟暮。”

（3）表达思考的欲望。

写作者都是一群喜欢思考的人。他们对世界、对社会、对人性有着自己独特的思考。事实上，好的文学作品都有自己对于世界、对于人的独特发现和表达。所以，当写作者遇到一些让他们感兴趣的事情的时候，他们总会产生一些独特的思考。正如索尔·贝娄所说的那样："首先，你看到了你以前从未看到过的东西；你睁开眼睛，那里就有个世界，这世界是个非常奇怪的地方，对于它，你有自己的版本，而非任何别人的版本，而你会忠于你的版本以及你看到的东西。我认为，就个人意义而言，那是我成为作家的根源所在。"① 写作者有了自己的独特思考，自然想与别人分享，而与别人分享的欲望就会刺激写作者创作。

对于世界，每个人都有自己的思考方式，但作家的思考方式永远是与众不同的。作家永远不会去抢占热点，传递简单的信息，表达肤浅的思考。作家总是不紧不慢，冷静地观察，独立地思考。譬如说，某栋建筑发生了爆炸，很多人都会来到现场。首先来的是医生，他们要帮助伤者，他们会对爆炸造成的伤害有所思考。接着来的是警察，他们会探索、思考爆炸发生的原因。随后来的可能是记者，记者们要采访、了解爆炸案，并告诉公众发生了什么事。随后可能还有社会学家、心理学家，当然还有很多普通的看客。等这些人都看过了、议论过了、表达过了、感叹过了，现场也解封了，这个时候来了一个人。他扛着一根带钩子的长棍，上面挂着一个破旧的蛇皮袋。他来到现场，取下棍子，到处看看，再用棍子上的钩子到处翻翻，看看还有没有一些有价值的东西。作家就是这样的人。事实上，作家就是"拾荒者"，他们总能从废墟中找到一些有价值的东西。当然，这些东西之所以有价值，就在于作家的独特思考。此时，那起爆炸事件早已淡出公众的视野，公众早就有了新的关注点。但作家还在关注它，因为他从这起爆炸事件里看到了被湮没、被忽略、被隐藏的东西。现在，他急于要把这些东西与大众分享，他不吐不快，欲罢不能。写作欲望就这样诞生了。

（4）语言创造的欲望。

我们都知道，文学是语言的艺术。语言是承载文学作品所有内容的工具，甚至，语言就是文学最重要的要素之一。对于很多写作者来

---

① 马内阿．索尔·贝娄访谈录：在我离去之前结清我的账目．欧文实，译．北京：中信出版社，2015：68.

说，最好的写作状态，就是找到那种最适合表达的语言。这个时候，语言不是思考出来的，而是自然地从笔尖、从指尖流淌出来的。很多时候，语言还会诱导写作者去表达。当写作者找到一种好的语言感觉的时候，他会有不停息的表达欲，这种表达欲有时甚至会影响整部作品。

另外，语言本身就是思维方式的一种。当一位作家找到了适合他表达的语言时，实际上也等于找到了适合他思考的工具。有了这个工具，作家就可以对这个事情继续思考下去，直到发现事情之外的某些东西。从这种意义上说，语言的创造欲，其实也是一种思维欲。维特根斯坦说：语言的边界在哪里，我们的世界就延伸到哪里。从某种意义上说，语言的边界，也是思维的边界。

总而言之，面对一个题材，作家在完成最初的探索之后，就有了表达的欲望。而这种表达欲是多个方面的。正是表达欲使写作者产生写作的冲动，从而开始一段写作的旅程。

第三节 入口与出口

我们现在以两部作品为例，梳理一下作品的创作过程，看看一部作品的入口与出口是什么。

1. 加西亚·马尔克斯的《霍乱时期的爱情》

这部小说起源于一则新闻：

> 有两位年近八十的美国老人，每年都在墨西哥约会一次，坚持了四十多年，最后一次约会的时候，被抢劫的船工用木桨双双打死，这场持续了近半个世纪的地下恋情才得以曝光。

我们发现，这样的新闻会吸引很多人的关注，因为它很好地展现了世界的另一面：在看起来真实的世界的背后，往往还隐藏着一个更为真实的世界。这是很多人的惯常思路。大家会想：如果没有这场意外发生，是不是这对美国老人的地下恋情会永远不为人所知？我们知道，电影《廊桥遗梦》也是这个套路：看起来幸福美满的婚姻，看起来辛勤持家、老实本分的家庭妇女，居然还隐藏着一段不为人所知的婚外情。当然，如果马尔克斯也这样写，那他就不是马尔克斯了。他必须要有新的发现——别人想不到的发现。于是，作为小说家，他开始了现实之外另外的假设：假设这场恋情只是单恋，而且持续这么多年，会是什么样子？真正的爱情会是什么样的？爱情到底有多少种可能？

现在，我们发现，关于爱情的坚守问题成了马尔克斯思考的主要方向。那么，什么是爱情的坚守？通常所谓的真正的爱情都会得到坚守。在一方不能爱另一方的时候，另一方总是选择坚守，就像很多中国传统故事中描述的那样：守身如玉、矢志不渝、不离不弃。这是常规的爱情。而马尔克斯准备打破常规。他觉得，一个人可以一直爱一个人、等一个人，但并不等于自己就没有情感和性生活。他可以和很多人发生关系，但这并不影响他仍然一直爱着那个人。这似乎不合常理。接下来，马尔克斯要做的，就是证明他的思考的合理性。于是，他创造了一个故事：平民青年阿里萨喜欢上了商人的女儿费尔米纳，但费尔米纳嫁给了贵族乌尔比诺医生。于是，阿里萨开始了一段长达数十年的等待。在等待的过程中，他有过 600 多场艳遇。在这里，我们开始看到了不合常理的地方：阿里萨并没有守身如玉，他对费尔米纳的爱情按常理看似乎不是真实的。但是，后来我们发现，阿里萨的 600 多场艳遇不仅仅是生理的需要，也是他对于爱情的一种寻找。最后，两个人都进入了耄耋之年，当费尔米纳的丈夫乌尔比诺去世之后，阿里萨发现，他还是喜欢费尔米纳。当两个浑身都是皱纹的身体一起赤裸裸地躺在床上的时候，他们什么也干不了了。但是，他们仍然把这当成一种仪式——他们彼此接纳、彼此相爱的一种仪式。到这里，马尔克斯在阿里萨不合常理的爱情面前，终于证明了他仍然是在坚守。没有守身如玉，没有殉情决斗，然而这也是爱情的坚守。到这里，马尔克斯不仅完成了他的证明题，也完成了他关于爱情的思考，同时还引发了读者的思考。

在这里，我们看到了这部作品的入口：一个多年的偷情因意外案件而暴露的故事。出口：“他们在二十岁时没能结婚，因为他们太年轻了；经过人生的各种曲折，到了八十岁也没能结合，因为他们太老了。围绕这一主线，作者写了各种各样的爱情：幸福的爱情，贫穷的爱情，高尚的爱情，庸俗的爱情，粗暴的爱情，柏拉图式的爱情，悲惨的爱情，羞怯的爱情，放荡的爱情。”[①] 我们发现，小说的出口离入口已经隔了十万八千里。在入口和出口之间，作家放进了太多的东西。

2. 维克多·雨果的《悲惨世界》

这部作品源自雨果看到的一则新闻，新闻是这样的：

> 1801 年，一个名叫彼埃尔·莫的穷苦农民因饥饿偷了一块面包，被判五年苦役。刑满释放后，他持黄色身份证找活干，又处处碰壁。

这则新闻本身没有太多的特殊性。但雨果仍然对它非常感兴趣，原因是雨果在大脑里对它进行了加工。首先，雨果让五年苦役变成了十九年。这就有些不太合常规了，偷了一块面包居然坐了十九年牢！随后，按照自然逻辑，主人公出来后不好找工作，饥寒交迫，肯定会仇视社会，然后干出危害社会的事——事实上这样的事情在这个世界经常发生。雨果当然没有这么做。他让主人公冉阿让受到感化，变成了一个好人，他不仅没有仇视社会，而且致力于救助同他一样受苦受难的人。到后来，故事就发展成为冉阿让如何成为大善人，又如何帮助别人的故事。一个生来苦难的人后来居然成了救苦救难的大善人，这是小说中最不合乎常理的事情。雨果用了几乎全部篇幅来证明它是合理的。

当然，故事中还有别的不合常理的东西：里面有一个警察沙威——他被塑造成为法律精神的坚决捍卫者。当冉阿让逃离监视居住地时，沙威就一路追踪过来，后来甚至成了冉阿让（此时已化名马德兰并成为厂长和市长）的手下。当后来沙威把他人当作冉阿让抓起来时，冉

---

① 马尔克斯．霍乱时期的爱情．前言：霍乱的爱情与性．蒋宗曹，姜风光，译．伊犁：伊犁人民出版社，2010：2.

阿让又挺身而出，救下抓错的人。当然，后来冉阿让又逃走了。在战争时期，沙威被革命军所抓，革命军让冉阿让枪毙沙威，冉阿让却以德报怨，放走了他。最后，沙威在法律和人道面前无法抉择，自杀而死。

一名一生致力于捍卫法律的警察，最后却因为自己的抓捕对象而自杀，这同样是不合常理之处。但是在小说里，我们看到雨果成功地证明了它的合理性。而且在这个过程中，雨果把自己的人道主义思想融进了小说里，让我们看到了在悲惨的世界中人性的光辉。

从这两部作品中我们看到，所谓小说的入口，就是生活中真实发生的故事。这些故事有的比较传奇，有的则比较普通。但是在出口，我们总能看到异乎寻常的东西：让人惊奇的结局、对人性的复杂呈现、丰富而新奇的思想。中间到底发生了什么？我们通过这两部作品可以做一个小结了。一部小说的开始，最关键的东西其实就是发现——发现那种生活中看起来不正常、不合理的东西。但是，小说家总能认识到，看起来不正常、不合理的东西，其实才是最有价值的东西。于是，小说家开始做证明题，他用人物、故事构筑一个逻辑链，最后成功地证明看起来不正常、不合理的东西其实是合理的。而这其中，作家的探索异乎寻常地重要。他探索这种东西为何不正常、不合理，并且通过这种探索去发现人性中被隐藏、被遮蔽的那些东西，同时去思考自己日常百思而不得其解的东西。在这个过程中，他笔下的人物、故事、思想都逐步诞生了。最后，他用自己讲故事的手法，把这些东西都拿了出来，一部作品就这样诞生了。

简而言之，小说的日常秘密其实就是：从生活、从素材中发现不正常、不合理的东西，找到其价值，最后证明这种不正常、不合理其实是合理的。如图 4－1 所示。

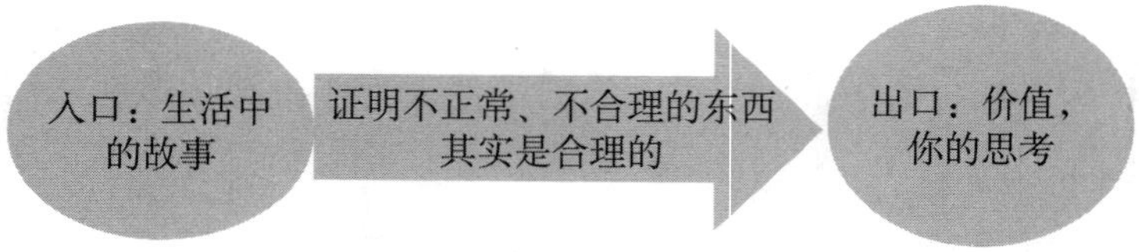

图 4－1　小说的入口和出口

内容小结

这一章，我们的主要任务是探讨面对一个题材时，如何发现其价值，以及面对一个题材时，如何进行进一步的探索；同时探讨什么时候才是开始写作的时机。通过这种探索，我们了解了一部作品从最初的素材到最后的作品发展过程中的秘密：从发现不合理、不正常到最后呈现作者想要呈现的思考，中间的主要工作其实就是证明工作，只不过这种证明是通过人物和故事来实现的。

探索欲与表达欲的探讨，是让大家了解一部作品的诞生背后的秘密，了解一部作品诞生的背后作家的思考路径是什么。

写作练习

练习一：小组训练

训练内容：发现与探索

训练方式：三五人一个小组，阅读材料，并进行思考和探讨。

练习材料：

> 三位高中同学在大学的第一个学期结束后的寒假相约聚一下。他们三个是高中时最好的朋友。其中两位男同学，一位叫高明，一位叫陈宇。女同学叫陆雅。三个好朋友兴高采烈地聚会，最终却不欢而散，原因是：陆雅去参加聚会时带了一个陌生的男生。

要求：

1. 在看到材料后，每个小组成员想说点什么？比较一下大家想说的东西有什么不同。

2. 每个成员思考材料，看看有没有什么新的发现。如果有的话，找出其中的价值。

3. 每个人都思考一下，接下来故事可能会朝哪里发展。

4. 思考结束后，大家开始说出自己的思考，并进行讨论，找出最有价值的那一个故事，总结原因。

5. 沿着发现的价值进行探索，探讨故事发展的可能性。

练习二：个人训练

训练内容：作品的诞生

训练方式：独立思考和训练

要求：

1. 思考近段时间以来，自己亲身经历的事情、耳闻目睹的事情，或是报刊、图书和网络上发生的事情，找一找自己感兴趣的。

2. 思考一下，自己为什么对这件事情感兴趣。

3. 对这件事情进行深入思考，看看价值在哪里。

4. 找一找，自己最终由这个故事想到了什么。

5. 想一想，从原始的故事到最后自己想到的东西，中间隔了些什么。

6. 尝试另外构思一个故事，来完成自己的思考，使自己的思考变得合理。

课堂设计

【课堂形式】

桌椅以分组的形式摆放。三到五位写作者一个小组。课堂上以大量训练、讨论和陈述为主，教师的讲解为辅。教师既是引导者，也是参与者，要参与到课堂的讨论等各个环节之中。

【课堂流程】

第一个环节：

首先给大家一个素材：

> 快过年了，村里突然来了一个不速之客。有人认出，这个不速之客原来是十多年前就从村子里消失了的一个青年，现在已经人到中年了。当年他在村里偷人家东西，被他父亲痛打了一顿，他一气之下就离家出走了，后来一直没有消息。村里有很多传说：有的说他出去又干了坏事，坐牢了；有的说他在外地入赘了；还有的说他早就不在人世了。他的父母对他也一直不闻不问，有人要他们报警，他父母也拒绝了。没想到，这么多年过去，他突然又出现了。大家围住他，纷纷问他这些年都干什么去了。他只是笑笑，什么都不说。

根据这个素材（也可以自己准备其他素材），让大家思考一下：关于这个故事，大家想说点什么？可以把想说的东西写下来，然后每个小组派一两名代表来回答。

第二个环节：

教师与大家一起进行总结：面对一个题材，我们的表达欲通常表现在哪些方面。把这些总结写下来。

第三个环节：

每个小组确定自己的一个兴趣点，沿着兴趣点往下探讨：接下来会发生些什么？对发生的多种可能性进行探讨，最后把大家觉得最好的那一个拿出来，进行分享。

第四个环节：

总结一下，面对一个素材，我们通常可以进行哪些探索，为什么？

第五个环节：

进一步总结，我们的探索欲主要包括哪几个方面？让大家了解，面对一个素材时，大家可能进行的探索。

第六个环节：

每个小组的组员一起思考一下，什么时候才是动笔的最佳时机。最后，小组形成一个一致意见，拿出来进行全班讨论。有不同意见的，也可以另外表达。

第七个环节：

教师总结写作者动笔的几个可能的时机，分析每种不同时机的优点和缺点。注意一点：教师这里不提供标准答案，事实上也没有标准答案，最重要的是引导大家进行思考。

第八个环节：

通过一两部作品，让大家思考一部作品的入口和出口。可以以上面的两部作品为例，也可以以其他作品为例。让大家了解一部作品的原材料是什么，后来又变成了什么样子，这个过程中到底发生了什么。

第九个环节：

教师分享：作品的入口和出口的秘密。

第十个环节：

教师对本次课进行总结。重点在于：

1. 面对一个素材时，写作者探索什么和表达什么。

2. 一部作品诞生的入口和出口是什么。

3. 关键是了解在这个过程中，写作者的思维过程和写作心理。

第二阶段

写作时：技巧，以及那些比技巧更重要的东西

第五章

讲自己的话

文学是语言的艺术，这是一句人人皆知的老话。但是，关于什么是文学的语言，却存在很多误区。同时，关于语言如何教、如何修炼，一直是个难题。甚至有人认为，语言是不可教的。中小学的语文老师只告诉学生，要多读多练。文学教师们差不多也是这个办法。但是很少有人想到，语言问题最关键的，是思维的问题，或者从某种意义上说，是对语言的理解问题。

创意写作的最大特点，是写作的可教性。同样，语言也是可教的。如何将语言问题化为具体、可操作的问题，是创意写作的任务之一。这一章，我们将一起来探讨，如何拥有语言意识，以及如何在写作的时候真正使用自己的语言。

第一节　语言意识

写作训练

写一段文字，讲述自己第一次见到写作老师时的情景。

课堂上，我们拿到所有人的训练，会发现，大多数人都没有选择语言、思考语言的意识。在交流的时候，他们都会说，写作之前他们想到的是写什么内容，或者是回顾第一次见老师时的情景，至于用什么语言，那随手写就是了。为什么在写作前的所有准备工作中，语言被忽略了？是语言不重要吗？一名写作者，在准备动笔写作的时候，要不要考虑一下，自己打算用怎样的语言来写作？

我们来看一个案例：马尔克斯与《百年孤独》。

关于这部名著，作者加西亚·马尔克斯曾这样说道："《百年孤独》是一部让我反复思索的小说。我曾好几次动笔写它。素材已全部具备，结构也已确定，但是找不到合适的语调。就是说，我自己不相信我所讲述的东西。我想，只要能够使人相信，一个作家可以讲述他想到的一切。衡量别人相信与否的标准，首先是你自己要相信。我每次想写《百年孤独》的时候，我自己总不相信讲的事情。于是我意识到，问题出在语调上，我左思右想，终于想到，最无可置疑的语调是我外祖母的语调。她用一种极其自然的语调讲述最异乎寻常、最令人难以置信的故事。从文学职业的角度来看，我认为这是《百年孤独》最根本的因素。"①

从上面的叙述中我们可以看到，对于这部小说，马尔克斯已经做好了各种准备工作：思考、故事、人物……但是他仍然不能动笔。或者说，他动了很多次笔，但都不满意，因为他没有找到那种最适合的叙述方式，也就是他所说的让人觉得真实的叙述方式。另外，作为马

① 两百年的孤独：加西亚·马尔克斯谈创作．朱景冬，等译．昆明：云南人民出版社，1997：133.

尔克斯这样有雄心的作家，他可能还有一样不满意：他没有找到属于他自己的独特的语言。直到有一天，他外出办事，突然想起小时候外祖母给他讲故事的情景，他觉得外祖母的语调就是他想要的讲故事的语调。于是，他写下来这段著名的开头：

> 多年以后，奥雷连诺上校站在行刑队面前，准会想起父亲带他去参观冰块的那个遥远的下午。当时，马孔多是个二十户人家的村庄，一座座土房都盖在河岸上，河水清澈，沿着遍布石头的河床流去，河里的石头光滑、洁白，活像史前的巨蛋。这块天地还是新开辟的，许多东西都叫不出名字，不得不用手指指指点点。每年三月，衣衫褴褛的吉卜赛人都要在村边搭起帐篷，在笛鼓的喧嚣声中，向马孔多的居民介绍科学家的最新发明。他们首先带来的是磁铁。一个身躯高大的吉卜赛人，自称梅尔加德斯，满脸络腮胡子，手指瘦得像鸟的爪子，向观众出色地表演了他所谓的马其顿炼金术士创造的世界第八奇迹。他手里拿着两大块磁铁，从一座农舍走到另一座农舍，大家都惊异地看见，铁锅、铁盆、铁钳、铁炉都从原地倒下，木板上的钉子和螺丝嘎吱嘎吱地拼命想挣脱出来，甚至那些早就丢失的东西也从找过多次的地方兀然出现，乱七八糟地跟在梅尔加德斯的魔铁后面。“东西也是有生命的，”吉卜赛人用刺耳的声调说，“只消唤起它们的灵性。”霍·阿·布恩蒂亚狂热的想象力经常超过大自然的创造力，甚至越过奇迹和魔力的限度，他认为这种暂时无用的科学发明可以用来开采地下的金子。①

上面的这段文字之所以成为很多写作模仿的对象，首先在于语言本身的创造性——光第一句话，后来就有很多人在模仿，马尔克斯在用一种前所未有的时态讲述一段往事；其次，我们看到，当马尔克斯写下前面的第一句话后，后面的一切都变得顺畅起来，所有的文字像是从指尖流淌出来，他信手拈来、一气呵成，而那些故事就随着语言

① 马尔克斯．百年孤独．范晔，译．海口：南海出版公司，2011：1.

的流淌一起流淌出来。

在这里，我们发现，一位作家在写作之前，找到自己想要的语言是多么重要。这意味着他找到了自己想要的工具，他用这个工具来把自己所有的思考、人物和故事都呈现出来。文学是语言的艺术，所以对于一名写作者来说，语言就是他最重要的工具。一名写作者在写作之前，一定会努力寻找最趁手、最适合他的那个工具。然而，很多初写者却没有这种意识。

事实上，大家都知道，语言是非常重要的。但是很多人仍然没有语言意识，是因为他们没有意识到，一名写作者必须用自己的语言来表达。另外，很多写作者不知道什么是自己的语言，他们不知道如何在写作之前寻找自己的语言。那么，如何来寻找自己的语言？

首先，我们来做一个训练：面对两个题材，看看自己的笔端下意识地出现的是怎样的语言。

题材 1：战争题材。时间是抗战时期。一队中国士兵败下阵来，在撤退的过程中，他们误闯入日军的仓库所在地。现在，他们决定拿下这个仓库。

题材 2：日常生活。时间是当代。快递小哥小王送快递给一位老人，结果发现老人年纪很大，听力很差，听不懂他的话，脑子也不太清楚。老人不知道谁给他寄的东西，不愿意收。

现在分别就这两个题材各写一段文字。我们发现，同一位作者笔下的文字差别很大，像是两个人写的。当我们面对不同题材的时候，我们的语言风格不知不觉地发生了改变。就像《百年孤独》和《霍乱时期的爱情》，作者都是马尔克斯，但是我们发现，两部小说的语言风格完全不同。

> 警察局长带着一个正在市诊所里进行法医实习的年轻学生先到了，是他们在乌尔比诺医生到来之前打开了窗户，并把尸体盖了起来。局长和学生严肃地跟医生打了个招呼，这位医生这次所以到来，主要是出于同情，而不是出于受人崇敬，因为没有人知晓他和阿莫乌尔的友谊之深。这位医道高明的教授，就像每天在

> 临床课开始之前跟他的学生一一握手一样，同警察局长和年轻的实习生拉了拉手，然后便用食指和拇指紧紧捏住毛毯的边缘，仿佛对待一朵鲜花，像惯常一样慢慢地小心翼翼地揭开了毯子。赤裸的尸体僵硬地弯曲着，眼睛睁着，躯体呈蓝色，仿佛比前一天晚上老了五十岁。他的瞳孔是透明的，胡子和头发是黄色的。肚子上有一道旧伤痕，粗糙地缝合着。由于拐杖的折磨，他的身躯和胳膊犹如被判服划船苦役的犯人那样粗大健壮，但是他的僵死的双腿却像无依无靠的孤儿的细腿。乌尔比诺医生怀着痛苦的心情凝望着，他在同死神徒劳争夺的漫长岁月里，很少有这样的表情。①

我们看到，前面《百年孤独》的文字充满了想象力，是典型的魔幻现实主义风格。《霍乱时期的爱情》则是典型的现实主义风格，语言精确、细腻、具体，像是对现实生活的白描。所以，我们发现，不同的题材可能会影响我们的语言风格。题材是我们选择语言的重要因素之一。

其次，每个人面对的语言通常都有两种：自己想要的和自己能够写的。一方面，每个有一定写作经验的人都有脑子里想要的那种语言。回顾一下自己读过的作品中，哪一部用的是自己最喜欢、最想要的语言？每个人的大脑里其实都有某种目标，这种目标就是自己读过的某部作品，这部作品里的语言就是自己最想要的语言。然而，我们常常发现，这种语言自己极力模仿，却还是用不好。

另一方面，我们每个人都有自己常规的语言习惯，虽然也许自己对这种语言并不满意，但每每开始写作的时候，笔下出现的还是这种语言。于是，在“想要的”和“拥有的”语言之间，我们常常会纠结、矛盾，不知如何抉择。这种情况其实并不可怕。实际上，当我们开始纠结和矛盾的时候，我们已经有了选择语言的意识。通过后面的阅读和训练，我们最终会形成某种适合自己的语言。

---

① 马尔克斯．霍乱时期的爱情．蒋宗曹，姜风光，译．伊犁：伊犁人民出版社，2010：4.

再次，每位写作者都有一个“写得最爽”的时刻。在那个时刻，我们笔尖顺畅，下笔千言，倚马可待。当我们看这个时刻的文字的时候，也会感觉非常好。这种时刻的语言往往也是最适合自己的那种语言。

不仅如此，那些有雄心的作家不但有选择语言的意识，还有创造语言的意识。他们会创造出一种全新风格的语言，那种语言是他们自己的，打上了他们的标签，人们只要看上几句话就知道是他们的。例如莎士比亚，他惯用日常性的语言，用词准确、庄严而又充满激情，他的语言很多已经作为名言而成为日常语言的一部分，人们在日常生活中经常引用他的话；例如海明威，他创造了独有的“新闻体”，他所提倡的“冰山原则”在语言中也得以体现。在中国，我们以三位现代作家为例，他们都创造了属于自己的语言。第一位是鲁迅。他是第一篇白话文小说《狂人日记》的作者，他的语言是那种夹杂着少许文言文的白话文，语言里充满了辛辣的讽刺。第二位是老舍。他的语言幽默风趣，是那种北京味儿的幽默，带着一丝温暖的嘲讽。第三位是沈从文。他的语言清新脱俗，富有湘西风情，像一幅优美的山水画。我们选择三个片段来看一下：

> 照我自己想，虽然不是恶人，自从踹了古家的簿子，可就难说了。他们似乎别有心思，我全猜不出。况且他们一翻脸，便说人是恶人。我还记得大哥教我做论，无论怎样好人，翻他几句，他便打上几个圈；原谅坏人几句，他便说“翻天妙手，与众不同”。我那里猜得到他们的心思，究竟怎样；况且是要吃的时候。
>
> 凡事总须研究，才会明白。古来时常吃人，我也还记得，可是不甚清楚。我翻开历史一查，这历史没有年代，歪歪斜斜的每叶上都写着“仁义道德”几个字。我横竖睡不着，仔细看了半夜，才从字缝里看出字来，满本都写着两个字是“吃人”！
>
> ——鲁迅：《狂人日记》

> 提到我的手艺来，我也觉得学徒三年的光阴并没白费了。凡

是一门手艺，都得随时改良，方法是死的，运用可是活的。三十年前的瓦匠，讲究会磨砖对缝，作细工儿活；现在，他得会用洋灰和包镶人造石什么的。三十年前的木匠，讲究会雕花刻木，现在得会造洋式木器。我们这行也如此，不过比别的行业更活动。我们这行讲究看见什么就能糊什么。比方说，人家落了丧事，教我们糊一桌全席，我们就能糊出鸡鸭鱼肉来。赶上人家死了未出阁的姑娘，教我们糊一全份嫁妆，不管是四十八抬，还是三十二抬，我们便能由粉罐油瓶一直糊到衣橱穿衣镜。眼睛一看，手就能模仿下来，这是我们的本事。我们的本事不大，可是得有点聪明，一个心窟窿的人绝不会成个好裱糊匠。

——老舍：《我这一辈子》

小溪流下去，绕山岨流，约三里便汇入茶峒大河，人若过溪越小山走去，只一里路就到了茶峒城边。溪流如弓背，山路如弓弦，故远近有了小小差异。小溪宽约二十丈，河床是大片石头作成。静静的河水即或深到一篙不能落底，却依然清澈透明，河中游鱼来去都可以计数。小溪既为川、湘来往孔道，水常有涨落，限于财力不能搭桥，就安排了一只方头渡船。这渡船一次连人带马，约可以载二十位搭客过河，人数多时必反复来去。渡船头竖了一根小小竹竿，挂着一个可以活动的铁环；溪岸两端水面横牵了一段竹缆，有人过渡时，把铁环挂在竹缆上，船上人就引手攀缘那条缆索，慢慢的牵船过对岸去。船将拢岸时，管理这渡船的，一面口中嚷着“慢点慢点”，自己霍的跃上了岸，拉着铁环，于是人货牛马全上了岸，翻过小山不见了。渡头属公家所有，过渡人本不必出钱；有人心中不安，抓了一把钱掷到船板上时，管渡船的必为一一拾起，依然塞到那人手心里去，俨然吵嘴时的认真神气：“我有了口粮，三斗米，七百钱，够了！谁要你这个！”

——沈从文：《边城》

总而言之，语言意识是写作者必备的意识。一名好的写作者在准备写作之前，一定要找到那种最适合自己表达的语言。而要找到适合自己的语言，则需要考虑写作的题材，还要区分什么是自己想要的和自己能够写的。一名写作者，只有找到了最适合自己表达的那种语言，他的写作才能顺畅地进行下去。甚至某些时候，当一名写作者找到自己的语言的时候，语言会驱动他一路向前，把故事进行下去。而要想成为一名作家，还需要有创造语言的意识，也就是创造那种自己所独有的、能够打上自己标签的语言。

写作练习

下班时间，某地发生了一起抢劫案。抢劫者借着下班的高峰期混进了人群中。几个闻讯赶来的警察被堵住了。前面的人群却不愿意让开路，警察眼睁睁地看着抢劫犯穿过不远处的小巷，消失在眼前。

关于上面的这件事，三名写作者一组，每人都写一下这个片段。写作之前，每名写作者要认真思考一下自己最想用的语言。写完之后，大家分享一下自己的片段，看看每个人的语言风格有什么不同。然后思考一下，自己为什么会用这样的语言。随后，讨论一下大家的语言有什么不同，为什么会有这种不同。

第二节　语言的问题

致校长的一封信

亲爱的庄校长：

在教师节来临之际，请允许我代表全校学生真诚地向您说一声：校长，您辛苦了！

感谢九月，照亮了天空；感谢朝霞，捧出了黎明；感谢春风，融化了冰雪；感谢大地，养育了生灵。感谢无私的您，用人类最崇高的感情来播种人格和理想、播种力量，不计辛苦，不计严寒。您是我们心灵的开拓者、情感意志的塑造者。今天我们以学校为荣，希望明天学校以我们为傲。我们会以优异的成绩回报校长及学校。教师节来临之际，献上我们最真诚的感谢和敬意。

您的学生：×××

我们先来看这封信。这是教师节一位学生干部写给校长的感谢信。从文字中可以看得出来，这位同学绞尽脑汁，力图想出一些优美的语言，来表达自己对校长的感激之情。

通常而言，人们形容一个人写作能力好，用的语词是“文笔好”。而“文笔好”通常又是指能写出很多优美的句子来，其中一定要有很多优美的语词。这实在是最大的误区。

我们看看上面这封信，其中的语言有哪些问题。第一，语言缺少陌生性。里面写了那么多，哪一句话是我们觉得新鲜的？全是别人写过的语言和各种套话。第二，语言的指向性不明确。他感谢“九月”“朝霞”“春风”和“大地”，可实在看不出来，这跟校长有什么关系。第三，语言缺少准确性。为了语言的“优美”，他已经不顾语言的准确性了。明明教师节是九月，他还跑去感谢“春风”。

这位同学的问题其实不是个例，而是一个比较普遍的问题。原因出在我们传统的语文和作文教育上。一些语文老师为了迎合高考作文，刻意为学生挑选很多“范文”，要学生去背这些“范文”，甚至要学生考试的时候直接使用这些“范文”中的段落。在多年的教学中，我们发现，学生进入大学后，写作的时候还是延续这种习惯。在做一道期末结业写作题时，学生大量抄袭网上那些看起来“优美”的段落。当老师批评他们抄袭的时候，他们居然一脸愕然，不知道自己怎么抄袭了。我们背了那么多优美的语言段落，不就是为了写作的时候拿来用的吗？中学老师不都是这样教的吗？

归根结底，这些语言的主要问题是缺少创造性。换言之，说的都是别人的话，没有说自己的话。

这就是语言学习中通常面临的第一个问题：单纯追求所谓语言的“优美”。文学的语言需要“优美”是没错，但是很多人对“优美”的理解有误，以为“优美”就是华丽的辞藻，就是各种修辞手法，就是大量经典的引用，就是很多形容词和副词。最终导致的结果就是：满篇皆华丽的语句，却没有一句是自己的，也就是缺少独特性和个性。

语言学习中面临的第二个问题：在公共语言与个体语言之间，哪一种是创作所需要的语言？

> 迪厅太贵，跳舞太累，还是QQ聊天最实惠——不苦不累，一切免费！
>
> 你喜欢我哪一点？我喜欢你离我远一点！
>
> 世界不肮脏，何来的悲伤？
>
> 我爱你时，你说你是什么就是什么；我不爱你时，你说你是什么！
>
> 生活就是，生出来活下去！
>
> 歌声与微笑，开心最重要！
>
> 其实我一点也不喜欢寂寞，为什么寂寞老是来找我？
>
> 不成熟男人的标志是可以为了理想壮烈地牺牲；成熟男人的标志是可以为了理想卑贱地活着。
>
> 不结婚，晚年没伴；结婚，可能活不到晚年。不拼命工作，没钱养老；拼命工作，有可能用不着养老。

上面这些话，就是所谓的“网络流行语”。这些语言，初看时觉得很有趣、很俏皮，还说明了这个时代的一些共同情绪。正因如此，这些语言很快就流行开，成为许多人口中流传的语言。那么，这类语言好不好？要不要成为文学的语言？

通常而言，人类有自己的公共话语体系和语言习惯。尤其在今天这样一个时代，网络流行词满天飞，年轻人更容易接触这些流行词。流行词的最大特点就是语言的概括性，用一两个语词概括某一类现象、情绪或者事物，比如“丧”“躺平”“内卷”，等等。这些词代表一种具有时代共同点的东西，很容易被人所掌握。但是，这些词概括的常常是一个整体，而不是局部；是常规，而不是特殊；是集体，而不是个体。而这，恰恰是文学语言的大忌。另外，正因为其流传很广，所以缺少了语言的独特性。

另外一些语言是别人创作的，但因为流传广，也成为人类的公共语言。如《论语》中的一些句子，还有古代名诗人的古诗词，等等，现代人也是信手拈来，成为公共语言。例如，我们形容一个人不被理解，就会说“知我者谓我心忧，不知我者谓我何求”；对一个远方来的朋友表示欢迎，就会说“有朋自远方来，不亦乐乎”；激励一个人不要怕被埋没，就会说“天生我材必有用”。这些公共语言是传统文化的一部分，某些地方可以引用；但是作为小说的语言，却有很大的问题。

我们举一个例子。假设我们的小说里需要写一个普通的大学老师的生活状态，请用两类语言来描述，一类是搜集的古代形容老师的诗句，另一类是自己创作的具体的语言，我们来对比一下有什么不同。

首先是古代的诗句：

> 春蚕到死丝方尽，蜡炬成灰泪始干。（李商隐：《无题·相见时难别亦难》）
>
> 摇落深知宋玉悲，风流儒雅亦吾师。（杜甫：《咏怀古迹五首·其二》）
>
> 令公桃李满天下，何用堂前更种花。（白居易：《奉和令公绿野堂种花》）
>
> 玉壶存冰心，朱笔写师魂。谆谆如父语，殷殷似友亲。轻盈数行字，浓抹一生人。寄望后来者，成功报师尊。（佚名：《冰心》）

接下来，我们看以下几个段落：

> 有些人确实认为他疯了，他自己也有一阵子怀疑过他的精神是否还正常。而现在，他的举止虽然仍有点怪诞，可是他感到信心百倍，轻松愉快，身强力壮，而且自以为慧眼超群。他整天给天底下的每个人写信，已经入了迷。这种信他越写越来劲，因此自六月底以来，他无论跑到哪里，随身必定带着一只装满信件的手提旅行箱。他带着这只箱子，从纽约到玛莎葡萄园，但立刻又转了回来；两天后，他飞往芝加哥，接着又从芝加哥前往马萨诸塞州西部的一个乡村，然后就躲在那里发狂似的没完没了地写起信来：写给报章杂志，写给知名人士，写给亲戚朋友，最后居然

给已经去世的人写起来，先是写给和自己有关的无名之辈，末了就写给那些作了古的大名鼎鼎的人物。

…………

若遇心血来潮，突然想到什么新主意时，他就赶快跑到厨房——他的总部——去记下来。砖墙上的白漆已开始剥落。有时候，赫索格就用袖子抹去桌上老鼠咬下的碎屑。他不动声色地感到奇怪，野鼠怎么会对蜂蜡和石蜡这么感兴趣。凡是用石蜡封口的果酱瓶、蜜饯罐之类，都被它们咬得百孔千疮，生日用的蜡烛啃得只剩下烛芯。老鼠还光顾了一条面包，咬进一个洞，在里面留下自己的形状。赫索格涂上果酱，吃下了没有咬过的另外半条。他和老鼠也能分享食物了。①

多年以后，在那些离奇古怪的时刻，他会回想跟戈登·费奇谈完话后的那些日子，几乎完全想不清楚发生了什么。他觉得自己好像一个死人，除了顽强的习惯性意志，什么都无法让他焕发活力。但是他奇怪地意识到自己的存在，意识到地点、人物，那几天从他身边流过去的事件。他知道，他向公众的关切展示的是一种掩饰自己处境的面貌。他还继续上课，跟同事打招呼，参加各种不得不参加的会——日复一日，他碰到的人没有一个觉得出了什么差错。

但是，从戈登·费奇的办公室出来的刹那，他就知道，从自己生命某个小小的中心滋长出的麻木深处知道，他生命的某个部分结束了，而且自己的这个部分离死亡如此之近，他几乎是从容不迫地看着它逼近。他隐隐约约意识到自己在初春的午后明媚清新的温暖中穿过校园。沿着人行道边和前院里的茱萸树正鲜花盛开，在他的注视中像柔软的云朵般颤抖着，透明又细薄，即将凋谢的百合花的香气弥漫在空中。②

---

① 贝娄．索尔·贝娄全集：第4卷《赫索格》．石家庄：河北教育出版社，2002：14.

② 威廉斯．斯通纳．上海：上海世纪出版股份有限公司，2016：256.

我们比较前面那些文字和后面的两段文字就可以知道，公共语言与个体语言之间的区别是什么。很显然，公共语言是大家都经常使用的语言，比较容易理解，但是也比较大众化，缺少个性和具体的信息。而个体语言更有个性，更具体，更有特殊性，更适合作为文学的语言。更重要的是，个体语言能够提供具体的、动感的、符合作品需要的信息。

语言学习中面临的第三个问题：新闻语言和文学语言的区别在哪里？我们先来看两个片段：

据《齐鲁晚报》报道，河南商丘有位三十几岁的男子裴某前几年患上了尿毒症，现在最好的治疗是换肾。由于家境贫困，最后他提出让母亲捐肾。可是配型成功后，母亲却拒绝了。她称，自己年纪大了，儿子的命是命，自己的命也是命。这惹恼了儿子，裴某最后甚至破口大骂，诅咒母亲早死。对于这个令人痛苦和纠结的家庭故事，网友态度不一：有人说母亲不该见死不救；有人认为做儿子的也该体谅母亲，不该不给其换肾就这样恶语相加；还有人认为，母亲有选择的自由，不该被道德绑架。①

严素芬想从气焰上压倒她，挺了挺背。感觉有一脉筋，硬邦邦勒在肉里。无数说辞在脑中浮动，却都稍纵即逝，抓握不住。她转过身，见儿子儿媳一边一个，堵住房门。梁真宝缩着脖子，显得比陈佩佩还矮，面色像在太平间里冻过一晚。陈佩佩逼近严素芬："你偷什么了。"严素芬后退一步，脱口道："好吧好吧，我自愿了。"

梁真宝晓得，母亲只是一闪念。她几乎是被陈佩佩架着，一径办理亲属证明、协议公证、医院手续的。等待手术的三个月里，严素芬变得沉默。这是从没有过的。陈佩佩曾说，"你妈是

① 河南：母亲拒绝给儿换肾称自己的命也是命 儿子诅咒母亲早死．（2015－10－29）．https://www.guancha.cn/society/2015_10_29_339332_s.shtml.

世间第一唠叨。有时真想抓一脬屎，塞在她嘴巴里。”现在她不再抱怨，每天为婆婆买鸽子。严素芬毫不客气，整只搛到碗里，咂咂地啃，嘶嘶地吮。①

上面两个片段的文字，一个是新闻中的文字，一个是文学中的文字。我们在第一章里说过，作家任晓雯的小说《换肾记》源自一则新闻。前面一段文字是新闻的原稿，后面则是小说中的片段。我们对比两段文字就会发现，两段文字的风格截然不同：新闻的语言讲究的是真实、准确、简洁，其主要功能是传播信息、叙述事实；文学的语言则讲究形象性、艺术性和情感性，其主要功能不仅仅是信息传递，还有思想传递、情感传递和审美传递。我们的一些初学写作者，把文学作品当新闻作品来写，语言不像文学语言，而是像新闻中的语言。造成这种情况的原因在于，我们中小学语文课本中有很多的新闻作品，不少人把它当作了文学作品。

综上所述，初学写作者的语言的通常问题就是：语言不像文学的语言，要么单独追求语言的华丽而缺少个性，要么迷恋公共语言，要么把新闻语言当文学语言。

具体概括一下，初写者的语言中主要有以下几个问题：

● 太大。

喜欢用一些非常“大”的语词。为了彰显语言的力量，“语不惊人死不休”。比如写一个好人，一定要写他“伟大”“高尚”；写一个坏人，他就是十恶不赦；写一个美女，她就是“美艳绝伦”。

● 太假。

文学，无论对于虚构文学还是非虚构文学来说，语言都是营造真实性的重要因素。使人相信你所写的东西，是语言的第一要求。有些初学写作者语言之所以“太假”，就是准确性、精确性不够。

● 太空。

写一个人帅，就是貌若潘安；写一个人有才，就是才高八斗。这

① 任晓雯．换肾记．当代，2018（3）．

类语言带来两个问题：一是无法使人相信，此人到底是不是真帅、真有才。二是无法让人知道具体的信息。“帅”有很多种，你所写的人到底是哪种“帅”，到底长什么样子，读者仍然不知道。

● 太正经。

板起面孔写作，是很多初学写作者的一个重要问题。主要体现为放不开，生怕自己写得“不正经”，让别人认为自己也“不正经”。事实上，我们做人要正经，但写作一定不要太正经。太正经了，就会失去语言的趣味性。

● 学生腔。

“学生腔”是指一个人还没有从传统的作文模式中脱离出来。“学生腔”有多种体现，其中比较常见的是“新闻腔”。另外，“学生腔”还体现为语言的板正、拖沓等。

了解了主要问题之后，我们就可以有针对性地进行训练，解决自己语言中所存在的问题了。

写作练习

几位写作者一起，选择最近发生的一起新闻事件，用两种语言写作其中一个片段：一种是新闻语言，另一种是文学语言。然后，比较一下各自所写的语言，看看新闻语言和文学语言之间的差别，体会语言文学的特点。

第三节 如何讲自己的话

我们先来做两个训练。

第一个训练：将下面一段文字改写成自己的方言文字。

> 小顺儿的妈长得不难看，中等身材，圆脸，两只又大又水灵的眼睛。她走路，说话，吃饭，作事，都是快的，可是快得并不发慌。她梳头洗脸擦粉也全是快的，所以有时候碰巧了把粉擦得很匀，她就好看一些；有时候没有擦匀，她就不大顺眼。当她没有把粉擦好而被人家嘲笑的时候，她仍旧一点也不发急，而随着

人家笑自己。她是天生的好脾气。[①]

这段文字，来自老舍的《四世同堂》。老舍先生的语言是典型的京味语言，其中夹杂有京味方言。我们将其改写为自己的方言，这个训练的主要目的，是要体会语言是有多种可能的。面对同样的内容，我们可以用不同的方式来表现。方言也是其中的一种。改写训练可以让我们和原作进行比较，更好地体会别人的语言好在哪里。

第二个训练：将你去过的最美的地方写下来，要求写出最具体的信息，但是所用的形容词和副词加起来不能超过三个。写完后，每位写作者读自己所写的内容，其他写作者数一数用了多少个形容词和副词，当数到三个的时候，就要中止他的阅读。

这个训练的目的是要让初写者摆脱“形容词、副词依赖症”。初写者往往迷恋形容词和副词，尤其是形容词。事实上，我们通常的语言中，名词和动词才是传递信息的最基本的语词，而形容词和副词主要是起修饰作用。但形容词和副词通常不够具体。我们举个例子，写一句话，形容一个女孩子漂亮，这句话中最基本的信息是：

她是个女孩儿。

接下来，我们要写她漂亮，加形容词的方式就是：

她是个漂亮的女孩儿。
她是个十分美丽的女孩儿。
她是个非常迷人的女孩儿。

但是，看了这几个句子，我们仍然没有看出这个女孩儿长什么样。漂亮有很多种。“楚王好细腰，宫中多饿死”，那个时候以瘦为美。但是在唐代，太瘦了可能就不美了，要丰腴一点才美。另外，北方的美女和南方的美女也不一样，“北方有佳人，绝世而独立”，这是北方美女的美；“南国有佳人，容华若桃李”，这是南方美女的美。所以，仅仅是用“漂亮”“美丽”“迷人”这样的形容词来描写一个美

① 老舍．四世同堂．北京：北京十月文艺出版社，2012：5.

女，显然是不够的。读者仍然不知道那个美女的相貌是什么样子的。

我们来看看《包法利夫人》里对艾玛小姐（包法利夫人）的描写：

> 夏尔看见她的指甲如此白净，觉得惊讶：指甲光亮，指尖细小，剪成杏仁的形状，看来比迪埃普的象牙更洁净。然而她的手并不美，也许还不够白，指节瘦得有点露骨；此外，手也显得太长，轮廓的曲线不够柔和。如果说她美丽的话，那是她的眼睛；虽然眸子是褐色的，但在睫毛衬托之下，似乎变成乌黑的了；她的目光炯炯，看起人来单刀直入，既不害羞，也不害怕。①

我们看到，这段文字对艾玛的描写非常具体，光手就用了几个句子。

在这个训练中，我们发现，很多初写者离开了形容词和副词似乎就不会写作了。他们在做完训练后表示非常痛苦，不知道如何下笔。当然，我们不是反对使用形容词和副词，只是希望写作者学会用更具体的语词来传递信息。这个训练可以加深初写者对于语词的认识。

现在，我们来看一看，到底什么是“自己的话”。简而言之，所谓“自己的话”，从低一点的层面来说，就是要有自己的表达，不能抄袭别人的；就高一点的层面来说，就是属于自己的个性化的语言。因为文学语言不仅仅要优美，还需要具体、精确和有个性。

那么，如何做到具体、精确和有个性呢？我们给出以下几个建议。

1. 多用具体的语词，少用概括性、抽象性的语词

具体的语词可以让信息更具体、更明确。

> 院子里不但种了各式各样的蔬菜和水果，而且在院子的一个角落里，还有兔箱、鸡棚、猪圈和养羊的畜栏。我们挑了一头最肥的猪，试着爬上它的背，但是却无法坐稳。

---

① 福楼拜．包法利夫人．许渊冲，译．南京：译林出版社，1994：11.

> 青菜、水果、兔子、鸭子和小鸡，外婆将它们全都拿到市场上去卖，还有鸡蛋、鸭蛋及羊干酪也一并出售。畜养的猪则卖给肉商。肉商通常是以金钱交易，但是有时候也拿火腿和灌肠来交换。[①]

这段文字中，外婆拿到市场上去卖的东西，我们可以概括为家禽和蔬菜水果。但是，作者将具体的东西写出来了，就能给我们更加直观的信息。我们知道了那个地方产兔子、鸭和鸡，而不是牛、羊和鱼。

2. 少用流行语，多用个性语

前文说过，流行语具有概括性，缺少个性。有个性的语言会更容易让读者记住。

> 总算我运气好。刹那间我想起了一件事，让我感觉到自己他妈的就要滚出这个地方了。我突然记起在十月间，我怎样跟罗伯特·铁奇纳和保尔·凯姆伯尔一起在办公大楼前扔橄榄球。他们都是挺不错的小伙子，尤其是铁奇纳。那时正是在吃晚饭前，外面天已经很黑了，可是我们照样扔着球。天越来越黑，黑得几乎连球都看不见了，可我们还是不肯歇手。最后我们被迫歇手了。那位教生物的老师，柴柏西先生，从教务处的窗口探出头来，叫我们回宿舍去准备吃晚饭。我要是运气好，能在紧要关头想起这一类事情，我就可以好好作一番告别了——至少绝大部分时间都可以做到。因此，我一有那感触，就立刻转身奔下另一边山坡，向老斯宾塞的家奔去。他并不住在校园内。他住在安东尼·魏恩路。[②]

这段文字，我们一看就知道是出自《麦田里的守望者》，出自塞林格之手。他的那种玩世不恭的腔调以及用词习惯，使他的语言具有鲜明的个性。

---

① 克里斯多夫．恶童日记．简伊玲，译．上海：上海人民出版社，2009：6.

② 塞林格．麦田里的守望者．施威荣，译．南京：译林出版社，1999：3.

3. 少用形容词和副词，多用名词和动词；少用典故等现成的东西

迫不得已的情况下，再用形容词和副词。前文说过，形容词和副词在信息传递上，其功能远不如名词和动词。

> 他是一位独自在湾流中的一条小船上钓鱼的老人，到现在已经去了八十四天，但是一条鱼也没逮住。最开始的四十天里，有一个男孩跟他在一起，但是始终没有捉到一条鱼。男孩的父母说，老人现在准是十足地“倒了血霉”，也就是说，简直是倒霉到了极点。男孩听从了他们的吩咐，上了另外一条船，第一个星期就捉到了三条好鱼。孩子看到老人每天回来的时候，船总是空的，感觉很难受。因此他总是走下岸去帮老人拿卷起的钓索，或是鱼钩、鱼叉，还有绕在桅杆上的帆。帆上用面粉袋片打了一些补丁，看起来就像一面标志着永远失败的旗帜。[①]

海明威是坚定的名词和动词的支持者。在他的语言里，能不用形容词和副词的，就坚决不用。我们看上面这段话，形容词和副词非常少，但语言里信息量非常大。他的笔下写的一定是具体的信息，而不会借用别人的语句。另外，像成语、典故等现成的东西，也尽量少用，因为这些都是陈旧的、没有特色的语言。

老舍先生也专门讲过类似的话：

> 阅读文艺名著，也教我明白了：世界上最好的著作差不多也就是文字清浅简练的著作。初学写作的人，往往以为用上许多形容词，新名词，典故，才能成为好文章。其实，真正的好文章是不随便用，甚至于干脆不用形容词和典故的。用些陈腐的形容词和典故是最易流于庸俗的。我们要自己去深思，不要借用偷用滥用一个词汇。真正美丽的人是不多施脂粉，不乱穿衣服的。明白了这个道理以后，我不单不轻易用个形容词，就是“然而”与“所以”什么的也能少用就少用，为的是教文字结实有力。[②]

---

① 海明威．老人与海．刘艳，译．武汉：华中科技大学出版社，2017：3.

② 老舍．我怎样学习语言．解放军文艺，1952，1（3）.

4. 少用别人用过的语句，多用符合你的特点的语言

有些小说家提倡，作家尽量少用谚语等流传很广的语言，甚至要尽量少用成语。因为谚语和成语都是概括性比较强的，具有固定的含义，因而缺少你要表达的具体化信息。

> 有时过渡的是从川东过茶峒的小牛，是羊群，是新娘子的花轿，翠翠必争着做渡船夫，站在船头，懒懒地攀引缆索，让船缓缓地过去。牛羊花轿上岸后，翠翠必跟着走，送队伍上山，站到小山头，目送这些东西走去很远了，方回转船上，把船牵靠近家的岸边。且独自低低地学小羊叫着，学母牛叫着，或采一把野花缚在头上，独自装扮新娘子。
>
> 茶峒山城只隔渡头一里路，买油买盐时，逢年过节祖父得喝一杯酒时，祖父不上城，黄狗就伴同翠翠入城里去备办东西。到了卖杂货的铺子里，有大把的粉条、大缸的白糖，有炮仗，有红蜡烛，莫不给翠翠一种很深的印象，回到祖父身边，总把这些东西说个半天。那里河边还有许多船，比起渡船来全大得多，有趣味得多，翠翠也不容易忘记。①

上面的这段文字中，可以说，没有一句不是沈从文自己的。而且语言舒缓、恬淡，信息量大，个性非常鲜明。

5. 少用大而空洞的语句，多用符合作品氛围、风格的语言

> 她，人不漂亮，个子也不高，但做事麻利，走路就能让盲人听到“咚咚咚”的脚步声，凭感觉，她可能还是一个重量级的女人。毕竟有一天，盲人被牵引时，他已经感觉到她的手掌热乎乎的、粉嘟嘟的，像女儿晓晓的肢体一样柔软。说实在的，盲人快到不惑之年了，每天接触顾客，肉体多多，但从没有这种惊动的感觉，仿佛触电，倏尔即逝。

上面这段文字中，就有大量大而空洞的语句：“人不漂亮，个子

---

① 沈从文．边城．北京：北京联合出版公司，2017：8.

也不高”，让人看了还是不知道什么样子；“做事麻利”，是可以用具体的动作来写的。里面关于感觉的描写，更是空洞无物。作为比较，我们来看一看福楼拜是怎么写的：

> 艾玛穿一件领子敞开的室内长袍，上身带披肩的翻领之间，露出了打褶的衬衫，上面有三粒金纽扣。她腰间系一条有大流苏的腰带，脚上穿一双石榴红小拖鞋，还有一束宽带子摊开在脚背上。她自己买了吸墨纸、一支笔、信纸信封，虽然没有通信人；她撢掉架子上的灰尘，照照镜子，拿起一本书来，然后，心不在焉地让书掉在膝盖上。她想旅行，或者回修道院。她既想死，又想去巴黎。①

这段文字中，描写非常具体，关于艾玛的心理活动也展现得很细致。作者没有直接写艾玛躁动不安的心理，而是通过她的一连串的动作就把人物的心理写得非常清楚，而且所用的语言也符合当时所处的氛围，让人感觉自然、熨帖。

另外，最合适的语言常常从生活中来，只有生活中才有最适合你所表达的情境的那种语言。

> 一个文艺作品里面的语言的好坏，不都在乎它是否用了一大堆词汇，和是否用了某一阶级，某一行业的话语，而在乎它的词汇与话语用得是地方不是。这就是说，比如一本描写工人的小说，其中工厂的术语和工人惯说的话都应有尽有，是不是这算一本好小说呢？未必！小说并不是工厂词典与工人语法大全。语言的成功，在一本文艺作品里，是要看在什么情节，时机之下，用了什么词汇与什么言语，而且都用得正确合适。怎能把它们都用得正确合适呢？②

内容小结

文学语言有其自身的特点，它区别于其他语言，包括新闻语言、应用文语言等。讲自己的话，是语言训练的第一步。作为创作者的语

---

① 福楼拜．包法利夫人．许渊冲，译．南京：译林出版社，1994：11.

② 老舍．我怎样学习语言．解放军文艺，1952，1（3）.

言，应该是独有的，而不是大众的、公共的语言。“讲自己的话”，要求写作者首先要有语言意识，在写作的时候重视语言，思考如何选择自己独有的语言；其次要做到“讲自己的话”，这需要写作者有针对性地进行练习，这些练习包括语词、语感及语言的收集。

写作练习

练习一：个人训练

找出自己以前写的文章，按照上面所说的原则进行修改。尽量去掉那些看起来华美却空洞的词句，让自己的语言更具体、更细致、更符合自己的个性。

练习二：小组训练

训练方式：三五位写作者一组，一起写作，再进行讨论。

训练材料：

> 校园里正在举办运动会。运动场上，一位同学却心不在焉，他站在跑道上，东张西望，像是在寻找什么人。直到发令枪响了，他还在到处张望，跑了几步，就一下子摔倒了。

根据上面的材料：

1. 所有人根据以上情节写一段文字，写清楚这位同学的状态和心理，可以展开想象。

2. 所有文字不署名，写完后大家交换，看看能不能看出是谁的文字。

3. 相互修改，把那些不好的语言文字删改掉。

4. 讨论交流：如何让自己的文字更具个性。

课堂设计

【课堂形式】

桌椅以分组的形式摆放。三到五位写作者一个小组。所有写作者准备纸笔或电脑，随时准备做课堂练习。

【课堂流程】

第一个环节：

训练：写一段文字，讲述自己第一次见到写作老师时的情景。

写完后分享、分析并讨论：为什么大多数人没有思考该用什么样的语言？

第二个环节：

分享马尔克斯写作《百年孤独》时的故事。

第三个环节：

写作：就以下两个题材各写一段文字。

题材 1：战争题材。时间是抗战时期。一队中国士兵败下阵来，在撤退的过程中，他们误闯入日军的仓库所在地。现在，他们决定打下这个仓库。

题材 2：日常生活。时间是当代。快递小哥小王送快递给一位老人，结果发现老人年纪很大，听力很差，听不懂他的话，大脑也不太清楚。老人不知道谁给他寄的东西，不愿意收。

写完后，每个小组选一位写作者进行分享，并讨论为什么同一个人写两个题材会不一样。

第四个环节：

解析：语言意识的重要性。

第五个环节：

分享文中的一封信。请大家评论这段语言，讨论其中的问题在哪里，共同总结初写者的主要语言问题。随后，教师进行分析。

第六个环节：

训练：用自己的方言改写《四世同堂》片段。改写后进行分享，讨论不同的方言写作有什么不同。

第七个环节：

训练：把你去过的你认为最美的地方写下来。注意，所有的形容词和副词加起来不得超过三个。写完后进行朗读，其他写作者数一数用了多少个形容词和副词，当总数达到三个时，立即让他停止朗读。

随后，教师进行解析：什么样的语词最有信息量，最有价值；如何尽量少用形容词和副词。

第八个环节：

教师带领大家总结，如何让笔下的语言具有独特性，如何让自己的语言更有个性。

第九个环节：

课堂小结：语言意识，初写者的语言问题，以及语言的个性化问题训练方案。

第六章

有用和有味道

计算机语言、新闻语言、哲学语言、肢体语言……人类的语言种类非常多。不同语言的特点和功能各不相同。那么，文学的语言和其他类的语言又有什么不同？我们在看一个人的文字的时候，有时会说“你的文字文学性不足”。那么，到底什么样的语言才算是文学的语言？文学的语言可以修炼吗？

这一章，我们进一步探索文学语言的特点，体会文学语言的要素和功能，思考如何修炼和提高自己的语言能力。

第一节　文学语言的功能和特点

写作训练

描写一个喜欢打扮的男人，但这个男人又常常打扮得不太得体。

注意，我们可以有两种语言选择：一种是实用的语言，只用说清楚你的状态就可以了；另一种是有趣的、好玩的语言，要求写得风趣、好玩。

写完之后请大家判断一下，你写的是哪一种语言。

训练的结果常常是这样的：大家都想写出后一种语言，但是当他们朗读自己所写的片段时，别人却觉得是前一种语言。所以，把语言写得有趣、好玩并不是一件很容易的事。我们看看老舍先生是怎样写的：

> 瑞丰长得干头干脑的，什么地方都仿佛没有油水。因此，他特别注意修饰，凡能以人工补救天然的，他都不惜工本，虔诚修治。他的头发永远从当中分缝，生发油与生发蜡上得到要往下流的程度。他的小干脸永远刮得极干净，像个刚刚削去皮的荸荠；脸蛋上抹着玉容油。他的小干手上的指甲，永远打磨得十分整齐，而且擦上油。他的衣服都作得顶款式，鲜明，若在天桥儿闲溜，人家总以为他是给哪个红姑娘弹弦子的。
>
> 或者因为他的头小，所以脑子也不大，他所注意的永远是最实际的东西与问题，所走的路永远是最省脚步的捷径。他没有丝毫的理想。①

我们看到，同样的一个人物，到老舍的笔下就变得那么生动和有趣。老舍先生不仅仅要向大家介绍瑞丰这样一个人，还要介绍得有趣。他不仅仅是在介绍人物，而且是在制作一件艺术品。内容之外，他的语言本身就可以品、可以赏。当然，有趣和好玩只是文学语言的

① 老舍．四世同堂．北京：北京十月文艺出版社，2012：48.

特色的一种。文学语言还有其他各种各样的特色，有的辛辣，有的简约，有的华丽，有的深沉……恐怕几个简单的词很难把文学史上各种语言的特色都展示出来。

和别的艺术不同，文学构造的唯一工具就是语言。如果说，文学是由语言构成的现实世界之外的另一个世界，那么语言就是建构这个世界的材料。那么，文学的语言有哪些特点？

1. 形象性

文学的语言不是抽象的语言，而是形象的语言。和哲学语言等语言不同，文学这种语言需要通过形象来呈现。哲学是从具体的世界中提取抽象的语词，再通过逻辑推理来建构自己的世界。我们阅读哲学时，需要了解那些语词的含义，需要有逻辑推理能力。文学则直接制造各种各样的形象，通过这些具体的形象构筑一个完整的世界。另外，文学是通过语言文字构筑自己的意象，这些语言文字进入到我们的大脑之后，需要先转换成某种形象，才能为我们所理解和欣赏。像上文中老舍先生对瑞丰的描写，就是用很多形象化的方式来展现的："干头干脑的，什么地方都仿佛没有油水""生发油与生发蜡上得到要往下流的程度""像个刚刚削去皮的荸荠"。看到这些文字，我们的大脑里会出现各种各样的形象。

2. 想象性

文学语言需借助想象还原生活形态。我们欣赏美术、舞蹈及电影电视艺术时，眼前出现的就是画面。我们一眼就能看到那个人长什么样、那幢建筑是什么风格的、那棵树是什么树，就像我们生活中的场景一样。和美术及舞蹈艺术不同，文学语言需要借助我们的想象来还原生活。所以，文学的语言需要照顾到我们的想象能力。比如说，《西游记》里那只成了仙的猴子，尽管他已经学会了很多本领，但是在吴承恩的笔下，他仍然性子急、脾气暴躁，仍然喜欢抓耳挠腮。我们脑子里马上就能出现一只成了仙的猴子的形象。在这里，值得我们注意的一点是，文学的想象性要考虑到文化背景。比如说，当我们说到龙的时候，东方人的大脑里和西方人的大脑里出现的形象是不同的。在东方人的大脑里，龙的形象是角似鹿、头似驼、眼似兔、项似蛇、腹似蜃、鳞似鱼、爪似鹰、掌似虎、耳似牛，龙是一种吉祥的象征，自古帝王都称自己为“真龙天子”。但在西方人的大脑里，龙则是美洲狮的身体、蝙蝠的翅膀，而且龙是邪恶的象征：通常龙出现的时候，就有坏事要发生。所以，当我们在文学作品中提到龙的时候，还要考虑具体的文化背景，否则你所展现的形象可能会完全不同。

3. 生动性

文学的语言必须是生动的，会有很多修辞方式，如比喻、夸张、重复、回环、对偶等。我们来看看《红楼梦》里对林黛玉的描写：“两弯似蹙非蹙罥烟眉，一双似喜非喜含情目。态生两靥之愁，娇袭一身之病。泪光点点，娇喘微微。闲静时似姣花照水，行动处似弱柳扶风。心较比干多一窍，病如西子胜三分。”① 这段简短的描写中，就用了比喻、对偶等多种修辞手法。这些修辞手法使文学语言更生动，更有趣味性。同时，文学的语言不是呆板的、僵硬的，文学的语言可以跳跃、可以旋转、可以曲折、可以灵动，所以写法多有不同，但是生动性却是必要的。同样是写一个美女，宋玉在《登徒子好色赋》里是这样写的：“东家之子，增之一分则太长，减之一分则太短；著粉则太白，施朱则太赤；眉如翠羽，肌如白雪；腰如束素，齿如含贝；嫣然一笑，惑阳城，迷下蔡。”这里没有用“美丽”“漂亮”等形容词，全是各种生动的比喻，但是一看到这段文字，我们就知道“东家之子”有多美。

4. 模糊性

文学语言不同于科学语言。科学语言讲究清晰、明确，因为科学是那种可以确定的知识。但是，文学不同。文学的目标对象本身就是那种模糊的、不确定的东西，所以注定只能是模糊的。比如说，关于人生，关于爱，关于生命，关于孤独，关于人的生存困境，这些东西都无法用确定性的语言来表达。何况每个个体所处的环境不同，感受

---

① 曹雪芹，高鹗．红楼梦．长沙：岳麓书社，2016：19.

也不相同，我们只能模糊地表达。例如，关于孤独，“无言独上西楼，月如钩，寂寞梧桐深院锁清秋”（李煜），是一种孤独；“前不见古人，后不见来者，念天地之悠悠，独怆然而涕下”（陈子昂），也是一种孤独；“知我者谓我心忧，不知我者谓我何求”，还是一种孤独；“其必曰‘先天下之忧而忧，后天下之乐而乐’乎！噫！微斯人，吾谁与归”（范仲淹），这仍然是一种孤独。同样都是孤独，但有的因为怀古，有的因为失国之痛和去国之思，有的因为不被理解，有的因为独忧天下，所有的描述都是模糊的。文学语言的模糊性也给文学语言之美提出了要求。正因为模糊，我们才雾里看花、水中望月，别有境界和风味。

5. 丰富性

文学语言是丰富多彩的，不同国家、不同民族有自己的语言特点，不同的作家也有不同的语言特点。古诗中有豪放派、婉约派、雅正派、闲逸派等，现代文学中也有山药蛋派、荷花淀派、荒诞派、新写实派等。不同文学流派的语言风格也各不相同。文学语言的丰富性决定了文学语言的多样性，也对文学语言的创造性提出了要求。文学语言的丰富性还体现在其来源上。就当代中国文学语言来讲，来源就多种多样。有的来自古代文学，有的来自国外文学，有的来自民间谚语等，更多的则来自生活。当代作家可以从古代典籍中提取语言，可以从外国文化中学习借鉴，可以从民间文化中汲取养分，也可以从生活中学习语言。正因如此，语言才更加多样化。

6. 独创性

文学语言区别于其他语言的特征之一，还在于其独创性。其他语言，如计算机语言、新闻语言等，不同的人所用的语言基本上都是相似的。而文学语言不同。每一位作家的语言都是不同的。同样一件事，或者同样的景物，在不同作家的笔下，语言会完全不同。不仅是遣词造句的不同，还在于风格的不同，这一点我们在下一节详细探讨。文学语言的独创性要求我们有语言的独立创造能力，这也是所有文学创作的重要诉求。我们在上一章曾经说过，每一位写作者都要有语言意识，在下笔写作之前就要认真思考语言问题，这也正是独创性的要求。另外，一位作家在养成的途中，不可避免地要学习其他作家的语言，甚至模仿其他作家的语言，这都是很正常的。但在学习、模仿和借鉴之后，最终要形成自己的语言，这就是独创性。独创性还要求，我们在写作的时候，要避开前人已有的表述方式。比如说，形容一个“老来俏”的女子，因为容颜已老，只能通过浓妆艳抹来遮掩，赵树理用的是“只可惜官粉涂不平脸上的皱纹，看起来好像驴粪蛋上下上了霜”，这个比喻虽妙，但我们写同样的人物，就不能再这样来形容了，这就是独创性的要求。传统的作文教育要求我们背名句名段，记诵那些唯美的语言，但并不是要我们照抄照搬，而是供我们学习借鉴。

思考或与其他写作者分组讨论：你的语言中具备这些特点吗？还有哪些问题？造成这些问题的主要原因是什么？这些讨论可以对自己进行总结，然后有针对性地解决问题。

语言到底有多重要？我们先来看一个故事。

平江人李元度本来是一个书生，根本不知道领兵作战。曾国藩命令他领兵作战，每打一次仗便败一次。曾国藩很生气，准备写奏折弹劾他，在他的奏折上便有“屡战屡败”这样的词语。后来，曾国藩的幕僚中有人为李元度求情，把“屡战屡败”改为“屡败屡战”，意思便变得大为不同，李元度因此被免罪。

上面的故事让我们看到了语言的魅力和魔力。《三国演义》里写到曹操正患头疾，而与袁绍的大战即将开始，就在这时，他读到了陈琳为袁绍写的《为袁绍檄豫州文》，居然大汗淋漓，头也不痛了，这才率军大破袁绍。一篇文章居然还有药效，可见文学语言的魅力。历史上著名的《与陈伯之书》，居然劝降了与之对垒的将军，不战而屈人之兵，其中“暮春三月，江南草长，杂花生树，群莺乱飞”的名句更是流传千古。古人所说的“传檄而定”，也见证了语言的神奇魅力。作为人类表达和沟通的主要工具，语言承载着主要的表达和沟通功能。而文学是语言的艺术，对于文学来说，语言的重要性显然更加突出。

语言对于文学的重要性可以从以下几个方面来体现：

第一，语言是文学用来塑造人物、讲述故事、表达思想的主要工具，是文学作品思想和美学价值的主要载体。既然是载体，语言就会直接影响作品的呈现。一部作品语言不好，就会影响作品的人物塑造、故事叙述以及思想表达。所以，锤炼语言是每位作家的终身工作，每位作家终其一生都在让自己的语言变得更好。

第二，好的语言让读者更容易接近作品。文学是作家与读者交流的工具，而语言就是文学的主要材料。有些作品，读者一看语言就被吸引住，欲罢不能，作家想要表达的东西不知不觉地就被读者接受了。而有些作品，作家想要表达的思考很多，但语言佶屈聱牙，晦涩难懂，令读者望而生畏，那些思考读者可能就无法接受。所以，很多作家都在挖空心思想让自己的语言更贴近读者，为读者所喜欢。好的语言如同一个人的容貌服饰，让人更容易接受。

第三，语言是一位作家的符号，是作家风格的体现。一位作家有了好的语言，就好比是贴了好的标签，读者一看就知道是谁的作品，作家的风格也因而得以体现。所以，作家爱惜自己的语言，犹如鸟儿爱惜自己的羽毛。慎重对待语言，是每一位负责任的作家的必备素养。很多作家在没有语感的时候，坚决不写作，就是唯恐写出不好的作品。

第四，语言是文学成为艺术的关键。同样作为语言，有些语言不能成其为文学，只能成为新闻，或者论文，语言是其中的重要因素。从这种意义上讲，语言是文学成为艺术的关键。语言赋予文学审美，语言也让文学变得更加有价值。两部作品，一部语言很好，但没什么思想，另一部非常有思想，但语言不好，应该如何选择？鲁迅先生的回答是：宁愿选择语言好的。因为一部作品，仅仅语言好，至少可以成为艺术品，可以赏鉴；但一部作品，再有思想，语言很糟，就没有多少价值了，因为读者根本就不会光顾。

第二节　语言风格

我们先来看四段文字，比较一下，这四段文字有什么不同。

他是一位独自在湾流中的一条小船上钓鱼的老人，到现在已经去了八十四天，但是一条鱼也没逮住。最开始的四十天里，有一个男孩跟他在一起，但是始终没有捉到一条鱼。男孩的父母说，老人现在准是十足地“倒了血霉”，也就是说，简直是倒霉到了极点。男孩听从了他们的吩咐，上了另外一条船，第一个星期就捉到了三条好鱼。孩子看到老人每天回来的时候，船总是空的，感觉很难受。因此他总是走下岸去帮老人拿卷起的钓索，或是鱼钩、鱼叉，还有绕在桅杆上的帆。帆上用面粉袋片打了一些补丁，看起来就像一面标志着永远失败的旗帜。

海明威：《老人与海》

他叫张大民。他老婆叫李云芳。他儿子叫张树，听着不对劲，像老同志，改叫张林，又俗了。儿子现在叫张小树。张大民39岁，比老婆大1岁半，比儿子大25岁半。他个子不高。老婆1米68。儿子1米74。他1米61。两口子上街走走，站远了看，高的是妈，矮的就是个独生子。去年他把烟戒了，屁股眨眼就肥了一倍。穿着鞋84公斤，比老婆沉50斤，比儿子沉40斤，等于多了半扇儿猪。再到街上走走，矮的在高的旁边慢慢往前滚，看不着腿，基本上就是一个球了。

刘恒：《贫嘴张大民的幸福生活》

三十年前的上海，一个有月亮的晚上……我们也许没赶上看见三十年前的月亮。年轻的人想着三十年前的月亮该是铜钱大的一个红黄的湿晕，像朵云轩信笺上落了一滴泪珠，陈旧而迷糊。老年人回忆中的三十年前的月亮是欢愉的，比眼前的月亮大、圆、白；然而隔着三十年的辛苦路往回看，再好的月色也不免带点凄凉。

月光照到姜公馆新娶的三奶奶的陪嫁丫鬟凤箫的枕边。凤箫睁眼看了一看，只见自己一只青白色的手搁在半旧高丽棉的被面上，心中便道：“是月亮光么？”凤箫打地铺睡在窗户底下。那两年正忙着换朝代，姜公馆避兵到上海来，屋子不够住的，因此这一间下房里横七竖八睡满了底下人。

张爱玲：《金锁记》

若遇心血来潮，突然想到什么新主意时，他就赶快跑到厨房——他的总部——去记下来。砖墙上的白漆已开始剥落。有时候，赫索格就用袖子抹去桌上老鼠咬下的碎屑。他不动声色地感到奇怪，野鼠怎么会对蜂蜡和石蜡这么感兴趣：凡是用石蜡封口的果酱瓶、蜜饯罐之类，都被它们咬得百孔千疮，生日用的蜡烛啃得只剩下烛芯。老鼠还光顾了一条面包，咬进一个洞，在里面留下自己的形状。赫索格涂上果酱，吃下了没有咬过的另外半条。他和老鼠也能分享食物了。

索尔·贝娄：《赫索格》

很显然，这四段文字的语言风格截然不同。海明威的语言简约，有内涵，富于象征意味；刘恒的语言活泼灵动，是典型的京味语言；张爱玲的语言华美艳丽、奇巧脱俗；索尔·贝娄的语言幽默智慧，充满温暖的戏谑。

语言风格是一位作家的标签。一流的作家常常都有自己独特的语言风格。我们通常所说的，鲁迅的犀利老辣、周作人的舒缓沉郁、林语堂的潇洒从容、郁达夫的雄放不羁、沈从文的清新流畅、朱自清的洗练清丽、梁实秋的机智优雅、孙犁的秀逸隽永等，都是指作家的语言风格。一位好作家，只有形成了稳定的语言风格后，才会像一个手艺人出师一样，拥有了自己安身立命的本钱。

宋代俞文豹在《幕士论苏柳词》中记载：

东坡在玉堂日，有幕士善歌，因问："我词何如柳七？"对曰："柳郎中词，只合十七八女郎，执红牙板，歌'杨柳岸，晓风残月'。学士词，须关西大汉，铜琵琶，铁绰板，唱'大江东去'。"东坡为之绝倒。

由此可见，一位作家、诗人，形成自己的风格之后，更利于作品流传。杜甫在《春日忆李白》里也论及诗人的语言风格："白也诗无敌，飘然思不群。清新庾开府，俊逸鲍参军。”

那么，是否一位作家的语言风格就完全没有改变？什么会影响作家的语言风格呢？

我们来看下面两首词：

江城子·密州出猎

老夫聊发少年狂，左牵黄，右擎苍，锦帽貂裘，千骑卷平冈。为报倾城随太守，亲射虎，看孙郎。

酒酣胸胆尚开张，鬓微霜，又何妨？持节云中，何日遣冯唐？会挽雕弓如满月，西北望，射天狼。

江城子·乙卯正月二十日夜记梦

十年生死两茫茫。不思量，自难忘。千里孤坟，无处话凄凉。纵使相逢应不识，尘满面，鬓如霜。

夜来幽梦忽还乡。小轩窗，正梳妆。相顾无言，惟有泪千行。料得年年肠断处，明月夜，短松冈。

如果没有读过这两首词，很难想象，这两首词出自同一个词人之手。前面一首，是苏轼典型的豪放风格，豪放之中带着几分苍凉。后面一首，则婉约凄凉，充满了忧伤。

这说明，作家在面对不同题材的时候，语言风格可能会发生变化。我们再来看下面两段文字：

小石匠长得很潇洒，眉毛黑黑的，牙齿是白的，一白一黑，衬托得满面英姿。他把脑袋轻轻摇了一下，一绺滑到额头上的头发轻轻地甩上去。他稍微有点口吃地问队长去当小工的人是谁，队长怕冷似的把膀子抱起来，双眼像风车一样旋转着，嘴里嘈嘈地说：按说去个妇女好，可妇女要拾棉花。去个男劳力又屈了料。最后，他的目光停在墙角上。墙角上站着一个十岁左右的男孩子。孩子赤着脚，光着脊梁，穿一条又肥又长的白底带绿条条的大裤头子，裤头上染着一块块的污渍，有的像青草的汁液，有的像干结的鼻血。裤头的下沿齐着膝盖。孩子的小腿上布满了闪亮的小疤点。

莫言：《透明的红萝卜》

那天夜里，俺心里有事，睡不着，在炕上翻来覆去烙大饼。俺的亲爹孙丙，被县太爷钱丁这个拔屌无情的狗东西抓进了大牢。千不好万不好也是爹啊，俺心烦意乱，睡不着。越睡不着心越烦，越烦越睡不着。俺听到那些菜狗在栏里哼哼，那些肥猪在圈里汪汪。猪叫成了狗声，狗吠出了猪调；死到临头了，它们还在学戏。狗哼哼还是狗，猪汪汪还是猪，爹不亲还是爹。哼哼哼。汪汪汪。吵死了，烦死了。它们知道自己的死期近了。俺爹的死期也近了。这些东西比人还要灵性，它们嗅到了从俺家院子里散发出来的血腥气。它们看到了成群结队的猪狗的魂儿在月光下游荡。它们知道，明天早晨，太阳刚冒红的那个时辰，就是它们见阎王的时候。它们不停地叫唤，发出的是灭亡前的哀鸣。爹，你呢，你在那死囚牢里是个什么样子？你哼哼吗？你汪汪吗？你还是在唱猫腔呢？俺听那些小牢子们说过，死囚牢里的跳蚤伸手就能抓一把；死囚牢里的臭虫，一个个胖成了豌豆粒。爹啊爹，本来你已经过上了四平八稳的好日子，想不到半空里掉下块大石头，一下子把你砸到了死牢里，俺的爹……

莫言：《檀香刑》

上面这两段文字都出自莫言之手，但两部小说的题材不同：前者是小题材，写一个孩子的内心世界；后者则是大题材，以清朝末年为背景，清政府、德国人、义和团、革命者等几种势力纠葛在一起。两部作品的语言风格就有很大的区别。

但是，值得注意的是，无论是苏轼的两首词，还是莫言的两部小说，尽管因题材不同导致语言风格迥异，但仔细品味，还是能看到一位作家的鲜明风格。像苏轼的词，无论豪放还是婉约，都用词豪迈、意境苍凉，充满着诗人对于韶华易逝的不屈。同样，对于莫言，尽管两部小说语言风格区别很大，但其中也有作家的独有之处，那就是：

用语铺陈，想象力丰富，充满魔幻色彩。

同样，体裁的不同也会影响一位作家的语言风格。我们来看下面两段文字：

> 现在正是枝叶繁茂的时节（树上已经结了小小的果子，而且有许多落下来了）。这棵榕树好像在把它的全部生命力展览给我们看。那么多的绿叶，一簇堆在另一簇上面，不留一点缝隙。翠绿的颜色明亮地在我们的眼前闪耀，似乎每一片树叶上都有一个新的生命在颤动，这美丽的南国的树！
>
> 船在树下泊了片刻，岸上很湿，我们没有上去。朋友说这里是“鸟的天堂”，有许多只鸟在这棵树上做窝，农民不许人捉它们。我仿佛听见几只鸟扑翅的声音，但是等到我的眼睛注意地看那里时，我却看不见一只鸟的影子。只有无数的树根立在地上，像许多根木桩。地是湿的，大概涨潮时河水常常冲上岸去。“鸟的天堂”里没有一只鸟，我这样想道。船开了。一个朋友拨着船，缓缓地流到河中间去。
>
> 巴金：《鸟的天堂》

> 新收到的照片中有一张是我和远近七只灰鸽在一起拍摄的。依旧有安闲的鸽子，依旧有蓝蓝的海水，可是大片的水面给私人的游艇占据了，过去穷音乐师在那里拉小提琴的广场也不见了，一切都显得拥挤，行人也不少。美景旅馆似乎还是五十一年前那个样子，我在门前站了一会，脑子活动起来了。我想起当时我怎样从这小门进出，怎样从五层楼的窗口望海滨广场，我有一个印象：旅馆两旁的楼房大概是后来修建的，仿佛把它压得透不过气来。这样的记忆不见得可靠，人老了，记忆也混乱了。只是当时我没有这个印象，所以我这样说。这天下午我去参观古希腊修道院旧址的时候，法国朋友送了我一本《古马赛图》。书中共收一百五十二幅绘画，从十五世纪到十九世纪前半叶，当然看不到二十世纪二十年代的马赛。因此在海滨散步的时候，我常常想，我

要是当时照个相那多好。那位姓李的朋友的声音我还不曾忘记，可是他的面貌早已烟消云散了。

巴金：《随想录·重来马赛》

夜死了。黑暗统治着这所大公馆。电灯光死去时发出的凄惨的叫声还在空中荡漾，虽然声音很低，却是无所不在，连屋角里也似乎有极其低微的哭泣。欢乐的时期已经过去，现在是悲泣的时候了。

人们躺下来，取下他们白天里戴的面具，结算这一天的总账。他们打开了自己的内心，打开了自己的“灵魂的一隅”，那个隐秘的角落。他们悔恨，悲泣，为了这一天的浪费，为了这一天的损失，为了这一天的痛苦生活。自然，人们中间也有少数得意的人，可是他们已经满意地睡熟了。剩下那些不幸的人、失望的人在不温暖的被窝里悲泣自己的命运。无论是在白天或黑夜，世界都有两个不同的面目，为着两种不同的人而存在。

巴金：《家》

上面的三段文字，都是巴金的作品，第一段是散文，第二段是随笔，第三段是小说。品味一下就会发现，三部作品的语言风格都有不同。可见不同的体裁也会导致作家的语言风格的不同。正如曹丕《典论·论文》中所言：“夫文本同而末异，盖奏议宜雅，书论宜理，铭诔尚实，诗赋欲丽。”陆机《文赋》也说：“诗缘情而绮靡，赋体物而浏亮，碑披文以相质，诔缠绵而悽怆，铭博约而温润，箴顿挫而清壮，颂优游以彬蔚，论精微而朗畅，奏平彻以闲雅，说炜晔而谲诳……”

当然，影响一位作家风格的因素还很多，例如写作时的状态、环境的变化、作家对文学的理解的变化等。比如说冰心：“冰心的作品风格可以分为建国前后两个时期，前期作品多使用柔美的语词、叠音词，选用摹绘、繁复等辞格，形成温婉含蓄、端庄典雅的风格；建国后，开始歌颂劳动，赞美新生活，多使用直白雄壮的语言，象征、排比等辞格，形成一种豪迈雄壮的风格来抒发炙热而欢快的情感。这样的风格转变，与社会环境的改变、个人阅历密不可分。”①

那么，对于一名初学者来说，如何来形成自己的语言风格呢？

（1）寻找，而不是训练。一名写作者的语言需要训练，通过训练不断提高自己的语言水平。但一位作家的语言风格的形成，则需要寻找。为什么是寻找，而不是训练？因为训练是外在的，寻找则是内在的，寻找是需要找到那种最适合自己气质的语言。

（2）区别“喜欢”和“擅长”。对于语言来说，每个人都有喜欢的语言和擅长的语言。但很多时候，你喜欢的语言却不是你所擅长的。你在写作的时候，多半还是选择你所擅长的语言。那么，如何确定什么是你所擅长的语言？这恐怕只能在大量的写作中去确定了。

（3）在阅读中寻找。阅读有时就是照镜子，读的是别人，照的是自己。对于普通读者来说，这种“照镜子”，主要照的是自己的生活、自己的内心和自己的世界；而对于写作者来说，这种“照镜子”，不仅仅照普通读者要照的那些东西，还要照写作技法。我们在阅读别人的过程中发现，什么是可以的、什么是不可以的，既可以验证自己，也可以提升自己。语言也是一样。我们总会在阅读中找到那种最契合自己的方面，然后将不同作家的风格进行整合，最后形成自己的风格。

（4）在写作中寻找。光阅读显然是不够的，我们还需要在写作中寻找。只有大量写作，才能找到最适合自己的那种语言风格。

（5）向内寻找。一位作家的语言风格最终要合乎自己的气质，而气质是由自己的思想、知识背景、人生经历等多种因素决定的。

简单而言，一位作家的语言风格的形成主要来自三个方面：学习、经历和锤炼。以海明威为例，有学者总结，他的语言风格主要源自以下三个方面：

> 1.1 博采众长，却不断开拓自己的路。海明威小说的语言风格的形成首先得益于语言艺术大师马克·吐温，对其影响很大。斯泰因、庞德、司各脱、菲兹杰拉德都曾经指点过他，但他

① 刘婉晴．冰心作品语言风格的转变．齐齐哈尔大学学报（哲学社会科学版），2017(5)．

从不跟哪个一路走到底。他领悟极快，对各家所长，兼收并蓄，吸取养分。在充实自己的基础上，开拓自己的路。他在巴黎学习写作初露锋芒的时期，无疑汲取过现代派某些技巧，但他决不是现代派文学盲目的追随者。他要形成自己的风格——“海明威风格”。

1.2　来自战争的影响，成为“迷惘一代”的歌手。另一个方面，战争的影响对海明威小说的语言风格的形成也是不容低估的。海明威是参加过两次大战并描写过两次大战的作家。在第一次世界大战中，他作为战地记者，在欧洲受过伤。随着时间的推移，他深感一种被欺骗、被损害的迷惘。生理上和精神上的创伤，在相当一个时期成了他创作的源泉，海明威作为“迷惘一代”的歌手已经具备一种独特的文风，这在他许多战争文学作品中得以充分体现。这种成功是依靠他刻苦的磨炼获得的。海明威所以能形成一种现代的文体风格，上述原因无疑起了客观的作用。

1.3　孜孜不倦地追求，形成自己独特的风格。战后，海明威作为驻欧记者，向国内拍电报，报道欧洲战事，便形成了一种浓缩紧凑的文体。他经过初步训练后，又对自己提出更高的要求，锤炼文学语言，于是训练自己怎样用一句话写一个小故事，把环境、气氛、人物、行动和情绪都浓缩在一句话里面。他努力用最简洁、最明晰的语言向人们提供画面，让人们从画面中去体验真实，使读者能在没有语言障碍和干扰的条件下去体验他所追求的真实。①

写作思考

我们希望形成的语言风格是什么？

第三节　语言修炼

总而言之，文学的语言需要具备两个要素：

---

①　张伟，聂颖．浅析海明威小说的语言风格的形成．华章，2009（13）．

一是有用。这是语言的基本功能，也就是信息传递功能。不仅传递人物、故事信息，还要传递思想。有用的语言要求准确、精确。

二是有味道。文学的语言仅仅传递信息是不够的，还需要有艺术性，这种艺术性体现为语言的各种“味道”：或幽默风趣，或泼辣犀利，或华丽优美，或简约有力……都是语言的各种味道。

要做到这两点，其实并不容易，需要写作者勤加修炼。

我们先来做个训练，模仿下面的语言，写一段文字：自己被迫要去见一个不想见的人。

> 我二十一岁时，正在云南插队。陈清扬当时二十六岁，就在我插队的地方当医生。我在山下十四队，她在山上十五队。有一天她从山上下来，和我讨论她不是破鞋的问题。那时我还不大认识她，只能说有一点知道。她要讨论的事是这样的：虽然所有的人都说她是一个破鞋，但她以为自己不是的。
>
> 因为破鞋偷汉，而她没有偷过汉。虽然她丈夫已经住了一年监狱，但她没有偷过汉。在此之前也未偷过汉。所以她简直不明白，人们为什么要说她是破鞋。如果我要安慰她，并不困难。我可以从逻辑上证明她不是破鞋。如果陈清扬是破鞋，即陈清扬偷汉，则起码有一个某人为其所偷。如今不能指出某人，所以陈清扬偷汉不能成立。但是我偏说，陈清扬就是破鞋，而且这一点毋庸置疑。
>
> 王小波：《黄金时代》

通过训练就会发现，很多人写的文字只有其表、没有其里，只有其皮、没有其骨。在探讨如何修炼之前，我们先来总结一下文学语言的几个主要来源：

（1）生活。生活是作家语言永远不竭的源泉，好作家都善于从生活中学习语言。有些作家会随身携带小本子，记录各种精彩的语言。例如赵树理，前人回忆，如果要找赵树理，很难在办公室里找到他，你要到田间地头去。赵树理经常在田间地头和农民聊天，从农民那里吸收语言的养分，从而形成了他独特的山药蛋派风格。

（2）阅读。前面已经说过，阅读他人的作品可以培养我们的语感，给我们提供学习借鉴。

（3）翻译。我们现在的很多语言来自翻译。随着近现代西学东渐运动的开展，国内作家广泛学习外国作家的作品，其中大部分读的是翻译作品。所以，甚至有人说，当代作家是被翻译家养大的。

（4）约定俗成。随着社会的发展，生活中的语言也在不断地发展变化，语词、语言形式、语言风格等都有了新的变化。

（5）创造。好的作家会创造不同的语言模式。像海明威、马尔克斯、老舍、沈从文都是这类作家。

根据这些来源，我们总结文学语言的三个修炼路径：

一是阅读。阅读可以改变一个人的语感。阅读好的作品会带来好的语感，但阅读不好的作品也会带坏你的语感。从这种意义上，正如第二章所说，阅读决定写作的上限。阅读的同时，我们还可以模仿，模仿是学习的过程之一。

二是练习。通过大量的语言练习，修正语言中的问题。这种练习既包括片段练习，又包括创作本身。一位作家的语言风格的形成是需要时间的。我们经常看到，作家的早期语言风格和后期有很大的不同，这也是练习的结果。

三是寻找。通过寻找，最终找到最适合自己的语言。正如文学理论家、儿童文学作家曹文轩所说，“一个作家的最终成功就在于找到最合他脾胃、最适宜表现他的具有特定文化背景之韵味的题材的那种语言”。

内容小结

和其他语言相比，文学语言有其独特的功能和特点。文学语言具备两大要素，即有用和有味道。前者是语言传递信息的功能。文学语言需要精确、准确地传递作家想要传递的信息，这些信息既包括人物、故事等，还包括作家的思考。后者指文学语言的艺术性。文学语言需要有艺术性，这种诉求给作家语言的不同风格带来巨大的发挥空间。写作者的语言是可以修炼并且需要修炼的，这种修炼主要通过阅读、训练和寻找来完成。

写作练习

练习方式：三五名写作者一组，一起写作，再进行讨论。

练习材料：

> 湖里有一艘游船。远远看去，自己要找的人似乎就在船上。于是，我在湖边耐心等待。在等待的过程中，我不断想起和他在一起的那些往事。

试着用四种不同风格的语言来写上面的这个内容。写完后，整个小组一起阅读，看看一共有多少种不同的风格，有没有两篇风格相近。然后，在所有作品当中寻找那种自己最喜欢的语言风格，和自己写得最顺利的那种风格进行比较。

课堂设计

【课堂形式】

桌椅以分组的形式摆放。三到五位写作者一个小组。所有写作者准备纸笔或电脑，随时准备课堂练习。

【课堂流程】

第一个环节：训练

描写一个喜欢打扮的男人，但这个男人又常常打扮得不太得体。

给出两种语言选择：一种是实用的语言，说清楚状态就可以了；另一种是有趣的、好玩的语言，要求写得风趣、好玩。

第二个环节：分享与评析

每位写作者分享刚刚完成的练习，其他写作者评析他写的是哪种语言，再由写作者讲述自己的初衷是想写成哪种语言。

第三个环节：讨论

小组讨论语言文学的功能和特点。最后，教师进行总结，并讲述语言之于文学的重要性。

第四个环节：分享与讨论

分享四段风格各异的文字，并进行小组讨论，讨论风格有何不同。小组各派一个代表发言。随后延伸至下一个问题：文学语言风格的形成和特点。

第五个环节：讨论

小组讨论：你所知道的语言风格。语言风格是如何形成的？随后，教师进行分享。

第六个环节：训练

模仿一位作家的语言，进行练习，看看是否写得像。教师进行点评和分析。

第七个环节：讨论

讨论总结文学语言的几个来源，总结文学语言修炼的几个主要路径。

第八个环节：小结

总结文学语言的主要功能与特点，以及修炼方法。

第七章

唤醒

初学写作者通常都会面临一个问题：写不长。主要原因是：不知道写什么。他们不明白，为什么作家们那么能写？一件小事情，或者一个小场面，能够写出那么多的文字来。如何把作品写长其实只是写作面临的第一个困难。作家笔下的那些东西从哪里来的？为什么人有些时候会文思泉涌、滔滔不绝，有些时候却灵感枯竭、无话可说？

这一章，我们将探讨如何在写作中使用自己的素材库，以及如何充实自己的素材库。

第一节　无话可说

写作训练

放假回家的时候，你在路上碰到一位中学老师。根据这个场景写一段文字，尽量写得长一些。写完之后，和其他写作者进行分享。

我们发现，有些写作者写了很多，在写作时间到了的时候，还意犹未尽，想继续写；有些写作者则枯坐在那里，无话可说，好不容易才挤出几句干巴巴的句子。我们找到一位写得非常少的写作者，和她进行了如下对话：

老师：你为什么写这么少？

写作者：不知道写什么。

老师：那你有没有过类似的经历，在路上碰到中学老师？

写作者：有过。

老师：但为什么不把经过写下来？

写作者：我觉得没什么好写的。就是见到老师，停下来，说了几句话。

老师：那好，我们来聊一聊你们见面的情况吧。你见的是什么老师？

写作者：物理老师。

老师：男老师还是女老师？多大年纪了？

写作者：男老师，三十多岁，中等个子。

老师：他长什么样子？

写作者：圆脸，头发有些少，发际线比较靠后，喜欢穿牛仔裤，那天穿着一条蓝色的紧身牛仔裤。

老师：还有什么特征，能更详细一点吗？

写作者：他眼睛有些小，鼻子旁边有一颗很大的黑痣。

老师：其他方面呢？有些什么特点？

写作者：说话有意思，有个口头禅“你以为”，所以我们私下里给他取了个外号叫“你以为”。

老师：那天你们聊了些什么？

写作者：他问了我现在的情况，还鼓励我在大学好好学习，要多读书。

老师：我们接下来聊聊以前的事。他的课堂上有什么令你记忆深刻的事吗？

写作者：有啊。有一次讲牛顿的万有引力定律，他突然跳到凳子上，然后跟我们说：“大家看看，我很轻松地就跳上去了吧！”然后，他又走到桌子边，往上跳，跳了几次都没跳上去。大家哄堂大笑。他也累得够呛，脸都涨红了，大口大口地直喘粗气，然后跟我们说：“不是我不能跳，是万有引力定律不让我跳。”

老师：太有趣了！那你还听说过什么关于他的有趣的事吗？

写作者：有，我听过一些关于他的传说。（突然停了下来，一脸的惊讶状）老师，原来这些也可以写啊。

老师：当然可以写。

写作者：那就多了。他三十多岁还没结婚，听说他以前谈过几次恋爱都失败了，还都是被别人踹的。我听说，主要原因是他有一个怪癖——晚上不喜欢洗脚，他的女朋友都是被他熏跑的。哈哈哈……

老师：那他现在结婚了吗？

写作者：听说去年结婚了。我们班同学还在微信群里猜——要么他改掉了不洗脚的毛病，要么他找到了一个不怕熏的。

老师：我怎么发现你有很多东西可以写啊。

写作者：对啊。我刚刚怎么没有想起来呢？

老师：因为你的记忆都沉睡了。

从上面的对话中，我们看到，这种开始写作时发现自己无话可说的人还不少。无话可说，就是没东西可写，大脑一片空白。但是，通过对话我们发现，其实并不是没有东西可写。那位写作者的物理老师身上有很多值得写的东西。通过唤醒记忆后发现，那位物理老师是位非常有意思的老师，他有个性，上课也很有趣。他的婚恋能够被学生议论，说明这点也被别人所关注，有值得说道的东西。另外，即使这位物理老师没什么可写的，但中学那么多年，总有老师值得写吧？但这位写作者没有去挖掘，也没有去使用自己的记忆。那么，自己身上经历过的事情是怎样变成笔下的文字的？我们来看下面这几段文字：

午餐时间，厨师照例把菜端上桌。饭是自取的，每人一个铝制的饭盒，里面蒸着饭。饭盒是有编号的，用钢戳戳在盒子上。每个船员新上船的时候，厨师都会告诉他一个编号，那是他的饭盒。龚军先到，他像往常一样低着头，闷声不吭地吃饭。正吃着，饭盒却被人一把拖走了。他顺着被拖走的饭盒往上看，拖走他饭盒的是秦朗。秦朗正斜着眼睛，居高临下地看他。龚军说："你干什么？"

秦朗用筷子敲着饭盒，说道："你看看，你吃的是几号？"

龚军说："19 号啊。"

"就知道你长个斜眼睛，字都不会认。"秦朗把饭盒掉了个头，说，"你再看。"

龚军说："咦，61？我拿错了，你拿我的啊。"

秦朗说："谁稀罕你吃过的饭盒啊。"

龚军站了起来："那你想怎么样？"

秦朗冷冷地看着他，冷冷地说："不想怎么样。我听说你想杀我，还有几个方案。我今天想试试你有多大本事，能不能杀得了我。"

说话的工夫，会议室里已经站满了人。除了值班的和管事，基本上都到了，小小的会议室里挤得满满的。所有人都在冷眼旁观，这会儿，见两个人要动手了，大家还自觉地让出了一块地方，有人还要来收桌上的菜——这是准备战场的意思。秦朗摆了摆手，意思是用不着。收菜的手收了回去。秦朗左手去揪龚军的领子，龚军赶紧伸手去挡。秦朗右手伸了出来，抓住了他的手腕。龚军挣扎了一下，没挣脱，只好让另一只手来帮忙。另一只手也被抓住了。龚军使劲地挣扎着，两只手都动弹不得。他看了看秦朗，秦朗正盯着他的眼睛。龚军今天的目光有些胆怯，他想要回应秦朗的目光，试了几下，却又无力地移开了。两个人就这样僵持着。屋子里谁也不说话，所有人都成了雕像，直到管事傅诚从人群里挤了过来。傅诚看了看两个人，龚军正用目光向他求助。傅诚咳了一声："秦朗，算了吧。"秦朗这才松开手，坐了下去。大家又开始吃饭，像什么事都没有发生过一样。

每个人都吃得很专注，屋子里都是筷子敲击碗的声音和嘴巴嚼菜的声音。突然，众多声音中传来一声沉闷的哼哼声，像是有人被捂住了嘴，正在挣扎。很快，就挣扎开了，声音就像决了堤的洪水一样冲了出来。碗筷都停了下来，所有的目光都集中到了龚军身上。一个大男人当着众人的面这样失声痛哭，还哭得那么抑扬顿挫，让人有些猝不及防。大家都不知怎么办才好，只能看着他。龚军哭得很投入、很努力也很认真，似乎在享受自己的哭声，他声情并茂，旁若无人，仿佛哭是一件很重要的工作，他必须用尽全身力气来完成。没有人去劝他。连管事都在一旁冷眼旁观。终于，龚军完成了自己的工作，独自出门回房间去了。①

这段文字，是笔者的小说《所有的生命》中的片段。这个片段是以我亲身经历的一起事件为原型写成的。写作的时候，我想起当年做海员时的那些往事，其中就想到了文中所写的这件事。很多细节都还原了当时事件的整个过程。当时在船上吃饭用的是铝制的饭盒，每个饭盒上面用钢戳打的数字，每个船员有一个属于自己的编号，打着自己编号的饭盒就是自己的。当时，船员们经常会把饭盒拿错。其实是"6"，倒过来看就是"9"。后面打架的细节也是真实的。当时，我就在会议室里吃饭。会议室是两用的，既是开会用的，也是吃饭用的。饭桌是两张大八仙桌，两边是固定在墙上的木凳子，两头靠门的方向是两个长条凳。那起事件就发生在会议室里，大家吃饭的时候。当时，我正埋头吃饭，突然看到一个船员进来了，他拿着一个饭盒，直

① 丁伯慧．所有的生命．山花，2021（2）．

接扔到桌子上，扔在一个正在吃饭的船员面前，饭盒盖都被震开了，把那位船员吓了一跳。两个人对峙了一会儿，就动起手来。动手的过程很简单，就是后进来的那个船员用两只手抓住了吃饭的那个船员的两只手，让他动弹不得。吃饭的那个船员其实也没受伤，但是用现在的话讲，这个动作“伤害性不大，侮辱性极强”。我当时就感觉两个人似乎有什么宿怨。后来，船上的书记来了，那个后进来的船员就松开了手。笔者看到吃饭的那个船员坐在那里，突然号啕大哭。

我们通过这个案例，完整地看到一个细节是怎么写出来的，那就是：从记忆库里拿出以前发生过的事情，把整个过程写下来。

那么，为什么很多人还面临写作的时候“无话可说”的情况呢？之所以如此，通常是因为以下几个原因：

1. 写作的内容自己不感兴趣

当一个人对自己写作的内容不感兴趣的时候，他就无法提起写作的兴趣，自然也没有兴趣从自己的记忆库里搜索有价值的东西。这种情况不仅存在于命题写作中，即便是自己主动的创作也会存在同样的问题。我们写作一部作品的过程中，总有些地方是自己兴趣不高的。面对这种情况，必须想办法唤醒自己的记忆。当然，如果记忆库里实在没有东西可以写，也可以另外去寻找素材，这种情况我们将在第八章来探讨。

2. 对自己的某些记忆选择性遗忘

人的记忆其实是有选择性的。人的一生要经历那么多，不可能记住所有的东西。那么，我们通常会遗忘掉哪些东西？首先是自己觉得没有多大价值的东西。当然，这些东西对于写作而言有没有价值，就要另当别论了。也许这个阶段对你没有价值，但下一个阶段就有了。其次是自己需要忘记的东西。人生的有些东西是需要去忘记的，比如说某些痛苦的、悲伤的东西。痛苦的、悲伤的东西记得太多了，会对人的心理造成不好的影响。但是，尴尬的是，好的文学作品通常都是需要有些痛感的。所以，从某种意义上说，写作就是揭开自己的伤疤给别人看。写作者其实是需要有强大的内心的。他需要不断地揭开自己的伤疤，重新审视、思考，并赋予它新的价值。当然，写作本身也是疗伤的一种手段，通过写作，可以进行深度思考，从而进行自我心理修复。再次，选择性遗忘也是阶段性的。某些东西在人生的某个阶段是需要遗忘的，但过了这个阶段又被认为是美好的，比如说初恋。初恋失恋后，人是极端痛苦的，所以迫切需要用各种方式将它遗忘掉。但人生经历多了，尤其是人到中年或者老年，你再来回顾那些往事的时候，又会觉得它们是美好的。这种遗忘是短暂的，经过一段时间后又会将它们唤醒。

3. 没有唤醒记忆的意识

记忆在大多数的时间里都是沉睡的，只有在某种特定的情况下才会被唤醒。写作的时刻就是一个需要唤醒记忆的时刻。但是，很多初学写作者缺少写作的经验，因而没有唤醒记忆的意识。尤其是在年轻的时候，人不习惯怀旧。那个时候，人生刚刚开始，脑子里都是对未来的向往，平常想得更多的都是现实和未来。所以，那个时候，我们常常是没有唤醒记忆的意识的。当然，这种唤醒意识也是一种能力，是可以培养和训练的，这个我们在后面再说。

4. 不认可自己经验的价值

这种情况可能存在得更多一些。尤其是初学写作者，对自身的生活经验是没有自信的。我们经常听到这种议论，说“某人经历丰富，可写的东西太多了。而我生活简单，没什么可写的”。情况真的是这样吗？其实，我们每个人都有自己的生活。在这一点上，一个普通老百姓和一个英雄之间并无区别。所不同的是经历的事情不一样而已。英雄们可能经历的是国家大事，他们打过仗，或者在某个重大时刻，为一个国家或一个团体做出过重大贡献。那么，普通人呢？普通人每天也会经历很多事。柴米油盐，吃喝拉撒，这些事看起来鸡零狗碎，但是对于个体来说，同样会带来精神冲击。罗密欧与朱丽叶的爱情悲剧看起来惊天地泣鬼神，让人同情，让人悲伤，但普通人的失恋一样会造成巨大的心理痛苦和创伤。就这个意义而言，所有人都是有生活的，也是有记忆的。只不过，写作的时候，我们的记忆沉睡了。前面我们的对话过程，其实就是唤醒记忆的过程。

5. 没有唤醒记忆的方法

我坐在书桌前，面对着电脑，脑子里一片空白。我非常痛苦，不知道怎么办才好。我埋怨自己的写作能力太差。我埋怨自己缺少有价值的生活经历。我埋怨自己是个缺少生活阅历的人。我想，等很多年以后，我足够老了，经历的事情足够多了，应该就有很多东西可以写了……这是很多人在写作时感到没有状态时的心理。最后得出的结论就是：我写不了了。如果是需要完成的任务，就随便凑个字数，草草了事。如果是自愿的创作，那就觉得自己还不具备写作的基础，放弃写作。其实，很多时候，我们并不是没有东西可写，而是缺少唤醒记忆的能力和方法。记忆唤醒其实也是有方法的。作为写作者，我们需要直面这个问题。唤醒记忆有哪些方法，我们后面再来说。

写作训练

中学时暗恋一个同学，但却不敢表白，甚至不敢对别人说。

我们的目标是把这种经历写出来。但在写之前，三名写作者一组，一起来聊一聊自己暗恋的经历。大家要相互启发和追问，问事情的发生、发展、经过和结果，问细节，问具体事件，问发生这起事件的背景、时间、地点、环境，总之，问得越细越好。最后再各自写下来。

写完之后，小组内再相互分享，看看还有哪些东西可以补充进去。

第二节　经历与写作

接下来，我们探讨一下可以用来写作的经历有哪些。

1. 亲身经历的那些刻骨铭心的事

这些事既然让你刻骨铭心，说明值得你去记录下来。另外，正因为刻骨铭心，你会记得非常清楚，每一个细节都会留在大脑里，这样你写的时候就会顺利得多。

例如，《茶花女》就是小仲马根据自己的亲身经历所写的作品。

1844年9月，小仲马与巴黎的名妓玛丽·杜普莱西一见钟情。玛丽出身贫苦，当时流落巴黎，被逼为娼。她十分珍视小仲马的感情，但为了维持生计，仍得同其他人保持关系。小仲马一气之下写了一封绝交信，就出国旅行了。1847年，小仲马回归法国后，得知玛丽已经不在人世，她病重时，当时的追求者都弃她而去，死后送葬的只有区区两个人。她的遗物被拍卖后还清了她的债务，余款给了她一个穷苦的外甥女，但条件是她永远不得来巴黎。这件事对小仲马震动非常大，他那段时间内心里充满悔恨，也充满思念，于是他到了巴黎郊外，闭门谢客，开始了自己的创作。一年后，小仲马写下了代表作《茶花女》。我们看到，玛丽的死对小仲马刺激很大，这里面不仅仅有爱情，还有自责、悔恨。这段刻骨铭心的经历使小仲马写作的时候倾注了全部情感，与玛丽交往的很多细节也被写进了作品中，这才有了《茶花女》的诞生。

日本作家川端康成19岁（1918年）那年有过一次伊豆之旅。川端康成两岁丧父，三岁丧母，由祖父母抚养成人。在姐姐和祖母相继去世后，16岁时，他最后一个亲人——双目失明的祖父也去世了。川端康成从小体弱多病，常年幽闭家中，心理既敏感又寂寞，幼时的经历养成了他孤僻的性格和"受恩惠者气质"。这种性格让他在东京喧嚣的环境中越发忧郁、压抑。为了从这种压抑的情绪中逃脱，他踏上了去伊豆的旅途。在去伊豆的旅途中，他被一名14岁舞女的纯真和美貌所牵动，不由自主地跟随一群巡回演出的艺人，从修善寺经汤岛、汤野一直辗转到了伊豆本岛南端的下田港，最后才依依不舍地告别。这段经历对于川端康成来说有着非比寻常的意义，后来他根据这段经历写出了小说《伊豆的舞女》。在这个故事中，我们同样看到，正是川端康成的亲身经历给了他写作的素材，同时还有内心的情绪和情感。文学作品中不能缺少真挚的情感，我们看到，很多名著都是作家根据亲身经历写成的，因为亲身经历的事情写起来更加动人、更加有现场感。

2. 自己要努力遗忘的事

一个人要努力遗忘一件事，说明这件事给他带来了巨大的伤痛。

而文学本身是需要有痛感的，这种有痛感的事情恰好就是写作最好的素材。华裔女作家李怀瑜 29 岁那年在爱尔兰乡间被一个 15 岁的男孩强奸。多年以来，她诉讼无门，一直生活在创伤后应激障碍带来的焦虑之中。这期间，辩方律师多次以她年龄过大、涉溪水时脱下鞋袜为由，试图合理化少年犯的性侵行为。对方甚至指出是她勾引了加害者。作为一名美籍华人，她在寻求正义的过程中，遭受了由于种族差异和性别成见带来的各种冲突。最难受的时候，她害怕看到陌生的男性面孔，连出门买瓶牛奶都成了不可能完成的任务。而此前，良好的教育和勤恳的工作，曾经让她拥有体面的中产阶级生活。直到开庭前最后一刻，少年犯才认罪。获知这一消息后，心力交瘁的李怀瑜如释重负。事发后第五年，经历了无数次的崩溃大哭和悲痛欲绝后，她完成了小说《生命暗章》。该篇小说连续两年分别获得 SI Leeds 文学奖和“非布克奖”。这件作家原本要努力遗忘的事成了她写作的素材，并且获得了比较好的效果。

1931 年，太宰治与初代同居，后来开始从事共产主义运动，在这期间，他发现自己的妻子在认识他之前早已与人有染，内心受到极大的打击，于是，他去青森警察署坦白身份，结束了自己的共产主义革命生涯。1935 年，太宰治在镰仓山企图自缢未果。这之后，太宰治患上盲肠炎，因治疗中大量使用镇痛药而上瘾，不得不入院治疗了三个月之久，其间因为没有按时交纳学费被东京大学开除学籍。出院后不久，他又因使用镇痛剂上瘾，不得不举债买药，生活陷入了混乱之中。1936 年 10 月，他在亲朋好友的劝说和哄骗之下住进精神病院，这次入院经历成为他一生都无法释怀的经历，也成为写作《人间失格》的原动力。他在小说里把很多经历和体验都写了进去。

从某种意义上讲，关于自身经历的写作也是一种自我治疗。我们会在写作过程中对自己进行深度分析，并最终努力让自己的内心和世界达成和解。

3. 梦境

梦境是文学天然的素材。大部分作家都在自己的作品中写过梦境。《红楼梦》里除了写贾宝玉梦游太虚幻境，还写过不少其他的梦。作家们之所以如此钟情于梦境，是因为文学致力于呈现那种知道但不能明确表达的事情。

弗洛伊德在他的“冰山理论”中，解释了无意识、前意识、意识的关系：在我们的内心隐藏着一个深不可测的巨大空间，意识犹如浮在表面的冰山一角，隐没在水下的那庞然大物就是无意识，而连接意识和无意识的层面就是前意识。梦正是属于无意识的范畴。另一位心理学家荣格则认为，梦的象征不是为了伪装，而是为了更清楚地表达，只是需要用象征性的比喻来说明。梦不是愿望的满足，而是对未来的预测或预示，所以我们应重视梦的智慧。梦展示出做梦者自己内心被忽视、被压抑的一面，往往可以起到警示的作用。荣格认为，梦显示“我们心中的原始人”，我们如果能理解梦，就如同认识了许多“原始人”朋友，他们的智慧可以给我们极大的帮助。正因如此，梦境对于作家来说是非常有价值的。

莫言在他的文章中曾这样写道：

> 我的成名之作就是《透明的红萝卜》。在座的很多朋友肯定已经看过。这篇小说实际上得力于一个梦境。有一天早上，在军营宿舍，似醒非醒的状态下，看到了一片很广阔的萝卜地，一轮红日从东边冉冉升起。从萝卜地的中央突然站出来一个身穿红衣的、丰满的农村少女。她手里拿着一根鱼叉，然后从地下叉起一个红色的萝卜，她就高举着萝卜对着太阳走过去。这个画面非常辉煌也很壮美。我醒了以后马上对我的几个同学说，我刚才做了一个梦，我要把它写到小说里去。就对他们讲述我刚才说的这个梦境。他们说这怎么可能变成小说呢？但是有一个同学说，你先把它写出来我们看。我用了很短的时间，大概一个星期的时间写了《透明的红萝卜》初稿，在写的时候完全依靠梦境是不够的，就调动了自己少年时期的一段生活经历。[①]

---

① 莫言．会唱歌的墙．北京：作家出版社，2012. 原载《名作欣赏》2013 年 01 期，原标题为《超越故乡》。

莫言的这段回忆很好地揭示了梦境对于写作的价值。我们看到，根据梦境写出来的文字，天然地和文学契合，写出了人内心深处的东西。

4. 自己的心理活动和心理体验

和梦境一样，人的心理活动也是写作的非常好的素材。心理活动和心理体验通常是那种不外露、不为人所知的东西。这种东西一旦进入文学作品之中，就有了它独特的价值。武侠小说作家金庸的《天龙八部》里有一位大恶人名叫云中鹤，这位云中鹤是个采花大盗，令人不齿。有种说法是，这个人物源自诗人徐志摩。徐志摩是金庸的表哥，他曾有一个笔名叫“云中鹤”，因为当年徐志摩抛弃妻子，和其他女人在一起，金庸对他非常不满，就把这种心理活动在自己的作品中体现出来。

写作者的心理活动有时在作品中会以这种隐秘的方式呈现出来。例如，一个人在路上看到有人被别人欺负，自己想去伸张正义、锄强扶弱，却没有这个实力和胆量，于是就幻想着自己成为一个本领高强的人。这种心理也可以写进小说里。另外，一个人的心理活动还可以直接写进小说中。例如，张爱玲的小说里有很多心理描写就是她自己曾经的心理活动的写照。张爱玲出生于封建贵族世家，其家族曾经声名显赫，但是早已没落。张爱玲的祖父张佩纶是晚清名臣，“清流派”的代表人物。张爱玲的祖母是清朝重臣李鸿章的女儿。只是到了张爱玲出生的时候，张家已江河日下，一天不如一天。张爱玲的母亲早就和父亲离婚。养母喜欢抽大烟，又对张爱玲不好。生活在这种环境下的张爱玲非常压抑。她把自己的很多心理活动都写进了小说里，像《金锁记》《花凋》《创世纪》等。

综上所述，我们看到，个人经历对于写作有着非常大的价值。那么，是不是人的所有经历对于写作都是有价值的？哪些经历对于写作来说是有价值的呢？

通常而言，这类问题是没有标准答案的。因为是否“有价值”不仅要看事情本身，还要看事情所带来的附加价值。一段经历有时是有价值的，有时又没有多大价值，关键在于你如何去呈现它，以及在哪里呈现它。因此，从某种意义上说，我们所有的经历都是有价值的。

经历对于写作是否有价值，通常可以从四个方面来考虑：

一是经历本身比较特殊。比如说溥仪的《我的前半生》，其所述经历不仅特殊，还具有特殊的历史价值。作为末代皇帝，溥仪所经历的事情都是大众感兴趣的，而且他的经历在中国近现代史上有着重要的价值。他接触到很多历史上的大人物，也参与了很多历史事件，因此他的经历是天然的写作材料。这种特殊的经历不仅仅是英雄人物或者传奇人物才有的，普通人身上的特殊经历对于写作也有着非常重要的价值。像前面所说的李怀瑜的小说《生命暗章》，就是根据作者自身的经历写成的，这种体验也是非常独特的。所以说，经历的“特殊”不仅是指别人眼里的特殊，还包括自己眼里的特殊。比如，第一次约会，第一次出国，第一次独自远行，第一次目睹亲人的死亡。对于个人来说，这些都算是特殊的经历，这些经历也都是有价值的。

二是人物本身比较特殊。例如，卢梭写《忏悔录》。“我现在要做一件以前没有人做过，而且以后也不会有人敢做的事。我要把一个人赤裸裸地揭露在世人面前。这个人——就是我。”这是《忏悔录》的开场白。卢梭晚年受到了无情的政治迫害，甚至文学界的朋友都背弃他。最后，他终于决定把自己的一生完完全全地写出来，让世人和读者来判断，他到底是一个什么样的人。因为卢梭本身是思想家、启蒙运动的重要人物，他本人的身份就很特殊，他自身的经历和思考就具有很高的写作价值。

还有恺撒的《高卢战记》。《高卢战记》分别记述了恺撒对厄尔维几人的战争，恺撒在高卢的外交活动，恺撒对日耳曼人的战争，恺撒对不列颠、对比利时人的战争，恺撒对文内几人的海战和对日耳曼人的报复，恺撒入侵并镇压高卢大叛乱和阿来西亚之战等重大历史事件。恺撒作为历史上出色的军事统帅、政治家、罗马帝国的奠基者，本身就是个非常特殊的历史人物。他身上发生的很多事情就是历史事件。因此，他自己指挥的战争当然是有写作价值的。

三是作者赋予这段经历以价值。比如，冰块对于我们来说是一种很平常的东西，现代社会要看冰太容易了，冬天可以到北方去看，就算是平常季节也可以用冰箱来做冰块，因此，看冰块算不得什么特殊的经历。但是，在马尔克斯的笔下，看冰块却有着非同寻常的价值。马尔克斯在《百年孤独》的开头就写道："多年以后，奥雷连诺上校站在行刑队面前，准会想起父亲带他去参观冰块的那个遥远的下午。"后来，马尔克斯又写到了看冰块这件事："以至于多年以后，在政府军军官向行刑队下令开枪的那一刻，奥雷连诺·布恩迪亚上校又回想起三月里那个温暖的下午（就是看冰块的那个下午）。"第三次又写道："当行刑队瞄准他的时候，怒气凝成黏稠苦涩的东西，麻痹了他的舌头又迫使他闭上眼睛。那一瞬间晨曦的银白色光芒隐没，他又看见了小时候穿着短裤系着领带的自己，看见了父亲在一个阳光明媚的下午带他走进帐篷见到了冰块。"看冰块这么一件寻常的事情，为何令奥雷连诺上校一生念念不忘，甚至在生死关头都会想起来？除了因为在当时的马孔多看冰块本身并不容易之外，还有另外的寓意在里面：这里不仅关乎父爱、关乎亲情，还关乎童年最简单、最纯真、最美好的东西。所以，冰块在这里是一种象征。马尔克斯赋予了看冰块这件事以特殊的价值。

四是经历本身有附加值。比如说，吃冰淇淋对于现在的孩子来说，也是一件非常平常的事。在我们人生的历程中，我们可能无数次地吃冰淇淋。但是，有一次吃冰淇淋可能是你非常难忘的：那一次，经过无数次的纠结和挣扎，你终于大胆地向心爱的女孩表白了。出乎你意料的是，女孩居然答应了。于是，那天下午，你们一起在星巴克吃了冰淇淋。那么，这次的冰淇淋和别的冰淇淋可能就不一样了——这次吃冰淇淋有附加值了。那这一次的经历就值得写了。再如，你生病发烧，什么都吃不下，就想吃臭豆腐，但是，在一个冰雪交加的夜里，臭豆腐不容易找到。于是，你父亲在风雪里骑着自行车，跑了半座城，终于在一个小巷子里买到了一份臭豆腐。那么，这次吃臭豆腐的经历就有着非同寻常的价值了。经历的附加值在很多文学作品中都有呈现。对于写作者，如何挖掘作品的附加值，也是写作的技巧之一。

第三节 唤醒什么与如何唤醒

写作训练

回顾一下自己的初恋，看看我们能够唤醒一些什么。把所有唤醒的信息都记录下来，越细致越好。

这个时候，我们会发现，唤醒的东西通常有：

（1）场景。我们唤醒一段经历的时候，通常会回到某个场景当中。比如你第一次约会的经历：你会想起在公园的一棵枫树下，当时是秋天，树叶已经落了不少，脚下都是枫树叶。枫树底下有一个水泥做的长椅，你们就坐在长椅上，风从远方吹过来，吹得头顶上的树叶哗哗作响，偶尔还有枫叶从头顶上落下来，有一片枫叶正好落在女孩的肩上，你想帮她拿下来，却犹豫不决，生怕她不高兴。此时，我们大脑里出现的是画面，当然，这个画面既有静态的，也有动态的。

（2）人物。你的身边坐着女孩，你一定记得她当时的样子：头上扎着马尾辫，头顶上还有一个粉红色的发卡。女孩那时候皮肤很白，笑容里带着几分羞涩。她也不敢看你，只是偶尔会偷偷地看你一眼。她穿着白底蓝色小碎花的连衣裙、白色的运动鞋，看上去干干净净的。你还记得，那时她的性格很温柔、很安静，和现在完全不同。她的睫毛也很长，眨眼的时候扑闪扑闪的，看起来非常可爱。

（3）语言。你还会想起她跟你说的话。她说："你什么时候开始喜欢我的？你为什么会喜欢我？"你现在觉得她的问题很傻，但当时你非常认真地回答着。你尤其记得，当你告诉她，你喜欢她的时候，她说的一句话。她说："真的吗？"一副很惊讶的样子。然后，你问她："你也喜欢我吗？"她没有回答，却跟你说道："如果我说不喜欢，你会怎么样？"你就急了，说了很多伤心的话。看到你很急的样子，她扑哧一声笑了："看你的傻样！"这个时候，你才知道，其实她是喜欢你的。

（4）故事。你会想起你们交往的那些故事。第一次认识的时候，在一个大雨天里，你看到一个姑娘在街上独自走着，你不知不觉地走了过去，把撑开的伞递给了她，而自己却在旁边淋着雨。她想让你一起到伞里来，却有些不好意思。你还会想起你们之间曾经的误会：你把她的表哥当作追求她的男人了，以至于很久没有再理她。当然，你们之间的故事还有很多，但是能够让你回忆起来的，自然是那些有着特殊意义的故事。

（5）心理感受。你会想起，你无数次在半夜里的煎熬；会想起，和她在一起时内心的甜蜜；会想起，你生病的时候，她突然出现在你跟前时，你内心的激动和感动。当然，还有很多的矛盾和挣扎，以及痛苦和悲伤。你曾经有过无数次内心的彷徨、犹豫和挣扎。你为她写了很多首诗，这些诗都是你的心理感受。

…………

除此之外，我们可以唤醒的东西还有很多，包括情绪、时代背景等。总而言之，唤醒，归根结底就是：还原生活现场。让我们在写作的时候，回到曾经的经历中，重新经历一回。而我们的笔下，需要那些细致可感的东西，那么，我们唤醒的经历也应该是细致可感的。

如何更好地唤醒自己的记忆？

第一，努力增加自己记忆“仓库”的储存。这需要我们以一名写作者的姿态来对待我们的生活。在一名写作者的眼里，所有的经历都是有价值的，所有的经历都会被他视作可以写作的对象。因此，他会珍视自己所有的经历。有了这种姿态之后，我们记忆“仓库”里可用的东西就会越来越多。正如海明威所说：“诚然，如果一个作家停止观察，那他就完了。但是他不必有意识地去观察，也不必去想怎样它才会有用。开始的时候也许会那样。但是后来他所看到的每一件事情都进入了他知道或者曾经看到的事物的庞大储藏室了。”①

第二，随时记，及时写。随时记录对于写作者来说，是一个非常好的习惯。我们可以记日记，也可以有一个专门的素材本，随时记录我们的经历。多年以后，当我们打算写作的时候，拿出素材本，不仅会想起我们记录的那件事，还会想起很多已经被我们忘掉的事情。几

① 董衡巽．海明威谈创作．北京：生活·读书·新知三联书店，1985：50.

乎所有的好作家都有这种随时记的习惯。这种随时记的习惯可以帮助我们把经历储存起来，在我们需要使用的时候，随时拿出来用。

第三，训练唤醒记忆的意识。回忆是一种意识，也是一种能力。写作者都是喜欢回忆的人。当他们碰到某些事的时候，会激起回忆；当他们处在某些特殊的场景中时，会激起回忆。回忆并不是老年人的特权，也是写作者的权利。当你把回忆当作一种本能时，你就有了唤醒记忆的意识了。那个时候，当你需要唤醒的时候，你很快就能唤醒自己的记忆。

第四，和故人聊天。有些事情，你记得不太清楚了，但你觉得它们是有价值的。这个时候，你可以找了解这些事的故人一起聊聊天。比如说，中学时代的事情有些已经很模糊了，你可以找中学同学聊一聊，聊聊当时的老师和同学，聊聊当年发生的那些事。这也是唤醒记忆的一种很好的方式。而且，你的聊天对象还会帮你补充一些你不知道的信息，会让你的经历更加完整。

第五，查阅资料。有些年代比较久远的事，比如说童年的事情，你的记忆有些模糊了。你可以查找那个年代的一些资料，看看当年的热点新闻，回忆当年玩过的游戏，了解一下当年看过的电影，这也会帮你唤醒过去的记忆。

内容小结

我们很多人在写作的时候，老是无话可说，或者写不长，主要是因为资料的缺乏。而我们拥有的第一手资料常常就是我们的经历。但是，很多人的经历在记忆中是沉睡着的，需要唤醒它。我们可以唤醒的经历，除了那些刻骨铭心的事、想要遗忘的事，还包括我们的梦境和心理活动。唤醒也是有方法的。我们要养成及时记录的习惯，要养成回忆的习惯，还可以通过和故人的交流以及查资料来唤醒我们的记忆。

写作思考

把你记忆里的所有经历都盘点一下，一条条地写下来，然后看一看，哪些是有写作价值的。

课堂设计

【课堂形式】

桌椅以分组的形式摆放。三到五位写作者一个小组。所有写作者准备纸笔或电脑，随时准备课堂练习。

【课堂流程】

第一个环节：唤醒训练

先做一个写作训练：

你放假回家的时候，在路上碰到一位中学老师。根据这个场景写一段文字，尽量写得长一些。

写好后，每个人进行分享，最后选出写得最少、最困难的写作者，来展开对话，帮他唤醒记忆，让他领悟到：其实自己是有很多东西可以写的。

第二个环节：分享

分享自己的作品片段，或者某部名著中的片段，总结写作素材的来源。

第三个环节：总结

一起总结写作时无话可说的原因。可由写作者先发言，老师最后再做总结。

第四个环节：小组讨论

讨论哪些亲身经历可以写进作品里。最后，老师总结。通常，四种经历具有写作的价值。

第五个环节：案例分析

以一个写作案例来讨论，我们唤醒的时候，主要唤醒哪些方面。总结唤醒的主要内容。

第六个环节：讨论

如何更好地唤醒？分小组进行讨论，最后进行课堂总结。

第七个环节：总结

对全部内容进行总结。尤其要提示写作者，我们这堂课的主要目的是要让写作者了解到，我们之所以感到无话可说，是因为我们的记忆都是沉睡着的，要养成唤醒的习惯。

第八章

寻找

写作的素材从哪里来？第七章谈到了个人的亲身经历，这是写作素材的重要部分。但是，一名写作者不可能永远写自己。在个体经验之外，我们还需要学会从这个世界获取素材。那么，外部世界的素材从哪里来？有哪些可以作为我们写作的素材？我们如何把外部世界的东西变成自己作品中的东西？

这一章，我们将重点探讨这些问题。

第一节　写作需要的东西

先来讨论一个问题：

如果我们要以一个陌生的古镇为背景，写一部长篇小说，我们需要做哪些准备？

假设我们要写这样一部小说，来看看写作前要做哪些准备工作。首先，我们得去古镇，对古镇有个初步的了解。去古镇的时候，我们会到处观察，看看有没有什么能打动我们的东西。我们会和当地人交谈，看看有没有什么让自己感兴趣的故事以及吸引人的人物。

我们可能会碰到一位善于交流的老年人，给我们讲了当地一个有名的人物的故事。我们对这个人物及其故事非常感兴趣。但仅仅有主要人物和故事是不够的，我们还需要了解人物生活的环境以及故事发生的背景。于是，我们就需要了解这个古镇的由来、地理环境、历史沿革、行政区划的变迁、人口状况、社会经济发展情况，这样我们就对古镇有了个大概的了解。接下来，我们需要了解，我们的主人公所在的古镇有着怎样的文化传统。所以，我们需要了解古镇的民风民俗、古镇人的地域性格特点，还需要搜集一些民歌民谣、民间故事、历史掌故等，让人物生存的空间更加清晰。接下来，该准备故事发生的历史背景和社会背景了。等这些都准备好了，了然于胸了，就够了吗？可能还不够。如果我们要写一部发生在古镇上的小说，恐怕还得了解古镇的建筑、花草树木，我们总不能在这些方面出现错误。例如，如果是一座南方小镇，我们写建筑的时候，把它写成了北方建筑，其中的花草树木也是南方所没有的，那整部小说就出了问题。随后，人物需要有一些活动环境，我们需要有针对性地了解一些场所，包括当地著名的景点、特色场所。还有，人物需要说话，那么，说些什么话？语言的特点是什么？所以，我们还需要了解当地的方言……

1. 外部世界的资料

总结一下，我们需要搜集的外部世界的资料有：

（1）古镇的由来。这里是怎样建起小镇的？为什么会诞生一座小镇？最初的原因是什么？古镇的由来在小说中会是一个历史文化背景，让古镇的存在更加具体、实在。

（2）历史沿革及行政区划的变迁。也就是小镇的发展历程，比如最初可能只是一个寨子，后来是一个村，再是一个乡，再到一个镇。还有小镇的隶属关系：隶属哪个县、哪个市、哪个省等。这方面的内容可能会随着故事的发展、人物所处年代的变化发生变化。比如说，20 世纪 70 年代有人民公社，主人公的身份可能会随之变化。

（3）社会经济发展情况。古镇的社会经济发展情况包括：主要经济模式是以农业为主，还是以商业为主，或是以旅游业为主；古镇经济情况在全县或全市处于什么样的地位，等等。这方面的情况其实也是人物所处的地方的社会背景，会影响人物的活动空间。

（4）古镇的地位及影响力。古镇在其所在区域处于一个什么样的地位？影响力有多大？对周边的辐射有多广？这会涉及人员流动情况，以及故事发生的过程中人物关系的发展变化，还有人物活动环境的变化等。

（5）自然环境。古镇的自然环境怎么样？有什么风景名胜？景色好不好？当地人最喜欢去的地方是哪里？等等。这也是人物需要活动的场所。当你写到这些场所的时候，要对它们有足够的了解。

（6）地理面积及位置。古镇有多大面积？历史上的面积变化情况是怎样的？古镇处在什么样的地理位置？东部、西部还是中部？古镇所处的地理位置对于周边的影响有多大？地理位置涉及作品中人物的活动场所及故事发生地，影响读者对故事背景的了解。

（7）著名景点。古镇有没有什么著名景点？比如说，有没有古寺名刹？这会影响到小说中人物的活动场所。比如说，主人公的女朋友第一次来到这个古镇，主人公要带她去那里参观，你就需要了解参观的地方。

（8）特色场所。古镇有没有什么有特色的活动场所？比如说，有一个大广场，或者一个桃园，抑或是一条很长的小溪或步道？这一点和第 7 点的作用相同。

（9）人口状况。古镇的人口有多少？其中，本地居民多少，外来人口多少？历史上的人口发展状况是怎样的？古镇上的人主要是哪里人，北方人还是南方人？你的小说中写到当地人，就要了解当地人的大致情况。

（10）地域性格。每个地方的人都有自己的地域性格。比如，北方人耿直，南方人温婉。当然，古镇还可以更具体一点，因为地域性格会影响小说中的人物性格。

（11）民风民俗。古镇有些什么民风民俗？比如，婚俗、丧葬风俗、歌会等。民风民俗非常重要，需要具体地去了解，最好要了解到具体的风俗习惯。如果小说的某个故事里，人物处在某个民俗场景当中，则民俗有可能影响故事的发展。例如婚俗，定亲、婚礼的规矩等都有可能在小说中出现，并影响故事走向或人物活动。即便没有影响故事走向和人物活动，当你写出非常具体的民风民俗时，不仅小说的真实性会大大增强，还会大大提高小说的风味。

（12）历史掌故。包括古镇的历史人物、典章制度或奇闻逸事等。这些东西不仅能给小说添彩，有些也会影响小说的走向。

（13）民间传说。和历史掌故不同，民间传说包括很多民间神话、民间故事等。这些民间传说可能会在小说中直接出现。

（14）建筑风格。建筑是人物活动的场所之一。古镇的建筑有什么特点？有哪些有特色的或者有名的建筑？建筑这一点要做具体了解，可能会在小说中有具体的描写。

（15）民歌民谣。民歌民谣需要具体搜集，这是小说中经常会使用的东西。民歌民谣不仅可以给小说增添文化风味，还会对小说中的人物产生影响。

（16）花草树木。需要具体了解当地的花草树木，小说中可能随时会用得到。不仅要了解当地有哪些花草树木，还要了解其在当地的称谓，这样写起来才能更加真实。

（17）当地方言。方言也是当地文化的一部分，很多地方方言中融入了地方性格。小说中的人物可能会说方言，甚至小说语言也可以融入方言。

（18）故事。这里的故事是指当地发生过的比较大的、有影响力的故事，而且和你小说中所写的年代是对应的。如果运气好，有合适的故事，可以直接将其作为小说的主体故事。

（19）故事的历史背景。围绕故事，要进一步具体、细致地发掘历史背景。历史背景不仅是故事发生的背景，也是人物活动的主要背景，会对人物的塑造、故事的走向都产生重大影响。

（20）故事的社会背景。社会背景是指故事发生的那个时期的社会情况，包括：当时处在什么年代，有哪些社会思潮，有哪些有影响的社会事件，有没有一些著名的社会人物，等等，尤其是跟故事相关的那些背景。

（21）故事中人物的行业知识。人物不能是无中生有的，每个人物都有其社会身份、从事的行业等。要写好故事中的人物，肯定要了解人物所处的行业。比如这个人物是搞建筑的，就要了解那个时代建筑方面的各类知识。

（22）与人物和故事相关的其他材料……

上面大概罗列了需要搜集的资料，随着写作准备工作的进行，我们可能还需要更多、更具体的材料。我们发现，要写一部小说，光坐在家里是不行的，我们需要做大量的资料搜集工作。我们甚至需要成为那个古镇的专家，全面了解那个古镇的政治、经济、社会、文化、地理、发展沿革、民风民俗等各方面的情况。我们不仅要找到这些资料，还要对这些资料烂熟于胸，好像我们就是古镇人，在古镇生活了很多年一样。古镇人知道的东西我们要知道，古镇人不知道的，我们也要知道。这样，当我们写作的时候，这些东西就可以信手拈来，不会对我们的写作造成阻碍。

写作训练

训练以小组的方式进行。一个小组一起讨论、完成，每个小组由一位写作者负责记录。主要内容是：写一部历史小说，故事发生在宋代，在茶马古道上，一个茶商和一个马商之间的故事。

我们需要搜集哪些方面的资料？先把需要搜集的资料列出一个目

录，要具体、详细。每个小组派一位写作者汇报小组的准备情况。最后，各小组所有参与者进行整理。

2. 内在的东西

有了前面这些素材就够了吗？就可以马上动笔了吗？很显然，这是完全不够的。

前面所有这些资料都只是外在的。而文学创作是一种精神输出，需要很多内在的东西。这些内在的东西有哪些？

（1）打动我们的东西。我们既然愿意并且能够写这个题材，说明这个题材打动了我们。我们首先要搞清楚：什么地方打动了我们？这个打动我们的东西，就是我们要表达的主要内容。举个例子，这部小说中的主人公都是外乡人，他们身处古镇，经常思念故乡。但是，因为处在特殊的年代，比如说战争时期，遍地硝烟、交通阻隔，他们不能够回到故乡和亲人团聚。那么，乡愁就是打动我们的东西。乡愁能够打动我们，是因为我们也有同样的乡愁。

（2）记忆。外在的资料是可以搜集的，但是，小说中的真情实感是自己的，具体的感受也是自己的。我们需要从自己的记忆中去寻找类似的东西——和作品中的人物相类似的感受，并放入作品之中。除此之外，我们的记忆还包括很多细节。举个例子：高考没考好，要写好这个场景，可能得有相似的感受；如果没有高考失败的经历，也可以用其他类似的经历代替。高考没考好，父母的反应、邻居的议论、同学的对比、自己的心理感受……这些都要从自己的记忆中去挖掘。

（3）感觉。这里所说的感觉是多方面的，包括对古镇的感觉。你一定喜欢这个古镇，或者在古镇中找到了某种藏在内心的感觉。这种感觉非常重要，有可能就是写作的主要驱动力之一。文学归根到底是一种艺术产品，需要我们的主观参与。我们的感觉在其中就显得非常重要。这种感觉还包括：你对作品中人物的感觉，在人物命运上有没有共情的东西；你对故事的感觉，故事的发展有没有让你自己心动甚至欲罢不能的东西等。

（4）情绪。文学作品是需要情绪的。好的文学作品一开始就会把你带到某种情绪中去，或怀旧，或忧伤，或幽默，或思考……情绪就像炒菜时用的佐料，会渗透到所有的菜里去，最终影响菜的味道。像卡夫卡的《变形记》，开头一句话就把我们带到那种压抑的情境中：

> 一天早晨，格里高尔·萨姆沙从不安的睡梦中醒来，发现自己躺在床上变成了一只巨大的甲虫。他仰卧着，那坚硬的像铁甲一般的背贴着床。他稍稍抬了抬头，便看见自己那穹顶似的棕色肚子分成了好多块弧形的硬片，被子几乎盖不住肚子尖，都快滑下来了。比起偌大的身躯来，他那许多只腿真是细得可怜，都在他眼前无可奈何地舞动着。[①]

还有加缪的《局外人》，一开头，我们会被作者带入那种“他人即我之地狱”的冷漠、懒散的精神困境之中：

> 今天，妈妈死了。也许是昨天，我不知道。我收到养老院的一封电报，说：“母死。明日葬。专此通知。”这说明不了什么。可能是昨天死的。[②]

情绪是一部小说贯穿始终的东西。因此，写作者也必须在写作伊始就调整好自己的情绪，让自己进入到作品的情绪之中。

（5）思考。小说不仅仅是讲故事，也不仅仅是记录生活。小说还需要表达作者的思考。换句话说，我们要对某个地方、某个故事或者某个人物有新的发现。发现是小说开始的关键，有了新的发现才有写作的动力。我们从古镇以及人物和故事中有新的发现，引发了我们的思考，才算是让小说里的古镇以及小说里的人物和故事有了灵魂。当然，思考还可能是以前就有的。以前我们关于某个问题有过思考，古镇唤醒了我们的思考，又引发了新的思考，让我们把以前没有考虑明白的东西拿出来继续思考。

总而言之，我们写作的关键，是要在我们所关注的外部世界与我

---

① 卡夫卡．变形记．李文俊，等译．北京：北京燕山出版社，2000：86.

② 加缪．局外人．柳鸣九，译//加缪．鼠疫．柳鸣九，刘方，丁世中，译．南京：译林出版社，2017：3.

们自己的内心世界之间找到连接点。就像母亲和胎儿之间要有脐带一样，这样我们才能给胎儿输送养分，让胎儿健康成长。从某种意义上说，一部作品也如同婴儿一样，十月怀胎，一朝分娩，我们需要给作品注入我们的东西，让作品有魂魄。

归根结底，写作需要我们去搜集外部世界的资料，要让我们成为写作对象的专家，对写作对象涉及的所有内容了然于胸。同时，我们还需要内在的东西，也就是要从内心找到写作的理由和写作的动力，让我们的内心和外部世界发生关联。

写作思考

如何让外部世界打动我们？我们写作之前，如何让外部世界与我们的内心成为一个整体，让我们自己成为作品中的一部分？

以前面所说的茶马古道题材的那部历史小说为例，来具体思考。每个人思考之后再进行小组讨论，看看打动不同人的东西是否有所不同。

第二节 间接经验

思考一下，写作的素材主要来自哪些方面？

在第七章，我们已经讲了一类素材，主要是来自我们的亲身经历，这类素材被称为直接经验。直接经验包括我们亲身经历的事、梦境以及我们的心理活动和心理体验。

这一章第一节讲的一类素材，是亲身经历之外的、需要我们去寻找的素材，我们把它称作间接经验。间接经验包括哪些方面？

1. 耳闻

即听到的事情。比如说，朋友给我们讲了一个故事，我们认为这个故事非常有趣，值得去写。还有朋友讲到一个有趣的人物，以及这个人物的经历和故事。

列夫·托尔斯泰的长篇小说《复活》，就是检察官柯尼告诉他的故事：一个贵族青年引诱了他姑母的婢女。婢女怀孕后被赶出家门，后来当了妓女，因被指控偷钱而遭受审判。这个贵族以陪审员的身份出席法庭，见到从前被他引诱过的女人，深受良心的谴责。他向法官申请准许自己同她结婚，以赎罪过。不幸的是，婢女在狱中死于斑疹伤寒。托尔斯泰以这个故事为主线，用了 10 年时间，完成了这部小说。

要注意的是，耳闻的素材可能会比较粗糙，尤其是缺少细节，需要我们进一步搜集资料来进行补充。

2. 目睹

也就是我们亲眼看到的事情。比如说，隔壁住着一对小夫妻，两个人经常吵架，有一次去劝架，了解了他们之间的事情，觉得很有价值，我们决定写下来。

福楼拜的《包法利夫人》就是这样获得的素材。夏尔·包法利的原型是欧解·德拉玛，1812 年出生。1834 年以前，欧解·德拉玛在福楼拜父亲主持的卢昂医院实习，同年 9 月 18 日取得行医执照，但不得动大手术。1836 年，他和 30 岁的寡妇（小说中改为 45 岁）结婚。寡妇死后，他又于 1839 年 8 月 7 日和 17 岁的农家女德尔芬·库蒂丽叶（包法利夫人艾玛的原型）结婚。德尔芬长得很美（卢昂博物馆有她的画像），曾在卢昂一家修道院学习，但她生性风流，喜欢交男朋友。据她婚后的女佣人奥古斯汀·梅娜吉（小说中的费莉西）说：她们两人同岁，无话不谈，常常同读小说，羡慕贵族夫人的生活，模仿她们，每星期五在家中开招待会，邀请公证人事务所的年轻朋友参加，但却没有人来赴约。德尔芬自恃很高，说起话来声音清脆如玉，对平凡的婚后生活不满，又不信教，搞了两次婚外恋（邻居看见过她在花园中拥吻情人）。1848 年 3 月 6 日，她搞得全家倾家荡产，最终服毒自尽。①

我们看到，小说中的故事和现实中的这个故事基本相同。但作者在其中加入大量细节，并注入了自己的思考，最后才有了这部名著。

---

① 福楼拜．包法利夫人·译序．许渊冲，译．南京：译林出版社，1994：1.

3. 新闻

新闻是很多文学作品的主要素材来源之一。余华的《第七天》里就有大量的热点新闻，这部作品甚至因此被一些批评家批评为“新闻串烧”。历史上也有很多的名著取材于新闻事件。但是，不同的文学作品中，对新闻的使用是不同的。

比如我们在第一章提到的《霍乱时期的爱情》，也是来自一则新闻。但是，这则新闻更多的是给作家提供了灵感，新闻的内容在小说中只是一个很小的背景。

《红与黑》则不同。《红与黑》也取材于一则新闻——1828 年 2 月 29 日《法院新闻》所登载的一起死刑案件。事件的主角叫伯尔岱，是一名神学学生，先后在米舒和高尔东先生家里担任孩子的家庭教师，但他相继诱奸了米舒的妻子和高尔东的女儿。事情暴露后，他被解雇。他的理想是做一名牧师，所以需要继续学习，但由于其不佳的名声，没有哪家神学院愿意接收他。理想破灭后，恼羞成怒的伯尔岱病态地认为自己的处境是由那两个家庭造成的，于是他决定“报仇”。一个星期天，趁着米舒的妻子正在做礼拜，伯尔岱开枪将其打死，然后又举枪自杀。可惜，枪伤没能让他毙命，不过他也难逃一死——最终，法庭判其死刑。

我们看到，小说《红与黑》里的主要故事和新闻上的故事是相同的，但是，作家对故事进行了大量的修改和处理。比如说，小说里以米舒妻子为原型的德瑞那夫人并没有死，而是受伤了；高尔东在小说里被写成了侯爵，侯爵发现了女儿和于连的私情后，不仅没有解雇于连，反而被迫接受了他和女儿的婚姻，还给了他土地，并安排了他的前程，直到德瑞那夫人的告发信出现，才使于连和德瑞那夫人的事东窗事发，让于连失去一切。

新闻可以为小说提供素材，但小说和新闻截然不同。通常，很多人都认可这样一个说法：“新闻结束的地方，文学开始了。”文学是对新闻的挖掘。文学不仅要讲清楚一个故事，还要寻找真相，挖掘背后被湮没、被忽视的价值。

4. 各种资料

除了以上来源，写作素材还来源于各种资料。这些资料包括历史文献、地方志、民间传说、其他书籍等。

例如，1842 年，大仲马在地中海游历时，对基督山岛产生了兴趣，打算以它为主题写一部小说。他在搜集资料的时候，在 1838 年出版的《关于路易十四以来巴黎警察局档案的回忆录》中，发现了一个名叫《复仇的金刚钻》的故事，其内容是：巴黎一个制鞋工人将要结婚时，被一个嫉妒他的朋友诬告而入狱七年。出狱后，他得到一个米兰教士的照顾，并在教士死后获得了一份秘密宝藏。然后，他化装回到巴黎复仇，最后自己也被人杀死。大仲马仔细研究了这份资料，最终写成了《基督山伯爵》这部小说。

我们看到，《基督山伯爵》也对资料进行了大量的改编，例如主人公的身份被写成了船上的大副。大仲马还将小说中的人物与当时的政治背景联系在一起。小说中的主人公堂泰斯（基督山伯爵）最后也没有死，而是带着收养的女儿远走天涯。

5. 资料搜集

作为小说素材的资料，有些是我们无意中发现的，有些则是我们主动去搜集的。接下来，我们重点说说主动搜集的资料。

主动搜集资料很多时候发生在写作对象确定之后。即使是以自己的亲身经历为题材的作品，也并非就不需要补充资料了。毕竟作家不是全才，写作一部作品涉及面广，有些是我们自己日常熟悉的领域之外的东西，这个时候就需要补充资料。不是以自己的亲身经历为题材的作品，像上面所列举的，通过耳闻、目睹或者从新闻中发现的题材，更需要大量搜集资料。从某种意义上说，搜集资料也是作家的重要本领之一，因为作家不可能完全写自己。

关于资料搜集工作，路遥在《早晨从中午开始——〈平凡的世界〉创作随笔》一文中曾这样记录：

> 我提着一个装满书籍资料的大箱子开始在生活中奔波。一切方面的生活都感兴趣。乡村城镇、工矿企业、学校机关、集贸市

场；国营、集体、个体；上至省委书记，下至普通老百姓，只要能触及的，就竭力去触及。有些生活是过去熟悉的，但为了更确切体察，再一次深入进去——我将此总结为“重新到位”。有些生活是过去不熟悉的，就加倍努力，争取短时间内熟悉。对于生活中现成的故事倒不十分感兴趣，因为故事我自己可以编——作家主要的才能之一就是编故事。而对一切常识性的、技术性的东西且不敢有丝毫马虎，一枝一叶都要考察清楚，脑子没有把握记住的，就详细笔记下来。比如详细记录作品涉及到的特定地域环境中的所有农作物和野生植物；从播种出土到结籽收获的全过程；当什么植物开花的时候，另外的植物又处于什么状态；这种作物播种的时候，另一种植物已经长成什么样子；全境内新有家养和野生的飞禽走兽；民风民情民俗；婚嫁丧事；等等。在占有具体生活方面，我是十分贪婪的。我知道占有的生活越充分，表现生活就越自信，自由度也就会越大。作为一幕大剧的导演，不仅要在舞台上调度众多的演员，而且要看清全局中每一个末端小节，甚至背景上的一棵草、一朵小花也应力求完美准确地统一在整体之中。春夏秋冬，时序变换，积累在增加，手中的一个箱子变成了两个箱子。①

资料的主要来源有以下几个方面：

（1）采访。有些资料是没有文字记载的，比如民歌民谣、民间故事，还有当时发生的事情等，这些都需要我们去现场采访。采访首先需要我们根据写作的需求提前准备好采访提纲，找到正确的采访对象。同时，在采访的过程中，我们也经常会有意外发现，要及时抓住。

（2）网络。网络现在是资料的重要来源地之一，年轻人尤其依赖网络，因为网络服务快捷、便利、信息量大。但是，网络上的资料良莠不齐，资料的可信度要经过考证。因此，我们选择的网站很重要，

① 路遥．早晨从中午开始．北京：北京十月文艺出版社，2022：26.

要尽量选择那些比较权威的网站来搜集资料。有一些专业的网站是我们主要的资料搜集对象。另外，网络上的资料可以作为参考，有些资料还需要我们作进一步考证，寻找正规的资料来源。

（3）报刊。现在的很多报刊也同时做了网刊，但是很多旧资料并没有上网。我们需要到图书馆等资料室去寻找旧报刊。旧报刊，尤其是时间比较久的有年代感的报刊，是很多作家的最爱。因为年代的变迁，很多报刊上的新闻、故事以及其他资料都已经有史料价值了，会给我们的写作提供很多有价值的东西。同时，在不同的时代，由于人们的思想观念不同、时代特点不同，报刊上的资料也带有鲜明的时代特征，能让我们增强对那个时代的认识。

（4）图书。很多图书也有非常大的资料价值。写作者要有搜集那些“闲书”的习惯。尤其是野史、杂史以及民间轶闻类的图书，本身就有很大的写作价值。文学和历史的不同，在于文学以个人视角、民间视角去看待历史和社会，所以那些野史、杂史和文学有着天然的接近性。这些资料还具有天然的趣味性，对于写作是非常好的材料。

（5）方志。方志也会提供很多有价值的资料，因为方志主要是地方上的，是和正史不同的、不多见的资料。比如说，我们要写重庆某个古镇，就可以找到该古镇的史志，史志上有大量的历史沿革、人物故事等资料，有些资料还是鲜为人知的，因此也具有非常高的价值。

（6）博物馆。博物馆也是资料的重要来源之一。现在，各种地方博物馆和专业博物馆越建越多。博物馆除了展示文物之外，也陈列了很多史料性的东西，这些也是写作的重要素材之一。另外，有些博物馆还有大量的旧书、旧文等鲜为人知的东西，这些东西也是写作的好材料。

除此之外，还有其他一些资料来源，像私人藏书藏报等。

资料的来源问题我们已经清楚了，但是如何搜集资料也是一个重要的问题。人类的文化发展至今，各种书刊资料已经浩如烟海。我们搜集资料时如果像没头苍蝇一样到处乱撞，无疑是大海捞针。

这里提供四个搜集方法：

一是按图索骥法。就是根据自己要写的内容，列出具体的大纲，再根据大纲来搜集相应的写作素材。这种搜集方法针对性比较强，可以通过上面所说的各种资料来源去搜集。按图索骥法最重要的一步在于，你得首先了解自己想要什么方面的材料。因此，这种方法适合已经确定了写作大纲之后使用。

二是顺藤摸瓜法。我们在寻找需要的素材的过程中，常常会有一些意外的发现。这些意外发现的资料是我们原先没有准备的，但这个时候千万不要放弃，而且还要顺藤摸瓜，扩大战果。比如，我们写一部抗战题材的作品，在搜集一支地方抗日武装的资料的时候，无意中发现了当地土匪的资料，资料显示这些土匪也积极参与了抗日。这个时候，我们就要抓住土匪这条线索不放，顺着这条线索再继续查找资料。有时我们会在一条“藤”上发现几只“瓜”，甚至“藤”牵“藤”，不断牵出新的线索来。新发现的土匪资料可能会成为我们写作的重要素材，甚至改变我们的故事线索和框架。

三是系统查找法。根据所要写的年代和地域，进行地毯式的搜索。比如，我们要写一个发生在山西某个山区的抗日故事，可能要把抗战以来该地区所有年代的各方面资料都查找到，以备写作的时候使用。系统查找需要我们对所要查找的范围内的资料进行全方位的搜索，提前准备好查找的提纲是关键。

四是广种薄收法。资料对于写作者来说，永远是不够的。有些时候，写作者需要对某一个年代或某一个地区进行系统性研究，深入了解当时当地的衣食住行、风俗习惯，从而对自己的写作背景有一个全面的了解，让自己成为那一个领域的专家。就像前面所说的，以一个古镇为背景写一部小说，就需要这种广种薄收式的资料搜集。这个时候，我们搜集的资料要尽可能全面，尽管有些资料在写作的时候不一定用得上，但是写作者仍然要充分了解。

对于写作者来说，搜集资料不仅仅发生在写作之前。即使是在没有写作的时候，写作者也要养成一个习惯——随时随地搜集资料。譬如说，我们跟随一个团队出去旅游，别人都忙着在景点拍照的时候，写作者可能会注意搜集当地的一些有写作价值的资料，例如与当地人交谈、在当地购买有资料价值的书刊等。

另外，年代比较久远的旧书刊也是写作者应该随时搜集的资料之一。凡是碰到这种类型的资料，有经验的写作者都会本能地搜集起来。

写作思考

找出你以前打算写却没有写的题材，看看没有写的原因是什么。是不是资料缺乏？如果是因为资料缺乏，那么列出一个提纲，试着用上面所讲的方法来搜集资料，看看有没有新的发现，是不是能够写下去了。

第三节 间接经验的使用

写作训练

我们手上有关于一个商战故事的大量资料，如果要写成一部小说，如何来处理这些资料？

很多写作者面对这一堆资料，会感觉如同面对一堆乱麻，不知道如何理出头绪来，也不知道如何使用这些资料。这里的关键在于：第一，我们得从一堆资料当中发现有价值的人物和故事，作为写作的主要材料。就如同做菜一样，我们得首先确定主菜是什么。第二，我们如何将这些语言风格各不相同、写作方法各不相同的资料，和想写的作品完美地契合在一起，构成一个有机的整体？第三，这么多的资料当中，我们有很多感兴趣的，但是很多资料之间并无逻辑关联。如果我们确定了主要人物和故事，发现有些资料对我们的主要人物和故事没什么作用，这个时候，要不要放弃这些资料？

对这些问题分别进行讨论后，我们发现，需要做的是：第一，首先要广泛阅读这些资料，从中找到自己感兴趣的主要人物和故事；第二，写作不是资料汇编，也不是编辑加工，而是一项全新的创造性工作，所以这些资料得完全进入我们的大脑，就如同发生在我们自己身上一样，使用的时候能够信手拈来；第三，搜集资料的时候，是“韩信用兵，多多益善”，但是写作的时候，还是得有舍弃，我们不可能把所有的资料都用上。

试着做一个反向训练：对《安娜·卡列尼娜》进行分析，看看作品中的哪些内容是来自搜集到的资料。

我们经过分析会发现，这项工作非常困难。像列夫·托尔斯泰这样的好作家，他会把所有的资料非常完美地整合在一起，就像一个好裁缝，让你根本看不到加工的痕迹。所以，资料的使用是一件不容易的事，不比搜集资料更容易。

下面我们试着探讨一下资料的主要使用原则：

一是具体原则。经验是一种具体的东西，文学也需要具体的东西。初学写作者往往更痴迷于形容词，在描写一个小镇时，会使用一堆的形容词：迷人的，漂亮的，古老的，有特色的，有味道的……但是，一百个形容词也比不上几个具体的名词和动词。巴尔扎克时代的作家尤其讲究写作的“精确性”，他们描绘一样东西，需要像摄影一样精确无误。而要做到精确，我们要尽量使用那些更加细致具体的资料。所以，我们在搜集资料的时候，也要尽量寻找那些更加具体的资料。比如前面说的那个古镇，建镇首先是因为旁边有一条河流，而在古代，水路交通是最经济实惠的交通方式。有一天，来了一位云游的和尚，他发现这里是个风水宝地，善男信女也方便从四面八方过来，于是决定在这里建一座寺庙。有了寺庙之后，就有了前来进香的人，人气有了之后，这里就可以进行货物买卖交换，于是慢慢就有人在这里建房屋，生活了下来。我们在讲述古镇的由来的时候，就非常需要那些具体的资料。比如说，河流叫什么名字，这个古镇处在河流的哪一段，和尚法号叫什么、长什么样、是怎么过来的，在古镇的什么地方建了寺庙，寺庙是如何建起来的，等等。有了这些具体的东西之后，故事不仅变得更有可信度，也更加生动，让人如同身临其境。

二是选择原则。如前文所说，我们搜集的资料，不是所有的都必须使用。资料搜集本来就是种广种薄收的工作，我们需要在搜集到的资料当中进行选择，选择那些适合表现我们的人物、故事的东西。有些时候，我们会搜集到完全不同的信息，这时就需要甄别和选择了。仍以上面说的那个古镇为例，在查找古镇沿革的时候，我们发现有两种“成镇”的说法，一种说是唐代正式成镇，另一种则说是宋代开始建镇。面对这两种说法，我们如何选择？这就要根据小说中所写的内容，选择最适合我们小说的说法。

三是冰山原则。1932年，海明威在他的纪实性作品《午后之死》中，提出著名的“冰山原则”。他以“冰山”为喻，认为作者只应描写冰山露出水面的部分，水下的部分应该通过文本的提示让读者去想象补充。我们在选择材料的时候，同样需要使用这个原则。材料不是用得越多越好，有些东西读者可以自行思考得到，则不必全部写出来。“冰山原则”包括经验省略原则，即读者凭自己的生活经验可以想象出来的部分，不用写出来；还包括在写作的时候刻意隐藏一些东西，留给读者自己去思考、想象和补充。

四是活用原则。所有的材料都应该灵活运用，而不是机械地对材料本身进行照搬。作为小说，甚至时空可以调换，人物可以改动，细节可以改写。我们要写的是小说，小说是可以虚构的，既然可以虚构，那对经验的使用也可以灵活。我们甚至可以将自己的亲身经历和资料里的东西进行整合。正因为如此，才能够使所有的内容形成一个有机的整体。例如《红与黑》，新闻中的真实事件是男主人公杀死了女情人，但在小说中，于连也向德瑞那夫人开了枪，却没有打死她。这样，才会有后来的德瑞那夫人对于自己被利用的难过、忏悔和突然死亡。小说有了更多的复杂性，情感与人性的纠葛才显得更加生动。在《安娜·卡列尼娜》里，列夫·托尔斯泰做了更多的改动，他直接把安娜由一个庄园主的管家改成了贵族妇女，以此来和另一条线——列文的婚姻与爱情进行对比，也利于他呈现当时的爱情、婚姻和社会问题。

内容小结

我们写作时所有的素材，不仅来自我们的亲身经历，也来自外部世界。外部世界的资料包括我们看到的、听到的，包括我们从报刊图书上看到的，还包括我们通过采访、查找等搜集到的资料。写作者对于资料的需求应该是贪婪的、不知足的。资料搜集工作做得越充分，后面的写作就会越顺利。任何一名写作者都应该掌握广泛的资料搜集方法，这也是写作者的重要技能之一。另外，资料的使用也是需要学习的，要贯彻具体原则、选择原则、冰山原则和活用原则。

写作练习

三五人一个小组，先阅读以下素材。

> 两名大学生卷入了一场网贷之中。在网贷团伙的步步紧逼下，这两名大学生陷入了困境之中。这时，其中一名大学生告诉了自己同寝室的朋友，这位朋友又告诉了自己的父亲——一位警察。

根据这个素材，小组讨论一下，哪些内容可以根据自己的亲身经历来写，哪些是需要搜集资料进行补充的。对于搜集资料的部分，每个成员都思考一下，看需要搜集哪些方面的资料，全部罗列出来，然后小组再进行讨论，并分门别类整理出来。

课堂设计

课堂形式：桌椅以分组的形式摆放。三到五名写作者一个小组。所有写作者准备纸笔或电脑，随时准备课堂训练。

课堂流程：

第一个环节：问题讨论

如果我们要以一个陌生的古镇为背景，写一部长篇小说，我们需要准备些什么？

所有写作者都把自己的答案写下来，再全部写到黑板上。大家再一起讨论：哪些是需要的？还可以补充哪些？

随后，教师再进行总结补充。

第二个环节：训练

我们计划写一部历史小说，故事发生在宋代，在茶马古道上，是一个茶商和一个马商之间的故事。

小组讨论一下，我们需要搜集哪些方面的资料。把需要搜集的资料列出一个目录来，要具体、详细。每个小组派一名写作者来汇报小组的准备情况，最后整个班级进行整理。

第三个环节：讨论

教师提问：假如完成了上述所有的资料搜集工作，就可以开始写作了吗？如果不行，还需要做些什么？每个小组提出自己的看法，并把需要做什么具体写下来。

第四个环节：总结

教师总结写作需要的外部资料；还需要内部的一些东西，要与外部资料链接起来。总而言之，要能够打动自己，让外部世界和自己的内部世界统一起来。

第五个环节：讨论

小组讨论：我们的间接经验可以包括哪些方面？各小组讨论并发言后，教师根据讨论的情况进行补充总结。

第六个环节：讲述

教师介绍搜集资料的方法，要用具体的事例来介绍。

第七个环节：训练

我们手上有关于一个商战故事的大量资料，如果要写成一部小说，如何来处理这些资料？

所有写作者就这个问题展开思考，并进行发言。

第八个环节：反向训练

对《安娜·卡列尼娜》进行分析，看看作品中的哪些内容是来自搜集到的资料。

训练后，每个小组派代表发言。

第九个环节：讨论

讨论经验使用原则。每个小组讨论后，派代表发言，阐述本小组意见。最后由教师来总结经验使用的四项原则。最好用具体的案例来进行分析。

第九章

发现与挖掘

有人认为，作家有一双“火眼金睛”，总是能发现事件背后的真相；也有人认为，作家独具慧眼，能看到常人看不到的东西。作家的观察力和洞察力当然重要，更重要的是，作家有一种挖掘与探索的本能。作家不满足于简单地了解或转述某个事件，更希望在这个光怪陆离、热闹喧嚣的世界中，发现那些隐藏在背后的本质的东西。

要做到这些，需要写作者面对一个题材或者一个事件的时候，能够深入进去，努力发现别人没有发现的东西。至少，要有深入挖掘与探索的意识。

本章将探讨面对一个题材或事件时，如何挖掘和探索其背后的价值。

第一节　隐藏在背后的东西

我们先来思考一个案件：国外某地发生了一起强奸案——一个有钱的白人女子被一个当地的黑人强奸。最后，案件不了了之。

思考：这个案件对于写作者有没有什么价值？

我们可以先讨论一下这个案件。强奸案是人类有史以来经常发生的案件之一。所以，这种案件本身没有什么特殊性，要在这种案件中去挖掘更多的价值，不是一件很容易的事。

但是，也不是没有可能。考察一下历史上的各类强奸案，我们发现有几种类型。第一种是纯粹的个体性质的强奸案，强奸的发生只是为了满足肉体的欲望；第二种则是整体性质的，例如，战争中经常发生大规模的强奸案，这个时候，强奸本身带有种族入侵的意味；第三种是报复，通过强奸来进行复仇和报复，这种情况既有个体的也有群体的。通常，第一种强奸案挖掘的价值不是很大。第二种就有很多耐人寻味的东西了。我们看到案例中有几个关键词：一是“白人”和“黑人”。在很多国家，白人和有色人种之间有着明显的种族歧视，很多白人有着种族至上的观念，认为自己高人一等。二是“不了了之”。一起强奸案最后却不了了之，背后到底发生了什么？

我们看看诺贝尔文学奖获奖作家库切用这个案件写了一部怎样的小说。小说的主要情节是这样的：52岁的南非白人教授戴维·卢里因与一位女学生发生关系而被逐出学界。他躲在25岁的女儿露西的农场里，却无法与女儿沟通，还得与从前不屑一顾的人打交道，干从前不愿意干的活。不久，农场遭当地黑人抢劫，女儿被黑人雇工强奸，她不仅没有告发黑人雇工以雪耻，反而最终成了黑人雇工的小老婆。

在这部名为《耻》的小说里，我们看到，库切用最简单的语言、最简单的故事，构筑了最丰富的“耻”：有大学教授召妓以解决性需求之耻，有大学教授诱奸女学生进而丢掉教职之耻，有教授女儿“自甘堕落”在偏僻农场里当农民之耻，有白人女子遭黑人强奸之耻，有昔日农场的白人女主人如今却要接受昔日黑人雇工的保护并做他的第三个老婆之耻。

库切在这个案件背后，发现了别人没有发现的东西。诺贝尔奖授奖词中这样评价库切："他是一个有道德原则的怀疑论者，对西方文明残酷的理性主义和肤浅、虚伪的道德观进行了毫不留情的批判。他智性的诚实消融了一切自欺欺人的基础，区别于那些庸俗华丽的悲天悯人和忏悔自责的作品。"媒体也这样评价库切：善于从最普通的事件中寻找非同寻常的价值；构思精巧，对话隽永，辨析卓越。

在这里，我们看到，伟大的作家总能从别人看来非常平常的事件里，发现那些隐藏在背后的东西。这就是作家挖掘的能力。我们在第二节再来探讨库切是怎么做到的。先来做一个练习。

> 小镇旁边有一个港口，时常停泊着船舶。有一个水手和小镇上的一名女子恋爱。最后，水手遭遇海难死掉了，但那名女子却一直不知道。

我们来思考一下：这个故事当中，能挖掘出怎样的价值来？

首先，我们看到，这是一个关于爱情的故事。但和别的文学作品中的爱情不同，这场爱情当中，不是两个人之间的各种冲突，不是家庭甚至家族的干预，也不是情敌之间的争夺，甚至这场爱情还是半途而废、无疾而终的。也就是说，里面的女主人公想要找个唱对手戏的人都找不到。那这个故事有什么意义？从表面上看，这是一个不好处理的故事。我们就需要深入故事的背后，去挖掘它的意义了。

事实上，这个世界永远都是两个世界：一个是表面的世界，一个是背后的世界；一个是外部的世界，一个是内心的世界。这两个世界之间常常存在很多的反差。那么，到底哪个才是真相？

比如说，一个人经常对你说："你是个好人，你太好了，我非常佩服你。"但是，有可能他掉过头来对另外一个人这样评价你："那个人就是个伪君子，他就是喜欢沽名钓誉、欺世盗名。"看看，这两个评价截然不同。

在美国曾经发生过这样一个事件：

某一年的 3 月 23 日，纽约警察总局的法医检查了一具尸体，得出结论：此人死于头部遭受枪击。

死者名叫罗纳德·奥普斯。从他留下的遗书中得知，他本来是想从一幢十层高的楼的顶部跳下自杀的。然而，当他跳楼后身子经过第九层楼前时，一颗子弹从窗户里射出，将他当场打死。

警方经过调查发现，死者和开枪的人都不知道这样一个情况——当时八楼正在施工，工人们在那里刚装了一张安全网，也就是说罗纳德·奥普斯如果不是被枪击而亡，他的自杀计划其实是不能如愿的。

然而，根据法律，一般说来，如果一个人实施有计划的自杀并且最终身亡了，那么即使自杀过程发生变化，未能如自杀者所愿，依法也应该认定这个人是自杀。

可是，当警方对九楼射出的子弹进行调查后，案子的性质又有了变化。

当时，九楼的一对老夫妻发生了口角，正在吵架。老先生拿出了一把枪恐吓老太太，后来又扣动了扳机，但是子弹没有打中老太太，而是从窗户飞了出去，击中了罗纳德·奥普斯。

根据法律，一个人如果想杀甲，却错杀了乙，那么仍然应该判这个人对乙犯了杀人罪。因此，此案应该是一桩凶杀案。

当老先生面临杀人罪的指控时，老先生和老太太一致表示，他们俩当时都以为枪里面是没有子弹的。老先生解释说，用没有装子弹的枪恐吓老太太，是他许多年以来与老伴争吵时一直有的一种做法。他没有杀害老伴的意图。如果老两口的话属实，那么这就是一起误杀的案子。

问题的关键就是，子弹是在什么情况下由什么人装进去的。警方在调查中找到了一名证人，这名证人证明在案发六周之前亲眼看到这对老夫妻的儿子往这把枪里面装了子弹。警方根据更深入的调查得知，因为老太太决定停止给成年的儿子经济支持，所以这个儿子怀恨在心，起了杀意。他知道他的父亲有用枪恐吓老太太的习惯，所以就给枪装了子弹，希望借父亲之手杀了母亲。

既然这个儿子明知给枪装子弹会有什么样的后果，那么即使他没有亲自扣动扳机，他也应该被指控犯了杀人罪。

所以，此案就成了老夫妻的儿子对罗纳德·奥普斯犯下了杀人罪。

但是，峰回路转，警方进一步调查后又发现，这对老夫妻的儿子其实就是死者罗纳德·奥普斯本人。

由于借刀杀人之计一直没有得逞，罗纳德·奥普斯心生沮丧。于是，在3月23日这一天，他决定从十层高的楼顶跳楼自杀，然而却被从九楼窗户内射出的子弹打死了。

也就是说，罗纳德·奥普斯自己杀了自己，所以此案最后仍被认定为一桩自杀案。

我们发现，这个案例之中，事件的真相不断地在进行反转，当我们以为事件的真相已经揭晓的时候，又有新的真相在等着我们。即便是到了最后，警方已经对案件作了最后的定性，对于写作者而言，探索也并未结束，因为在现实生活的真相背后，还有很多其他的东西需要思考。

我们来看一下，这个事件背后还隐藏着哪些引人深思的东西：

（1）罗纳德·奥普斯是如何走向死亡的？一个年轻人，如何变得游手好闲，天天啃老，最后走向逼迫父母未遂，从而自杀？这个年轻人自杀前的心路历程是怎样的？这些都非常令人好奇。探索下去，我们会发现，涉及的问题可能包括成长问题、亲子关系问题等。

（2）这个家庭里的关系为什么这么混乱？这种混乱首先体现在老夫妻之间，他们经常吵架，而且老先生居然经常会用枪来威胁老太太。其次是老夫妻和儿子之间，关系也非常糟。一方面，儿子经常“啃老”；另一方面，老夫妻对儿子也似乎是“恨铁不成钢”，断了对儿子的经济支持，但没有进一步的帮助措施。他们的家庭关系到底是怎么变成这个样子的？老夫妻之间的关系，以及他们和儿子之间的关系，与儿子的最终自杀有没有什么关联？

（3）老先生和老太太在得知儿子死了之后，他们的心理活动是怎样的？他们是对自己的教育感到懊悔，还是对这样一个不成器的儿子这样的结局感到如释重负？失去了唯一的儿子之后，老夫妻以后的生活状况是怎样的？他们的夫妻关系是怎样的，是相互埋怨、让关系变得更糟，还是认真反思、让关系变好？

（4）当老夫妻知道儿子居然有借刀杀人杀掉自己的母亲的企图时，他们的心理活动是怎样的？他们对待儿子的日常态度是怎样的？如果日常就已经对儿子感到不满，那么此时他们是怎样想的？如果日常他们一直溺爱儿子，那么此时他们的心理活动是怎样的？

（5）写作者还会由这个事件想开，去研究美国社会的家庭关系状况。与中国更加紧密的家庭关系相比，美国的家庭关系是有所不同的。比如说，中国父母会一直管子女到十八岁之后，到子女成家立业，甚至到子女生了孩子还要继续管子女的下一代。中国父母把管子女的事情视作自己当然的权利和义务。而美国不同，美国的子女有更强的独立性，子女成年之后，父母就没有义务再去管他们了，当然也就没有权利去干涉他们的生活。归根结底，这是中美两国文化的不同使然。这两种文化背后，有没有一些让人深思的东西？

上面的这些追问，应该都是作家们所关注的。我们通过这个案件发现：在表面世界的下面，还会有另外一个世界，这个世界通常都是被遮蔽的。另外，除了我们已知的外部世界，还有一个内心世界值得我们关注：老夫妻和儿子的内心世界，有可能比我们所知的外部世界更加复杂和更加耐人寻味。

现在，我们来总结一下，在日常生活背后，写作者通常会关注哪些方面的东西。

第一，关注隐藏在事件背后的真相。

对于人类来说，真相永远是一个吸引人的东西。对真相的关注和追问，也是人类前进的巨大动力之一。譬如说，为什么会有白天和黑夜？我们为什么不能跳得更高？人为什么会有生老病死？这些问题需要由科学来解释，所以人类的科学不断得以发展。当然，还有一些更具体的真相，也是大众喜欢关注的。比如说，某个案件背后的真相、某个事件的真相，等等。对真相的关注也是作家们可以利用的心理之一。例如，小说会利用这种心理来设置悬念。尤其是悬疑小说，更是深得其中奥妙。因此，对真相的关注，永远都是作家的任务之一。

第二，揭示表面世界背后的意义。

作家对于世界的关注，首先是“事情是怎样的”，也就是了解事情的来龙去脉；其次还有事件背后的真相是怎样的，也就是了解那些被遮蔽的东西。但这些显然还不够，因为作家不仅仅要了解“是怎样”“到底是怎样”，还要了解“为什么会这样”、有没有可能变成“别的样子”。这就是表面世界背后的意义。了解这些东西，可以引导读者进行更深入的思考。表面世界背后的意义不仅仅是指事件背后的意义，还要举一反三，由此及彼，思考更多的、更深刻的东西。文学之所以是人类重要的精神财富之一，就是因为文学会在热闹的世界当中让人冷静下来，去思考背后的意义。

第三，思考人类生命的终极意义和终极关怀。

动物存在的主要活动就是生存和繁衍，因此动物主要是靠本能而活着。但是，人类不同。人类除了本能之外，还有更多、更深入的思考，前面所说的对真相的追问就是其中之一。科学为某些真相提供确定性的解释。但还有一些东西是无法有确定性的解释的，比如说：爱和恨是怎么诞生的？到底什么是爱情？人为什么会孤独？人活着的意义是什么？人死后去哪里？从某种意义上说，对生命的终极关怀是人类文化的元动力。文学作为人类文化的重要组成部分，当然也会关注人类对生命的终极关怀。正因为如此，如米兰·昆德拉所说，“小说审视的不是现实，而是存在。而存在并非已经发生的，存在属于人类可能性的领域，所有人类可能成为的，所有人类做得出来的”[①]，因为“可能性的领域”更容易触及人类的终极意义。

写作思考

搜索一下近期的所有新闻，包括热点的和非热点的，思考一下新闻背后的东西，看看哪些是自己感兴趣、想进一步挖掘的。然后，尝试着做一些深度挖掘工作，看看能否发现一些有价值的东西。

---

① 昆德拉．小说的艺术．董强，译．上海：上海译文出版社，2004：54.

第二节 如何发现，如何挖掘

写作训练

一个三十岁的青年，卖掉深圳的房子，辞掉在别人看来不错的工作，跑到乡下去盖了间房子，种了块地，养了些鸡鸭。在记者采访他的时候，他说，都市的生活太紧张、太压抑了，他想过自己想要的生活。

面对上面这则新闻，我们能从其中发现什么？这个青年辞职回乡的原因揭示了什么？背后是否有某些社会共性的东西？这则新闻为什么引起很多人的关注和共鸣，其中是否夹带了某些社会情绪？除此之外，我们还可以挖掘些什么东西？

之前我们曾经说过，面对一个素材，作家首先要做到的是发现：发现那些让自己心动的东西，发现那些不同于常规的东西。这些看起来有些“特殊”的东西，可能就是自己要写作的东西。但是，发现不同于价值。比如，库切面对那起强奸案，肯定发现了一些反常的东西，例如关于白人和黑人之间的反常情况；再比如说，后来的案件居然不了了之。但发现这些，并不等于说这个题材就有了价值。那么，库切是怎样让故事变得有价值的？

首先，库切给现有的素材增加了新的事件。我们看到，库切让小说的第一主人公从作案的黑人男子和被害的白人女子变成了大学教授，也就是女子的父亲。不仅如此，他还让这位大学教授本人也在男女问题上犯了错误：他诱奸了自己的学生，并最终被学校除名。我们来看看，这样做的目的是什么。一来，可以让他被迫去投靠自己的女儿，去做自己以前不愿意做的事，去和以前看不起的人打交道，为接下来的故事埋下伏笔；二来，在后面面对自己的女儿被人强奸时，他内心的冲突增加，会让他感同身受地去思考更多问题；三来，可以让人思考这个时代知识分子的精神困境；四来，借知识分子的眼光来看很多问题，表达作者自己的思考。

“加料”是很多小说家处理题材时的惯用手法。我们看雨果在写《悲惨世界》的时候，给男主人公加了很多料，不仅让他以后变成了市长，还让他卷进了大革命中。托尔斯泰写《安娜·卡列尼娜》的时候“加料”就更多了，他甚至改变了女主人公的身份。

其次，把“不寻常”的东西放大。库切的作品中，被强奸的白人女子不仅没有去状告作为自己雇工的黑人男子，反而成了他的女人，而且还是小老婆。这种“放大”会增加与生活的反差，使人产生更大的震撼。

再次，作家在作品中增加某种象征性的东西，让读者浮想联翩。在小说里，教授卢里创作歌剧《拜伦在意大利》的努力穿插在小说各处，与主情节若即若离，似乎总在向读者暗示着什么。到小说结尾处，强奸案不了了之。露西怀孕。卢里要写的歌剧始终还在脑海里萦绕。同时，他最终放弃了“拯救”一条终将一死的狗的生命的企图。

最后，小说通过卢里和女儿的身份，思考那些深刻的社会问题。在当时的南非，种族隔离制度的历史记忆仍然深植在人们的脑中，尽管作为制度已经成为过去。这种历史记忆在现实中被一再地血淋淋地展现出来，小说中多处暗示了这一点。卢里看电视上转播的足球赛时，“评论员一会儿用索托语（流行于南非北部、莱索托和博茨瓦纳等地的一种语言），一会儿用科萨语（主要为南非开普敦牧民所用的语言），两种语言他连一个字都听不懂”①。这是英语世界和土著语世界的区分。种族主义以及分裂的道德都是人们关注并会引起震撼的话题。

当然，小说还思考了知识分子在那个时代和背景下被焦虑和危机感所包围的精神困境。

在这里，我们看到，库切是如何成功地从一个习以为常的事件中发现非同寻常的价值的。

我们再来看前面说到的另一个题材：水手的爱情。

在这个题材中，水手和女子曾经是恋人，但是水手因为海难而丧

① 库切．耻．张冲，郭整风，译．南京：译林出版社，2002：84.

生，女子却一直不知道这件事。从这个题材中，我们可以发现什么？从哪里去寻找突破口？

我们看到，这个题材里有几个让人思考的地方：一是水手这个特殊的职业。因为水手到处漂泊，他们的生活缺少稳定性和确定性，所以他们的爱情也具备了特殊性。甚至他们的联系和交流都不能像平常的情侣那样顺畅。特殊的职业也会让水手拥有特殊的情感。二是水手因海难而丧生，但女子却不知道。这相当于情侣中的一方突然失踪了。恋爱中的一对情侣，其中一个突然失踪了，对另一个会是怎样的影响？三是女子现在的婚恋情况，这会给故事留下巨大的空间。女子在恋人失踪后，可能会面临几种情况：要么一直等待他，要么自己主动移情别恋，要么在家人的催促下有了新的恋情。女子的现状和过去之间，就会产生巨大的冲突。这是作家不会放过的表现点。四是爱情，在特殊情况下的表现会呈现什么样的状态。和平年代，平常人的爱情通常会是这两种情况："相识——相知——恋爱——结婚"，或"相识——相知——恋爱——破裂"。但是，这场爱情比较特殊——在恋爱之后既没有结婚也没有破裂，会让人重新思考爱情的意义和价值。

发现了这几个问题之后，我们就可以努力去挖掘其中的价值了。我们假定这两个人非常恩爱，尤其是女子，非常爱这个水手。那么，非常爱的爱人突然消失了，她会怎么样？会一直等他吗？如果是短时间还可以，但时间长了呢？女子的年龄大了还没有成家，家里人一定会催促她，这是世俗社会都要面对的。那么，这个女子在家里的压力之下，先是思想可能会发生一些变化：她会不会想着，他已经移情别恋了，有了别的恋人，故意不理睬自己了？而且，她每次去港口等他的船都没有等到。接着，在家里人不断催促、不断有人给自己介绍对象、自己的思想发生动摇的情况下，她有可能半推半就，去相亲了。她可能也有了新的恋人。然而，她真的能抛下自己的初恋吗？一般人都忘不了初恋，何况还是这种并没有破裂的感情。那么，接下来会发生什么？过去那段爱情会影响她新的爱情甚至是婚姻吗？

进行了这些挖掘之后，题材就慢慢地变得有价值了。

文学在进入现代之后，正如作家池莉所说，"生活是冷面无情的，它并没有因为我把它编成什么样子它就真的是那种样子……我终于渐悟，我们今天的这生活不是文学名著中的那生活”[①]。今天，文学更多的不是写英雄题材和贵族题材，而是越来越多地关注普通人的生活。那么，如何从普通人的生活中发现有价值的东西？

1. 寻找故事背后的东西

正如前面所分析的，很多故事都有背后的东西。我们首先会努力去寻找背后的真相，如果真相和我们表面看到的东西产生反差，那这个发现本身就是非常有价值的。因为大众能够看到的东西是符合我们的日常逻辑判断的，也即符合我们日常的道德、伦理和法律、规则，现在却发现背后的真相与我们的道德、伦理及法律、规则都相悖，必然会引起大家的思索。其次还要寻找故事背后的意义，有价值的故事都不会只具有表面的意义。背后隐藏的意义才是最有价值的，因为这是平常人所思考不到的，这也是作家们写作的价值之一。

前面所说的库切的《耻》，既挖掘了事件的真相，又寻找了故事背后的意义。他把一个故事所可能具备的价值都尽可能地挖掘出来了。

2. 从故事的背景中寻找

有些故事，其发生的背景就非常有价值。比如一个流量明星被一名女子在网络上挑战，曝光他们之间发生过的一些故事。这则事件中，有几个背景是非常有价值的，有些可能还是我们这个时代所特有的，多年以后，人们甚至会根据这则事件去认识现在这个时代。它的背景包括：一是，追星和造星。每个时代都会有自己的明星。在战争年代，战场上的英雄会成为人们追捧的明星；在高度重视科学发展的时代，科学家会成为人们眼中的明星；在政治动荡的年代，政治家会成为人们眼中的明星。但在这个时代，歌手和演员——而且还不是唱得很好、演得很好的歌手和演员——会成为人们眼中的明星，这本身就有很多值得思考的东西。这个时代的人为什么会追求那种虚幻的东西，用那种虚幻的东西来填补内心？是不是这个时代的人的内心有太

---

① 池莉．我写《烦恼人生》．小说选刊，1988（2）：124.

多的缺失？二是，网络时代，骗子为什么会大行其是。我们发现，这个时代，至少在城市里，几乎没有什么人没被骗子光顾过，诈骗甚至成为一个很大的产业，这也非常耐人寻味。在社会的各个角落，骗子无孔不入，甚至在举国关注的事件中骗子都敢插进来，趁机行骗。三是，网络上所谓的“脑残粉”“死忠粉”在背后推波助澜，也成为这个故事重要的背景。为什么这个时代有那么多的所谓“脑残粉”和“死忠粉”？这些人就没有别的精神依赖了吗？四是，在一个没有帝王的时代，很多人在自己的领域把自己当成了“国王”，正是这种“国王意识”的存在，让这些人无视道德和法律，敢于胡作非为，而且居然还被一些人认为是理所当然，这也是一个让人思考的重要背景。人在某些时候总会膨胀，以为自己就是这个领域的“王”，想干什么就干什么，甚至无视法律和道德。这也是让人深思的东西之一。

3. 站在时代的门槛上，去换位思考这个时代中那些看起来正常其实却不正常的东西

每个时代都有体现自己时代性的东西。很多看起来很正常的东西，换一个时代，就会有特殊的价值。例如近年来频发的流量明星出问题的事件，多年以后回顾，或者假想事件发生在多年以前，可能就会发现很多东西其实是不正常的，因此这样的事件也是有价值的。

我们想一想《水浒传》里的宋江。在今天看来，很多人都对宋江感到愤怒，因为他不停地想要“招安”，最后一意孤行，葬送了很多兄弟的性命，也使红红火火的梁山败落下来。但是，我们站在当时的那个时代，其实是可以理解的。一方面，在帝王将相主宰一个时代的时候，忠君思想是那个时代的主流，是那个时代的主旋律。宋江的想法其实代表了绝大部分读书人。另一方面，如果宋江不以“招安”来诱惑，也无法让其中很多原本属于朝廷将领的英雄好汉加入梁山。从某种意义上说，宋江和这些将领是相互绑架，他们在一条船上，只能让这条船按照他们共同设定的航向前进。

人类总是喜欢遗忘。发生过的事情，无论当时多么惨烈，时间总是会冲刷掉一切。从心理学的角度讲，忘掉伤痛是人类自愈的心理机制之一，没有人愿意总是面对那些痛苦和不幸。但是，作家的责任和使命恰恰就是要记录这些，把那些容易被时代遗忘的东西保留下来，使之成为人类重要的遗产。从这种意义上讲，我们从时代的角度去思考，把自己置身于另外一个时代，来换位思考这个时代背后的东西，可能就会有新的发现。

4. 内在寻找，与自己一直思考的东西对接起来

作家们是一群不断思考的人，他们会思考人生、人性、社会、道德、法律……思考那些日常生活中不为人注意的东西。作家们必然会对这些东西有自己的思考。所以，当作家遇到某些事件的时候，就会触发他内心的思考，促使他思考那些以前没有想清楚的东西。同时，他内心的思考反过来也会对眼中的事件产生影响。正如马尔克斯所说："……就我个人的情况来说，我并不担心会出现这样的问题，因为我有自己的世界观，我看到了世界，我会设法描述我看到的世界和如何看它的。我相信，其中的思想是不言而喻的。不但不言而喻，而且这一切都是由思想决定的。所以凡是将自己的思想隐藏在文学创作或一般艺术创作中的人们，都不要担心自己有什么错，因为不管怎样，思想是能看到的，是会表露出来的。"①

向内寻找，就是寻找自己内心的观念与事件之间的关系，寻找内心的观念中对于事件的思考。当我们对于事件有了独特的思考时，事件的价值就出来了。

写作练习

一个老人在去世之前立下遗嘱，把自己的所有遗产留给自己的宠物狗。这个事件引起了很多人的议论。关于这个遗嘱是否能执行、如何执行，也成了现实中的难题。

根据这个事件，讨论一下：如何发现其中的价值？如何进一步挖掘其中的价值？

---

① 马尔克斯．两百年的孤独——加西亚·马尔克斯谈创作．朱景冬，等译．昆明：云南人民出版社，1997：231.

第三节 现实世界与价值

我们先来思考一个问题：那些文学名著中所表现的东西，为何在今天仍然有价值，是因为好的故事、好的人物，还是独到的发现和思考？

这其实是一个令人深思的问题。世界史上，曾经出现的文学作品实在太多了，但是，为什么这些名著会留下来，并且在不同的时代一直传播着？这些作品身上，是否有着超越时空、超越民族和国界的东西？思考这个问题可以帮助我们重新回到当下的世界，重新思考这个世界。

首先来思考一下，我们现在面对的世界，是怎样一个世界？一方面，我们面对的是一个平常的世界。大部分人都过着普通的日常生活，每天面对的是柴米油盐酱醋茶。我们不再生活在硝烟弥漫的世界。生活似乎也变得庸常起来。所以，人们以各种方式来娱乐、来折腾，企图在其中寻找自己的存在和价值。另一方面，世界变小了。网络让信息传播变得异乎寻常地快捷，我们每天都会面临海量的信息。作为写作者，我们发现，以前让作家们引以为傲地讲一个传奇的、不为人所知的故事的价值已经大大缩小了。所谓大千世界，无奇不有。我们发现，这个世界很多时候比书中的故事更加传奇。在这种情况下，写作者如何从世界中挖掘有价值的东西，并在自己的作品中呈现异乎寻常的价值，就变得越来越难。

那么，写作者如何来对抗这个时代？

1. 新闻结束的地方，文学开始了

所有的新闻传播工具，归根到底，传播的只是信息。而信息，只能给人提供最基本的对世界的了解。而且，这些信息还是经过梳理的，有些信息被人为屏蔽，有些信息被人为地引导。作为写作者，需要有一双慧眼，透过这些信息，看到信息背后的东西。所以，我们说，新闻结束的地方，文学开始了。当新闻完成信息传递的工作时，它的使命就结束了。但对于文学来说，这才刚刚开始。文学需要面对这些信息，重新进行思考和整合，从中寻找背后的真相和意义。人类每天都会发生各种各样的事情，不同的人面对着不同的人生场景，但总有一些是人类共同的东西。文学就是要思考这些共同的东西。

所以，我们看到，那个叫安娜的女子自杀后，新闻已经报道过了，托尔斯泰才出场。他的目光穿过表面的事件，看到那个时代的东西，欲望、爱情、婚姻、道德、宗教、社会制度……这些都在随后的《安娜·卡列尼娜》里呈现。更重要的是，托尔斯泰留给后人大量的思考，让人思考欲望与爱情、情感与道德、现实与社会等各种各样的问题。文学登场之后，一个事件变得更广阔、更深邃、更有价值了。这是新闻所不能完成的任务，也是它所不能提供的价值。

2. 作家就是拾荒者，要善于在时光中发现价值

我们曾经举过一个例子。一个地方发生一起爆炸案，救护车和医生先来了，接着是警察来了，再接着是新闻记者来了，然后是心理学家、社会学家来了，他们完成各自的工作。医生来救护伤者，拯救生命；警察来调查案件，维护法律和正义；新闻记者来报道事件，向公众传递信息；心理学家进行事后心理咨询和心理按摩，拯救人的心灵；社会学家来调查事件，了解公众的反应。所有这些工作都完成后，过了很久，这个地方已经成了一片废墟，已经快被人遗忘了。我们看到一个人：手上拿着棍子（棍子上绑着一个钩子），背上背着一个蛇皮袋，在废墟里不停地扒拉着，想看看这里还有没有什么有价值的东西。我们知道，这个人就是拾荒者。其实，作家也是这样的拾荒者。

在那些医生、警察、记者、心理学家和社会学家都已经扫荡过的地方，作家会重新进行审视。并且就在人们快遗忘掉这件事的时候，作家将旧事重提，并对事件进行进一步挖掘，不仅挖掘事件背后的真相，还要挖掘事件背后的意义。这个时候，经过岁月的磨洗，人们已经冷静下来，能够更加理性地思考这个事件。所以，好的作品能够经过岁月的洗礼，被不同时代的人们所喜欢，原因也正在于此。

在时间中发现价值，或者透过时间寻找其中永恒的价值，这正是文学的使命之一。从这种意义上说，文学绝不是某种应景的东西，甚至也不是某种宣传工具。文学应该站在时间之上，把那些能够永恒地留在时间之中的东西记录下来。

3. 作家会创造“可能的”世界

前面我们引用过米兰·昆德拉的观点：“小说审视的不是现实，而是存在。”也就是说，现实世界中没有发生过的事情，文学也可以去写。比如说，一个人一觉醒来，变成了一只巨大的甲虫，这种事情在现实生活中不可能发生，但是在卡夫卡的笔下，这件事就这么发生了。格里高尔·萨姆沙不是梦见自己变成一只巨大的甲虫，而是一觉醒来就变成了一只巨大的甲虫。作者甚至没有解释他为什么变成一只甲虫，而故事就是从他变成一只甲虫开始的。这就是“可能的”世界。

我们的肉体当然不可能变成一只甲虫，但在我们的精神世界里也不能吗？我们看到精神病院里，有病人宣称自己是玉皇大帝，还有病人说自己是一只老虎。那么，作家为什么要这么做？我们看到，在《变形记》里，卡夫卡为我们展示了人的生存困境和精神危机。他用这种“变形”的方式，让人隐藏着的生存困境和精神危机显现出来。

另外，我们知道，一只猴子是不可能在天上飞的，更不可能拥有七十二种变化。但是，我们看到吴承恩在《西游记》里让一只猴子既会飞，还有七十二种变化。我们当然知道这是不可能的，但是我们仍然看得津津有味。因为我们发现，吴承恩创造的这个“可能的”世界给我们展示了平常不容易被人发现的东西：斗争精神，坚持精神，还有人的成长等诸多思考。

事实上，创造“可能”的世界既是人类的精神旅行，是人类对“生活在别处”的向往，也是人类思考世界的另一种方式。而这些，是现实世界给不了的东西。

4. 作家要用好自己的眼睛和心灵

眼睛的主要功能是观察与发现。每一位作家都应该有自己独特的眼光，去观察和审视这个世界。观察的目的是找到那种独特性的东西，这是写作者的第一本领。发现适合的题材，这是写作者的第一步工作。这种发现其实是作家从这个题材中发现独特的价值。

心灵是关照这个世界的工具。从这个意义上说，每个写作者都应该有自己的“美丽心灵”。英国哲学家、数学家、诺贝尔文学奖获得者伯特兰·罗素在《我为什么活着》一文中说：“三种单纯然而极其强烈的激情支配着我的一生。那就是对于爱情的渴望，对于知识的追求，以及对于人类苦难痛彻肺腑的怜悯。”而这，就是心灵的力量，也是主宰很多人去艰难探索的重要动力。

对于一位作家来说，心灵主宰着他对世界的态度。一位作家如何对待这个世界，都会融入他的作品里。正如我们从雨果的作品里看到了伟大的“人道主义”，从鲁迅的作品里看到了“民族性”一样，这两位作家的心灵都在自己的作品中一览无余。

5. 好的作家还会赋予事件以价值

像雨果，他在《悲惨世界》《巴黎圣母院》《海上劳工》和《九三年》等作品里，都宣扬了他的“人道主义”。他的“人道主义”同情弱者，尊重人性，提倡善良。我们以他的《九三年》为例。在《九三年》里，因为“人道主义”，代表封建势力的朗德纳克侯爵宁愿自己被俘，也要救下被大火所困的孩子；因为“人道主义”，革命者的领袖郭文放走了朗德纳克侯爵，把自己留在地牢中；甚至因为这种“人道主义”，革命军的政治委员西穆尔登在下令处死了郭文后，自己也开枪自杀了。通过这么多人的死亡，一个战争的故事就这样被雨果赋予了另外的价值。

托尔斯泰的《复活》也是一样。这部小说的价值不仅仅是通过玛丝洛娃的苦难遭遇和聂赫留朵夫的上诉经过，抨击了法庭、监狱、官僚机关的腐败、黑暗，勾画了一幅已经走到崩溃边缘的农奴制俄国的社会图画，作者还在作品中宣扬了“托尔斯泰主义”，即：赎罪、拯救灵魂、禁欲主义、“不以暴力抗恶”、“道德自我完善”等。

内容小结

所有的写作者都应该有一双“慧眼”，能够从纷繁芜杂的世界中找到适合写作的题材。这其中的关键，是从这个题材中发现常人所没有发现的价值。而要发现价值，就需要透过事件本身，去寻找事件背后的真相，以及事件背后的意义。对于写作者来说，发现和挖掘是自己用来对抗这个信息化时代最重要的工具。写作者要善于从事件背后寻找真相和价值，要善于从事件背景中寻找具有独特性的东西，要善于站在时代的角度来思考别人没有发现的东西，要将自己对于世界的思考赋予事件。从这种意义上说，作家要做一个拾荒者，不仅能够发现现实世界，还要能够创造"可能的世界"，并赋予事件独特的价值。

写作练习

三五个人组成一个小组，先阅读以下材料：

> 一个年轻人无意中进入了一个传销组织。他发现，这个组织中并不是所有人都是主动加入的，很多人都是被动加入的。也不是所有人都是疯狂地相信那套传销言辞的。有一个年轻的姑娘和他一样，时刻都想着逃出去。他和这位姑娘进行过很多的交流，发现她其实就是组织头目的妹妹。

根据这个素材，各自思考后再进行小组讨论：

1. 能不能从中发现什么有价值的东西？
2. 可以从这个材料中挖掘出什么背后的真相？
3. 这个材料所描述的事件背后有没有什么特别的意义？
4. 能不能从中挖掘一些有社会共性的东西？

课堂设计

【课堂形式】

桌椅以分组的形式摆放，三到五名写作者一个小组。所有写作者准备纸笔或电脑，随时准备课堂训练。

【课堂流程】

第一个环节：案例探讨

国外某地发生了一起强奸案——一个有钱的白人女子被一个当地的黑人强奸。最后，案件不了了之。

小组讨论：这个案件对于写作者有没有什么价值？如果有价值的话，有些什么价值？

第二个环节：教师分析总结

分析库切的《耻》，总结《耻》背后的价值。

第三个环节：讨论另一个案例

一个水手和港口的一名女子恋爱。最后，水手遭遇海难丧生，那名女子却一直不知道。

小组讨论：从这个故事当中，可以怎样去思考？能从中挖掘出怎样的价值来？

第四个环节：新闻分享与讨论

分享最近的新闻，讨论背后的东西和价值。教师总结：对于写作者来说，隐藏在背后的东西是最有价值的。如何从事件中找到隐藏在背后的东西？

第五个环节：案例分析

一个三十岁的青年卖掉深圳的房子，辞掉在别人看来不错的工作，跑到乡下去盖了间房子，种了块地，养了鸡鸭。在记者采访他的时候，他说，都市的生活太紧张、太压抑了，他想过自己想要的生活。

对上面的案例进行讨论：背后是否隐藏着什么东西？这个案例的价值在哪里？

第六个环节：分析总结

通过对库切《耻》的进一步分析，探讨：如何让一个寻常的事件变得有价值?

第七个环节：讨论

小组讨论：通过上面的案例分析，讨论一下，如何从普通的生活中发现非同寻常的价值。随后，教师进行总结。

第八个环节：思考与讨论

小组讨论：那些文学名著中所表现的东西，为何在今天仍然有价值？是因为好的故事、好的人物，还是独到的发现和思考?

第九个环节：讨论

通过上一个环节的讨论，进一步思考和讨论：在一个生活日常化和信息化的时代，文学如何保持它的价值?

第十个环节：教师总结

文学如何对抗这个时代?

第十章

看得见与看不见的手

作为一名普通读者，在面对一部作品的时候，看到的是作品表面所呈现的东西。然而，在作品背后，作家是如何写的，则值得写作者去关注。面对同一个题材，不同的作家可能会有不同的处理方式，甚至会写出不同类型的小说。为何会出现这种现象？到底是什么决定了作家的写作方向？在这一章，我们将从作家的思想、成长环境及经历等角度，来进行分析。

就像我们每个人的成长背后都有一只看不见的手一样，一位作家的写作背后也有一只看不见的手。这一章，我们就来认识这只手，让这只手为我们服务。

第一节　作品比较

1.《水浒传》与《荡寇志》

我们先来讨论一下两部作品：《水浒传》与《荡寇志》，看看这两部以相同的主要人物为写作对象的作品有什么不一样。

先来看一下《水浒传》。

《水浒传》主要描写的是：北宋年间，奸臣当道，民不聊生。山东境内，宋江、吴用、卢俊义、林冲、武松、鲁智深、李逵等 108 位英雄好汉聚义梁山，树起“替天行道”的大旗，斗贪官、除恶霸。后来，在首领宋江的带领下，梁山好汉接受朝廷的招安，他们报效国家，英勇善战，曾大败辽军，御敌于国门之外，又为朝廷剿灭几股起义军，立下赫赫战功。但也为此付出了惨痛的代价：梁山好汉死伤过半。奸臣蔡京、高俅等人眼见梁山好汉势单力孤，便开始卸磨杀驴，在封官赏爵后不久，对宋江等人下了毒手：宋江、卢俊义被分别用药酒、水银毒死，李逵又被宋江临死时拉去陪葬，吴用、花荣也在蓼儿洼自缢身亡……小说最终以悲剧结尾。

再来看看《荡寇志》。

《荡寇志》共七十回，附“结子”一回，又名《结水浒传》。此本接续金圣叹评本之七十回《水浒传》而作。《荡寇志》的主要情节，是写告休管营提辖陈希真、陈丽卿父女，受高俅父子迫害，却不“落草为寇”，而是忍辱负重，以杀害起义军的行为来洗刷自己“犯上”之罪。其中，梁山 108 将是洪太尉误放的被封印的妖魔转世，而九天应元雷声普化天尊主生杀枯荣、善恶赏罚、斩妖伏魔，雷祖座下的雷将们也纷纷降生。张叔夜是雷声普化天尊座下大弟子神威荡魔真君转世，他的两个儿子张伯奋、张仲熊是雷祖座下左右侍者青雷将军、石雷将军降生，张叔夜父子带领雷部三十六将、十八位散仙尽灭梁山。

从内容上可以看出，这两部作品都是同一题材，只不过，《荡寇志》是接着《水浒传》七十回而续写的，主要写梁山 108 将的命运。我们来看一下这两部作品的区别。

第一，立场与主旨思想方面。

《水浒传》尽管以悲剧结尾，但总体而言，是把梁山 108 将当作替天行道的好汉来写的，从小说以前的名字就可以看出这点——《江湖豪客传》。很显然，作者是站在同情梁山好汉的立场上的，同时批评了朝廷无能、奸臣当道，甚至说出了这种在当时看来大逆不道的话："你那皇帝，正不知我这里众好汉，来招安老爷们，倒要做大！你的皇帝姓宋，我哥哥也姓宋，你做得皇帝，偏我哥哥做不得皇帝！"①

而《荡寇志》，很显然是站在君王和朝廷的立场上的。据作者俞万春之弟俞灥的回忆，俞万春有感于施耐庵的《水浒传》中"邪说淫辞，坏人心术，贻害无穷"，在禀告其父后，受父亲之托写作一部《水浒传》之续书，"提明真事，破他伪言，使天下后世深明盗贼、忠义之辨"。

第二，人物处理方面。

《水浒传》中，108 位好汉被逼上梁山，随后啸聚山林，替天行道。受招安后，他们替朝廷分忧，北征边疆，大败辽军，南下江南，剿灭方腊，最后有的为国战死沙场，有的被奸臣害死。虽然他们也是以悲剧结局，但他们的出发点都是"忠"和"义"，即：尽忠朝廷，同时替天下行道义。读者为他们的结局而悲叹、而同情。

《荡寇志》中，主角和正面形象则是张叔夜和其帐下的三十六将。这三十六人都是雷部神将降生，是擒拿斩杀梁山众人的功臣，并且名列雷宫的人不容妖魔加害，最后都被大加封赏，和张叔夜父子一起被朝廷绘下三十九幅功臣图像，送入微猷阁供后世瞻仰。至于十八位客星散仙，则是协助三十六员雷将来荡平梁山的，有战死的，有的留世，最后也都被敕封。而当年梁山泊上的好汉，几乎都没有好下场，马军五虎将、马军八骠骑等人都成了败军之将，一个接一个地陨落。对于梁山好汉来说，尽管都是悲剧结局，但是在《荡寇志》中，他们该死、死得好，读者应该对他们的结局感到大快人心。

---

① 施耐庵，罗贯中．水浒传．长沙：岳麓书社，2016：538.

第三，故事情节方面。

《水浒传》中，108 位好汉都是主角，他们做的事都是英雄事迹，主要故事情节像七星聚义，像武松打虎、杀西门庆、醉打蒋门神、大闹飞云浦，像林冲山神庙杀陆谦、逼上梁山，还有梁山泊两赢童贯、三败高俅等，都是大快人心的。

《荡寇志》中，主角是张叔夜父子和三十六神将，而梁山好汉则是配角，所以主要故事情节是张家父子带领手下将领如何荡平梁山、剿灭 108 将的。

同一个题材，写出了完全不同的东西，关键还在于作者。我们来分析一下，造成两部作品的巨大不同的主要原因是什么。

一是写作时期不同。

施耐庵、罗贯中写《水浒传》是在元末明初，朝代更迭时期。当时，各地百姓揭竿而起，风起云涌，起义反抗朝廷、驱逐元军是当时的正义之举。所以，在那个时代写《水浒传》这样的作品，歌颂起义的英雄好汉，是理所当然的。既然朝廷不能行“天道”，那就由英雄好汉们替天行道。

俞万春开始写作《荡寇志》是在道光六年（1826 年）。当时，清政权已经入关鼎定天下多年，道光皇帝是清朝第八位皇帝。天下思定，不希望动乱。而且道光皇帝在位期间正值清朝衰落，他为挽救清朝颓势做了一些努力，如整顿吏治、整厘盐政、通海运、平定张格尔叛乱、严禁鸦片，起到了一定的积极作用，算是一位比较努力的皇帝。当时正当太平天国乱前，国内盗贼横生，俞万春有感于当时中国受盗贼横行之苦，因而深恶盗贼，他说：“既是忠义，必不做强盗；既是强盗，必不算忠义”“孰知罗贯中之害至于此极耶”。所以，作者才写《荡寇志》，来维护统治阶级的统治。

二是作者的出身不同。

《水浒传》的主创者施耐庵出身平民，父亲以操舟为业，可以说是出身贫苦，从小也一定吃够了苦头。但是，施耐庵的祖上曾系孔子门生，且位列七十二贤，说明施耐庵家族还有读书人的志向和风骨。而《水浒传》的另一位作者罗贯中则为丝绸商人的儿子，同时也是施耐庵的弟子。元代中期，南宋的故都杭州不仅成为人口云集、商业发达的繁华城市，也成为戏剧演出和“说话”艺术发展的重要中心。因此，不少北方的知识分子，如关汉卿、郑光祖等人，先后搬迁到了杭州一带。身为小说兼杂剧作家的罗贯中，也受到这一社会潮流的影响，成为这类南迁作家中的一个。而那个时期的小说和杂剧作家，主要都持民间立场。这两个人站在梁山好汉的立场上，也就不难理解了。

俞万春生于清朝乾隆五十九年（1794 年），出身于浙江山阴一个地方官吏的家庭。俞万春自幼聪颖，家中藏书繁多，他博览群书，亦好兵法、骑射，喜医道。官吏家庭出身的俞万春自然会站在正统的立场上，为他所代表的阶级说话。

三是作者的经历不同。

施耐庵本苏州人，据《施氏家簿谱》等有关资料记载，他 13 岁入浒墅关私塾就读，19 岁中秀才，29 岁中举人，35 岁与刘伯温同榜中进士，授任钱塘县事，因受不了达鲁花赤（官名）骄横专断，一年后愤而辞官归里，专门教授弟子，同时著书立说。等到张士诚起兵反元，在平江（苏州）称吴王，聘施耐庵为军师。后张士诚降元，施耐庵屡谏不从，因而弃官去江阴祝塘东林庵坐馆教书。张士诚投降元朝廷以后，施耐庵心灰意冷，带着家人和徒弟罗贯中，隐居于泰州兴化，安心创作《江湖豪客传》（即后来的《水浒传》）。1367 年，张士诚被朱元璋俘虏，在押运回南京的途中自尽身亡。施耐庵虽然懊恼张士诚不听自己的劝告，但内心依然敬佩张士诚的侠义精神。因此，明朝建立后，施耐庵多次拒绝了朝廷的征召。从施耐庵的经历来看，从做官时的不为五斗米折腰、愤而辞官，到后来的跟随张士诚起兵反元，再到后来的拒绝明朝廷征召，他一直是站在统治者的对立面的。

俞万春则完全不同。他在二十岁时曾随父至广东从军，道光十一年（1831 年）与十二年（1832 年）间，他随父亲平定粤东瑶民的民变。民变平定后，以功叙官，俞万春坚辞不就，后来回到浙江，寄居于杭州西湖，行医济世。道光二十年（1840 年），英军进犯顺德，俞万春又献策军门，备陈战守器械，受到当时的浙江巡抚刘玉坡的赞赏。俞万春性情倜傥，淡泊功名，常常以酒一壶、铁笛一枝分系牛角，游行于西湖之上，自号为“黄牛道人”。从经历上看，虽然俞万春也是个不愿意做官的读书人，但是他所做的事一直是和统治者一致的。

四是作者的思想观念不同。

据记载，施耐庵年轻时在浒墅关读书，十分刻苦，他不仅熟读诸子百家，而且各种书都去浏览。当时刊行的《大宋宣和遗事》，讲“晁盖智取生辰纲”“宋江杀阎婆惜”“杨志卖刀”等故事，施耐庵都非常感兴趣。他还和小伙伴们一起舞刀弄棒，练习武艺，有侠义精神。当时，苏州城里经常说唱一些如《石头孙立》《青面兽》《花和尚》《武行者》《同乐院燕青博鱼》《李逵负荆》等话本和杂剧，施耐庵对这些英雄好汉流露出敬佩之情。可见施耐庵的思想，是为老百姓说话，为弱者代言。

而俞万春出身官宦家庭，从小读的是“圣人之言”，接受的也是正统教育，他要做的事是修身齐家治国平天下，他的理想是“学成文武艺，货与帝王家”。所以，他的作品里，尊王灭寇、维护封建统治是主要宗旨。他著书立论，是要使“天下后世深明盗贼忠义之辨，丝毫不容假借”！

综上所述，我们看到，同一个题材，写出完全不同的作品，关键在于作家。而作家之所以写出不同的作品，跟他个人的出身、经历、思想观念以及写作时期有着重要的关系。那么，除此之外，还有没有什么别的东西影响作家的创作呢？

2. 《基督山伯爵》与《红与黑》

接下来，我们以《基督山伯爵》与《红与黑》为对照，讨论一下影响作家创作的主要因素有哪些。

先来看看这两部作品写了些什么。

《基督山伯爵》：法老大副堂泰斯受船长临终委托，为拿破仑党人送了一封信，遭到两个卑鄙小人和法官的陷害，被打进死牢。狱友法里亚神甫向他传授各种知识，并在临终前把埋于基督山岛上的一批宝藏秘密告诉了他。堂泰斯越狱后找到了宝藏，成为巨富，从此改名基督山伯爵，经过精心策划，报答了恩人，惩罚了仇人。

《红与黑》：于连是一个木匠出身的富有才干的青年。他嫌恶贫贱的出身和低微的地位，向往拿破仑时代的生活，渴望进入上层社会。于连刚十九岁时经神甫推荐，到市长家当家庭教师，后来成为市长夫人德瑞那夫人的情人。在跟市长夫人的暧昧关系暴露后，于连被迫进入与世隔绝的贝尚松神学院。他的自由思想和出人头地的欲念更加受到压抑。不久，经人推荐，他成为侯爵的私人秘书。他设法让侯爵小姐玛特尔爱上了他。正当他踌躇满志，扶摇直上之际，贵族阶级和教会狼狈为奸，设下圈套逼市长夫人写了揭发信，侯爵因此取消他和玛特尔的婚约。于连激愤之下，向德瑞那夫人开枪，打伤了她。最后，在法庭上，于连为自己辩护，并要求判自己死刑。

这两部作品的题材来自新闻和材料，写的也是同时代的事。司汤达和大仲马都是法国作家，差不多是同时代的人，司汤达比大仲马稍大（大 20 岁）。《红与黑》可以认为是与《基督山伯爵》同一时代的小说，而且小说题材同样取决于真实案件。但是，《红与黑》在真实案件中融入了深刻的思想内容，把一桩真实的案件提升到对人类社会进行历史和哲学研究的高度。《红与黑》的主人公于连是法国文学史上最具复杂性格的人物之一，我们很难用“好坏”来评判他。而《基督山伯爵》中的基督山伯爵则更多的是一个传奇人物形象，他快意恩仇，有仇必报。这是两部截然不同的作品，文学趣味不同，写作目的也不同。为什么类似的题材会写出完全不同的作品？我们一起来分析一下。

第一，两人的文学追求和文学观念不同。

大仲马曾经对他的创作风格作过这样一番自述：“在文学上我不承认什么体系，也不属于什么体系，更不树什么旗帜。娱乐和趣味，这就是唯一的原则。”很明显，大仲马的意思是，他的小说只讲究娱乐和趣味，如何赢得更多的读者是他的主要原则。这是典型的通俗小说的要求。

司汤达则被评论家们称为“伟大的心理作家”。他接受的主要是孔狄亚克和爱尔维修的理论。在自然科学方面，他研究生理学，尤其是对人的气质的研究，引导他倾注于对人的欲望、情感产生之规律的研究，使他养成了热衷于观察人的心灵世界之奥秘的习惯，曾立志做一个“人类灵魂的观察者”。丹麦文学史家、评论家勃兰兑斯评价司汤达说：“司汤达全神贯注于心理学现象，把其他一切置之度外，他是一位心理学家，而且只是心理学家。司汤达把人物心灵默默无闻的活动揭露无遗，把他们内在的思想用语言表达出来，写出了他们想要说的内容。”①

由此可见，两人的文学追求完全不同，文学观念也非常不同。

第二，两人的写作目的不同。

大仲马生于1802年，他的祖父是当时法国的贵族，但是却爱上了一个黑奴，并且与那名黑奴女孩生下了他的父亲，由此大仲马也有了黑人的血统，而“仲马”就是他祖母的姓氏。

大仲马四岁时，父亲便郁郁而终了，年幼的大仲马只好和母亲相依为命，母子两人过着非常清苦的生活。母亲因为收入甚微，无法将大仲马送入学校读书。后来，大仲马在公证人事务所当见习生，认识了一个叫阿道夫的贵族朋友，引导他进入文学的殿堂。阿道夫带着大仲马认识戏剧以及拉马丁等诗人的作品。于是，大仲马立志成为一位作家。大仲马拿了打弹子赢来的九十法郎，前往巴黎打天下。一位将军看在他父亲的面子上，又见他写得一手好字，推荐他到奥尔良公爵府里当书记员，使他能勉强糊口。由于书法精湛，他经常替法兰西喜剧院誊写文字，贴补家用，后来忍不住自己也写起了剧本。写了三年后，他的第一出剧本《亨利三世与其宫廷》使他在文学界崭露头角。大仲马的文学趣味主要是在剧院养成的，他写作的主要目的也是为了赚钱养家。

司汤达早年丧母，父亲是一名富裕的律师，信仰宗教，思想保

---

① 勃兰兑斯．十九世纪文学主流——法国的浪漫派．李宗杰，译．北京：人民文学出版社，1997：250.

守，敌视1789年革命。司汤达生活在冰火一般的资产阶级家庭关系中，深受父亲和姨母的压制和束缚，从小就憎恶自己的家庭。他只敬爱自己的外祖父，这个年老的医生是启蒙思想的信仰者，在法国大革命前曾到菲尔奈去拜见伏尔泰。在外祖父的影响下，司汤达从小就培养了对启蒙思想的爱好和对文学的兴趣，他很早就阅读了伏尔泰、孟德斯鸠和卢梭的作品，对卢梭尤为崇敬，把他视为“思想最高尚、才能最伟大的人物”。

纵观司汤达的童年生活，孤独成为一种心理特性。司汤达在他的自传《亨利·勃吕拉的一生》中谈到他对家庭和童年受到的教育的反抗，他把这种反抗归纳为极端厌恶平庸事物，蔑视金钱和商人，强烈向往个人的意志、力量和奔放的热情。童年时代的经历，在他的性格中打下了深刻的烙印，并在他日后创作的小说人物身上得到鲜明的表现。①

写作思考

1. 思考一下自身的创作，是什么影响了自己的文学趣味和文学观念？一一罗列出来。然后，思考自己的出身和成长经历对自己的写作有怎样的影响。

2. 了解一下张恨水，是什么让他成为“鸳鸯蝴蝶派”的代表作家？哪些因素影响了张恨水的写作？

第二节　看得见的手：社会环境与文学环境

总结一下，影响和形成一位作家写作风格的主要是两只手：一只是“看得见的手”，主要包括社会环境、文学环境和市场需要等外部因素；一只是“看不见的手”，则是由作家的童年生活、成长经历及心理因素等构成。这一节，我们先来看看那只“看得见的手”。

---

① 王培．孤独的价值——剖析童年经验对司汤达及其创作的影响．中国校外教育（理论），2011（z1）．

1. 社会环境

不同的时代有不同的社会环境。“五四”时期，各种思潮风起云涌，积贫积弱的中国人开始思考中国的出路。作为文学家的鲁迅、郭沫若、茅盾等人开始思考国民性，思考各种深刻的社会问题，也思考中国的出路。那个时期的思想交锋非常激烈，因而形成了当时的各种文学流派。

20 世纪 80 年代，改革开放之后，一场新的启蒙运动开始，文学在那个时代承担着启蒙的使命。因为思想解放的需要，那一时期呈现出百花齐放的形态，中国文学诞生了众多的流派，很多优秀作家都在那个时期涌现。

20 世纪末尤其是 21 世纪开始后，长期的和平让人们进入日常生活和世俗生活，文学开始致力于表现普通人的生存状态，文学开始关注日常小事、关注普通人的心灵。

社会环境会影响一个时代的每一个人，作家也不例外。当然，和其他人不同的是，作家是一个有独立思考能力的群体，而且比普通人更能敏锐地感知时代的变化和疼痛。所以，社会环境对作家写作的影响是理所当然的。

2. 文学环境

我们先以“五四”时期的中国文学为例。那个时期，文学界有几项有影响力的活动，对文学的影响至关重要：首先是思想解放运动，以《新青年》等进步刊物为主要阵地的报刊引领了很多知识分子的思考，也引领了文学的思考，那时的作家们广泛思考那个时代的主要问题；其次，西学东渐运动把大量的外国文学尤其是西方文学引入中国，鲁迅、郭沫若、冰心、戴望舒、郁达夫、李金发等作家都受过日俄及欧美等外国文学的影响，这种影响不仅是文学观念上的，还有艺术手法上的，甚至于从大部分作家身上都能找到其创作的母体；再次，由陈独秀、胡适等开启的白话文运动也是当时文学界的重要活动，白话文运动从艺术表现手法上对作家们提出了新的要求，同时要求文学面对大众、面对普通人。

20 世纪 80 年代的文学环境也同样极大地影响了那个时代的文学创作。当时，改革开放刚刚拉开序幕，封闭很久的国门一打开，文学环境随之发生很大的变化。首先是文学思想的变化，文学在这个时期一定程度上承担着启蒙的作用，例如“伤痕文学”“寻根文学”等流派，开始反思“文化大革命”，探讨中国文化之根。同时，大量的西方思潮涌入中国，像当时的中国大学校园里流行的三大学说——萨特的存在主义、尼采的超人哲学以及弗洛伊德的精神分析学说，就对中国的知识分子影响很大，也影响了中国作家的世界观、人生观和价值观。其次是文学手法的变化。中国作家用了差不多二三十年的时间，把西方主要现当代文学流派都复制了一遍，像意识流、魔幻现实主义、黑色幽默等都对中国文学产生了重大影响。莫言曾说过，福克纳和马尔克斯是他的两座熔炉。再次是文学趣味的变化。作家们尤其是先锋作家们大量进行各种文学实验，提倡文学的先锋性（当然，这种先锋性不仅包括内容上的，也包括形式上的）。

3. 市场、读者的需求

尽管作家和读者是两个群体，但是，作家是不可能脱离读者的。尤其是对于通俗文学来说，市场和读者的需要对作家的影响是巨大的。像前面探讨过的张恨水，他早期的小说主要是在报纸上连载，有些报纸甚至靠张恨水的小说来提高销量。所以，像大仲马一样，张恨水不可能不研究读者的趣味、不可能不顺从读者的趣味。武侠作家金庸最早写武侠小说也是为了报纸的销量。

20 世纪末到 21 世纪，网络文学的发展更是受到市场和读者的影响。和传统文学相比，网络文学最大的特点就是，读者可以直接和作家在网络上进行反馈。读者的数量和喜好能够直接在网络上显现。因此，所有的网络文学作家只能顺应读者的喜好去写作。网络上也因此诞生了大量的“爽文”。

面对这只“看得见的手”，写作者应该如何面对？尤其是对于一名初学写作者来说，如何建构文学观和写作目标及文学趣味，这是一个需要认真对待的问题。有几个问题需要我们首先思考一下。

（1）要搞清楚我们想要什么样的文学。

首先，严肃文学和通俗文学虽然有很多共同之处，但是，它们在写作目标、写作出发点、对思想内涵的态度以及写作手法上，都有着巨大的不同。这些不同使两种文学之间存在着巨大的差别。其次，就严肃文学或者通俗文学本身而言，不同的作家之间也存在着巨大的不同。严肃文学有不同的流派，不同的作家之间有着不同的追求；通俗文学也有各种类型，不同类型的文学之间也是千差万别。所以，作为一名写作者，首先得弄清楚，到底什么是我们想要的。

（2）要搞清楚我们为什么而写作。

这个世界上，人们写作的目的各不相同。有些人为了出名，有些人为了获利，有些人为了传播思想，有些人为了追求艺术，有些人是因为心理需要。我们每个写作者都要先搞清楚，自己为什么而写作，这样才能确定我们的写作方向。

（3）是跟着潮流走，还是有自己独特的思考，也是一个需要面对的问题。

文学有自己的潮流，也有自己的发展方向。有些作家跟着潮流走，潮流在哪里，就跟到哪里；有些作家则努力有自己独特的思考，努力写出不同于其他人的东西。当然，文学是有自己的发展规律的，一位作家不太可能脱离时代而独自前行。但是，对待潮流的态度肯定会影响我们的写作。而创意写作，则在内容上提倡独立思考、独立发现，在形式上提倡锐意革新、努力创造。

（4）面对诱惑，考验一名写作者的定力。

作为写作者，当然会面对各种各样的诱惑。看到同辈作家出名了、作品畅销了，很难内心不产生波动。但是，文学这种东西，不光考验一个人是否跑得快，还要考验一个人是否走得远。每次文学大潮，潮起潮落，首先出头的，很多都是小鱼小虾，而真正的大鱼都在水底默默休养生息、提高自己。文学归根结底是个人化劳动，文学产品也是独立创造的产品，所以写作者需要有自己的定力，去抵抗各种外部因素的诱惑。而有定力的关键，就在于有自己的文学目标和文学追求。

写作练习

三五名写作者为一组，思考一下自己为什么要学习写作、影响自己写作的因素有哪些，交流一下自己的写作目标。

第三节 看不见的手：作家的内在世界

前面说过，除了“看得见的手”——社会环境、文学环境等因素影响作家的创作之外，还有一只“看不见的手”——作家的内在世界会影响作家的创作。那么，作家的内在世界又是怎样诞生的，有哪些因素影响作家的创作？

1. 孤独与不幸福的童年

一位作家最好的早期训练是什么？海明威回答说：“不愉快的童年。”[①]

海明威的祖父是一个虔诚的清教徒，童年的海明威被祖父要求参加每个宗教仪式。所以，每星期他都要去教堂，而且还要参加祖父在家里举行的日常宗教仪式。长期生活在这样的宗教氛围中，对童年海明威的心灵产生很大的影响，给活泼好动的海明威带来思想上的压抑。

给海明威的童年带来重大影响的另一事件，就是他外祖父的自杀。海明威在早期作品中透露出对死亡的恐惧。在他的小说《印第安营地》中，小男孩尼克的父亲——一位白人大夫带着尼克到印第安营地为一位印第安产妇接生。在难产及没有麻醉药的情况下，他用一把大折刀为躺在双层床下铺的妇人做了剖宫产手术。产妇的丈夫由于腿伤一直躺在上铺，但手术结束后，尼克的父亲发现，这位丈夫忍受不了耳闻目睹妻子分娩的痛苦，用一把剃刀结束了自己的生命。故事中的主人公虽然选择了自杀，然而自杀本身就是逃避痛苦的行为。

中国作家张爱玲的童年也对她的创作产生了重要影响。

张爱玲的祖父是清末名臣张佩纶，祖母是晚清重臣李鸿章的女

---

① 普林浦敦．海明威访问记//海明威研究．北京：中国社会科学出版社，1981：76.

儿。但到了张爱玲的父亲这一代，张家却逐渐没落。倚仗着祖辈留下的万贯家财，父亲张廷重日日花天酒地——赌博、嫖妓、抽大烟，无所不为，是名副其实的纨绔子弟。张爱玲的母亲黄逸梵无法忍受张廷重的所作所为，以小姑子（张爱玲的姑姑张茂渊）出国留学需要监护人为由出走国外，抛下了仅有四岁的张爱玲和三岁的儿子张子静。张廷重最终和黄逸梵离婚。后来，张廷重娶了张爱玲的后母孙用蕃。后母和父亲一样抽鸦片，与张爱玲势不两立，对张爱玲动辄讽刺、辱骂。张爱玲后来在文章中写道："有一个时期在继母治下生活着，拣她穿剩的衣服穿，永远不能忘记一件黯红的薄棉袍，碎牛肉的颜色，穿不完的穿着，就像浑身都生了冻疮；冬天已经过去了，还留着冻疮的疤——是那样的憎恶与羞耻。"张爱玲的文章里还写后母和父亲打自己的事。"我后母问我：'怎样你走了也不在我跟前说一声？'我说我向父亲说过了。她说：'噢，对父亲说了！你眼睛里哪儿还有我呢？'她刷地打了我一个嘴巴，我本能地要还手，被两个老妈子赶过来拉住了。我后母一路锐叫着奔上楼去：'她打我！她打我！'在这一刹那间，一切都变得非常明晰，下着百叶窗的暗沉沉的餐室，饭已经开上桌了，没有金鱼的金鱼缸，白瓷缸上细细描出橙红的鱼藻。我父亲趿着拖鞋，拍达拍达冲下楼来，揪住我，拳足交加，吼道：'你还打人！你打人我就打你！今天非打死你不可！'我觉得我的头偏到这一边，又偏到那一边，无数次，耳朵也震聋了。我坐在地下，躺在地下了，他还揪住我的头发一阵踢。终于被人拉开。"① 后来，张爱玲又被监禁了起来。在监禁中，张爱玲生了严重的痢疾，几乎快要死掉，可父亲不给她请医生，也没有药。病了半年，才在佣人何干的帮助下逃出，来到了母亲家，从此与母亲相依为命。

后来，在张爱玲的小说中没有什么好的父亲形象。

大体而言，张爱玲笔下的丑恶男性形象，主要表现在肢体残缺、猥琐无能、狂嫖滥赌、昏庸懦弱的遗老遗少，乃至丧尽父权精神人格的畸形男性人物身上。这些去势男人自然也包括了狂嫖滥赌的败家子

---

① 张爱玲．都市的人生．长沙：湖南文艺出版社，1993.

和浮华浪人。他们充斥在张爱玲的许多作品之中。[①]

事实上，张爱玲小说中的男人形象，都含有她父亲的影子，甚至可以说就是张廷重的化身或投影。身为显赫世家的末代遗少，张廷重的淫靡荒唐、强权霸道作风，对张爱玲日后反叛父权、恣肆讽嘲父亲角色和男主角的书写有着重要影响。

在此种对于男性人物的书写中，父亲形象备受张爱玲的恣肆贬抑与嘲弄。传统“宗法父权”社会中的英雄气概和男儿本色，不但在她的文本中销声匿迹，反而凸显为猥琐无能、贼头贼脑、狂嫖滥赌、玩世不恭等形象。这些毫无责任感的男人形象充斥在她的大部分小说中，几乎无一幸免。父权文化下的腐败荒唐，都集中在他们身上。他们的人生态度和生活恶习，在张爱玲的再三强调之下，格外凸显了传统父权社会的荒唐和淫靡本质。[②]

童年的悲惨与不幸往往构成一个人对童年的缺失性体验，而这种缺失性体验又给作家的一生都涂上一层特殊的基调和底色，并在相当程度上影响着作家的创作。萧红的身上也是如此。

萧红 1911 年生于黑龙江一个富裕的地主家庭，但是这个封建大家庭重男轻女，她受到母亲的冷漠、歧视、辱骂和父亲的毒打。在母亲去世后，不到三个月，父亲又娶了一个。继母对萧红更加刻薄，她常常在萧红父亲的面前告状，离间其父女关系。这在萧红的心里留下了不可修复的创伤，也深深地影响了她以后的创作。萧红作品里，许多母性的形象都是被丑化的。在《呼兰河传》中，有恶婆婆形象，如致团圆媳妇之死的婆婆，以及周三奶奶、杨老太太等；还有《生死场》中缺失母性的老王婆、金枝婆婆的形象。萧红笔下的父亲形象都是卑微、麻木、萎缩、残忍、愚昧和怯弱、病态的。像《生死场》中摔死小金枝的成业，《呼兰河传》中出走的有二伯，《马伯乐》中自私的马伯乐，等等。

---

① 林幸谦．反父权体制的祭典——张爱玲小说论//张爱玲评说六十年．北京：中国华侨出版社，2001：334.

② 同①335.

2. 人生经历

对于张爱玲来说，显赫的贵族世家从辉煌到破败，使她强烈体味到人生的无常，并在作品中加入人生的哲学思考。张爱玲的作品中塑造了各种女性形象——曹七巧、王娇蕊、白流苏等，表达了对女性命运和生存境遇的思考。

另外，她生活在战乱年代，当时的人的命运是不能自主的，令人产生人生无常之感。尤其在沦陷时期的上海，无望的生活弥漫着世纪末的情绪，更加深了人生的幻灭感。所以，张爱玲在《都市的人生》里说："生活是一袭华美的袍，上面爬满了虱子。"

对于海明威来说，记者的经历对于他的写作影响很大。战地记者工作使他有机会走进战场，去见识别人所不能见识的人生。另外，新闻写作的特殊经历也对他后来"新闻体"小说的形成产生了重要的影响。

人生经历对于写作的影响在吴敬梓身上体现得更为明显。吴敬梓的父亲吴霖起为官清廉、正直，鞠躬尽瘁，在县教喻这个不起眼的职位上作了很多贡献。到任之初，吴霖起见到教舍凋零倒塌，先捐出自己一年的俸钱 40 两银子，继后又变卖祖产肥田三千亩，并变卖了祖传当铺、布庄、银楼等，筹银近万两，修建了在大地震中毁坏殆尽的文庙、尊经阁。然而，吴霖起因不善于巴结上司，最终被罢官回乡，这使他对官场的腐败有了切身的体会。吴霖起被罢官后，吴敬梓陪送父亲返回故里，但吴霖起最终一病不起。从此，吴敬梓的生活发生了根本的变化。先是族人们倚仗人多势众，提出了分家的要求。在一场遗产争夺战中，孤立无援的吴敬梓终以失败告终，留给他的资财寥寥无几。分家之后，吴敬梓的妻子陶氏也因不甘忍受族人的欺凌，饮恨而死。吴敬梓对人生、社会的看法也由此发生了变化。后来我们在《儒林外史》里看到官场上的各种倾轧、读书人的各种迂腐和堕落，看到世情冷暖，都源于他的经历。

曹雪芹早年在南京江宁织造府，曾经度过一段锦衣玉食、富贵风流的生活。他的曾祖父曹玺曾任江宁织造，曾祖母孙氏做过康熙帝的保姆。祖父曹寅做过康熙帝的伴读和御前侍卫，后任江宁织造，兼任两淮巡盐监察御史，极受康熙宠信。然而，雍正六年（1728 年），曹家因亏空获罪被抄家，曹雪芹随家人迁回北京老宅，后又移居北京西郊，靠卖字画和朋友救济为生。曹家从此一蹶不振，日渐衰微。经历了生活中的重大转折，曹雪芹深感世态炎凉，对当时的社会和人生有了更清醒、更深刻的认识。所以，后来我们看到《红楼梦》中的“满纸荒唐言，一把辛酸泪。都云作者痴，谁解其中味”，也看到书中充满人生感悟的《好了歌》：“世人都晓神仙好，惟有功名忘不了！古今将相在何方？荒冢一堆草没了。世人都晓神仙好，只有金银忘不了！终朝只恨聚无多，及到多时眼闭了。世人都晓神仙好，只有姣妻忘不了！君生日日说恩情，君死又随人去了。世人都晓神仙好，只有儿孙忘不了！痴心父母古来多，孝顺儿孙谁见了？”

3. 婚姻家庭

这一点在列夫·托尔斯泰身上体现得最为明显。

“幸福的家庭都是相似的，不幸的家庭各有各的不幸。”这是托尔斯泰在《安娜·卡列尼娜》中的开头，也是托尔斯泰的切身体验。托尔斯泰在八十二岁高龄的时候弃家出走，离开了共同生活四十八年的妻子，最后死在一个小车站的木屋里。至死，他都不愿再见妻子一面。

美国著名历史学家和传记作者威廉·希勒，在研究了托尔斯泰和其妻子索妮娅的日记，以及他们的子女写的《回忆录》后，有了新的发现。

托尔斯泰是个典型的大男子主义者，重男轻女，瞧不起女人。他认为，女人弱智，不具有和男人一样的精神力量。“女人的本来面目是精神脆弱的人，这不是残酷，对她们一视同仁才是残酷。”托尔斯泰喜欢散步，但他却不愿陪伴妻子一起散步，他不屑于和索妮娅聊天。但当妻子和别的男人交谈时，他又愤怒、妒忌。每次托尔斯泰生病，索妮娅都是悉心照料。但妻子得病，托尔斯泰却不闻不问。他的日记里也不乏对妻子充满激情的爱的宣言，但通读全书，人们感觉到他的爱是抽象的爱、苛刻的爱、头脑的爱，而非具体的爱、宽宏的爱、心灵的爱。因此，索妮娅伤心地说，丈夫需要的只是她的肉体。托尔斯泰憎恨“私有财产”，同情农民，厌恶自己的贵族乡绅生活，要放弃自己的版税，把庄园分给农民。而他的妻子对这些“新思想”既不理解，更完全不能接受，认为丈夫的“整套哲学牵强附会，矫揉造作，完全建筑在虚荣心、名利欲和出风头的基础上”。

另外，偏偏索妮娅又是一个虚荣心、妒忌心强，性情刚烈又神经质的女人。她对丈夫的思想没有了解的热望，只是一味地反对。除了担心放弃庄园和版税会影响家里的生活外，她对托尔斯泰的思想既不理解，也缺乏兴趣去了解。连他们的大女儿塔妮娅也指出这一点：“你无微不至地关心他的物质生活，却忽视了他更珍视的东西。如果你同样关心他的精神生活，他会是多么感动，会百倍地报答你的付出。”①

索妮娅是个妒忌心极强的女人。和索妮娅结合后的四十八年里，托尔斯泰从未有过一次婚外情。但即使这样，妻子还是“吃醋”。和索妮娅结婚前，托尔斯泰真诚地“交代”自己曾和庄园里的一个女工有个私生子，结果，索妮娅妒意大发，做梦都想杀了“那个孩子”。甚至四十年后，索妮娅六十五岁时，仍对那个已经八十岁的女工耿耿于怀。托尔斯泰晚年几乎不和任何女性来往，但他和男人交往索妮娅也会嫉妒，甚至指责丈夫是同性恋。索妮娅还有一颗虚荣的心。晚年，她在新闻媒体面前极力证明她是大作家的妻子、托尔斯泰仍很爱她。在托尔斯泰弥留之际，子女们允许她进房看一眼丈夫时，却发现她竟叫来摄影记者跟着她。

我们在《安娜·卡列尼娜》中看到丰富的婚姻百态，这些何尝不是自己的婚姻给托尔斯泰带来的思考。当然，有一部分是他所向往的，有一部分则是他所反对的。

总而言之，在很多作家的作品中，我们总能看到一只时隐时现的手，那只手虽然并不清晰，但总是在幕后主宰着作家的创作。

那么，写作者应该如何面对这只“看不见的手”？

---

① 杨春雷．托尔斯泰的婚姻，只有战争没有和平，《今日文摘》，2019（9）.

首先，我们要理解，这只“看不见的手”是客观存在的，每个作家背后都可能有一只“看不见的手”。这只手可能是我们人生的障碍，但它可能恰恰就是我们写作的动力所在。

其次，对于这只“看不见的手”，我们要了解其中的缘由，从而在自己的写作中避免走向某个极端。

最后，我们个人的童年、人生经历和恋爱婚姻家庭，都是我们写作的素材之一，我们在处理这些素材时要有理性的思考。

内容小结

影响一位作家创作的东西有很多，其中最重要的有外部因素和内部因素。外部因素包括社会环境、文学环境以及市场和读者的影响，内部因素则主要是由作家的经历带来的，包括作家的童年、人生经历及婚姻家庭等。一位作家的养成，总有一只“看得见的手”和一只“看不见的手”在背后起作用。一部作品的诞生亦如是。了解了这些，有助于我们思考自身的创作。

写作思考

分析以前读过的作家的作品，思考一下，作家为什么会这样写。

三名写作者组成一个小组，各自思考后再进行小组讨论，从外部因素和内部因素两个角度来进行讨论。

课堂设计

【课堂形式】

桌椅以分组的形式摆放。三到五名写作者一个小组。所有写作者准备纸笔或电脑，随时准备课堂训练。

【课堂流程】

第一个环节：案例探讨

小组讨论：比较一下两部作品——《水浒传》与《荡寇志》，看看这两部题材相似的作品有什么不一样。为什么？

小组讨论后，派代表发言，阐述原因。

第二个环节：案例分析

教师对这两部作品进行案例分析，从立场、表达思想、人物和故事等角度进行分析，比较两部作品的异同，最后再分析造成两部作品巨大反差的原因。

第三个环节：讨论另一个案例

分组讨论《红与黑》与《基督山伯爵》，这两部作品从写作思想到表达手法上有什么不同？并分析原因。各小组派代表发言。

第四个环节：分析总结

教师分析总结《红与黑》和《基督山伯爵》两部同时代作品在表达思想和艺术手法上的不同。本质上，前者为严肃文学，而后者为通俗文学。之所以写法完全不同，是因为作者的写作目标以及个人观念不同。

第五个环节：小组讨论

分组讨论：造成作家完全不同的写作原因是什么？其中，外因有哪些？

讨论结束后，各小组派代表发言。

第六个环节：分析总结

教师总结发言，指出造成作家不同写作的主要有外因和内因两方面原因，其中外因主要是社会环境、文学环境以及市场和读者的影响。

第七个环节：小组讨论

分组讨论：面对外部因素的影响，写作者应该如何做?

分组讨论结束后，由教师进行总结。

第八个环节：思考与讨论

分组讨论：影响一位作家创作的内部因素有哪些?

小组讨论结束后，派代表进行发言。

第九个环节：总结

教师以张爱玲、海明威、吴敬梓、曹雪芹、列夫·托尔斯泰为例，总结童年、人生经历及爱情婚姻家庭对一位作家的影响。同时提出一个问题：对于这只“看不见的手”，写作者应该如何对待?

第十个环节：教师总结

总结一名写作者应该如何对待那只“看不见的手”。

第十一章

讲什么

一名写作者在面对一个题材的时候，会面临讲什么故事的问题。和以前我们所受的作文教育不同，这其实没有标准答案。因为一个题材中，可能包含很多的故事面，我们可以从不同的故事面切入，来讲一个故事。而这里的关键在于，我们关注什么。

写作从根本上说，实际就是两个方面的问题：一是写什么的问题，二是怎么写的问题。对于写作者来说，写什么永远是首要问题。本章我们将一起来探讨写什么的问题。

第一节　假如故事不这么讲

写作训练

一天早晨，格里高尔·萨姆沙从不安的睡梦中醒来，发现自己躺在床上变成了一只巨大的甲虫。他仰卧着，那坚硬的像铁甲一般的背贴着床。他稍稍抬了抬头，便看见自己那穹顶似的棕色肚子分成了好多块弧形的硬片，被子几乎盖不住肚子尖，都快滑下来了。比起偌大的身躯来，他那许多只腿真是细得可怜，都在他眼前无可奈何地舞动着。①

读一下这个片段，看看接下来故事可以如何发展。

第一种：职场小说。

格里高尔发现自己做了一场梦。从惊魂未定的梦中醒来，他又得背着背包，去单位上班。在单位，他碰到自己的同事汤姆。汤姆最近正在跟他竞争部门经理，据说为此汤姆到处活动，不仅找了总经理，还联系了很多客户。格里高尔想起自己变成甲虫的那个梦，觉得人生充满着不确定性。于是，他找到了汤姆，想和他好好聊一聊……

第二种：科幻小说。

格里高尔发现窗户外面还有一只甲虫，正看着他。他以为自己是在做梦，但这时他听到那只甲虫在跟他说话，说："你其实跟我一样，是一个外星生物。现在，他们派我来接你了。"但是，格里高尔说："那我的父母和妹妹怎么办？他们也是外星生物吗？"那只甲虫说："他们是人类，指挥部要我们把他们带到飞船上去进行研究。"于是，格里高尔和自己的家人一起，和这些外星生物展开了一场斗争……

第三种：穿越小说。

变成甲虫的格里高尔吃力地爬起来，爬到窗外，发现窗外的广场上到处都是和他一样的甲虫以及其他各种各样稀奇古怪的巨型昆虫。他看

---

① 卡夫卡．变形记．李文俊，等译．北京：北京燕山出版社，2000：86.

了看自己的电子手表，发现自己居然来到了 3 亿年前。那个时候，地球上生活着各种各样的巨型昆虫。正当他手足无措的时候，听到身后传来一声惊叫声，回头一看，背后居然有一只和自己一模一样的甲虫。他问它叫什么名字，昆虫说："你是格里高尔吗？我是你妹妹啊……"

第四种：武侠小说。

格里高尔吃力地翻个身，想站起来，却没有站起来。他又扭动了一下身子，这才发现，自己原来是在一台巨大的机器里。他想起一个传言：江湖上著名的武器大师百里奚造过一部机器护甲，这部护甲不仅有强大的保护能力，还有攻击能力，上面设计了各种机关。格里高尔按动手边的一个按钮，几支飞刀立即飞了出去，扎在墙上的照片上。格里高尔心想：我怎么得到这个护甲了？又怎么进入到护甲里面的？他想起一个月前，昆仑派的掌门金蝉子跟自己说过的一番话，不由得毛骨悚然……

第五种：言情小说。

格里高尔正扭动着身躯的时候，门口突然响起了脚步声。他努力抬头一看，居然看见门口站着一位金发女郎。是露丝！她怎么这个时候出现在自己的屋里？格里高尔恨不得在地上找条缝，好钻进去。要知道，一个月前，一个阳光明媚的下午，他在那个老咖啡馆里，第一次向露丝表白。露丝说："现在，我还不能答应你。我不知道你到底是怎样的一个人。要不这样吧，一个月后，如果你能帮我完成一件事，我就答应你。"格里高尔想起来了，今天正是她所说的一个月的期限到期的日子。他原想今天去找她的，没想到她却出现在自己的面前。眼下，他非常尴尬地低着头。他想，她一定是吓坏了，她应该尖叫着跑出门去的。可是，她居然在自己的床边坐了下来……

第六种：恐怖小说。

格里高尔吃力地爬下床，爬到屋外的阳台上，想看看到底发生了什么。就在这时，他一眼看到不远处的一棵大槐树上，居然有两只巨大的黑寡妇。他以前见过黑寡妇，知道黑寡妇凶残、好斗、巨毒无比。有一次，他在屋后的老森林里碰到一只黑寡妇，费了九牛二虎之力才把黑寡妇烧死在火里。但他从来没有见过这么大的黑寡妇。他发现其中一只黑寡妇的眼神似曾相识，它的眼里充满着愤怒和仇恨。莫非它就是那只被自己烧死的黑寡妇？原来，它并没有死，而是变成一只巨大的黑寡妇，来找自己报仇来了？正当他思考的时候，那只黑寡妇用一只脚碰了碰旁边的黑寡妇，两只黑寡妇迅速爬下树，朝自己的房子爬了过来……

第七种：悬疑小说。

其实，三天前，格里高尔就知道，自己将要面临一场人生的劫难。但是，他没想到，自己会变成一只这么大的甲虫！当时，他正走在路上，碰到了小镇那个著名的女巫，女巫跟他说："三天之内，你会碰到一场大灾难。"格里高尔问她是什么灾难。女巫摇了摇头，没有回答。于是，接下来的几天里，格里高尔天天足不出户，他怕自己出门被车撞，怕自己在路上碰到抢劫犯，还怕小镇会发生地震。于是，他做足了功课，在家里采取了各种防护措施，同时准备了一堆食物，想着无论如何也要避开这场灾难。但是，他万万没有想到，灾难会以这样一种方式降临。那么，这一切是怎么发生的？他又想起了一个月前，在咖啡馆里碰到的一个奇怪的外地客。外地客当时上下打量着他，不停地摇着头……

第八种：官场小说。

格里高尔想起自己所在的C市。他是C市市长，但是几个竞争者一直对自己虎视眈眈。他听说他们早就想将自己取而代之。格里高尔为此寝食不安。上个星期，他刚刚召集自己手下的几个得力干将讨论这个问题，就传来了一个不好的消息：C市有可能空降一位有背景的实力派人物担任该市的议长。听说这位议长背景深厚、人脉广泛，而且不太好相处。如果在接下来的一年时间里，他给自己的工作带来很多障碍的话，那就意味着当初自己竞选时提出的目标不能实现，那么，自己的支持者将会对自己提出质疑……

我们列举了上面八种接下来的故事发展可能。其实，这个故事还有很多其他的发展方式；从某种意义上说，甚至有无限的发展可能。在这里，我们发现，面对一种题材，其实可以写出很多种故事。每一种故事甚至类型都不相同。

故事的多种可能也给我们带来了很大的发挥空间。也就是说，每一名写作者在面对一个题材的时候，都会给出自己的发展可能。那么，写作者为什么会朝不同的方向前进？到底哪个故事才是最好的故事？

我们先来看看弗兰茨·卡夫卡是怎么往下讲这个故事的：

发现自己变成一只甲虫后，格里高尔·萨姆沙彷徨惊慌，非常无助。他爬出门去想寻求家人的帮助，但他不仅没有得到帮助，反而激怒了父亲，父亲大怒地将他赶回自己的卧室。慢慢地，变成甲虫的格里高尔在身体上习惯了成为甲虫，但是他的大脑仍然是人类的。变成甲虫之后，他已经不能外出工作，但他仍然关心父亲的债务问题，还想着怎么样送妹妹去音乐学院，以及以前家里的其他各种琐事。几天过去了，全家人开始觉得格里高尔是家里的累赘。父亲和母亲开始厌恶他。父亲朝他扔了一只苹果，嵌在了他的壳里，让他非常痛苦。甚至以前最爱他的妹妹也对他转变了态度。以前，格里高尔是家里的主要经济支柱。但是，现在他失业了。为了能够生存下去，全家人只能外出打工挣钱，大家对变成甲虫的格里高尔越来越无法忍受。妹妹甚至提出将他赶出家门。现在也没人管他的死活了，格里高尔饥寒交迫，身上的伤越来越重，但他仍然担心着家人。最后，他的头垂倒在地板上，鼻孔里呼出了最后一丝摇曳不定的气息，他在无声无息中死去。而他的家人终于如释重负，重新开始了他们的生活。

我们看到，卡夫卡写出了一部完全不同的小说。他这么做的理由是什么？

1. 写作背景

时代背景：卡夫卡生活于第一次世界大战前后动荡不安、物质主义盛行的年代，他一生中绝大部分时间生活在捷克共和国的首都布拉格，而当时的布拉格正处在激烈的民族冲突与动荡中，“社会主义、犹太主义、德国民族主义、玩世不恭的思想、人道主义，以及一切虚假的世界主义等各种信念都相互冲突”。[①] 尤其是 1914—1918 年的第

① 马·布雷德伯里，詹·麦克法兰．现代主义．胡家峦，等译．上海：上海外语教育出版社，1992：109.

一次世界大战，使许多国家经济萧条、社会动荡，人民生活在水深火热之中。黑暗的现实和痛苦的生活使得人们对当时的社会失去信心，一方面寻求出路，一方面又陷于孤独、颓废、绝望之中。

家庭背景：卡夫卡生于奥匈帝国统治下的波希米亚（今捷克）的布拉格，父母都是讲德语的犹太人。父亲海尔曼原为乡下屠夫的儿子，依靠艰苦创业，白手起家，成为一个百货批发商。他由于未受过良好的文化教育，因而知识贫乏、头脑简单而务实，并且为人偏执、专横粗暴，在家庭中对妻子和孩子实行家长式专制统治。卡夫卡一直生活在“专制犹如暴君”般的“父亲的阴影”中。卡夫卡在36岁时，曾战战兢兢地给父亲写了一封长达几十页的信，流露出对父亲的极端恐惧心理。父亲对卡夫卡的教育手段是“骂、威吓、讽刺、狞笑”。我们在《变形记》里所写的格里高尔的家庭中也看到了卡夫卡自己家庭的影子。

文学背景：第一次世界大战前后和第二次世界大战前后，现代主义文学应运而生。现代主义文学作品反映社会的黑暗、人和人之间关系的冷酷、人对社会的绝望，在艺术上强调使用极度夸张乃至怪诞离奇的表现手法，描绘扭曲的人性，表现人的本能和无意识的主观感受，开掘个人的直觉、本能、无意识、梦幻、变态心理以至半疯狂、疯狂的言行、心理，如存在主义、荒诞派等。

我们看到，正是这些背景为卡夫卡的《变形记》的诞生提供了可能。

2. 卡夫卡发现了什么

第一，卡夫卡发现，在现实生活中，人在极端的重压之下，是会发生“变形”的。在现实世界中，这种“变形”虽然不可能发生在肉体上，却有可能发生在心理上和精神上。

第二，卡夫卡发现，通过变形，人的压力可能获得某种程度上的缓解。他不再需要去从事那些自己讨厌的差事（推销员的工作），也不再需要对父母和家庭承担责任，从某种意义上说，他获得了自由。

第三，卡夫卡发现，人际关系在当时的时代是不可靠的。人人都是趋利的、自私的，甚至连自己的家庭和亲人也是如此。这种人际关系在平常没事的时候，看起来还是温情脉脉的，一旦处于某些特殊情况下，所有温情的面纱都会撕掉，露出真实的面目来。

3. 卡夫卡想说什么

首先，卡夫卡对于被社会同化表现出了内心的忧虑。在现代社会之中，社会发展趋于同化，大众对于成功的理解越来越单一、越来越功利化，因此大众都会朝着一个方向前进，从而尽力规避风险。人最终都变成了金钱的奴隶，而人性在这个过程中被异化。

其次，在现代社会里，人对于重重的生活压力是无能为力的，只能畏惧和逃避。格里高尔变成了甲虫，正是一种逃避的方式，同时也是他对自己的命运无能为力的一种表现。通过格里高尔变成甲虫后，从恐惧到挣扎，最后到接受，卡夫卡充分展示了一种时代情绪。

再次，卡夫卡认为，在现代社会，人的异化是一种常见的现象。在现代社会，人们面临思想危机、价值观缺失以及生活重压，只能以“变形”的方式来逃避。所以说，“变形”不是一个人的行为，而是时代性特征。

4. 卡夫卡在写一个怎样的人物

很显然，格里高尔不是英雄，也不是贵族，他只是这个时代的一个最普通的人物，也是千千万万的普通人中的一个。但是，他身上浓缩着很多这种“小人物”的无奈和悲哀。他是一名推销员，努力，善良，爱自己的亲人，靠自己的努力工作成为家里的顶梁柱，因为父母依靠他，妹妹指望他，他背负着重重压力。但最终，他在重压之下“变形”了。然而，当他失去了家庭的经济支柱的功能时，他马上被家庭所抛弃，即便在这个时候，他仍然在担心父亲的债务和妹妹梦想中的音乐学院。然而，他最后还是成为一个被社会和家庭抛弃的人，在孤独和绝望中死去。格里高尔这个普通人的死其实是一个时代之死，也预示着这个时代价值观的坍塌和人性的彻底失落。对于现代文学来说，作家们的目光更多的是关注这个时代的普通人，并且从普通人身上发现那些非同寻常的东西。卡夫卡就是这种普通人，他只是普通人中的一个，但他身上浓缩了很多普通人在这个时代的特点和境遇。

5. 卡夫卡带来了什么

《变形记》在文学史上的地位是无与伦比的。它甚至启发了很多作家，让他们懂得了什么是真正的小说。这种影响甚至涉及大作家马尔克斯：

> 我本来并不特别想当作家，因为由于无知，由于文化上受到的限制，我觉得文学创作的规律非常严格。但是当我看到格雷戈里奥·萨姆沙一天早晨醒来变成一只大甲虫，而且由一位捷克作家写的这个故事很像我在外祖母家里听到的故事，很像她解释现实的形式时，我便对自己说："如果可以这样写，当然我也有兴趣写作；这样的话，我当然也有可能讲述点什么了。"当我明白除了在学校里老师教给我的学院式的和理性的可能性外，文学上还有其他可能性时，我才真正找到了我要当作家的道路。①

我们看到，卡夫卡的《变形记》所带来的，不仅仅是思想，还包括这部作品在写作思想和写作形式上的创造力和革新。它启发了后来的很多作家。由这部小说，卡夫卡至少建立了关于小说的两点重要启示：第一，小说就是作家虚构的另外一个世界，这个世界有自己的逻辑；第二，我们要认识和表现我们所生活着的世界，虚构的东西有时可能更管用。

当然，正如前面所展现的，这个故事也可以不这么讲。但是，故事朝另外的方向去讲，总有它的理由。那么，我们是否能够展现足够的理由？我们能否在自己的故事中，有着卡夫卡一样的思考和现世关怀？

第二节　一个素材，N 个故事

写作训练

一名中学女教师在父亲刚刚去世之后，发现了父亲的日记。

---

① 两百年的孤独：加西亚·马尔克斯谈创作．朱景冬，等译．昆明：云南人民出版社，1997：145.

她发现，自己一直崇拜的、被视作模范男人的父亲居然有过婚外恋，而且还有一个私生女。

我们根据这个素材，思考一下，自己会深入到哪一个地方去讲故事。

1. 爱情的故事：到底有没有爱情

从某种意义上说，素材中的父亲是女儿的爱情标杆，女儿一定会按照父亲的样子去找对象。现在，她发现父亲居然有婚外恋，这是一种形象的坍塌。这种坍塌会是灾难性的，会对女儿的爱情观造成非常大的影响，也会对女儿的爱情造成很大的困扰。她或许不会再相信爱情，也或许会通过别的方式重新来认识爱情。这是一个很自然的思考方向，所以故事可以围绕这一点来展开。接下来，女儿会怎么做？她会不会有新的发现？她的观念和做法会不会发生改变？这是故事展开的主要方向。

2. 谎言与真相：这个世界到底什么才是真的

谎言与真相一直是文学的目标对象之一。在这个素材中，父亲之前为女儿塑造了一个模范父亲的形象，但在日记面前，似乎都是谎言。但是，谎言的背后还有什么？父亲“婚外恋”的真相又是什么？谎言与真相，到底哪个更真实，更充满爱？这是写作者接下来可以探索的问题。按照这个思路，我们可以重新设定故事。故事中，谎言与真相可以不停地转换。父亲的“婚外恋”也可以用来做文章。另外，女儿的“发现”也可以是故事前进的方向。女儿不断地发现事件的真相，其实也是不断地发现世界的真相，而她正是在这个过程中实现自身的成长。读者可以跟随着她一起成长。

3. 忠诚与背叛：爱情以及生活的背后

忠诚是婚姻对伴侣的基本要求之一。背叛则意味着对婚姻的不忠。但是，为什么现实生活当中会有那么多对婚姻的背叛？这是一个可以思考的问题。在传统道德和人性之间，忠诚与背叛哪一个才是人类复杂情感的真相？这个故事中，父亲对家庭是尽职尽责的，对女儿也是非常负责任的，但是他过往的“背叛”需要清算吗？抑或是，我们想探索他背叛的原因吗？另外，婚姻中的背叛有很多种，背叛的原因也各不相同，那么，在爱情和生活的背后，父亲到底经历了什么？在故事里，我们可以回顾父亲当年的那场“背叛”，也可以以女儿的现代视角来重新理解那场“背叛”。当然，故事还有另外的发展方向：或许，父亲和母亲在一起，才是一场“背叛”？

4. 家庭伦理的变迁：过去与现在，是前进还是后退

沿着素材提供的脉络，我们可以给故事开辟新的阵地：假设父亲的婚姻是不幸福的，他之所以看起来是一个模范父亲的形象，纯粹因为责任使然。但是，在父亲的内心深处，他一直是不幸福的。现实对于他来说，是一种压抑。我们会想到，现代社会的离婚率和出轨率如此之高，比之过去，似乎是道德的沦丧。但是，从人性的角度看，过去的社会更加压抑人性。有些家庭夫妻之间明明不幸福，还是在七大姑八大姨的劝解下被迫在一起，继续痛苦地生活着。写作可以从女儿的角度，沿着父母婚姻的足迹，去寻找他们当年的故事。譬如说，我们可以把故事写成：父亲背叛后，觉得对不起母亲，主动要求离婚，但母亲却因为面子不愿意离婚，于是在多年的婚姻生活中，母亲一直以此来打压父亲，父亲也因此生活在深深的痛苦之中。父亲和母亲，还有女儿，到底谁才是受害者？

5. 教育与现实：我们不得不面对的尴尬

民间有一句话：学校里十几年间的教育，比不上社会十几天的现实教育。这是教育面临的尴尬：教育常常劝善、向美、求真，但现实中持真善美的人却常常碰壁。在这个故事中，父亲日常教育女儿，爱情应该是怎样的、婚姻应该是怎样的，女儿似乎也在父母婚姻的现实中看到了父母的教育。但是，一夜之间，所有的现实都被击破了。女儿反思自己受到的所有教育，感觉自己被欺骗了。她是在生活中通过反叛进行反击，还是会从此心灰意冷，对爱情和婚姻灰心失望？沿着这条路进行探索，也是一条有趣的路径。女儿会在后面的故事里做些什么？她会对那个一直忠心耿耿追求自己的男孩做些什么？她会不会把对父亲的报复施加到那个无辜的男孩身上？那个在原生家庭经历过各种打击、伤痕累累的男孩会如何应对？这两者之间的碰撞会是真假爱情的碰撞，也是教育与现实的碰撞。同时，作为教师的女儿，会不会在这场碰撞中改变自己的教育观？

6. 立场与反转：当爱情被重新认识

另一种可以讲述的故事，是女儿在发现父亲有过婚外恋之后，心有不甘，她不相信父亲会是这样的人。她踏上了寻找真相的道路。她通过父亲生前的朋友、邻居等人，来寻找事件的真相。可是她发现，所有人都不了解父母。所有人眼里的父母，都和她曾经了解的父母是一样的。她这才知道，那场婚外恋之后，父母亲就从原先生活的地方搬走了，搬到了现在这个完全陌生的地方。那么，最后守护真相的唯一人士就是自己的母亲了。于是，女儿又开始对母亲的探索。她寻找母亲身上所有的蛛丝马迹：母亲的日记、母亲的信件、母亲珍藏的物品……最后，她发现母亲其实才是那个“第三者”，而父亲之所以最后选择和母亲在一起，恰恰是因为有了她。这个时候，女儿会重新认识爱情，也会重新认识自己。她自己成了整个事件中最尴尬的人。

…………

当然，这个素材中，我们还有很多探索的方向，还有很多的故事可以讲。我们可以问一下自己：为什么你选择了那个故事方向？你这样做的理由和原因是什么？是什么牵引着你走到这条路上来的？

我们在探讨的时候，也可以研究一下别人是怎么做的。在中外文学史上，都有一个素材被多次写作的案例，就像上一章说过的梁山好汉的故事。在西方文学史上，也有不少这样的案例。我们就以西方文学中一个素材、多种故事的案例来考察一下，他们是怎么做的，这样做的理由是什么。

我们以普罗米修斯的故事为例。在古希腊神话中，普罗米修斯的故事是这样的：

在宙斯推翻父亲乌拉诺斯、取得王位的战斗中，有一位泰坦神普罗米修斯站在宙斯一边，帮助宙斯取得了王位。普罗米修斯属于有技术、有能力的巧匠之列，正是他造出了人类。然而，众神之君主宙斯欲使人类处于黑暗和寒冷之中，因为他要毁灭人类而代之以新种。宙斯这种专权和暴政激怒了普罗米修斯，他愤然反抗，盗走了天火，偷偷地把它带给人类。宙斯大发雷霆，命令手下众神将普罗米修斯用锁链缚在高加索山脉的一块岩石上，让一只饥饿的老鹰天天来啄食他的肝脏，而他的肝脏又总是重新长出来。他的痛苦要持续三万年。而他坚定地面对苦难，从来不在宙斯面前丧失勇气。直到赫拉克勒斯出现，把恶鹰射死，才解救了普罗米修斯。我们来看看几部西方作品中的普罗米修斯的故事有什么不同。

（1）赫西俄德作品中的普罗米修斯。

荷马之后的古希腊早期诗人赫西俄德在《神谱》中写道，普罗米修斯只是一个小神。天上诸神曾与凡人在墨科涅产生不和。后来，普罗米修斯出来宰杀了一头大牛，他把这头牛分成了几份。为了蒙骗宙斯，他把牛肉和肥壮的内脏堆在牛皮上，摆在其他人面前，上面罩以牛的瘤胃；而在宙斯面前摆了一堆白骨，摆放之后蒙上一层发亮的脂肪。宙斯识破了普罗米修斯的骗局，警告了他。后来，普罗米修斯又用一根空茴香杆盗走了火种并送给了人类。宙斯看到人类有了火光，感到非常愤怒。为报复自己受到的侮辱，宙斯用挣脱不了的锁链捆绑着足智多谋的普罗米修斯，用一支长矛剖开他的胸膛，派一只大鹰停在他身上，不断啄食他那不绝的肝脏。虽然白天大鹰啄食了他的肝脏，但到了夜晚肝脏又恢复到原来那么大。最后，直到赫拉克勒斯杀死了这只大鹰，普罗米修斯才摆脱了它的折磨，解除了痛苦。在这个故事里，是普罗米修斯有错在先，宙斯只是受辱后实行报复。

（2）埃斯库罗斯作品中的普罗米修斯。

在古希腊悲剧诗人埃斯库罗斯的悲剧《被缚的普罗米修斯》中，宙斯为了惩罚普罗米修斯为人类盗取火种，派威力神和暴力神用铁链把普罗米修斯绑在高加索山上。河神俄刻阿诺斯来劝普罗米修斯与宙斯和解，被他谢绝。在剧中，普罗米修斯所受的痛苦是难以想象的：他的胸前被钉上花岗石的栓子，身体被铁链牢牢锁在峭壁上，既不能挺身而立，也不能屈膝而睡。可是，他没有发出一声的呻吟或叹息，他倔强的性格驱使他不能在宙斯面前示弱。普罗米修斯没有把自己的痛苦告诉人类，也没有向众神倾诉，因为他们不敢反抗宙斯不仁不义的行为。也正因为他的行为和精神，使他成了不朽的神灵，在任何磨难下也不会轻易屈服。他有先知的能力，他能预见未来，知道何时他的救星才会诞生以及自己何时才能得救。所以，他自觉自愿地去受苦。在埃斯库罗斯笔下，普罗米修斯成了明知其不可为而为之的抗暴英雄，这和赫西俄德笔下的普罗米修斯已经大不相同。

（3）歌德作品中的普罗米修斯。

德国小说家、诗人、剧作家歌德的诗剧中，普罗米修斯是宙斯之子，弥涅耳瓦（雅典娜）成了他的妹妹，潘多拉成了他造出的女人，即他的女儿。他创造新人，但不能赋予人以生命，弥涅耳瓦就带他去寻找生命之泉。在剧中，歌德用神话形象来表现天才时代的英雄，作为“人类之父”的普罗米修斯对代表更高一级力量的神进行了坚决的反抗，尤其是反抗一切倒行逆施的守旧力量。歌德歌颂了把人类从精神奴役下解放出来的英雄，体现了狂飙突进的精神，这也和当时歌德和席勒所掀起的“狂飙运动”相适应。

（4）雪莱诗歌中的普罗米修斯。

雪莱在诗剧《解放了的普罗米修斯》中表达了反对专制暴政、歌颂反抗斗争、展望自由幸福社会的政治理想。诗剧把朱庇特作为“神圣同盟”时期欧洲封建暴君的象征。他凶残，背信弃义，在镇压人民的血泊中建立了专制统治。他踌躇满志，自以为“权高无上，位极至尊，万物一切都已经向我屈服”，却又预感到统治不稳，害怕人民的反抗会动摇他的宝座。朱庇特周围形形色色的“鬼怪”，象征着与封建统治者狼狈为奸的教士、政客和打手。面对强大的敌人，普罗米修斯不怕威胁，不怕暴君的残酷折磨。他坚信光明必将战胜黑暗，暴君必然垮台。

雪莱不满意埃斯库罗斯剧本中那种妥协的结局。他反对那种软弱无力的结局，也不会让人类的捍卫者同那个人类的压迫者去和解。所以，被缚的普罗米修斯不肯向暴君低头，最后依靠大自然的力量获得了解放。

（5）拜伦诗歌中的普罗米修斯。

拜论的诗《普罗米修斯》塑造出了具有充分人格的普罗米修斯神的形象。鉴于普罗米修斯的正义感和坚毅精神，诗人更多地注意到他的人格和英雄气概，而宁愿忘记他的神性。尽管普罗米修斯有“不朽的眼睛”，诗中集中描写的却是他经受着的“苦难与意志之间的搏斗”。普罗米修斯忍受了加在他身上的一切折磨，但他始终没有屈服，取得了意志上的胜利：他掌握着宙斯的命数的秘密，却守口如瓶，使得宙斯终于“掩饰不了内心的惊悸”。诗人这样描写普罗米修斯是要用以自况，以坚定自己的斗志。既然普罗米修斯忍受了那非人的折磨，他也就能忍受一切痛苦和不幸。普罗米修斯的“罪行”圣洁而高尚，他也问心无愧。诗人蔑视暴君，就如普罗米修斯蔑视宙斯一样。诗人这时由自我的比况而到把人与普罗米修斯相比，以论辩性的笔调写出人应有的精神和意志。

我们看到，历史上的诗人和剧作家对于同一个题材——普罗米修斯因盗火种而被宙斯惩罚的故事的处理，随着时代和作家写作目的的变化，不断地在发生变化。

到了卡夫卡那里，他在《普罗米修斯》一文中用现代主义的眼光对这个故事又作了新的诠释：

> 关于普罗米修斯有四种传说：
>
> 第一，他为了人类背叛众神，被牢牢地锁在高加索山上。众神派老鹰去啄食他不断再生的肝脏。
>
> 第二，在鹰喙不断啄食下，紧靠着岩壁的普罗米修斯痛不可忍，以致身体日益陷入岩石之中，直至完全没入其间。
>
> 第三，他的叛逆行为随着时光的流逝被淡忘了。数千年后，众神遗忘了，鹰鹫遗忘了，连他自己也遗忘了。
>
> 第四，不知什么缘故，大家都产生了疲惫，众神疲惫了，鹰鹫也疲惫了，连普罗米修斯的伤口也因不断地愈合而感到疲惫。
>
> 如果留下的是那座不可解释的大山——这一传说试图对这不可解释性作出解释。由于它是从真实的基础上产生的，所以它必定也以不可解释告终。①

---

① 卡夫卡．变形记．黄湘舲，译．北京：北京燕山出版社，2000：264.

卡夫卡阐释了这个题材的四种发展可能，必给予这个题材以自己的不同解读。在这里，我们看到了一个题材讲出 N 个故事的可能，也了解了不同的作家、诗人讲述不同故事的理由。

写作思考

寻找中国文学史中同一素材不同故事的案例，然后进行分析：不同作者各自的写作动因是什么？

第三节 故事的关键

当你面对一个素材的时候，会讲什么样的故事，这主要取决于什么？在探讨这个问题之前，我们先来分析一下，我们可能用来写作的素材的几个主要特点。

首先，我们知道，一个可以用来写作的素材应该是那种开放式的，可以从多个角度来阐释的，甚至不同角度还可以有截然不同的阐释。也就是说，可以用来讲故事的素材应该有其复杂性，而且没有单一的指向性；换言之，这种素材所引发的人的思考，都是那种“不确定性的思考”“模糊的思考”。在这一点上，传统的中小学作文中，那种“中心思想”式的思考可以休矣。

其次，这个素材会触及人性、社会问题，甚至触及生命的终极问题。我们前面看到的几个素材都有类似的特征。《变形记》里触及了人性、社会问题以及人的精神困境和现代社会的精神危机。普罗米修斯的故事提供的，是英雄的悲剧性问题以及弱者反抗强权等问题。而这些，恰恰都是文学的目标对象。这也给我们进一步的探索和思考提供了空间。正如我们在第一章中所说，写作本身也是思维方式的一种。可以用来写作的素材都会给我们提供思考的契机。

再次，这个素材中有值得关注的人物和故事。尤其对于小说来说，好的人物和故事才是写作者写作的巨大动力。像前面所说的《变形记》里，主人公就是那个时代的典型人物形象，他身上集中了很多那个时代的特征。而人物一开始的“变形”就给读者提供了巨大的思维刺激，因为这是我们通常所说的“不同于日常”的“非正常事件”，但是这个“非正常事件”中又隐藏着很多的合理性。这给故事的发展提供了非常大的空间。

最后，可以用来写作的素材中，时间和空间都可以跨越。所谓的“地域性”和“时间性”都只是一个具体的背景，只是给读者提供某种“陌生性”而已。写作者完全可以将作品放到不同的时间和空间里进行处理。这也是为什么，那些文学史上优秀的作品都可以跨越时间和空间，成为人类共同的经典。

我们对可以用来写作的素材进行了界定，接下来，就可以探讨“讲什么”的关键了。

1. 发现

正如前面所说，好的素材会有很多值得关注的点。那么，我们的眼睛会看向哪一个点呢？这就是我们所说的发现。前面说过，我们写作的第一步就是发现。也就是说，当我们面对一个素材时，我们有新的发现，看到了别人没有看到的东西。比如我们在第一章说过的，马尔克斯看到了那则新闻：

> 有两位年近八十的美国老人，每年都在墨西哥约一次会，坚持了四十多年，最后一次约会的时候，被抢劫的船工用木桨双双打死，这场持续了近半个世纪的地下恋情才得以曝光。

这则新闻中，不同的人可能会有不同的发现。有些人会想，如果没有这场意外，这两位老人的地下恋情是不是就永远成为人间的秘密了？有些人会想，快八十岁的老人了，还有这种地下恋的激情？还有人会想，他们为什么要搞地下恋情，而不是公开地在一起，是不是有什么难言之隐？

而马尔克斯在这个素材中，却发现了爱情的多种可能：“在五十年的时间跨度中，作者企图展示所有爱情的可能性，以及所有的爱情方式：幸福的爱情，贫穷的爱情，高尚的爱情，庸俗的爱情，粗暴的爱情，柏拉图式的爱情，悲惨的爱情，羞怯的爱情，放荡的爱情。”[1]

在这部小说里，马尔克斯向人们展示了爱情另外的样子：没有守身如玉，没有海誓山盟，只有坚持和坚守。这就是马尔克斯的发现。

另一则素材中：一对情侣在林子里被人劫持，劫持的人杀死了男人、强奸了女人。

这是一起没有太多意外的杀人强奸案。对于这起案件，我们可以有很多发现。有人会发现这个杀人强奸犯本身的问题，发现他这么做的动机和原因，以及他的心理及性格问题。有人会在情侣身上发现问题，甚至认为女人是有意而为，为的是除掉自己的男人。还有人会发现林子的问题：这个林子经常会发生恶性案件，为什么没有人关注这一点并进行处理？

芥川龙之介在他的小说《竹林中》，却有了另外的发现。在小说中，关于这件事，不同的人会有完全不同的陈述。樵夫、行脚僧、放免、老妪、杀人犯多襄丸、女人、鬼魂纷纷登场，他们各自有各自的陈述。这其中，芥川龙之介发现的，是复杂的人性。故事的真相在这里反倒变得并不重要了。

发现什么，就会朝哪个方向讲故事，这是一名写作者面对一个素材时通常的处理方式。

2. 思考

人类的最大特征之一，就是会思考。这种思考不一定发生在面对某一事件的时候。即便是一个人枯坐的时候，也会有所思考。人的思考会让人拥有对人、对社会、对世界的看法。当然，有些人的思考是完整的、成体系的，比如科学家、思想家和哲学家。普通人的思考则有可能是不完整的、不成体系的，甚至没有结果。平常这些思考可能会隐藏在我们的大脑深处。但是，当我们面对某些具体的事情的时候，这些思考就会苏醒，开始发挥作用。所以，面对一个素材的时候，所引发的思考会成为我们关注什么的关键所在。

---

① 马尔克斯．霍乱时期的爱情．前言：霍乱的爱情与性．蒋宗曹，姜风光，译．伊犁：伊犁人民出版社，2010：2.

比如下面这则素材：

> 一个名叫伯尔岱的神学院学生，他先后在米舒和高尔东先生家里担任孩子的家庭教师，但他相继诱奸了米舒的妻子和高尔东的女儿。事情暴露后，他被解雇。他的理想是做一名牧师，所以需要继续学习，但由于其不佳的名声，没有哪家神学院愿意接收他。理想破灭后，恼羞成怒的伯尔岱病态地认为自己的处境是由那两个家庭造成的，于是，他决定“报仇”。一个星期天，趁着米舒的妻子正在做礼拜时，伯尔岱开枪将其打死，然后又举枪自杀。可惜，枪伤没能让他毙命。不过，他也难逃一死——最终，法庭判其死刑。

关于犯罪的问题，我们平常可能有很多的思考。所以，对于这起案件，我们完全可以写成一个男人因为平常不注重个人修养而最终导致犯罪的故事。我们也可以写成一个花花公子走向犯罪的故事。我们还可以写成一个人仇富的故事。但是，司汤达没有这么去写。司汤达对于当时的社会有着深深的思考。他痛感于拿破仑时代结束后，波旁王朝的复辟带来社会阶层的固化。所以，在小说的结尾，我们看到主人公于连在法庭上慷慨陈词：

> 先生们，这就是我的罪行，因而更应严惩，何况事实上，审判我的并非与我同属一个阶级的人。在陪审官席上，我看不到任何发了迹的乡下人，有的只是清一色心怀愤懑的有产阶级……①

在这里，我们看到，你平常思考些什么，作为写作者，你的作品里就会体现出什么。

3. 想创作什么样的作品

我们这里所指的是，你想写出什么样的作品。看下面这则素材：

> 1872年，一个叫安娜兹科娃的妇女发现她的情人（庄园主）另有新欢——他向自己儿子的家庭女教师求婚，于是一气之下取

① 司汤达．红与黑．张冠尧，译．北京：人民文学出版社，1999：450.

了一些换洗衣服到图拉去，后来又返回村子，投身在货车车轮下而死。

我们看到这则素材时，首先会想到一个情爱的故事。故事里所说的是一场不伦之恋，因此，写不伦之恋应该是首先考虑到的。事实上，列夫·托尔斯泰开始的时候也是这么想的。托尔斯泰最初只是想写一个上流社会失足的已婚妇女的故事，所以，最初出现在他笔下的安娜既不漂亮，也不聪明，甚至毫无心肝，只会卖弄风情，想着如何讨男人欢喜。而她的丈夫卡列宁和情人渥伦斯基却有各自值得人同情的精神品质。为此，书名曾定名为《两对夫妻》和《两段姻缘》（幸亏后来我们看到的作品不是这个样子）。后来，托尔斯泰对作品进行了反复修改，他一定对最初设定的这些东西感到不满意，觉得这不应该是他所体现出的水准。随后，在修改的过程中，这些主要人物的性格特征和心理特征都发生了重大变化。安娜变得越来越有魅力了。她不仅具有非凡的外在美，而且内心也很美。相比之下，卡列宁和渥伦斯基在她面前却显得黯然失色了。小说从宽恕一个“不忠实的妻子”所酿成的家庭悲剧的最初构思，到最终确立为以反映广阔的时代、批判社会时弊为宗旨的重大主题上来，体现了这一时期俄国历史变革的特点。不仅如此，这部作品还触及了错综复杂的社会矛盾和现实生活各个领域的深刻变化，清楚地反映了托尔斯泰对当代俄国社会的深刻理解和深切关注。

想要写成什么样的作品，既是写作者内心对即将创作的作品的期许，也是作者自己的创作雄心的体现。你能写出什么样的作品，得首先知道你想要写成什么样的作品。

内容小结

我们在看了卡夫卡《变形记》的开头之后，也会有各种自己的构思。一个好的素材能够给我们提供各种思考方向，从而讲出不同的故事。那么，卡夫卡《变形记》里的构思是怎么来的？我们可以从写作背景、卡夫卡的思考及创作目标上来寻找。一个素材、N 个故事的背后，是你的发现、思考和你想写出怎样的作品的雄心。

写作练习

一个农村小伙进城打工，结果找了很多地方都被拒绝了。他又饿又冷，一天早上，他实在饿得受不了了，就走进一家服装店，要抢劫那个店员。结果，那个店员不仅没有报警，还主动给他一些钱。十年后，小伙在城市里取得了成功，他到处寻找当初帮他的店员，却怎么也找不到了。

针对上面这个题材，构思一个故事，并思考一下自己这么构思的理由。

课堂设计

【课堂形式】

桌椅以分组的形式摆放。三到五名写作者一个小组。所有写作者准备纸笔或电脑，随时准备课堂训练。

【课堂流程】

第一个环节：构思训练

> 一天早晨，格里高尔·萨姆沙从不安的睡梦中醒来，发现自己躺在床上变成了一只巨大的甲虫。他仰卧着，那坚硬的像铁甲一般的背贴着床。他稍稍抬了抬头，便看见自己那穹顶似的棕色肚子分成了好多块弧形的硬片，被子几乎盖不住肚子尖，都快滑下来了。比起偌大的身躯来，他那许多只腿真是细得可怜，都在他眼前无可奈何地舞动着。

根据这个开头，各自思考一下，可以如何构思故事？

构思完成后，每个小组派两名写作者发言，阐述自己的构思。教师对写作者的构思进行总结。

第二个环节：作品分析

教师对卡夫卡《变形记》进行解析，就发现、思考、人物塑造和创造性等几个方面阐述卡夫卡的这部小说带来了什么。

第三个环节：构思训练

一名中学女教师在父亲刚刚去世之后，发现了父亲的日记。她发现，自己一直崇拜的、被视作模范男人的父亲居然有过婚外恋，而且还有一个私生女。

根据这个素材，进行小组讨论，共同构思故事，看看自己想朝哪个方向去讲这个故事。

小组讨论后，派代表发言，阐述构思的理由。

第四个环节：分析总结

教师对写作者的构思进行分析总结，分别从几个方面分析写作者构思的特点；同时引导写作者思考，当我们面对一个素材的时候，可以从哪些方面去构思故事。

第五个环节：案例分析

分析讨论西方文学史上关于普罗米修斯盗火的故事的不同作品，以赫西俄德、埃斯库罗斯、歌德、雪莱、拜伦为例来讲述。最后讲述卡夫卡《普罗米修斯》一文，进一步做深入探讨。

讨论先在小组进行。

第六个环节：分析总结

小组讨论结束，随后进入课堂讨论，教师进行分析，引导写作者思考不同作家构思时的主要关注点。

第七个环节：教师引领思考

课堂内讨论：什么是可以写作的素材？什么是好的素材？

课堂讨论结束后，由教师总结好素材的几个特点。

第八个环节：分析与总结

分组讨论：根据课堂上所讲的，总结一下，面对一个素材，讲什么故事，这其中的关键是什么。

小组讨论结束后，派代表进行发言。

第九个环节：教师总结

教师对写作者的发言进行总结。分别从发现、思考和创作目标等几个角度来分析，一部作品的诞生的背后，作家的关注点是什么。最后引导写作者学会在实际构思中进行应用，即：面对一个素材时，我们应该“讲什么”。

第十二章

怎么讲

我们在第十一章已经讲过，写作从根本上来说，实际上就是两个方面的问题：一是写什么的问题，二是怎么写的问题。现在，我们已经准备好了故事。接下来，我们面临的问题就是怎么写的问题。怎么写的问题当然是个复杂的问题，会涉及写作的很多方面。这一章，我们主要讨论核心故事/故事核、人称和视角三个方面的问题。这是要讲好一个故事首先要面对的三个问题。

本章，我们将就这三个方面来探讨故事的构建、人称的使用以及视角的确定。

第一节 核心故事

写作训练

离婚那天，他一个人在黑暗的房间里坐了很久。他想起他们认识的那个时候，她温柔，安静，脸上总是带着微笑。他不知道为什么十几年后她变了。她在离婚协议书上签字的时候毅然决然，没有一丝难过。难道是因为她遇见了那个男人吗？还是因为那次出差，自己酒后犯下的错让她一直耿耿于怀？抑或是自己的公司发展得太快，业务越来越好，让他很少回家？他想不明白。最后，他决定给她的闺蜜打个电话。

根据这个素材，一起看看，如何来讲一个故事。

我们先根据上面的故事思考一下，讨论看看有没有什么自己感兴趣的东西，然后看看自己想从哪方面讲故事。当然，上面提供的这个素材是开放式的，我们可以从很多方面打开，然后挑选一个兴趣点，来展开故事。我们先把所有的兴趣点罗列出来，然后看看里面可能发展的信息有哪些：

（1）他们的相识。这里面应该藏着一些东西，可以让我们发挥。

（2）她变了。一个人总是会变的，但朝哪变是耐人寻味的。

（3）她遇见了那个男人。这句非常简单的话里，藏着很多故事。可能是个婚外恋的故事。至于这个故事，是“泰坦尼克式”“廊桥遗梦式”“包法利夫人式”，抑或是“安娜·卡列尼娜式”，还是其他什么模式，有待考察。

（4）那次出差，男人酒后犯下的错。什么类型的错？多大的错？她是怎么知道的？她对这个错的态度是什么？这些问题都是可能发展的空间。

（5）自己的公司。这里面有一个对男主人公身份的界定。如果他是一位公司老板，那么是什么公司？公司的主营业务是什么？公司在商业交往中可能发生什么？这里面有可以发挥的空间。

(6) 他给她的闺蜜打电话。这句话里隐藏的信息量非常大。对于她的闺蜜，他应该很熟悉。她的闺蜜对他们离婚的态度是什么？她的闺蜜和他是什么关系？他给她的闺蜜打电话的目的是什么？

从素材的表面看，这些都是可以关注的信息，也是可以用来发展故事的信息。除此之外，我们还可以给素材添加一些“佐料”，来发展故事。譬如：

(1) 他和她是青梅竹马的恋人，以前是中学同学，年少时的感觉和中年时的反差会勾连出很多东西。

(2) 她遇见的那个男人其实是他公司的竞争对手。竞争对手企图用“美男计”来打击他，或者利用她来套取什么商业机密。

(3) 他酒后犯的错，其实是她设下的“圈套”。其实，她早就想离开他了，只是一直没有合适的借口。

(4) 她的闺蜜多年以来一直暗恋着他。闺蜜给她下了套，好让他们分手。

(5) 他经营的是家高科技公司，早就被商业间谍盯上了。他的秘书就是商业间谍，他老婆早就怀疑她了，但是他一直以为是老婆吃醋，没有理睬……

当然，还可以添加别的“佐料”。这里的关键在于，你想把故事朝哪方面去写。接下来，我们按照第十一章所说的，开始“发现”和“思考”，从而选择我们的兴趣点，来进一步展开故事，确定故事方向。

我们现在确定这是一个婚恋故事。曾经相爱的两个人，是如何最终分道扬镳的？关于婚恋的作品有很多，古今中外都有很多婚恋类的作品，著名的像《包法利夫人》《安娜·卡列尼娜》《霍乱时期的爱情》《傲慢与偏见》等。我们要写的婚恋类故事一定要有新的发现。比如，假设选择第四条进行深度挖掘，即：“那次出差，男人酒后犯下的错。什么类型的错？多大的错？她是怎么知道的？她对这个错的态度是什么？这些问题都是可能发展的空间。”

这里面，“酒后犯下的错”到底是什么错，没有说。一般给人的心理暗示都是男女问题上的错，因为女人一般最在乎的就是老公出轨。但是，我们偏偏不能这么选择，所以必须剑走偏锋。那么，他还可能犯什么错呢？可不可能是“酒后失言”，讲出了什么不该讲的东西？围绕这个思路，我们就可以构思出一个故事了。我们先给里面的几个主要人物取个名字，然后把故事写出来：

> 陈小丰还是和贾妮离婚了。陈小丰一个人呆坐在房间里，他努力想着，贾妮为什么这么坚决地要和自己离婚。他想起当初他们认识的时候，贾妮的样子。她安静地坐在那里，温柔，娴静，落落大方。再想想离婚前的样子，她歇斯底里地大喊大叫，脸上因为愤怒而变了形。他实在无法将两者联系在一起。到底是什么将她变成了现在这个样子？因为自己天天忙于公司的事情，而没空陪伴她，让他们的感情变淡了吗？还是因为她遇见的那个男人？当时，她半开玩笑地说，那个男人才是她年轻时梦想中的男人。或者还是因为有一次酒后出差，他对余倩说的那番话？事后，他一直怀疑，余倩把这番话告诉了贾妮。虽然余倩是自己的下属，但她也是贾妮的闺蜜啊。他想到这里，坐不住了，拿起电话，拨通了余倩的号码。

到这里，基本故事出来了。我们需要的，就是在创作中去一步步探索故事里的很多不清楚的东西：贾妮遇见的那个男人是怎么回事？陈小丰酒后说的那番话到底是什么？在什么样的场合跟谁说的？余倩是如何听到的？她到底有没有告诉贾妮？

现在似乎意味着我们可以开始动笔了。在开始动笔之前，我们还需要做一件事。这件事就是：确定我们的核心故事。

我们先来看看，什么是核心故事。一部作品中，尤其是中长篇作品中，一般都会有很多大大小小的故事。那么，什么样的故事才是核心故事呢？所谓核心故事，就是一部作品中最能引领全文的故事情节。这个情节必须足够精彩、足够震撼、足够有吸引力。对于小说而言，这个情节应该是最反常规的，但又是合理的。正因为反常规，别人都没有发现它的合理性，只有你发现了。引领全文指的是，引导作者一步步写下去的核心情节，以及引导读者一步步读下去的核心情节。打个比方，整部作品好比是旅游，这次旅游当中有很多景点，但是其中主打的是黄果树瀑布，那么黄果树瀑布就好比是我们的核心故事。黄果树瀑布不是这次旅游的唯一景点，但一定是我们心中最记挂的那个景点。核心故事必须具备以下几个特点：第一，核心故事能够串联或者引领整部作品；第二，核心故事是写作者的关键发现之所在；第三，核心故事是引导写作者完成整部作品的主要动力；第四，核心故事没有确定的出现时间表，但一定会在最关键的地方出现；第五，核心故事不一定是作品的高潮，但一定是最重要的故事。

我们来看两部作品中的核心故事。先看张爱玲的《金锁记》，它的主要故事情节是这样的：

曹七巧家里本是开麻油店的。由于姜家二少爷是个残废，无法与做官人家结亲，便娶了曹七巧做正房。丈夫的残疾使曹七巧无法享受女性对爱情的渴求，并造成了她常年的性苦闷。于是，她把三少爷姜季泽作为爱慕对象。但是，传统封建礼教迫使姜季泽拒绝了曹七巧。现实的无情激起了曹七巧对钱财的无限占有欲，她一步步走向心灵的扭曲。她在分家的时候六亲不认，包括对姜季泽。分家之后，她更是变成一个恶母和恶婆婆。儿子长白也在曹七巧的诱惑下吸食大烟。母子俩讨论儿媳闺房里的秘密，使儿媳又羞又怒，悲惨地死去。而后扶正的娟姑娘，不到一年就吞鸦片自杀了。曹七巧对女儿长安也不例外，她让长安裹小脚，沦为亲戚朋友的笑柄。长安在学堂里呼吸到新鲜空气时，却又在曹七巧的无理取闹下被迫放弃上学。当长安好不容易和童世舫有了爱情，曹七巧却从中作梗，变着法让长安吸上大烟，败坏女儿名声，最终逼迫长安和童世舫分手。极度的内心扭曲使曹七巧做出各种恶事，毁掉了儿女、儿媳和童世舫的幸福，也造成了更多人的悲剧。

《金锁记》里有很多精彩的情节：曹七巧在三少爷和金钱之间抉择时，毫不犹豫地放弃爱情，选择了金钱；她引诱儿子说出儿媳闺房里的秘密，同时把秘密说出去，使儿媳成为别人口中的笑柄，悲惨地死去；为了把儿子留在身边，她甚至引诱自己的儿子吸鸦片，等等。但是，所有的故事中，作家心中准备的核心故事，应该还是曹七巧逼着女儿退亲的故事。所有的情节之中，婆媳之间的矛盾和嫉妒是可以理解的，也是时常发生的。但是，最反常的是：本来女儿就是因为曹七巧的恶名而无人问津，最终变成一个老姑娘。好不容易有人牵线，让女儿和童世舫这个留过洋的年轻人相爱，曹七巧却担心童世舫觊觎她的财产，也不希望女儿离自己而去。最匪夷所思的是，她因为自己一生没有获得爱情的幸福而嫉妒起女儿来了。最后，她亲手破坏了女儿的爱情，逼着女儿退了亲，也毁了女儿一辈子的幸福。

我们在这里看到，小说中最核心的故事，也就是最大的“地雷”，通常都是其中最反常规的事情。而作者在想到这一点之前，显然已经有了合理的解释。她在前面费了那么多的笔墨来塑造曹七巧，苦心经营，小心铺垫，所以到了最后这颗“地雷”爆炸时，读者一点也不觉得不合理了，这就是所谓的“意料之外，情理之中”。作者行文至此处，让最不合常理的东西变得合理了。而经过前面的塑造，加上后面最重要的这个核心故事，曹七巧的形象也终于完整地塑造出来了。我们看到，最后的核心故事在这里成了诱饵，诱使着作者写了那么多的东西；同样，作者若隐若现地提示，也引诱着读者最后有所期待，到了最后，终于期待到了这颗“地雷”的爆炸。作者没有白费力，读者也没有白期待，因为最后他们都见到了最大的这颗“地雷”。

我们再来看看另一部作品——威廉·福克纳的短篇小说《献给艾米丽的一朵玫瑰花》，其中的核心故事是什么。先来看看这部小说的主要故事情节：

美国南北战争后的一个南方小镇上，一个神秘家族——格利尔逊家族最神秘的女人艾米丽去世了。小镇人都去送葬，结果他们惊恐地发现，她家里居然藏着一具死了很多年的尸体。原来，作为家族族长的艾米丽的父亲为了维护所谓的等级和尊严，赶走了所有向艾米丽求爱的男子，剥夺她幸福的权利。父亲去世后，艾米丽爱上了来小镇修建铁路的工头——北方人霍默。当她发现霍默无意与她成家时，便用砒霜毒死了他。从此，艾米丽在破旧封闭的宅院里过着与世隔绝的生活，并与霍默的尸体同床共枕 40 年，直到她去世。

在这部篇幅不长的短篇小说里，福克纳其实表达了非常丰富的内涵。福克纳笔下的美国南方是清教思想占统治地位的地方，它甚至“比清教徒的新英格兰更为清教化”。南北战争前后的美国南方，种植园主昔日的威严和荣耀如流水落花一去不回，但其残存的旧日理想的余晖诱惑着处于历史交替时期的南方人，造成他们的精神世界与客观世界、人与时代的严重错位，心灵始终处于内在的混乱状态。艾米莉的消亡，实际上就是南方传统价值观逐渐消亡的过程。

这么丰富的内涵必然需要一个好的故事来支撑。那么，这部小说中的核心故事是什么呢？其中最不合常规的地方又在哪里？很显然，是一个女人居然与尸体同床共枕 40 年，而且这具尸体还是当年她所爱的人，也是被她亲手毒死的人。这么不合常规的事情显然吸引着福克纳，他想把这个故事讲出来。当然，他仍然首先要证明这件事是合理的。所以，他大量的篇幅都是在做这件事：艾米丽的父亲当年对她的严厉管教，赶走了所有求爱者；艾米丽生活的环境是如此压抑、封闭，艾米丽的内心却又极度渴望着爱情、渴望着幸福；艾米丽所爱的人拒绝了她，无意和她成家。于是，在这一切的共同逼迫下，她做出了那件极端的事。所以，我们看到，所有的其他故事都是围绕这个核心故事来展开的。作者苦心营造那种压抑的氛围，努力地塑造一个封闭、陈旧的环境，费力地塑造艾米丽，最终都是为了艾米丽那个不合常规的举动。但是，从另一方面来看，这个核心故事何尝不是为其他内容服务的？正是有了这个核心故事，才吸引着作者一步步耐心地前进，为最后的故事准备着所有的东西。

那么，我们回头来看看，在我们前面所构思的那个陈小丰和贾妮的故事中，核心故事又是什么呢？

很显然，这里面的核心故事，就是当年男主人公陈小丰所说的那番话。那番话一定有什么特殊的地方，它就像是一颗地雷，埋在那里，一直没有爆炸，直到多年以后，才有人触动它，最终引爆它，导致了他们婚姻的破裂。所以说，这番话非常重要，必须有足够的力量，能够在“爆炸”的时候爆发出足够的能量，最终导致那样的婚姻结局。因此，在写作之前，写作者一定要设计好这颗“地雷”。这颗“地雷”包括：那番话是什么话，为什么多年以后还有那么大的杀伤力？还必须有一些铺垫，让那番话真的有如此大的杀伤力。然后，写作者在写作的时候，一直朝着这颗“地雷”前进。这颗“地雷”对于写作者有着无与伦比的吸引力。当然，为了找到这颗“地雷”，写作者需要翻越千山万水，需要经历前面的很多铺垫、故事设置、人物塑造。等到达这颗“地雷”处时，写作者已经呈现了他想要呈现的很多东西：这个时代爱情和婚姻的现状，这个时代人对于情感的理解，等等。

现在，我们已经清楚了什么是核心故事，我们为什么要在写作之前先设置好核心故事。核心故事是吸引着我们写下去的核心力量。我们后面的所有写作，都是围绕着这个核心故事而进行的。这个核心故事不一定是整部作品中最大的故事，但一定是最重要的故事。

写作练习

围绕前面构思好的故事情节，设置核心故事。要求：

（1）核心故事要围绕陈小丰的这番话展开；

（2）这番话要有足够的力量，能够导致后面的结局；

（3）核心故事要有足够的引领力量，可以引领整部作品前进；

（4）设置好这个核心故事之后，将整部作品的故事梗概写出来，要求故事有完整性。

第二节　人称

根据上面构思好的故事情节，我们试着把陈小丰和贾妮的故事开头写出来：

> 陈小丰第一次觉得，这个城市的夜像他的内心一样黑暗。他已经在卧室里独坐了五个小时。他没有开灯，这样他可以更加清晰地闻到她的气味。她走了才不到一天的时间，这屋里的每一个角落，包括床上、衣柜里、喝茶的藤椅上，甚至地板上，都是她的气味。陈小丰想着他们刚刚认识时的情景。当时，她坐在椅子上，椅子的腿是金色的，很细，和她的细腿很配。她微微地笑

着，看起来落落大方，只是眼皮偶尔眨一下的时候，才显出几分调皮来。

我们有了一个开头，接下来就根据这个开头，讲一讲这个故事。讲的时候，首先要考虑的就是人称。那文学作品里一共有几种人称？各有什么特点？

人称是讲故事首先要面对的问题。不同的人称会带来不同的叙事。通常，人称有以下几种：第一人称，第二人称，第三人称，混合人称。我们在前面的开头中用的是第三人称。现在，我们试着用其他不同的人称来改写前面写好的开头。

第一人称是这样的：

我第一次觉得，这个城市的夜像我的内心一样黑暗。我已经在卧室里独坐了五个小时。我没有开灯，因为这样我可以更加清晰地闻到她的气味。她走了才不到一天的时间，这屋里的每一个角落，包括床上、衣柜里、喝茶的藤椅上，甚至地板上，都是她的气味。我不可遏制地想着我们刚刚认识时的情景。当时，她坐在椅子上，椅子的腿是金色的，很细，和她的细腿很配。她微微地笑着，看起来落落大方，只是眼皮偶尔眨一下的时候，才显出几分调皮来。

第二人称则是这样的：

你第一次觉得，这个城市的夜像你的内心一样黑暗。你已经在卧室里独坐了五个小时。你没有开灯，这样你可以更加清晰地闻到她的气味。她走了才不到一天的时间，这屋里的每一个角落，包括床上、衣柜里、喝茶的藤椅上，甚至地板上，都是她的气味。你想着你们刚刚认识时的情景。当时，她坐在椅子上，椅子的腿是金色的，很细，和她的细腿很配。她微微地笑着，看起来落落大方，只是眼皮偶尔眨一下的时候，才显出几分调皮来。

混合人称则有些复杂，多用于第一和第三人称。但是，有些看起来是混合人称的，事实上不是混合人称。例如上面的第一人称叙事中，也有第一人称和第三人称，但这种人称并不属于混合人称。所谓混合人称，是指有两种人称的叙事视角。我们试着来用混合人称改写前面的段落。

> 陈小丰第一次觉得，这个城市的夜像他的内心一样黑暗。他已经在卧室里独坐了五个小时。他没有开灯，这样他可以更加清晰地闻到她的气味。她走了才不到一天的时间，这屋里的每一个角落，包括床上、衣柜里、喝茶的藤椅上，甚至地板上，都是她的气味。后来，他终于打开了灯，找到了日记，翻到了十三年前的那一天。那一天，他们第一次见面。
>
> > ×年×月×日　晴　心情愉快
> >
> > 我们是在一个咖啡厅里见面的。她坐在椅子上，椅子的腿是金色的，很细，和她的细腿很配。她微微地笑着，看起来落落大方，只是眼皮偶尔眨一下的时候，才显出几分调皮来。我感觉我有些喜欢她了。

初步了解了四种人称后，接下来讨论一下几种人称的优缺点，以及弥补措施。

1. 第一人称

很显然，第一人称的长处是容易表达人物心理和情绪，有很强的代入感。但是，第一人称最大的不足是，不利于叙述视角的转换，同时客观性不强。所以，我们看到，在中西方的古典文学中，极少使用第一人称，尤其是中国古典小说，基本上看不到第一人称的影子。原因就在于：中国古典小说，无论开端的唐传奇，还是宋说词、元话本，乃至明清的章回小说，都是从“说”开始的，为了便于讲故事，便于叙述视角的转换，多半使用第三人称。但是，第一人称的这个不足其实也是有办法弥补的。我们以莫言的《檀香刑》为例，莫言在“凤头部”和“豹尾部”，都使用了第一人称多视角的方式（不同的段落中，更换叙述人物）解决这个问题。我们来看看《檀香刑》的章节标题，就一目了然：

凤头部
第一章 眉娘浪语
第二章 赵甲狂言
第三章 小甲傻话
第四章 钱丁恨声
豹尾部
第十四章 赵甲道白
第十五章 眉娘诉说
第十六章 孙丙说戏
第十七章 小甲放歌
第十八章 知县绝唱

从这些标题中，我们可以看到，虽然都是第一人称，但讲故事的人已经不同了。凤头部分别由眉娘、赵甲、小甲和钱丁来讲故事，豹尾部分别由赵甲、眉娘、孙丙、小甲和知县（钱丁）来讲故事。

但是在这里，第一人称多视角叙事有一个问题需要解决：小说中的故事如何衔接？通常有两种方式来解决这个问题，一种是链条式。也就是由不同叙述者讲述故事的不同阶段，一环套一环，把故事讲完。其中，不同的叙述者环环相扣，连成一体，像链条一样，《檀香刑》中用的就是这种模式。另一种是地球仪式。即不同的叙述者同时讲一个故事，但是不同叙述者的叙述视角不同、观念不同、目的不同，因此讲出的东西也不同，就像几个人围着一个地球仪，不同人看到的球面上的东西都不同，芥川龙之介的《竹林中》用的就是这种模式。我们看到《竹林中》的标题是这样的：

遭检非违使盘问之樵夫的陈述
遭检非违使盘问之行脚僧的陈述
遭检非违使盘问之放免的陈述
遭检非违使盘问之老妪的陈述
多襄丸的供词
到清水寺来的女人的忏悔

借巫女之口说话的鬼魂的陈述

在《竹林中》，分别由樵夫、行脚僧、放免、老妪、多襄丸、女人和鬼魂来讲故事，不同的人口中描述的事情是不同的。

我们发现，在文学进入现当代之后，第一人称用得越来越多。因为现当代文学和古典文学相比，有一个重要的转变就是，开始由“向外写”转向“向内写”，更多地关注人的内心世界。同时，现当代文学有越来越多的办法来解决第一人称叙述视角不方便转换的问题。

2. 第二人称

相对来说，第二人称的小说是几种人称中用得最少的。第二人称可以快速让作者融入角色中去，并且将作者的情感融入作品中，同时也更利于情感的抒发。第二人称还可以让读者产生和作者直接对话的感觉，从而增加作品的真实感，使读者阅读的时候感觉更亲切，也更能打动人。总体而言，第二人称有和第一人称相似的特点：长于表现人物心理，有亲和力，却不利于叙述视角的转换。例如，高行健《一个人的圣经》用的就是第二人称：

> 你坐的是长途公共汽车，那破旧的车子，城市里淘汰下来的，在保养的极差的山区公路上，路面到处坑坑洼洼，从早起颠簸了十二个小时，来到这座南方山区的小县城。
>
> 你背着旅行袋，手里拎个挎包，站在满是冰棍纸和甘蔗屑子的停车场上环顾。

另外，像严歌苓的《扶桑》用的也是第二人称：

> 这个款款从喃呢的竹床上站起，穿猩红大缎的就是你了。缎袄上有十斤重的刺绣，绣得最密的部位坚硬冰冷，如铮铮盔甲。我这个距你一百二十年的后人对如此绣工只能发出缺见识的惊叹。
>
> 再稍抬高一点下颏，把你的嘴唇带到这点有限的光线里。好了，这就很好。这样就给我看清了你的整个脸蛋。没关系，你的

嫌短嫌宽的脸型只会给人看成东方情调。你的每一个缺陷在你那时代的猎奇者眼里都是一个特色。

第二人称因为用得比较少，所以会让读者产生一些新奇的感受。

3. 第三人称

第三人称又称“上帝视角”“全知全能叙事”。第三人称是最古老的人称，也是使用得最广泛的一种人称。古典文学中绝大部分用的都是第三人称。第三人称之所以被称作“上帝视角”和“全知全能叙事”，是因为可以随意切换叙述视角，便于讲故事。有些小说，比如《三国演义》，里面涉及的故事线索多，光魏、蜀、吴三方就有三个线索，还不包括中途覆灭的各大军事集团，所以第三人称叙事是最好的选择。第三人称的优势恰恰是第一人称的不足：客观性强，便于叙述视角的转换。而第三人称的不足恰恰也是第一人称的优势：在心理描写上不如第一人称，代入感也没有第一人称强。但是，作家们也有办法来解决这个问题，那就是在第三人称中加入书信、日记、心理分析等。比如，陀思妥耶夫斯基的《罪与罚》里，就有大量的心理分析和独白，来描写主人公拉斯科尔尼科夫的心理活动。

4. 混合人称

混合人称是指在叙事中采取两种或两种以上的人称的叙事方式。一般以两种为主，两种以上的非常罕见。如前文所说，并非小说中出现了两个人称就算混合人称。混合人称是指用两种人称进行叙述，通常在文学作品中以两种形式存在。一种是在不同的章节使用不同的人称，如莫言的《檀香刑》，在“凤头部”和“豹尾部”用的是第一人称，在“猪肚部”用的则是第三人称。“凤头部”和“豹尾部”用第一人称，目的是方便表现人物的心理，也方便用各种艺术形式来表现；“猪肚部”用第三人称，则主要方便介绍一些事实，包括人物背景、事件因果、环境气氛等。我们来看看“猪肚部”的标题就知道了——与“凤头部”“豹尾部”所用的标题形式完全不同：

猪肚部

第五章　斗须

第六章　比脚
第七章　悲歌
第八章　神坛
第九章　杰作
第十章　践约
第十一章　金枪
第十二章　夹缝
第十三章　破城

这样交换使用的两种人称，各有各的作用，形成一个有机的整体，也给阅读增加了一些趣味性。另一种混合人称，是第三人称的变种，也就是在第三人称叙事中大量插入书信、日记等第一人称的叙述。如索尔·贝娄的《赫索格》，小说一开始，赫索格就已经是一个精神有些问题的人了。他给各种各样的人写信：

他带着这只箱子，从纽约到玛莎葡萄园，但立刻又转了回来；两天后，他飞往芝加哥，接着又从芝加哥前往马萨诸塞州西部的一个乡村，然后就躲在那里发狂似的没完没了地写起信来。写给报章杂志，写给知名人士，写给亲戚朋友，最后居然给已经去世的人写起来，先是写给和自己有关的无名之辈，末了就写给那些作了古的大名鼎鼎的人物。

给这么多的人物写信，目的是为了呈现赫索格的思想和心理，用的都是第一人称。这样，第一人称在小说中所占的比重就比较大，所以该小说的人称就属于“混合人称”。这里要注意的一点是，混合人称必须是两种或两种以上的人称所使用的比例都比较大。如果只是在一种人称之外，偶尔少量地使用其他人称，则不能算作混合人称。

混合人称的优点是给作品增加了艺术的丰富性，使作品各方面的呈现都很清晰；缺点则是给阅读增加了一定的困难，在写作上也增加了难度。

综上所述，人称是我们写作之前先要考虑好的东西之一。选择不同的人称，不仅意味着我们的叙事方式有所不同，也意味着我们作品的侧重点有所不同。那么，我们如何来选择人称呢？通常要有以下几个方面的考量：

第一，写作的题材。

有些题材天然地适合第三人称，例如《三国演义》这样的大人物、大历史、大事件的题材。这样的题材需要第三人称来增强作品的可信度和历史感。第三人称会让人感觉是客观叙事，从而增强作品的可信度。所以，我们看到的历史小说，绝大部分用的都是第三人称。而有些作品，如个人化叙事、写个人的情感的作品，还有心理小说等，则更适合第一人称。

第二，故事的复杂性。

有些故事本身的线索很多，叙述的视角也很多，用第三人称更方便一些。比如《三国演义》《水浒传》《战争与和平》这样的作品，涉及的人物太多，线索也非常多，叙述视角也广，第三人称是最好的选择。以《水浒传》为例，在梁山好汉上梁山之前，涉及不同的人物线索，其中就有高俅、史进、林冲、武松、宋江、鲁智深等众多人物，用第一人称很难完成叙述视角的转换。但是，像老舍的《我这一辈子》，整部作品都围绕一个主人公展开，其中有大量的心理活动描写，第一人称显然更适合。

第三，写作的目标。

写作者的写作目标，即要写一部怎样的作品，也会是使用人称时的重要考量之一。例如，林白的《一个人的战争》，是一部带有自传体性质的作品，也是私人化写作的代表作品之一。作者在写作这部作品时，就明确是私人化写作。很显然，这样的写作更适合第一人称，因为作品中要大量描写个人的心理感受。像《战争与和平》，作者一开始就想写一部史诗性的作品，题材宏大，场面宏大，书写广博，这样的写作目标显然由第三人称来完成更为合适。

第四，作品的创造性。

有些人称的使用还会增强作品的创造性，让读者产生阅读的新奇感。如卡尔维诺的《寒冬夜归人》，作者使用第二人称，以某位“读者”与作者之间展开对话的形式，让读者介入作品之中，增强了阅读的新奇感。还有马原的《虚构》，一开始就这样来叙述：

> 我就是那个叫马原的汉人，我写小说。我喜欢天马行空，我的故事多多少少都有那么一点耸人听闻。

作者用第一人称，一开始就把自己代入作品中，增强了作者与读者的互动性，同时给阅读带来了新奇感。另外还有上文所说的莫言的《檀香刑》，作者不仅用了混合人称，还在第一人称上使用了不同的叙述视角，也增强了作品的创造性。

写作练习

对下面这段文字，分别使用第一、第二和混合人称进行改写。改写后感受一下，看看故事感觉有什么不同。

> 对科顿说来，这一枪是他平生听到过的最大声响。它的声音太大，当时反而听不见了。直到那杆十毫米的猎枪像锤子一样朝他肩膀猛地一撞，直到装的黑色火药的硝烟消散开去，直到受惊的马旋了两圈，空马镫拍打着空空的马鞍，掉头飞跑，渐渐消失，这以后很久很久，枪声才在树丛周围，在幽暗模糊的路上逐渐响了起来。
>
> 这一枪太响了。它响得吓人，简直没法相信——这杆枪已经跟了他二十年。枪声猛烈得出奇，震得他晕头转向，像是要把他压到树丛里去。等到他能够打第二枪的时候，已经来不及了，猎狗早跑没影儿了。
>
> 接着，他想逃。这个他已经料到。头天夜里他就叮嘱过自己。“打完枪你就会想跑，”他对自己说，“可你不能跑。你得把事干完。你得弄干净。是不容易，可是就得这么办。你得坐在树丛里，闭上眼，慢慢数数儿，一直到你能定下神来把事干完。”①

---

① 福克纳．猎狗．王升印，樊仲，译//冯亦代．献给艾米莉的玫瑰．广州：广东人民出版社，1930.

第三节　视角

写作训练

假定选定第一人称来叙事，前面构思好的陈小丰和贾妮那个故事，可以从哪些视角来讲述？

我们试着用不同的视角来讲述这个故事。

贾妮的视角：

坐在楼底下的长椅上，我仰望着五楼。已经快十点钟了，那间房子里仍旧没有灯光。其实几个小时前我就到了楼下，我只想在这里静坐一会儿。坐在这里的时候，我想着陈小丰，不知道他现在在干什么，现在会是怎样的心情。或许他心情不错。毕竟对于男人来说，他解放了，单身了。他是个有钱有事业的男人，他还是钻石王老五。我想着昨天跟他一起在民政局拿离婚证的样子。他穿着一件宽大的夹克、宽大的牛仔裤，整个人看上去松松垮垮的。他满脸胡须拉碴，应该有几天没有刮胡须了。以前他的剃须刀都是我给他买，不知道以后谁会给他买剃须刀。他看上去像是快五十的人了，我突然有些心疼：他其实还不满四十啊。我忍不住想起当初我们第一次见面时的样子：他努力抬起头来看我，目光却只是一接触就移开了，显得有些羞涩，身上穿着一件蓝色的休闲西装，看上去干干净净的。这是我喜欢的男人的样子。第一眼给我的感觉很不错。

陈小丰之子陈于庆的视角：

我放学回家的路上，天还没有黑，可是当我回到家里的时候，天已经快黑了。冬天的天就是黑得快。我赶紧放下书包，脱下外套。我感觉今天屋里的气氛不太对。我没有闻到往日里熟悉的菜香味。屋里甚至没有开灯。我悄悄地走进爸爸的卧室，看到他正一个人坐在黑暗里发呆，窗外一小块灯光渗进来，照在他的脸上，他脸色显得更加苍白。我看他睁开眼睛，说了几个字：菜在锅里，自己热一下。然后又闭上了眼睛。我没有再打扰他。我知道家里发生了什么。其实，半年前，我就听到他们在争吵。一个月前的一天晚上，我做完作业，躺在床上却一直没有睡着。我听到他们在商量离婚的事。离婚什么的，其实我并不在乎。我班上有不少同学的父母都离婚了。他们说，现在还好一些，不像以前屋里总是吵吵闹闹的，烦死了。现在玩的地方多了。爸爸妈妈似乎更爱他们了，见到他们都是一副讨好的样子。这样一想，我心里就舒服多了。

陈小丰宠物狗的视角：

我已经老了。老得啃不动骨头了。但是，我还是努力靠在他身边，我不知道这样能不能给他一些安慰。我出生不到一个月，就被他领到了家里。那个时候，他是个单身男人。房子也很小，但是当他在马路上看到我的时候，他还是忍不住把我领回了家。他看上去总是很忙，不是在外面跑，就是坐在电脑边，不停地敲打着键盘。我不知道人类为什么对那个东西那么感兴趣，他好像对电脑的兴趣比对我还大。我努力地和电脑争宠，但还是争不过它。后来，贾妮来了，我的日子就好过多了。我不知道贾妮是怎么来我们家的。我只知道有一天，陈小丰领着一个女人到家里来了，她瘦瘦的，穿着一件淡紫色的裙子，身上的味道很好闻。我喜欢味道好的人，尤其是女人。我主动过去跟她打招呼，使劲地摇着尾巴，表示我的欢迎。她似乎有些惊喜，蹲下来，不停地摸我的头。我想从那时起，我们就已经成了好朋友了。

陈小丰手表的视角：

我是一块欧米茄手表。我在抽屉里已经静静地躺了很多年。我其实并没有坏，只是电池没电了，主人就把我扔在抽屉里。后来，我发现他手上戴着一块新手表，那是块劳力士，我这才明白我为什么失宠了。我以为，我再无出头之日了，就等着有一天，我彻底锈坏，然后被主人扔掉。谁知今天上午，主人却又把我拿了出来，居然还用一块布，使劲地擦拭着，然后拿在手上把玩着。过了一会儿，他居然把手上的劳力士取了下来，把我戴在手腕上！我感动得都快哭了！主人就这样带着我出了门，找到一个手表店，重新装了一块电池，我的身上又响起了嘀嗒嘀嗒的声音。我还没坏！我不知道主人为什么又重新想起我。很多年前，在主人生日的那一天，主人的女朋友贾妮在商场里买下我，把我送给了主人陈小丰。我看到陈小丰紧紧地把我攥在手上，一副非常喜爱的样子。当时，我就很庆幸，遇到了一个好人家。现在，我又静静地戴在主人的手腕上。我看着他坐在黑暗中，一声不吭。他已经坐了好久了，我清楚地记得，我的时针已经走了五格了。

我们尝试用了四种不同的视角。其实，可用的视角还很多。例如，和陈小丰之子陈于庆的视角相似的，还有贾妮闺蜜的视角、陈小丰邻居的视角、陈小丰同事的视角等；和陈小丰宠物狗相似的视角，还有贾妮的宠物猫、家里养的鹦鹉或金鱼等的视角；和陈小丰的手表相似的视角，还有贾妮的帽子、陈小丰的外套、陈小丰的皮带等的视角。另外，还有日记、空气、天空、上帝等各种各样的叙述视角可以使用。从某种意义上说，我们可以使用的叙述视角是无限的。那么，我们在创作的时候，应该如何选择视角呢？

一般而言，选择视角要有三个方面的考量。

1. 要方便叙述

有些视角虽然很独特，却是不方便叙述的。比如空气的视角，作为叙述者，难度太大。还有皮带的视角，陈小丰不太可能一直用一条皮带，皮带没有到的地方，就不方便叙述了。另外还有鹦鹉，鹦鹉只知道家里发生的事，不太清楚外面发生的事。当然，这些缺陷也是有办法弥补的，比如，外面的事情可以借家里人的口说出来，鹦鹉就知道了。但是，我们在弥补的时候，要看弥补的代价，以及对叙述本身的伤害。

从某种意义上看，叙述是否顺畅是验证我们写作是否顺利的一个重要方面。所以，方便叙述是我们选择视角的第一考量。写作者在选择视角的时候，首先就要本能地考虑自己将要写到的内容，是不是叙述视角都能够触及。

2. 要有创造性

我们创作的创造性体现在写作的各个方面，叙述视角是写作者在创造上大施拳脚的重要工具之一。很多写作者都费尽心思选择不同的叙述视角，来给读者制造阅读的新鲜感和新奇感。

例如，鲁迅的《狂人日记》和阿来的《尘埃落定》都是从一个疯子（或者傻子）的视角来进行叙述的。当然，《尘埃落定》比较特殊：我们看到后面会发现，那个傻子是个假傻子，而且读者居然在前面一点都没看出来，看到后面的时候又一点也不觉得不合理，这就需要很高超的叙述技巧了。再如莫言的《生死疲劳》，是以动物的视角来叙事的，也非常独特：一个被冤杀的地主经历了六道轮回，变成驴、牛、猪、狗、猴，最后终于又转生为一个患有先天性不可治愈疾病的大头婴儿。这个大头婴儿滔滔不绝地讲述着他身为畜牲时的种种奇特感受，以及地主西门闹一家和农民蓝解放一家半个多世纪的悲欢故事。小说通过各种动物的眼睛，观照并体味了五十多年来中国乡村社会充满苦难的历史。此外，英国小说家伊恩·麦克尤恩在他的新小说《果壳》中用未出生的胎儿的视角讲述故事。小说的第一行就写道："我就在这，在一个女人的子宫里。我双臂交叉，等啊，等啊，就想弄清楚我在谁的肚子里，我在这里干什么。"帕慕克在《我的名字叫红》里，用了第一人称多视角来叙述。小说里的叙事者除了有侦探，还有坟墓里的死者、被砍掉的头颅、潜伏在城市街道的死神、撒旦、狗、马、树、金币等。小说一开头就是一个死人在讲故事："如今我已是一个死人，成了一具躺在井底的死尸。尽管我已经死了很久，心脏也早已停止了跳动，但除了那个卑鄙的凶手之外没人知道我发生了什么事。"另外还有卡夫卡的《变形记》，叙述的视角是一个变成甲虫的人。

我们看到，很多作家在叙述视角上绞尽脑汁、费尽心机，为的就是制造新奇的阅读感受，同时能够在叙述的过程中加进不同的东西。

3. 便于表达自己的思考

写作的主要目的，不仅仅是为了讲一个故事，最终当然是要表达作者的思考。而叙述视角对于表达思考的影响非常大。比如前面所说的莫言的《生死疲劳》，选择驴、牛、猪、狗、猴等动物的视角，就便于表达各种特殊的思考。卡尔维诺的短篇小说《宇宙连环图》的叙事者不谙世事，非常不同寻常，名为“老 Qfwfq”。Qfwfq 的年龄比宇宙还老，“我不是自夸，但从一开始我就愿意打赌未来将会有一个宇宙。我真是一针见血”。Qfwfq 可以变形，在不同的故事里会呈现不同的形态。它会变成各种不同的生物，比如那些从原始的水里爬出来的第一批生物、恐龙、一个只以宇宙间氢原子为玩物的孩童，甚至包括原子本身。卡尔维诺通过这种独特的叙述视角来表达自己各种奇特的思考。马克斯・苏萨克的《偷书贼》以死神为叙述视角。他笔下的死神并不令人畏惧，是个辛勤劳作的“看门人”，既愤世嫉俗，也富有同情心。死神的视角可以说出很多其他叙述者所不方便说的东西。

我们以上面的三种考量来给前面构思好的故事选择视角，发现很多看起来很独特的叙述视角我们不得不放弃，过于平庸的视角我们也要谨慎使用，同时，我们还得考虑是否能表达我们的思考。

内容小结

如何讲好一个故事？首先需要有一个核心故事。核心故事是整体故事的引导力量，会牵引着所有故事的推进。所有的故事都是围绕核心故事来展开的。确定好核心故事后，接下来要考虑讲故事的人称。故事人称通常有四种，每种人称都有自己的长处和不足，要根据故事的需要统筹考虑。最后还要选择好故事视角。从某种意义上说，每个故事的叙述视角都有无数个。但是，选择故事视角的时候需要考量是否方便叙述、是否有创造性以及是否便于表达作者的思考。

写作练习

写作练习一：视角选择

根据前文所说的关于视角的三种考量，我们对前面构思好的故事进行分析：哪些视角便于讲述，哪些视角比较独特，哪些视角便于我们表达自己的思考？最终选定一两种叙述视角。

写作练习二：修改练习

> 最初，几个孩子看见海面上漂来那团海岬一般黑乎乎的、无声无息的东西时，曾幻想那是一艘敌人的战舰。接着，他们看到那上面既没有旗帜也没有桅杆，又想会不会是一条鲸鱼。直到那东西搁浅在海滩上，他们拂去一层厚厚的马尾藻，摘去水母的触须，又拨开上面的臭鱼烂虾和沉船的碎渣，才发现原来是一个溺水的人。
>
> 整个下午，孩子们都在拿这个溺水者寻开心，一会儿把他埋进沙子里，一会儿又把他刨出来，直到有人碰巧看见了，才把消息传进村子里。几个男人把溺水者抬到最近的房子里，他们发现这人比他们以前见过的所有死人都要重，跟一匹马差不多，于是议论说，兴许这人在水里漂得太久了，水进到骨头里了。他们把他放在地上，这才看出来，他比他们所有男人都要高大许多，房里几乎放不下他，他们想，也许有些溺水的人死了之后还会继续长个子吧。他身上有一股大海的味道，唯有他的形状会使人联想到这是一具人的尸体，因为他浑身上下裹满了鲫鱼和烂泥。①

对上面这段文字进行改编，试着用不同的视角来叙述。

① 马尔克斯．世上最美的溺水者．陶玉平，译．海口：南海出版公司，2015：52.

课堂设计

【课堂形式】

桌椅以分组的形式摆放。三到五名写作者一个小组。所有写作者准备纸笔或电脑，随时准备课堂训练。

【课堂流程】

第一个环节：构思训练

> 离婚那天，他一个人在黑暗的房间里坐了很久。他想起他们认识的那个时候，她温柔，安静，脸上总是带着微笑。他不知道为什么十几年后她变了。她在离婚协议书上签字的时候毅然决然，没有一丝难过。难道是因为她遇见了那个男人吗？还是因为那次出差，自己酒后犯下的错让她一直耿耿于怀？抑或是自己的公司发展得太快，业务越来越好，让他很少回家？他想不明白。最后，他决定给她的闺蜜打个电话。

三人或五人一个小组，根据这个素材，讨论一下，里面有哪些你所感兴趣的东西，理出来。讨论结束后，每个小组派两名写作者发言，阐述自己的发现。

第二个环节：讨论投票

每个小组发言后，全班进行讨论投票，最后选一个故事点进行故事构思。

第三个环节：分析总结

教师以张爱玲的《金锁记》和威廉·福克纳的《献给艾米丽的一朵玫瑰花》为例，讲述什么是核心故事，以及核心故事的构思要点。

第四个环节：构思训练

根据前面讨论的故事点进行构思，同时确定其中的核心故事。

小组先讨论，随后每个小组派代表发言，阐述自己小组讨论出来的核心故事，并阐述理由。最后，全班再进行讨论，投票决定最后确定的核心故事。

第五个环节：故事构思

每个小组根据确定的核心故事，构思一个完整的故事。最后，每个小组派代表发言，在全班进行讨论，确定一个故事梗概。

第六个环节：开头练习

所有人试着以第三人称，根据前面确定的故事梗概，写一个小说的开头。

第七个环节：讨论

课堂内讨论：通常可以使用的人称有几种？各有一些什么特点？

课堂讨论结束后，由教师进行总结，总结四种人称的优缺点以及使用要点。

第八个环节：写作练习

四个小组分别以第一人称、第二人称、第三人称和混合人称写故事的开头。

第九个环节：分享与总结

每个小组派代表分享自己写作的开头。教师进行点评和分析。分析人称选择的四个方面的考量：写作的题材、故事的复杂性、写作的目标和作品的创造性。

第十个环节：写作练习

选定第一或第三人称，每个小组讨论不同的叙述视角，同时尝试用不同视角进行写作。

练习结束后，每个小组派代表进行分享，把能够选择的视角罗列出来。

第十一个环节：讨论分析

全班针对所有的视角，从三个方面进行分析：是否方便叙述、是否有创造性、是否方便表达作者的思考。同时讲述视角选择的这三个方面的考量。

第十三章

路在何方

在讲述一个故事的路途中，总会有一些歧路，需要我们去选择。不要小看这些歧路的选择，可能会决定故事的走向。尤其是故事结局前的路口，更是直接影响着故事本身的价值。还有一些路口，我们发现前面无路可走，感到四顾茫然。这个时候，我们需要新的出口，需要山重水复后的柳暗花明。故事的走向是故事发展的关键所在，同时也会影响整部作品。

这一章，我们将一起探讨讲故事推进过程中的选择，重点探讨是什么决定了我们的故事走向。

第一节 无路与歧路

1. 无路

写作讨论

“公主和王子从此过上了幸福美满的生活”之后，故事就结束了。为什么？

很显然，“公主和王子从此过上了幸福美满的生活”，作者就已经无路可走了，因为此时没有矛盾了。其实，在很多作品的写作过程中，作者在写得高兴的时候，都会突然发现面前出现了死胡同：无路可走了。

我们看看这句话里的几个关键词：一是“幸福美满的生活”，说明矛盾已经结束了；二是“从此”，说明此后一直没有矛盾。如果此时，我们整部作品的写作目标还没有完成，那怎么办？就需要从这两个关键词上下手：一是“幸福美满的生活”出现了新的问题。例如，王子移情别恋了，或者公主碰到初恋了；公主发现王子其实也没那么好，以前都是装出来的；王子发现公主骗了自己，其实她根本就不是什么公主。这个时候，新的矛盾就出来了。二是不能“从此”。“幸福美满”都是阶段性的，人不可能一直幸福美满，这样故事才能重新开始。所以，我们发现，“无路可走”的时候说明没有矛盾了，需要制造新的矛盾，才能让故事继续下去。

写作训练

公路上发生了一起车祸，齐永超开车的时候撞到了一个过路的老太太。老太太看起来伤得很重，躺在地上半天没起来。齐永超赶紧打120，然后报警。警察陪同齐永超去医院。经检查，老太太没有什么问题，只是擦破了一点皮，当时晕倒了是惊吓所致。警察查看了齐永超的行车记录仪，发现齐永超没有违规之处，是老太太违规突然穿越马路。见此情形，老太太也没说什么，警察把她送回了家。

故事到这个地方，出现了“无路可走”的情况，没什么好写的了，问题都清楚了，矛盾也解决了，两位当事人也没什么意见了。那么，如果要把故事进行下去，接下来应该怎么办？讨论一下，有哪些解决办法。

很显然，故事之所以进行不下去，是因为没有矛盾了。如果想把故事进行下去，我们需要新的矛盾。通常而言，矛盾有外在的，也有内在的。所谓外在矛盾，就是指由外面的力量制造的矛盾，通常通过增加新的人物、制造突发事件等来达成；所谓内在矛盾，是指由人物自身的内在因素产生的矛盾。我们试着从两个方面来制造矛盾。

先来看外在矛盾。

（1）老太太的儿子和儿媳生事，要求赔偿。这是利用主人公身边的人制造矛盾。曾经有过类似的新闻报道：好心人救人，老人原本对好心人表示感谢，结果在儿子和儿媳的逼迫下老人又改口了，演了一出“东郭先生和狼”的故事。这是比较常规的矛盾制造法，增加主人公身边的人物，制造矛盾。

（2）骗子打电话给齐永超，冒充老太太的儿子诈骗。这是增加新的无关人物，来制造矛盾。当然，在齐永超不知情的情况下，他还是会和老太太有矛盾冲突，这就有了两条矛盾线：一条是齐永超和老太太的新矛盾；一条是齐永超和骗子之间的矛盾。类似于这样的矛盾可以制造出很多。

（3）齐永超回家后，老婆怪他没有去接她，一怒之下回了娘家。齐永超和老婆之间最近感情出了点问题，今天是他们的结婚纪念日，齐永超计划好了要制造一场浪漫，和老婆好好交流一下，结果因为这起车祸耽误了。这是“唤醒老矛盾”的方法。当然，所谓的“老矛盾”其实也是新制造出来的。只不过，在这个故事里，车祸就不是主要矛盾了，而是主要矛盾之中的一个次要矛盾。

当然，制造外在矛盾的方法还有很多，比如增加新的事件等，我们在这里只列举三种主要矛盾作为例子。接下来，我们看看内在矛盾的制造：

（1）齐永超患有创伤性应激障碍，这一次意外的车祸对他冲击很大，让他的病情加重。后面的故事主要围绕创伤性应激障碍展开，讲述齐永超的内在挣扎。

（2）警察后来研究事故现场录像，发现齐永超本可以避开老太太，却没有避开。虽然事故的责任不在齐永超，但齐永超的行为值得怀疑。经过了解发现，齐永超以前遇到过碰瓷的，心理上产生障碍，关键时刻失去判断能力。

（3）老太太精神上有问题，出了事故后，把齐永超当成自己因意外去世的儿子。齐永超以为老太太讹他，经过一段时间后发现了真相，主动配合老太太的女儿帮助老太太。后面的故事围绕老太太的心理创伤和修复展开。

内在矛盾的制造也可以有很多种方式，我们这里也只列举三条。下面来看看，矛盾制造要注意哪些问题：

第一，注意寻找素材之间的冲突点。比如，在上面的材料中，事故本身就是矛盾，虽然后来事故本身已经没有矛盾了，但在事故的解决过程中可能会产生新的矛盾。这就是新的冲突点。

第二，寻找素材中可能发展为冲突的内容。比如说，老太太为什么会一个人横穿马路？是不是她没有家人，或者家人对她疏于照顾？老太太和家人之间的关系可以成为新的冲突点。

第三，研究人物，从人物性格、心理等方面寻找矛盾点。如同后面的内在矛盾的设置，通过齐永超或者老太太本身的心理问题来寻找可能的矛盾点。这种作品重点写人物的心理。

第四，思考故事的目的，根据目的来设置矛盾。我们现在构思整部作品的时候，应该对整部作品的写作目标有所考量，所以我们可以根据整部作品的构思来思考我们所需要的矛盾。

第五，根据前面埋下的伏笔，寻找矛盾点。当我们在写作的过程中遇到障碍，感觉“无路可走”的时候，可以回头看一看，前面有没有留下什么伏笔。如果前面曾经留下伏笔，就可以根据伏笔来设置新的矛盾。比如说，前面留下了伏笔：齐永超在准备踩刹车的时候，突然出现了幻觉。这个就可以为后来齐永超的心理描写留下线索。

第六，矛盾的设置应顺应规律，并非可以为所欲为。这里所说的“规律”，通常指三个方面：一是要合乎生活中的常理和人的正常认知能力；二是要合乎基本的逻辑，要能自圆其说；三是要合乎人类正常的情感和心理诉求。

第七，矛盾有内在的和外在的，最好的矛盾来自内部。一些文学作品中，通常制造矛盾的方式就是添加外在矛盾，这对于整部作品来说，其实不是最好的方法。一部好的作品，作者会对整部作品有整体的思考，也就是说，在开始的构思中，就会考虑后面的矛盾设置。当然，在写作的过程中，也可以在后面突然想到了某些新的矛盾，再回过头来修改前面的情节甚至重新构架故事，以便设置伏笔。因而，最好的矛盾都是蕴含在内部的，尤其是已有的人物身上，而不是增加新的人物来增加矛盾。

写作思考

一部作品中，如何在整体设计中，尽量避免遇到“无路可走”的情况？如果遇到“无路可走”的情况，如何重新修改整体设计？

2. 歧路

刚刚我们讨论了作品写作过程中遇到的“无路可走”的情况，接下来，我们讨论另外一个问题，那就是：面临很多路的时候，怎么办？俗话说，“歧路亡羊”。“歧路”意味着我们需要选择，而选择有可能决定着故事往哪个方向发展。我们先来看下面这个案例：

> 起义军领袖郭文率军攻打政府军，政府军节节败退，政府军司令朗德纳克侯爵被围困在一座城堡里。最后，朗德纳克找到了一个地道，他沿着地道逃了出去。就在他刚刚逃出去的时候，突然听到头顶传来哭喊声。他发现有三个孩子被围困在一座燃烧的房子里。此时，朗德纳克侯爵面临着一个抉择：要不要回去救那三个孩子？

到这里，故事出现了几种可能。那么，接下来故事往哪里走？

我们看到，朗德纳克侯爵有两条路可以走：一是不救，二是回去救。这也意味着故事有两个发展方向。我们来看看，沿着这两条路，故事会通向哪里？

第一条路：不救那三个孩子，自己成功地从地道逃走，他会重新组织政府军和起义军决斗。

第二条路：回去救那三个孩子，他就会被起义军抓住，个人面临生命危险。

第一条路后面没有了抉择，意味着故事会有新的发展方向，我们先按下不表。如果选择第二条路，我们发现后面又有了新的抉择：朗德纳克侯爵被郭文抓住，郭文发现他是为了救那三个孩子才被抓的。此刻，郭文的大脑里开始进行激烈的思想斗争。一方面，在郭文的心中，朗德纳克是起义军不共戴天的敌人，是双手沾满革命者鲜血的刽子手，应该将他处死；另一方面，朗德纳克却在关键时刻置自己的生死于不顾，救出了三个孩子，否则他完全可以逃走。如果郭文处死他，似乎在道义上又说不过去。一边是革命的利益、革命的纪律，另一边是人性的呼唤、道义的要求。郭文面临着抉择。

接下来又是歧路：故事往哪里发展？

此时，我们看到，接下来的故事有三条路可走：

第一条路：执行起义军的纪律，公开审判，处死朗德纳克侯爵。但是，这样一来，郭文将面临良心上的谴责。

第二条路：放走朗德纳克侯爵。但是，这样一来，郭文将面临起义军纪律的审判。

第三条路：将朗德纳克侯爵交给其他人来处理。

我们来分析一下这三条路。在当时的情况下，第三条路从结果上看实际上和第一条路是一样的，最终其他人（比如政治委员西穆尔登或者革命委员会）也会处死朗德纳克侯爵，唯一不同的是，郭文自己就可以逃避责任了。但是，这不符合作品在前面所塑造的郭文的性格，他不是一个逃避责任的人。所以，第三条路是不符合整体故事安排的，可以放弃。那么，接下来就只有两条路可选了。我们看看，沿着这两条路前进，会发生什么。

第一条路：朗德纳克侯爵被处死，意味着西征行动结束了，起义军获得了胜利，故事就结束了。那么，这个故事说明了什么？革命是不讲情面的，只有不讲情面的革命才能获得胜利？而郭文从此以后将生活在良心的折磨之中。

第二条路：放走朗德纳克侯爵，郭文会面临起义军纪律的审判。这个时候，审判者——政治委员西穆尔登也会面临抉择，故事还要继续进行下去。

那么，我们沿着第二条路继续前进。郭文放走了朗德纳克侯爵，自己留在了牢里，等着西穆尔登的审判。此刻，西穆尔登面临着两条路：

第一条路：按照起义军的纪律，依法处死郭文。

第二条路：法外容情，让郭文戴罪立功。

我们也来分析一下，沿着这两条路，会通向哪里。

第一条路：西穆尔登依法处死郭文后，革命者失去了自己的领袖，他作为郭文的老师也会悲痛万分。此时，西穆尔登可能会有两个选择：一是自己带领革命者继续革命；二是他不能原谅自己，自杀而死。

第二条路：郭文被释放后，自己内心会有负罪感。他可能会自杀，也有可能真的戴罪立功，率领起义军继续向政府军进攻。这样故事会有新的后续发展：郭文是否会再遇上朗德纳克侯爵，是否会再次抓住他？

这两条路中，第一条路会让故事结束，第二条路则会产生新的故事。我们来看看，雨果是如何选择的？雨果选择的依据又是什么？

在《九三年》里，我们看到了雨果的选择：

首先，朗德纳克侯爵为了救三个孩子，被郭文抓住。其次，郭文经过激烈的思想斗争，在处死朗德纳克侯爵和放走他之间反复权衡，最终还是决定放走他，自己留在牢里，等待政治委员会的处理。当政治委员西穆尔登在牢里看到郭文时，他大吃一惊，他接下来面临着一个任务：审判郭文。在审判过程中，郭文极力要求西穆尔登执行起义军的纪律，将自己处死。西穆尔登经过痛苦挣扎之后，最终将郭文处死了。但在处死郭文的同时，西穆尔登也拔枪自杀而死。

我们来看看雨果三次选择的原因是什么。第一次选择，朗德纳克不顾自己的生命而去救三个孩子，是出于人道主义精神。也就是说，即使是作为反动派的朗德纳克侯爵，也有其人性的一面。从人物塑造的角度，这样处理的好处是，人物形象更复杂、更丰满也更人性化。

第二次选择，郭文不顾起义军会惩罚自己的纪律，放走了朗德纳克侯爵，是因为他觉得朗德纳克侯爵是为了救孩子才被抓的，如果处死他就失去了道义，所以他本着人道主义精神把朗德纳克侯爵放走了。这样做是符合郭文的整体性格塑造的。

第三次选择，西穆尔登处死郭文的这个决定可能会让很多读者费解，因为郭文不是一般人，是起义军的司令，处死他意味着起义军失去了重要的领袖。在中国，法外容情、戴罪立功是文学作品中经常出现的情节，何况中国自古就有“刑不上大夫”“法不加于尊”的传统。例如《三国演义》中，曹操征张绣时，为了安民，下令“凡过麦田，但有践踏者，并皆斩首”，结果自己的马受到惊吓踏坏了麦田，当他拔剑要自裁的时候，郭嘉就说自古春秋大义有“法不加于尊”之说，于是曹操割发代首了事。中国自古是人情社会。而在西方，法的精神自古就深入人心。在西方人的眼里，规则、制度是非常重要的东西，其重要性超过了英雄人物。如果不处死郭文，那就意味着起义军失去了纪律，损失了革命纪律的起义军比损失了领袖的起义军更可悲。所以，理所当然要处死郭文。只是在处死郭文后，西穆尔登内心非常悲痛，所以就拔枪自杀了。我们在雨果的另一部作品《悲惨世界》里，也看到了相似的情节：警探沙威在发现自己一直敬重的马德兰市长就是自己苦苦追踪的逃犯冉阿让时，也面临着痛苦的抉择。如果他将马德兰市长抓捕归案，那自己就是“不人道”的；而如果放走马德兰市长，自己又失职了，违背了“法的精神”。在这里，“人道主义”最终战胜了“法的精神”。只是，沙威在自己失职后，以自杀来惩罚了自己。

在这里，我们看到，面对歧路，写作者如何处理非常重要。处理得不好，将会影响整部作品。在《九三年》中，我们看到，最终决定雨果在歧路时的选择的，是他的“人道主义”。雨果的选择，最终都宣扬了他的“人道主义”。这和“无路可走”的处境不同。“无路可走”时，需要我们找到新的路；但遇到歧路时，我们需要的是选择。

写作练习

吉姆是一个贫穷的小职员，他的妻子德拉是一个贤惠善良的主妇。他们生活贫穷，但他们非常相爱。而且吉姆和德拉各自拥有一样极珍贵的宝物。吉姆有一块祖传的金表，德拉有一头美丽的秀发。为了能在圣诞节送给对方一件礼物，最终吉姆卖掉了他的金表，为德拉买了一套他认为配得上她秀发的梳子；德拉则卖掉了自己的长发，为吉姆买了一条配得上金表的白金表链。

阅读上面的材料。在准备圣诞节礼物的时候，吉姆面临着选择：卖掉金表为德拉买梳子，不卖金表则没钱买礼物送给德拉。思考一下，如果吉姆选择不卖金表，故事会朝哪里发展？对于整部作品，最终会产生怎样的影响？

第二节　故事结局

写作训练

三个大学同班同学到了同一家公司。其中一位男同学张航是班长，另一位男同学陈仓读书的时候并不起眼。两个人都喜欢一起来的女同学范玉华。范玉华最终选择了陈仓，让很多人大跌眼镜。五年之后，当年不起眼的陈仓在职场上节节高升，已经成了部门经理；而心高气傲的张航却一直平平淡淡，还是普通员工。陈仓就任部门经理的那天晚上，大家在一起喝酒，范玉华突然在酒桌上宣布和陈仓分手。所有人都很震惊。陈仓却对张航说：她应该是属于你的，她其实一直是喜欢你的。

请为这个故事设计一个结局。

结局是故事的最后一个路口，也是最后一道选择题。这个选择题也是一名写作者必须要做好的，它关乎几个方面的问题：

（1）故事的完整性。

我们看到，上面这个故事里，如果没有一个结局，故事就是不完整的，读者也不知道作者到底在说什么。我们知道，矛盾是故事产生的必要条件，矛盾有“发生——发展——高潮——结局”这样的过程。如果没有结局，矛盾就不完整。所以说，一个好的故事必须有一个好的结局，这样故事才算是完整的，否则，故事就有可能虎头蛇尾。很多初学写作者往往不知道如何处理故事结局，结果可能就是虎头蛇尾。

（2）作者的价值判断。

结局的处理通常都是作者价值观的显现。像前文所说的《九三年》，结局从朗德纳克侯爵救孩子到郭文释放朗德纳克侯爵，再到西穆尔登处死郭文并自杀，体现的就是雨果的“人道主义”和对法律和规则的尊重。列夫·托尔斯泰晚年的作品《复活》的结局，也充分体现了托尔斯泰的价值观。

玛丝洛娃原是一个农奴的私生女，她天真、善良，真诚地爱上聂赫留朵夫。但贵族少爷聂赫留朵夫在诱奸了她之后却把她抛弃，使她陷入种种悲惨遭遇，最后沦为妓女。她的身心受到严重摧残，拼命吸烟、喝酒，麻醉自己。有一天，她被诬告谋财害命，被关进监狱，并被昏庸的法官判处四年苦役，流放西伯利亚。在审判玛丝洛娃时，正巧聂赫留朵夫做陪审员。

这个时候，故事就到了快结束的时候了。聂赫留朵夫会如何做？玛丝洛娃又如何面对他？所有这些都会关乎整部作品的主旨。

我们看到，在小说中，当聂赫留朵夫认出玛丝洛娃时，他的良心受到强烈谴责，他想拯救她以赎前罪，并且准备和她结婚。玛丝洛娃在聂赫留朵夫的真诚忏悔和关怀下，消除前怨，逐步重新唤起埋藏在内心深处的善，自动戒了烟酒。但是，她为了不损害聂赫留朵夫的名誉和地位而拒绝与他结婚，而与另一个她所爱的犯人西蒙斯结合，从而走向“新生”。而聂赫留朵夫最终也放弃贵族生活，把土地分给农民，与上流社会断绝交往，虔诚信奉宗教。

我们看到，玛丝洛娃面对聂赫留朵夫，没有像基督山伯爵那样去复仇。聂赫留朵夫认出玛丝洛娃之后，也没有为了自己的名誉斩草除根。他们都作出了善的选择。这部作品充分体现了“托尔斯泰主义”，即：赎罪、拯救灵魂、禁欲主义、“不以暴力抗恶”、“道德自我完善”等。它宣扬的是托尔斯泰自己的“博爱”思想。可以说，这部作品是托尔斯泰晚年价值观的产物。

（3）读者的满意度。

故事的结局自然会影响读者对作品的满意度。有些作品让读者大呼上当，有些作品让读者大呼过瘾，有些作品则让读者意犹未尽。不同的故事结局会对读者产生很大的影响。《基督山伯爵》的复仇就让读者看得很“过瘾”：快意恩仇，有仇必报。《复活》则会引发读者深深的思考，同时唤起读者内心的善良与美德。《霍乱时期的爱情》则让读者意犹未尽，甚至自己也跃跃欲试，来探讨一下爱情到底是什么。这些都是让读者满意的作品。但有些作品像《荡寇志》，其结局则让读者非常不舒服——他们不满意那些替天行道的英雄人物最终怎么会落了那样的下场。

（4）作品的价值。

结局既然关乎作者的价值观，当然也会影响作品本身的价值。好的结局会让作品增色，提高作品的价值。《巴黎圣母院》中，敲钟人卡西莫多最终将伪君子副主教克洛德·弗洛罗从巴黎圣母院的塔顶推了下去，自己也死在埃斯梅拉达的身边。这样的结局既满足了读者的期待，又引发了读者的深深思考，雨果的“人道主义”光芒在其中闪烁，作品的价值立即得到提升。如果给作品设想另一个结局，像很多武侠小说中所写的那样：最后，宫廷弓箭队队长菲比斯英雄救美，救出埃斯梅拉达，和她双双浪迹江湖。这样的结局，读者有可能看得很爽，但作品的价值无疑会大打折扣。

我们来看一下，通常故事的结局有哪些种类。

1. 自然的结局

这种结局在故事进行的过程中就已经准备好了，只是到了结尾瓜熟蒂落而已。例如，海明威的《老人与海》。老渔夫圣地亚哥一连 84 天都没有钓到一条鱼，但他仍不肯认输，终于在第 85 天钓到一条 1 500 磅的大马林鱼。大鱼拖着船往海里走，老人依然死拉着不放，经过两天两夜的搏斗，他终于杀死大鱼，把它拴在船边。但许多鲨鱼立刻前来抢夺他的战利品。他和鲨鱼进行搏斗，到最后只剩下一支折断的舵柄作为武器。到这个时候，结局就非常明显了：大鱼最终被吃光，圣地亚哥只拖回一副鱼骨头。

这部小说的结局从圣地亚哥遇到鲨鱼群就已经注定了，属于那种非常自然的结局。只不过，在这种看起来圣地亚哥“失败”了的结局之外，却还有“胜利”的结局——那就是圣地亚哥永不言败的拼搏精神。

福克纳的《包法利夫人》也属于这种结局。农家女艾玛受过贵族教育之后，瞧不起当乡镇医生的丈夫包法利，梦想着传奇式的爱情。她抵抗现实的方式是偷情。但是，两次她都遇见了负心汉。尤其是最后一次，她为了对方不断借钱，最后不惜借了高利贷。在这个时候，包法利夫人的结局就已经注定了：她积债如山，走投无路，只好服毒自尽。我们看小说的时候就会发现，这样的结局一开始就已经注定了，所以整部小说都朝着这个结局前进。

2. 反常规的结局

这种故事的结局从一开始就是有迷惑性的，其中最大的特点就是故事的发展不断出现反转。莎士比亚的代表作之一《罗密欧与朱丽叶》就是这种故事。罗密欧和朱丽叶生在两个有世仇的家族，但是两个人在宴会上一见钟情，相爱了。其实，这种开头的故事有很多。不少故事最终的结局都是爱情战胜了仇恨，两个人不但幸福地生活在一起，而且化解了两个家族的仇恨。我们看这部剧的时候，感觉故事也在朝着这个方向发展。罗密欧和朱丽叶的爱情很自然地遭到两个家族的反对。但是，他们两个人对爱情忠贞不渝，于是找神父想办法。神父也想借此化解两个家族的矛盾，于是答应帮忙。就在这时，故事开始第一次反转。这天中午，罗密欧在街上遇到了朱丽叶的堂兄提伯尔特。提伯尔特要和罗密欧决斗，罗密欧不愿决斗，但他的朋友觉得罗密欧没面子，替他和提伯尔特决斗，结果被提伯尔特杀死。罗密欧大怒，拔剑为朋友报仇，杀死了提伯尔特。在这里，家族的仇恨又被加深了。

经过多方协商，城市的统治者决定驱逐罗密欧，下令如果他敢回来就处死他。罗密欧刚一离开，出身高贵的帕里斯伯爵就前来向朱丽叶求婚。朱丽叶的父亲凯普莱特非常满意，命令朱丽叶下星期四就结婚。朱丽叶去找神父想办法，神父给了她一种药，服下去后就像死了一样，但 42 小时后就会苏醒过来。神父答应她派人叫罗密欧，会很快挖开墓穴，让她和罗密欧远走高飞。此时，故事开始出现反转，如果计谋成功，故事就将出现喜剧结局。

朱丽叶依计行事，在婚礼的头天晚上服了药，婚礼变成了葬礼。神父马上派人去通知罗密欧。可是，罗密欧在送信人到来之前已经得到了错误的消息。故事再次出现反转。罗密欧在半夜来到朱丽叶的墓穴旁，杀死了阻拦他的帕里斯伯爵，掘开了墓穴。他吻了一下朱丽叶之后，就掏出随身带来的毒药一饮而尽，倒在朱丽叶身旁死去。等神父赶来时，罗密欧已经死了。这时，朱丽叶也醒过来了。朱丽叶见到死去的罗密欧，也不想独活人间，她没有找到毒药，就拔出罗密欧的剑刺向自己，倒在罗密欧身上死去。这个时候，故事其实可以结束了，但是再次出现反转。

两家的父母都来了，神父向他们讲述了罗密欧和朱丽叶的故事。失去儿女之后，两家父母清醒过来，终于消除积怨，在城中为罗密欧和朱丽叶各铸了一座金像。

我们看到在这个故事中，很多次都可以结束了，但是不断出现新的反转。每一次的反转都是非常规的。然而，由于作者在之前做了大量的铺垫，最终的非常规结局也变得合理了。

3. 需要选择的结局

有些故事，到临近结局的时候，会出现前面所说的“歧路”。像《九三年》，后面出现连续不断的歧路，需要作者进行选择。莫言的

《檀香刑》也是这种类型。

在《檀香刑》中，猫腔艺人孙丙血气方刚，因杀了侮辱他续弦的老婆的德国鬼子，被逼走上一条造反之路。后来，孙丙被抓，故事主要就是围绕给孙丙施刑一事展开。孙丙被抓后，一帮义士把他救了出来，并找了一个和他相貌相似的人替他死。此时，作者面临第一个选择：孙丙逃还是不逃？最终，孙丙选择了不逃。接下来，孙丙要被施以檀香刑。几方势力把矛盾集中在檀香刑上：德国人、袁世凯想让孙丙在受刑的过程中活五天，以警吓抵抗人士；施刑的刽子手赵甲也希望孙丙活五天，以显示他杀人的本领；有正义之心的县太爷钱丁则在行刑后的第四天夜里准备去杀了孙丙，抗德义士们也希望早一点让孙丙解除痛苦。此时再次面临选择：孙丙到底什么时候死？当然，结局出乎人们的意料：就在钱丁要杀死孙丙，替他结束痛苦的时候，孙丙却阻止了他，并自愿让德国人和袁世凯的阴谋得逞。就在读者以为正义之士失败的时候，孙丙却唱着猫腔死去——原来孙丙也想借自己之死来唤醒民众。

这种有“歧路”的结局考验着作家的价值判断，也考验着作家的思想高度和艺术功力。在《水浒传》与《荡寇志》中，这一点体现得最为明显。站在梁山好汉的立场上，两部作品最终都是悲剧结局，按说价值观应该相似。但是，在《荡寇志》中，梁山好汉的覆灭却是被作者当作喜剧来写的，作者的价值观也因此和《水浒传》完全不同。

4. 留下空白的结局

玛格丽特·米切尔的《飘》就是这种类似的作品。小说以美国的南北战争为背景，围绕瑞德和思嘉丽的爱情展开。瑞德一直追求着思嘉丽，思嘉丽却一直讨厌他。她的梦中情人一直是艾希礼，但艾希礼娶了媚兰。在南北战争中，几个家庭颠沛流离，瑞德借着战争发了国难财，艾希礼和思嘉丽却先后失去自己的妻子和丈夫。最后，思嘉丽被迫嫁给了瑞德。但思嘉丽却一直对艾希礼若即若离。媚兰去世后，思嘉丽才明白，其实她并不爱艾希礼，她对艾希礼特殊的感情只是因为他没像其他男人一样迷上自己。这个时候，她才明白，其实她真心爱的人是瑞德。但是，这一切都已经太晚了。瑞德已经对思嘉丽失望，决定弃家离开思嘉丽。此时，小说的结局出现了：思嘉丽只能回到庄园，而小说也留下了一个巨大的空白。思嘉丽说：我一定有办法把瑞德找回来，这些还是留给明天吧。不管怎么说，明天又是新的一天……

思嘉丽到底有没有把瑞德找回来？小说里没有写。有些小说没有确定性的结局，给读者留下了巨大的想象空间。留下空间的主要目的就是让读者参与到小说中。

有些不好的作品也在结局问题上犯了很大的毛病，主要有：

（1）画蛇添足。这种作品中，故事明明已经有结局了，作者为了强行拔高主人公或者强行植入个人的思想，添加了一些故事。这种结局就叫画蛇添足。我们发现，这种作品去掉后面添加的东西，反倒更好一些。

（2）草草收尾。这是初学写作者经常容易犯的错误。因为前面的矛盾太多，故事铺排得太大，不知道如何结局，于是就草草结尾。这种故事往往完成度不高，从某种意义上说，甚至是没有完成作品。

（3）道德说教。中国古代小说中常常会这么写。但是，古代小说这样写作是有其背景的。那个时代，小说存在的意义本来就是以故事来说教。但现代小说中也有人在结局的时候站出来，进行道德说教，那就非常令人倒胃口了。现代小说不是说教的工具，小说需要用作品中的人物和故事来说话，而不是作者自己跳出来说教。

（4）自相矛盾。有些作者的逻辑能力不够，在构思故事的时候，没有全盘考虑，在故事推进的时候，随机增加人物和故事线索，同时也增加了矛盾，结果在后面故事的发展和结束的时候，没有处理好这些矛盾之间的关系，出现了结局与前面的设置自相矛盾的情况。自相矛盾是故事之大忌，因为自相矛盾，基本上整部作品都会被毁掉。

（5）集中交代。把所有说不清楚的问题全部放到结局的时候，来进行集中交代。这种情况经常发生在一些悬疑、侦探类作品中。我们在一些电视剧中也经常看到类似的处理方式，把所有主要人物的结局都集中交代一遍，算是给读者一个交代。这其实是作者无能的一种表现。好的作品人物都会有其自然的命运，其结局在故事的推进过程中一一出现，无须由作者出来进行集中交代。

总而言之，结局也是一部作品中非常重要的部分。如何处理好结局，不仅考验写作者的写作技巧、逻辑能力，还考验写作者的思想和价值观。

写作思考

曹雪芹写《红楼梦》的时候，只写了八十回，后四十回有很多作者续写过。为什么现在市面上发行的是高鹗续写的版本？

第三节　故事走向

我们回到第二节的故事中，看看这个故事在矛盾的“开始——发展——高潮——结局”的过程中，有哪些地方涉及故事走向的思考。

在这个故事中，矛盾的开始有两点：一是张航和陈仓二人职场上的发展。两个大学同班同学，在职场上的发展却大不相同，最关键的是，在大学里最优秀的那个却混得不好，而比较平庸的那个却如鱼得水、不断升职。二是三个人之间的爱情。女同学范玉华没有选择大学时更为优秀的班长张航，却选择了平庸的陈仓。

在这两条矛盾线中，都存在着看起来“反常”的情况。这是故事的第一次走向的选择。在这项选择中，写作者需要让这两种“反常”都变得合理，同时又能够表达自己想要表达的东西。

接下来，新的矛盾开始了。在陈仓的升职请客宴会上，再次出现反常情况：在别人眼里“选择正确”的范玉华却在陈仓升职的时候，公开宣布和他分手。这是第二次比较大的走向选择，仍然是反常的选择——正常的情况应该是这次请客宴同时成为他们的订婚宴。更反常的是，陈仓居然对张航说：她应该是属于你的，她其实一直是喜欢你的。

这一次大的故事走向的反转需要写更多的故事去解释，去让这个“反常”变得合理。

在完成这个解释之后，故事就到了要结束的时候了。这个时候，是全篇最后一次故事走向的选择，其中包含几个小的选择：

（1）张航如何面对范玉华和陈仓的话？

（2）范玉华是否如陈仓所说，其实一直爱着张航？那她当初为什么要跟陈仓在一起？

（3）张航是否接受范玉华？

（4）他们同学三人以后会如何相处？会不会有人因此而离开这家公司？

思考一下上面四个问题，然后进行小组讨论，看看如何解决这四个问题。

我们看到，在完成一个故事的过程中，写作者要多次面对道路的问题，这其中，既有“无路可走”的情况，又有“歧路亡羊”的情况，还要在快要结束的时候，面临着“终极选择”的情况。这些情况的解决，都决定了故事的走向。故事走向对于作品的最终完成有着非常重要的影响，因为在作品的完成过程中，我们要充分重视故事的走向。通常而言，故事走向有几个原则：

1. 符合人类的情感和人性的诉求

故事可以反常规，但还是要符合人类的情感和人性的诉求。所有的文学作品，归根结底都是从生活中来的，最终也要回到读者那里去。像《西游记》，尽管里面有很多大胆的想象（比如，人可以在天上飞，动物可以成仙，水里有龙王，下面还有地狱，等等），但是里面所有的规则，包括佛界、仙界、妖界、人界、鬼界，都要符合人类的伦理和规则，里面所有角色的命运还是要符合人类的心理。因为所有的佛仙神鬼都是人类想象出来的，所以其最终反映的也还是人类的思想。同样，像《哈利·波特》以及《三体》这种奇幻和科幻类作品，最终写的也还是人，所以这些作品一样要符合人类的情感和人性的诉求。

2. 要让读者不容易想到

从某种意义上说，写作的过程实际上是和读者斗智斗勇的过程。

所谓斗智，就是发现读者所不能发现的东西，想到读者所想不到的东西；所谓斗勇，就是比读者更大胆，更敢于突破。一部作品，如果读者在阅读的过程中，发现里面所有的故事都在自己的掌握之中，作者后面所写的内容，读者全部都能想到，那么可以想象，读者读的时候该有多么的乏味和失望。所以，正如我们在前面几章里所说，一部作品的构思，首要就在于发现——发现那些别人没有发现的东西。这是我们的开始。随后，在写作的过程中，我们要能够写那些读者想不到的东西。这样，读者在读的过程中才有新鲜感，才有收获。这也是写作中创造性的诉求。尤其是在故事各个路口的走向的选择中，更要体现这种创造性。

3. 符合故事发展逻辑

真实性是文学创作的第一诉求。这里的“真实性”，并非指所有写作的内容都要符合生活的真实，而是指“艺术真实”，或者叫“文学真实”。而文学真实中，符合逻辑是其中重要的部分之一。这个“逻辑”是指故事从发生、发展到结果，整个过程要符合逻辑。换句话说，是要能够“自圆其说”。从某种意义上说，一部作品是作者建造的一个独立的世界，这个世界要自成体系，有自己的规则。这个世界里的很多东西可以和现实世界不一样，但是一定要在你自己建造的这个世界里符合逻辑。像卡夫卡的《变形记》，故事一开始发生的事情就不符合现实世界的逻辑——人不可能真的变成一只甲虫。但是，卡夫卡在这个故事里建造了一个自己的世界，在这个世界里，一个名叫格里高尔・萨姆沙的人一开始就变成一只甲虫。这并没有什么问题。但关键是，在格里高尔・萨姆沙变成甲虫之后，后面所有的故事都围绕这件事展开，所有发生的事情都要符合逻辑。当然，卡夫卡在这里的“逻辑”，是生活逻辑。在有些作品中，像《西游记》，可能还要建立自己的逻辑体系，这个逻辑体系就是作品里的各种规则，例如“天上一天，人间一年”“人要经历轮回”等。

4. 价值判断决定走向

在很多的故事路口，除了符合上面所说的这些规则，最终决定故事走向的，往往是写作者的世界观和价值观。因为世界观和价值观会决定写作者的价值判断。在前面，我们已经举过不少例子，来说明价值判断是如何影响故事的最终走向的。我们在此不再重复。

需要提醒初学写作者的是，一名写作者要重视自己的价值判断。而价值判断的形成是受很多复杂的东西共同影响的。这一点，我们将在后面再来探讨。

内容小结

在一个故事发生、发展到结束的过程中，写作会多次走到路口，遇到各种各样的问题，或前方无路可走，或面临多个路口的选择，尤其是到结局的时候，更会面临艰难的选择。面对这种情况，究竟路在何方？写作者需要了解故事写作的规则和规律，还需要在面临选择的时候有正确的价值判断。因为“路在何方”的追问，不仅涉及要把故事写下去的问题，还涉及故事好坏的问题。

写作思考

阅读《红与黑》，一一列举出其中的故事路口，看看作者司汤达是如何选择故事走向的。再思考一下，如果选择别的故事走向，接下来会发生什么？最终的作品会变成什么样子，其中的思想会发生怎样的变化？

课堂设计

【课堂形式】

桌椅以分组的形式摆放。三到五名写作者一个小组。所有写作者准备纸笔或电脑，随时准备课堂训练。

【课堂流程】

第一个环节：案例讨论

> 公路上发生了一起车祸，齐永超开车的时候撞到了一个过路的老太太。老太太看起来伤得很重，躺在地上半天没起来。齐永超赶紧打120，然后报警。警察陪同齐永超去医院。经检查，老太太没有什么问题，只是擦破了一点皮，当时晕倒了是惊吓所致。警察查看了齐永超的行车记录仪，发现齐永超没有违规之处，是老太太违规突然穿越马路。见此情形，老太太也没说什么，警察把她送回了家。

围绕上面这个案例，进行小组讨论，分析其中可能产生的矛盾，从而讨论出接下来故事朝哪个方向发展、如何发展。

第二个环节：课堂讨论与教师总结

小组讨论结束后，每个小组派代表发言，提出解决办法。根据课堂讨论的内容，教师分析总结外部矛盾和内部矛盾两种矛盾，并总结：当写作面临“无路可走”的情况时，需要做的就是制造新的矛盾。

第三个环节：小组讨论

> 起义军领袖郭文率军攻打政府军，政府军节节败退，政府军司令朗德纳克侯爵被围困在一座城堡里。最后，朗德纳克找到了一个地道，他沿着地道逃了出去。就在他刚刚逃出去的时候，突然听到头顶传来哭喊声。他发现有三个孩子被围困在一座燃烧的房子里。此时，朗德纳克侯爵面临着一个抉择：要不要回去救那三个孩子？

根据上面的案例和问题进行讨论。讨论分为几个环节，先小组讨论和全班讨论，第一个结果出来后，再沿着结果继续往下讨论。

第四个环节：案例分析

根据前面的讨论，再来分析雨果的作品《九三年》，重点分析在各种故事的路口，面临选择时，雨果是如何选择的，他选择的理由是什么。

第五个环节：构思训练

> 三个大学同班同学到了同一家公司。其中一位男同学张航是班长，另一位男同学陈仓读书的时候并不起眼。两个人都喜欢一起来的女同学范玉华。范玉华最终选择了陈仓，让很多人大跌眼镜。五年之后，当年不起眼的陈仓在职场上节节高升，已经成了部门经理；而心高气傲的张航却一直平平淡淡，还是普通员工。陈仓就任部门经理的那天晚上，大家在一起喝酒，范玉华突然在酒桌上宣布和陈仓分手。所有人都很震惊。陈仓却对张航说：她应该是属于你的，她其实一直是喜欢你的。

对这个素材进行思考，随后进行小组讨论，讨论故事的结局。

第六个环节：教师总结

根据课堂的讨论，教师总结故事在结局处面临的选择，并举例总结选择时要考虑的几个问题：故事的完整性、作者的价值判断、读者的满意度和作品的价值。

第七个环节：课堂讨论

小组讨论通常故事结局的类型。小组讨论结束后，派代表发言，进行全班讨论。

第八个环节：教师总结

教师根据大家的发言，总结故事结局通常的四种类型：自然的结局、反常规的结局、需要选择的结局和留下空白的结局。同时总结初学写作者通常出现的几种不好的结局：画蛇添足、草草收尾、道德说教、自相矛盾、集中交代。

第九个环节：分析讨论

分析上面那个案例的故事发展，思考并讨论其中出现的几个问题：

（1）张航如何面对范玉华和陈仓的话？

（2）范玉华是否如陈仓所说，其实一直爱着张航？那她当初为什么要一直跟陈仓在一起？

（3）张航是否接受范玉华？

（4）他们同学三人以后会如何相处？会不会有人因此而离开这家公司？

小组讨论结束后，派代表发言，进入课堂讨论。

第十个环节：教师分析总结

教师根据课堂讨论，分析总结故事走向的四个基本原则：

（1）符合人类的情感和人性的诉求；

（2）要让读者不容易想到；

（3）符合故事发展逻辑；

（4）价值判断决定走向。

第三阶段

写作之外：是什么在影响你的写作

第十四章

写作方向

一名写作者在开始写作之时，可能是随意性的写作。但随着写作的深入，可能要考虑自己的写作方向。写作方向的确定，会让写作者变为自觉写作，并确立自己的主攻方向，有助于写作者明确目标，更有目的地投入。自己到底适合写什么类型的作品？自己的兴趣在哪里？写作者如何选定自己的写作方向？这些问题可能会困扰着初学写作者。

这一章，我们将从通俗与严肃以及分文体的角度来探讨写作的方向问题。

第一节 写作选择

写作训练

> C市的一家超市发生了一起爆炸案。警方通过调查发现，爆炸案的犯罪嫌疑人是原先超市的建筑工人，犯罪嫌疑人炸超市的原因是：超市的老板拖欠打工仔的工资，打工仔原本打算用这笔工资给未婚妻买项链。老板不仅一直不给钱，还把打工仔羞辱了一番。打工仔在网上自学制造炸药，用自制的炸药把超市炸了，超市老板也在爆炸中被炸死了。

根据上面的材料，试着写点什么，可以任意发挥，想写什么就写什么。

我们发现，不同人的构思各不相同。有人想写一部悬疑推理小说；有人想去采访，写一篇深度报道；有人想写一部反响深刻的社会问题的严肃小说；有人想写成科幻小说；还有人想写一首诗……

面对上面的素材，我们的写作选择可能是下意识的、瞬间的选择。但是，这个“下意识的、瞬间的选择”背后，其实也有一个判断过程。接下来，我们来看一下，面对上面的素材，应该如何确定最终的写作方向。

首先，我们要确定，是要写成一部严肃的、引发人的思考的作品，还是要写一部以娱乐为主的作品。这个选择其实是要决定，我们要写一部严肃文学作品还是通俗文学作品。

事实证明，同一个题材，是可以写出完全不同类型的作品的。比如说，民间传说中有嫦娥奔月的故事，鲁迅先生根据这个题材写出了主题非常严肃的作品《奔月》，作品中关于爱情、人生、英雄等方面都有非常独特的思考。与此同时，关于嫦娥奔月的传说，又有大量的言情小说、神话小说等通俗文学作品。不同类型的作品是完全不同的。所以，我们的首要选择，就是写严肃文学作品还是通俗文学作品。

接下来，我们要确定，要写一部什么体裁的作品。文学体裁按照传统的划分有小说、散文、诗歌和戏剧四大体裁，按照创意写作界的划分则有虚构文学、非虚构文学和诗歌三大类。那么，我们打算写一部虚构小说，还是非虚构的报告文学或深度新闻报道，或者是写首诗，这是我们要选择的问题。在文学史上，也有大量的同一素材写出不同体裁的作品的案例，像希腊神话中的普罗米修斯为盗火而受罚的故事，既有戏剧，又有诗歌、诗剧，还有小说和影视作品。所以，体裁问题也是我们必须面对的选择。

有了上面的选择之后，再接下来，我们才开始构思写作内容，组织写作材料。

以上是对于一个素材的写作选择。再广一点，每个写作者在开始写作之后，大概都会面临确立自己的写作方向的问题。是在严肃文学和通俗文学之间选择一种，还是两种兼而有之？是选择虚构文学、非虚构文学还是诗歌，抑或是几种都写但主攻其中的一种？这也是我们需要思考的。那么，是什么影响和主宰了我们的选择？是什么决定了我们的写作方向？

第一是我们的写作兴趣。有人喜欢大胆、新奇的想象，就有可能写成一部科幻小说或者武侠奇幻小说；有人喜欢逻辑推理，就有可能写成一部悬疑推理小说；有人喜欢思考社会问题，发现别人没有发现的东西，就有可能写成一部严肃小说；有人喜欢挖掘现实，报道现实问题，就有可能写成一部非虚构作品；有人喜欢抒情，就有可能写出一首诗来。写作兴趣会让你下意识地作出决定，来写一部怎样的作品。

第二是我们的阅读习惯。阅读习惯首先会影响一个人的写作兴趣。喜欢读什么就会学习写什么，这是惯常逻辑。尤其在现代社会，阅读的作品种类繁多、数量繁多，一个人可能会因为某种机缘爱上某类作品，从而受其影响。比如说，有些人家里多是经典文学名著，可能他们会养成阅读严肃文学的习惯；有些人家里都是武侠小说，可能他们会更多地喜欢武侠小说；有些人从小接受诗歌的熏陶，可能他们会喜欢阅读诗歌。尤其在现在，网络文学是年轻人更易获得的文学作品，所以，网络文学极大地影响着很多年轻的写作者。阅读习惯会影响我们的文学趣味，从而影响我们的写作兴趣。

第三是我们的思维习惯。每个人都有自己的思维习惯。比如说，当一件新闻发生的时候，有些人喜欢立即站在道德制高点上，去进行评点指责；有些人喜欢传递信息，把发生的事情告诉身边的人；有些人喜欢刨根问底，去寻找事情背后的真相；有些人静静观察，等着看事态的发展；有些人则喜欢独立思考，努力去思考别人所没有想到的东西；还有些人会在这些事件中加进自己的想象，来编织一个新故事。这些思维习惯也会影响一个人的写作方向。不同类型的文学对待一件事的态度和方法是不同的。

第四是我们对文学的认知。到底什么是文学？自己心目中的文学是什么样的？每个人都有自己的判断和认知。而写作者一般都会选择自己所认可的文学类型去学习和模仿。事实上，关于什么是文学，并无一个标准答案，甚至于，一部文学史就是文学的概念不断变更的历史。文学巨大的包容性、发展性和多样性，使文学的范围很广、形式很多、写作方式也很庞杂。对文学的认知自然就会影响我们写作时的选择。

第五是我们的文学追求。每名写作者的文学追求是各不相同的。有的人像大仲马一样，追求的是文学的娱乐性，追求的是读者的数量；有的人则如鲁迅和雨果一样，为引导民众、解放思想而写作。不同的文学追求，也会影响我们对自己写作方向的选择。当然，文学追求会涉及一个人的思想、观念以及对待世界的态度。所以，文学追求是由一种综合性的东西决定的。

另外，还会有一些偶然因素，引导一名写作者的写作方向。比如说，你受某位写作者的影响，自然地喜欢上了某一类文学作品。某一个阶段流行某一类作品，你也深受影响。

总而言之，写作方向的选择是由多种因素决定的。对于写作者来说，确定写作方向有主动的，也有被动的。我们课程的主要目的，是让大家主动去选择，选择自己真正喜欢的和擅长的那种文学方向和文学形式。

写作讨论

几名写作者一起讨论，对自己的阅读习惯、写作兴趣、文学趣味进行深入思考后，相互之间进行交流，看看自己最感兴趣的是什么，最擅长的又是什么？最终确定自己写作的一个主攻方向。

第二节　严肃与通俗

写作讨论

下列作品之中，哪些是严肃文学？哪些是通俗文学？

《金粉世家》《双城记》《鹿鼎记》《四世同堂》《镜花缘》《阿Q正传》《基督山伯爵》《鼠疫》《魔戒》《教父》《悲惨世界》《美国悲剧》

判断一部作品是严肃文学作品还是通俗文学作品，不是一件很容易的事，因为所谓的“严肃文学”和“通俗文学”并无严格的学理上的界定，所谓的“严肃”和“通俗”只是一个概然性的称谓，而且在文学发展的过程中，严肃文学和通俗文学的界定是在发展变化的，也是在互相借鉴、互相影响的。

关于严肃文学的概念和定义很多，但是也有一些共同的界定。严肃文学关注对人性的思考和对世界的认知，希望通过文学来启示大众，从而影响大众。严肃文学又称“主流文学”。通常而言，只有严肃文学才能够代表一个国家、一个民族的文学方向，代表一个时代的主要精神脉络。同时，严肃文学要关注社会生活，关注民间疾苦和社会上普遍存在的问题。

通俗文学则不以严肃的思考为目的。通俗文学讲究创作的通俗化、大众化、商业化，以满足读者消遣娱乐需求为主要目的，因此又被称作大众文学。与严肃文学相比，通俗文学以娱乐性和消遣性为主，追求市场化并迎合大众口味的创作。

严肃文学和通俗文学主要有以下几个方面的区别：

1. 写作的目标不同

严肃文学旨在发现和思考，发现那些大众没有发现的东西，思考那些别人忽略的东西，从而引发人的思索；而通俗文学旨在娱乐，通过故事的表达，让人们在阅读中获得心理愉悦和情感共鸣。严肃文学有自己的理想，是为达到某种思考的目的而写作；通俗文学则不同，大仲马曾经对他的创作风格作了这样一个自述："在文学上，我不承认什么体系，也不属于什么体系，更不树什么旗帜。娱乐和趣味，这就是唯一的原则。"这句话充分概括了通俗文学的目标，即通俗文学以市场化、商业化为主要目标，追求的是娱乐性和趣味性。从某种意义上说，读者量才是通俗文学追求的最高目标。

2. 写作的出发点不同

严肃文学是为了引导大众而写。很多时候，严肃文学都发挥了启蒙和思想解放的作用。在西方，启蒙运动时期，伏尔泰、卢梭等人就以文学为工具，创作了大量文学作品；德国的歌德和席勒等人发起的"狂飙运动"，也是以文学为工具。在中国，"五四"时期的新文化运动中，鲁迅、胡适等人就以文学来开启民智、唤醒民众；20 世纪 80 年代，在改革开放之初，大量的西方文学思潮进入中国，掀起的文学热也与思想解放有关。

通俗文学则是为了迎合大众的口味而写。在中国古代，小说、戏剧等都是大众文学，以娱乐大众为主要目的，它们主要是拿来表演的；在近代和现当代，大量的类型文学也是娱乐的先锋。以张恨水为代表的一大批作家，他们的作品就是以取悦大众为目标。20 世纪，香港的武侠小说和台湾的言情小说更是娱乐文学的代表。

3. 对思想内涵的态度不同

严肃文学和通俗文学都有其思想内涵，但是二者对待思想内涵的态度是不一样的。严肃文学重视"发现"，也就是作家致力于自己独特的发现和独立的思考，努力去发现别人没有发现的东西，同时致力于批判那些陈旧的、过时的道德观等。如鲁迅对于国民性的解读和批判、雨果的"人道主义"、托尔斯泰的"托尔斯泰主义"等，都是自己独立思考的结果。

通俗文学也有其思想内涵，但是通俗文学更多的是致力于宣扬传统的、已经被大众认可的思想观念，例如传统文学中惯于表达的“善有善报，恶有恶报”“有情人终成眷属”等。古典文学中有大量作品宣传“三从四德”，还有《水浒传》和《三国演义》中宣扬的“忠义”等，有些显然是已经过时的观念。在西方，《基督山伯爵》等作品也宣传“有仇必报”等观念。

二者对于思想内涵的态度的不同，主要还是在于严肃文学的目标是开启民智、启发思考，通俗文学则在于娱乐大众、让大众容易接受。

4. 对艺术手法发展的态度不同

历代以来，严肃文学都是文学艺术手法探索和改革的急先锋。在西方文学史上，诞生了大量的文学流派。“存在主义”“意识流”“自然主义”“唯美主义”“魔幻现实主义”等诸多流派，在艺术手法上进行了巨大的探索，几乎每一个文学流派都有自己独特的文学主张，这些文学主张不仅体现在思想上，也体现在艺术手法上。在中国，以“五四”前后和 20 世纪 80 年代为代表的两个时期，大量西方文学流派进入中国，极大地丰富了中国文学的艺术手法，也在中国开启了文学实验的热潮。这其中，首当其冲进行艺术探索的，就是严肃文学。从某种意义上说，一部作品，即使有再高的思想价值，如果在艺术上没有新的突破，也会影响它的历史地位。尤其是一些文学大家，他们甚至创立了独特的艺术手法，也提出了独特的艺术观念。如海明威的“冰山原则”和“新闻体”写作，普鲁斯特、乔伊斯、伍尔夫等人的“意识流”手法，以马尔克斯为代表的“魔幻现实主义”等，在艺术手法上都是具有开创性的。

对于通俗文学来说，艺术手法当然也需要更新。但是，一切都不是必须的。所有的艺术手法的更新，都是为了娱乐大众，大众喜欢什么样的，就朝哪个方向去改。所以，通俗文学作家对于艺术手法并无特别的重视，艺术手法革新的目的都是为了更好地为读者所接受。像大仲马等通俗文学作家，也在文学创作上取得了很大的成就，甚至跻身一流文学殿堂，但很难从他们的作品中发现重大的艺术突破。通俗文学作家的主要目标，是把故事讲得好看。所以，他们的主要目标，是发现一个好故事和讲好一个故事。如何讲一个好故事和讲好一个故事永远是通俗文学作家首先需要关注的。

5. 写作时关注的方向不同

严肃文学尤其是严肃小说在创作的时候，作家更多以塑造人物为主要方向，如莫言所说“小说要贴着人物写”，故事只是表达思想和塑造人物的手段。通俗小说也会塑造人物，但是通俗小说家在创作的时候眼睛会盯着故事，人物最终是为故事服务的。人物为先还是故事为先，也是区分严肃小说和通俗小说的标志之一。我们想起某一部严肃小说作品时，通常会想起小说中的著名人物，如《阿Q正传》中的阿Q、《红楼梦》中的贾宝玉和林黛玉、《悲惨世界》中的冉阿让、《局外人》中的默尔索。但当我们想起《基督山伯爵》的时候，通常想起的是主人公的各种奇遇和复仇的手段，尤其是其中那些扣人心弦的故事情节。

6. 读者群体不同

简单而言，严肃文学的读者群体属于少量热爱文学的人群，这类人群更多的是喜欢独立思考、对文学艺术有着偏爱的人；而通俗文学的读者群体属于普通大众，也就是说，各个群体中，需要消遣、热爱阅读的人可能都会是通俗文学读者。例如金庸的小说，上至政治家、科学家，下至普通打工者，都有大量的阅读者。从这种意义上说，通俗文学的读者群体比严肃文学的读者群体要大得多。像20世纪80年代的中国，正是文学热的时期，很多严肃文学期刊也有较大的发行量，但跟通俗文学期刊比起来，仍然有很大的差距。

7. 类型划分方式不同

严肃文学的区分主要是文学流派的区分，而文学流派主要是由文学观念和艺术手法的不同来划分的。我们先来看中国文学，像古代诗歌，有“豪放派”“婉约派”“雅正派”“闲逸派”“田园派”等；现代严肃小说，则有“荷花淀派”“山药蛋派”“反思文学”“伤痕文学”“寻根文学”“先锋文学”等。再来看西方文学，就现当代文学而言，有“象征主义”“表现主义”“存在主义”“意识流”“魔幻现实主义”“黑色幽默”等。这些文学流派的写作的题材并无区别，主要的区别标志是思想主张和艺术手法。

通俗文学则通常以写作题材来划分不同的文学。例如中国古代小说中，就以不同的写作题材区分了不同的文学门类。像武侠会党类，有《三侠五义》《小五义》《续小五义》《禅真逸史》《七剑十三侠》《世无匹》《大明奇侠传》《儿女英雄传》《永庆升平前传》等；像才子佳人类，有《比目鱼》《欢喜冤家》《好逑传》《花月痕》《锦香亭》《林兰香》《双凤奇缘》等；像仙佛鬼怪类，有《西游记》《续西游记》《西游补》《东度记》《封神演义》《归莲梦》《韩湘子全传》等；像世情谴责类，有《金瓶梅》、“三言二拍”、《官场现形记》、《负曝闲谈》、《老残游记》、《廿载繁华梦》、《孽海花》、《儒林外史》、《镜花缘》、《二十年目睹之怪现状》等；像侦探断案类，有《狄公案》《海公案》《包公案》《包公案之百家公案》《包公案之龙图公案》《五鼠闹东京》《刘公案》等；像历史演义类，有《开辟演义》《前后七国志》《东周列国志》《三国演义》《东西汉演义》《东西晋演义》《南北史演义》《隋唐演义》《说唐》《说唐后传》《说唐三传》等；像笔记传记类，有《木兰奇女传》《海上魂》《海外扶余》《浮生六记》《西湖佳话》《阅微草堂笔记》《文明小史》等。当代通俗文学又诞生了“宫斗”“穿越”等新的门类。

当然，上面所说的关于严肃文学和通俗文学的几个方面的区别只是概然性的，并无绝对区分。事实上，在历史上，通俗文学和严肃文学也是可以相互转化的。我们以诗歌、小说和戏剧为例，中国历史上现存最早的诗歌主要都是民间流传的，如《诗经》，甚至连作者都无可稽考。很多的诗歌，就是当时的口语，但是经官方搜集整理和认定，尤其是被尊为“经典”后，就成了主流文学；当文人开始自觉地创作的时候，就成了一种严肃文学，像《离骚》，写的都是严肃的主题。发展至唐诗，上至帝王将相，下至普通读书人，都在创作诗歌，诗歌已经稳定地成为主流社会的文学形式。

按照鲁迅在《中国小说史略》中的说法，中国传统小说从古代神话起始，至魏晋南北朝开始出现志怪小说，随后到唐代的传奇、宋代的说词、元代的话本，尔后再发展成为明清章回小说。在这个时期，对于主流文人来说，小说都是“不入流”的，官场上成功的文人少有涉及小说这种题材的，小说作者多半是那些官场上失意、进入不了主流社会的人。像《红楼梦》《三国演义》《水浒传》《西游记》《金瓶梅》《儒林外史》《聊斋志异》等著名小说，作者无一是主流社会的文人。即使有少量主流文人写小说，也是“偷偷摸摸”地写，他们只敢用化名，而不敢用真名示人，因此造成了《金瓶梅》的作者现在还无法考证。从某种意义上说，这个时期的小说基本上都是“通俗文学”。小说在中国真正进入主流社会，是“新文化运动”以后的事。以思想解放为主要目标的陈独秀、胡适、鲁迅等人，把小说提到了很高的地位。尤其是胡适，从美国学成归来后，为了建立新文学观，反对旧文学，引入了现代西方的文学概念。胡适最突出的功绩之一，就是引入了“小说”这个概念，让小说成为独立的文学体裁。在中国古代，“小说”并不是某一特定的文学形式，而且“小说”很明显是“次等文学”“非主流文学”。像现在我们所说的“四大文学名著”，首先不符合传统士大夫“高雅”的文学标准；其次，它们的读者，针对的都是社会中下等阶层。“五四”之后，小说渐渐成为主流文学。但这个时候，开始了严肃小说和通俗小说的分野。以中国的传统小说为代表的小说成为通俗小说，而从西方引进的新的小说则成为严肃小说。

另外，严肃小说和通俗小说也在相互影响。像现当代中国小说，也从古代小说中汲取了大量的营养，尤其是大量借鉴古代小说的叙事技巧等。

中国的戏曲起源于原始歌舞。在汉代，民间出现了具有表演成分的“角抵戏”。到了南北朝时期，民间出现了歌舞与表演相结合的“歌舞戏”，具有了更为浓郁的表演成分。到了唐代，出现了由先秦时期的优伶表演发展来的以滑稽表演为特点的“参军戏”，民间的歌舞戏进入宫廷，但仍然没有很高的社会地位。到了宋代，城市商品经济得到长足发展，出现了很多市民娱乐场所——“瓦舍”和“勾栏”，民间歌舞、说唱、滑稽戏有了综合的趋势，出现了“宋杂剧”。到了金代，在宋杂剧基础上，北方出现了“金院本”，南方出现了“南戏”。到了元代，北方形成“北杂剧”，南方南戏进一步发展成熟，戏曲开始形成。明清传奇是由宋元南戏发展而成的戏曲形式。它产生于元末，在明初流传，到了明嘉靖年间兴盛，至万历而极盛，并延至明末清初，作品之多号称“词山曲海”。在清代，各种地方戏也获得了极大的发展。真正让戏剧进入主流社会的，是“五四”时期西方话剧的引入。随后的几十年里，随着民族矛盾和阶级矛盾的激化，中国话剧一扫既往的浪漫、感伤的基调，主动地承担起唤起民众、拯救国家的重任。此时，戏剧更加重视思想性，真正成为严肃文学（主流文学）。

由上可见，很多严肃文学也是由通俗文学发展而来，由民间而进入主流社会，成为主流文学。

对严肃文学和通俗文学有了大致的了解后，我们在确定自己写作方向的时候，就可以先有一个初步的选择。

写作练习

> 一个小偷无意中闯入了一个官员家中，发现了一个账本。账本上都是官员和别人的经济往来记录。小偷看了账本之后，义愤填膺，拿走了账本。官员发现账本丢失后非常着急，希望高价赎回账本。

以上面的故事为素材，思考一下：如果写成一部严肃小说，应该如何构思？如果写成通俗小说，又如何构思？试着写出两个不同的故事梗概。

第三节　写作文体

写作讨论

现有的写作文体有哪些？你感兴趣的文体是什么？

广义的写作，不仅仅是指文学写作，还包括非文学类写作，如新闻写作、论文写作、文案写作、应用文写作、新媒体写作等。这些写作其实都在创意写作的领域之内。《创意写作思维训练》重点探讨的，是文学类写作。

和传统的中国文体的四大分类（小说、散文、诗歌、戏剧）不同，目前国际上比较通行的创意写作分类是虚构类、非虚构类、诗歌类。这种分类的区别在于：第一，将所有材料可以虚构的文学都纳入虚构类的范畴，拓宽了虚构文学的范畴；第二，将非虚构作为一大类别，这一类别不仅包括散文，还包括非虚构小说、报告文学、深度报道等文学类型，范围也拓宽了；第三，戏剧类不再单列，而是将戏剧文学作为故事文学的一部分，融入其他类别之中。

在选择自己感兴趣并且适合自己的文体之前，我们需要先来了解一下这几类文体的特点。

1. 虚构文学

所谓虚构文学，顾名思义，就是写作的内容是虚构的。当然，这里所说的“内容是虚构的”，并非是指所有的写作内容都必须是虚构的，而是指写作的内容可以是虚构的。我们从更广泛一点的角度来说，虚构文学，本质上是作家在现实世界之外虚构另外一个世界，在这个世界里，作家建立了属于自己的一整套的东西。从某种意义上说，这个世界就是作家自己的独立王国，这个王国有自己的人物、自己的生活环境、人物的活动规则以及这些人物之间的故事。这个王国可能会有自己的国王和臣民，但这个王国唯一的上帝就是作者自己。比如说卡夫卡的《变形记》，作者认为一个人变成了一只巨大的甲虫，随后，所有的故事都在这个背景下展开。

那么，创作虚构文学需要哪些方面的能力呢？除了文学写作所需要的常规能力之外，我们试着列举虚构文学所需要的几项主要能力：

一是想象能力。虚构文学既然是虚构的，就需要作家有强大的想象力。这种想象力不仅能够上天入地、穿越时空，还可以让现实世界发生变化、重新拼接。建构虚构文学的材料不仅仅是现实中有的，还有现实中所没有的。比如说，可以制造出地球上乃至宇宙中没有的东西，也可以让现有的东西具有本来没有的能力。像《哈利·波特》

里，主人公骑着扫把飞行；在《百年孤独》里，小孩子长出尾巴；在《封神演义》里，杨戬可以变化成动物；在《西游记》里，龙王打个喷嚏就是一场雨。虚构文学还可以改变现实世界中已成事实的东西，比如说，蒙哥本来死于重庆合川钓鱼城，但金庸却让他死在了襄阳。想象力要求作家不能沉浸在现实世界中，还要大胆构建另外的世界。

二是规则建构能力。从某种意义上说，虚构文学作家不仅是建筑师和园艺师，还要是国王，是法律的制定者、道德的建构者。因为在这个虚构世界中，不仅仅有人物，还要为人物的活动设置场所，需要人物活动的自然环境和社会环境，同时还需要规定人物的行为规则。这些行为规则可能和现实世界完全不同，甚至截然相反。李汝珍在《镜花缘》里虚构了一个“君子国”，这个“君子国”的人上街买东西，都是反着讲价的，都以让别人得利、自己吃亏为乐，这与现实世界的情况显然是不相符的。蒲松龄在《聊斋志异》里写了很多狐狸的故事。跟人类相反，小说里的狐狸都是仙或者妖，有着比人更强的能力，但是狐妖也并非可以为所欲为的，它们也有自己的行为规则。尤其在《西游记》里，吴承恩建构了一整套自己的大世界，这个大世界包括佛界、仙界、人界、妖界、鬼界等，每个世界里都有自己的规则，也都有自己的掌管者。其中，如来掌管佛界，玉皇大帝掌管仙界，人间皇帝或国王掌管人界（大唐是唐太宗李世民），鬼界由阎王掌管，妖界因为无人掌管而陷入混乱。这需要巨大的建构能力。吴承恩在这部小说里像几个国王一样，建构着不同王国的规则。这些王国之间还有关系，这些跨界的关系也有自己的规则，不能轻易逾越。

三是逻辑能力。对于虚构文学来说，逻辑能力尤为重要。因为作家笔下的材料来源各不相同，有的是“张冠李戴”，有的是“移花接木”，有的是“无中生有”，要让所有这些材料无缝对接，有机地结合在一起，就像盖房子一样，需要水泥这样的黏合剂。而对于虚构文学来说，最重要的黏合剂就是作家的逻辑能力。

比如说，格里高尔·萨姆沙可以一觉醒来，发现自己变成一只巨大的甲虫，这并不难；难的是，格里高尔·萨姆沙变成一只甲虫之后，他所有的行动都要合乎逻辑，而且这个逻辑要建立在他变成甲虫的基础之上。从某种意义上说，逻辑能力首先是一种“自圆其说”的能力。如果说，“格里高尔·萨姆沙变成一只甲虫”是一个谎言，那你就要把这个谎圆好。虽然在《变形记》里，我们没有看到卡夫卡关于格里高尔·萨姆沙变成甲虫的解释，但在他后面的故事之中，我们已经了解了他变成甲虫的理由：在巨大的压力和生存困境之下，他的变形就是理所当然的了。

同样，要说一只猴子会腾云驾雾，有七十二般变化，就得让人信服。我们看到，在《西游记》里，首先，这只猴子不是普通的猴子，他是从石头里蹦出来的，而且这块石头不是一般的石头，它是上古大神女娲补天时留下的石头；其次，这只猴子拜了一位神秘的高人（菩提祖师）为师，学了一身本领；随后，这只猴子还有很多奇遇，包括偷吃了仙桃、仙丹等。这样一来，这只猴子拥有这些神奇的本领就合理了。另外，虚构文学的逻辑能力还体现为，即使不对这只猴子的超人能力作出解释，也要证明他拥有超人能力之后各种行为的合理性。

对于文学来说，真实性是第一诉求，逻辑能力则是实现真实性的重要因素之一。

四是故事构造能力。无论是小说还是戏剧，故事都是其中最重要的载体。故事好比一个人身上的骨架，有了这个骨架之后，才能承载起其他内容。所以，在创意写作的研究和教学中，故事所占的比例都是最大的。在某些教学中，故事甚至处于核心地位。虚构文学的故事是建立在虚构的基础之上的，虽然故事可能来源于现实生活，如《红与黑》《安娜·卡列尼娜》等作品，但是作家需要在现实的基础之上，重新建构出一个完整的故事。所以，我们看到，《红与黑》的故事与原先现实生活中发生的故事大有不同。《安娜·卡列尼娜》的故事与现实生活中的故事相比，更是发生了翻天覆地的变化，安娜甚至由一名乡村妇女变成了一位城市贵族妇女。故事能力不仅考验作家的想象力、逻辑能力，还考验作家对故事的认识能力。在虚构文学中，故事不仅仅是用于娱乐读者的，还承载着作者的思考、人物的构造等功能。对于初学写作者来说，如何利用现实世界，又从现实世界中脱离出来，大胆建构自己的故事，是首先要面对的课题。同时，故事写作还会涉及很多技巧，包括故事视角、故事结构等，这些都需要写作者去学习。

五是人物塑造能力。虚构文学中的人物都是虚构的，有的可能是以现实人物为基础，如冉阿让（《悲惨世界》）、维特（《少年维特之烦恼》）、于连（《红与黑》）、祥林嫂（《祝福》）等；有的则完全是生造出来的，如孙悟空（《西游记》）、哈利·波特（《哈利·波特》）、辛十四娘（《聊斋志异》）、默尔索（《局外人》）等，但无论是哪一种，人物都必须是完整的、活生生的。这些人物有自己的容貌、个性、行为、人际关系等，如同生活在现实世界中一样。

虚构文学，无论是小说还是戏剧，人物都是核心部分，只有好的人物才能让作品真正鲜活起来。我们可以想象，如果没有哈姆雷特，没有卡西莫多，没有孙少平，《哈姆雷特》《巴黎圣母院》和《平凡的世界》还有多少价值。对于虚构文学来说，塑造人物的难度在于，既要让人物的存在是合理的，又要让人物有自己完整的人际关系体系，还要让人物身上承载着作家想要表达的发现和思考。

另外，好的虚构文学，人物还必须是生动的、有个性的、有代表性的，也就是说，人物必须是独特的、令人记忆深刻的。认真思考一下，在我们的记忆库中，我们有印象的那些人物，虚构的多还是真实的多？可能虚构的比真实的还要多。就像曹操，历史上有一个真实的曹操，是著名的政治家、军事家和文学家。《三国演义》里也有一个曹操，这个曹操是在历史上的那个曹操的基础上重新塑造的，但是，现在对于绝大部分人来说，心中记住的曹操的形象还是《三国演义》里曹操的形象，这个形象已经深入人心，比历史上真实的曹操还要鲜活。这就是虚构文学的人物塑造能力的体现。

写作思考

列举一下，在虚构文学所需要的各类能力当中，自己的优势有哪些，哪些又是自己的弱项？

2. 非虚构文学

接下来，我们看一看非虚构文学。非虚构文学在中国属于一个新兴的概念，关于这个概念，学界还有一定的分歧。我们采用下面的说法来进行界定：

> 非虚构文学不是一种独立文体，而是一个文学类型，是包含了新闻、非虚构小说、报告文学、日记、历史抒情散文等各文体在内的文类。关于非虚构文学的界定，存在三个层面的认识。第一，一切以事实为基础的写作均可被看作广义上的非虚构文学。虽然“非虚构文学”的命名仅有数十年，但具有“非虚构性”的作品早已有之，如《史记》。西方也一直将图书分为虚构、非虚构两大类。以此划分的非虚构文学范围很广，包括新闻、纪实小说、日记、书信、传记等文体。第二，狭义上的非虚构文学。此类研究主要集中于对新新闻主义的探讨，研究者多从中西方非虚构文学对比、传播效果等角度进行钻研。第三，除上述两者外，就是以“中观”视域对非虚构文学进行探讨，即将非虚构文学作为一种以真实故事为基础、兼具文学性表达的文类。[①]

非虚构写作在很多方面和虚构写作有着共同性，如故事写作、人物塑造等，但是因为写作材料来源的非虚构性，又导致二者之间有很大的区别。相对而言，非虚构写作在以下几个方面对写作者的能力有比较高的要求：

一是材料搜集能力。和虚构写作不同，非虚构写作的所有材料要求都是真实的，因此对写作者的材料搜集能力有着很高的要求。通常，非虚构写作的材料来源主要包括：个人体验、采访、田野调查、资料查找等。有些方面需要的是虚构写作所不一定具备的能力，像采访和田野调查等。

采访是非虚构写作的一项重要能力，其中包括采访对象的确立、采访提纲的选定、采访过程的把握、与采访对象的交流、对采访素材的挖掘等。这些能力也是需要学习的。田野调查原本属于人类学的范畴，它要求调查者与被调查对象共同生活一段时间，从中观察、了解

① 刘浏．全媒体时代的非虚构写作．中国社会科学报，2020－06－29.

和认识他们的社会与文化。田野调查工作的理想状态是调查者在被调查地居住两年以上，并精通被调查者的语言，这样才有利于对被调查者文化的深入研究和解释。田野调查一般分为五个阶段：准备阶段、开始阶段、调查阶段、撰写调查研究报告阶段、补充调查阶段。除了采访和田野调查，资料查找也有很多方法，具体内容详见第八章第二节。

二是材料选择与使用能力。除了材料搜集，材料的选择和使用也是非虚构写作的一项重要能力。我们在搜集材料的时候，当然是多多益善，但是在使用的时候，会发现，我们面对的是海量的材料，这些材料如何选择、如何舍弃、如何使用等，同样考验写作者。尤其是我们辛辛苦苦搜集来的材料，需要舍弃的时候，是很不容易的。另外，非虚构写作和虚构写作在材料使用上有所不同。虚构写作中，可以随时用虚构来弥补材料的不足。但是，非虚构写作所使用的材料则必须是真实的，在写作过程中，当发现材料不足时，只能另外去补充，而不能通过虚构来解决。对于这一点，有经验的写作者会在搜集的过程中，尽可能多地搜集到将来写作时所需要的材料。

三是故事构造能力。虽然在故事写作技巧方面，虚构写作和非虚构写作有很多共同之处，但二者还是有很多的不同。如果我们把写作比作盖房子，那么，虚构写作可以先设计好图纸，再根据图纸来写作，缺少的资料可以用虚构的方式来解决，但非虚构写作就不行。非虚构写作必须根据你所拥有的材料来进行房屋设计，因为你不可能无中生有，把现实中没有的东西虚构出来；非虚构写作的故事也必须是现实中所有的，不能生造。所以这更考验写作者的写故事能力。

另外，非虚构写作所拥有的材料总是有限的，甚至某些题材中的材料还是残缺不全的，我们不能求全责备，而只能根据材料来写作。从这种意义上说，非虚构写作的局限性要比虚构写作大得多。比如说，赤壁之战是历史上真实发生过的故事，我们要根据赤壁之战创作一部非虚构作品，就只能从有限的历史资料中去寻找素材。但是，关于赤壁之战，很多的资料无法考证，只能根据现有材料来创作。而创作虚构作品则不同，《三国演义》中所写的赤壁之战，很多故事都是虚构的，像诸葛亮借东风等，完全是无中生有；像草船借箭，则是移花接木，将别人身上发生的事情加以改编，安到诸葛亮身上，而且还安排了一个鲁肃作为配角。

四是人物塑造能力。和虚构写作不同的是，非虚构写作的人物必须忠实于现实，而不能写成自己想要的样子。例如，我们以焦裕禄为素材创作一部非虚构作品，作品中的焦裕禄就必须和现实中的焦裕禄是一样的，你不能把焦裕禄没干过的事安到他身上，也不能把他没有的品格强加于他。所以，这里首先考验的，就是写作者对人物的认识能力。

其次，和故事构造能力一样，非虚构写作中人物塑造的所有材料也必须是真实的，作者不能随意生造或改编。我们还以诸葛亮为例。历史上的诸葛亮其实并不喜欢弄险，也并不擅长用奇计，我们在创作非虚构作品的时候，就不能随意编造。我们看到，《三国演义》中诸葛亮身上发生的很多故事，其实历史上都没有。包括前面所说的草船借箭、借东风，另外还有空城计等，都是用了艺术手法，或把别人干的事安到诸葛亮头上，或把本来没有的事情加到诸葛亮身上。

再次，非虚构写作中的人物塑造既是有目的性的，又要忠实于现实。目的性是指写作本身的目标，但是这个目标必须建立在现实的基础之上，不能人为地通过想象来塑造。如何将目的性与现实结合起来，这更加考验写作者的能力。

写作思考

如果要学习非虚构写作，如何提高自己的资料搜集能力？

3. 诗歌

古代诗歌是一种抒情言志的文学体裁，是用高度凝练的语言，生动形象地表达作者的丰富情感，集中反映社会生活，同时具有一定的节奏和韵律。现代诗分为很多种，我们这里重点说的是自由诗。自由诗是近代欧美新发展起来的一种诗体。它不受格律限制，无固定格式，注重自然的、内在的节奏，押大致相近的韵或不押韵，字数、行数、句式、音调都比较自由，语言比较通俗。美国诗人惠特曼是欧美自由诗的创始人。

要创作现代自由诗，写作者以下几个方面的能力是非常重要的：

一是思想力。诗人都是有思想的人，诗人表达的是自己对世界的独特认知。“五四”时期的白话文运动就是先从诗歌开始的。而那个时期的新文化运动承载的就是思想解放的功能，所以思想性是诗歌的第一要素。20 世纪 80 年代的思想解放运动中，诗歌也充当了重要的载体。我们从食指的诗中读到了“朋友，坚定地相信未来吧/相信不屈不挠的努力/相信战胜死亡的年轻/相信未来、热爱生命”，从北岛的诗中读到了“卑鄙是卑鄙者的通行证，高尚是高尚者的墓志铭”，在顾城的诗里读到了“黑夜给了我黑色的眼睛，我却用它来寻找光明”，这些诗给了无数人以思考和力量。中西方文学史上，很多次的文学运动都是从诗歌开始的，因为诗歌在表达思想上有着自己独特的优势。

二是语言能力。所有文学样式中，诗歌对语言的要求是最高的。诗歌要求用最凝练、最优美的语言来表达最丰富的情感和最深沉的思考。所以，有人把诗人称作天才，认为诗人是靠天赋来写作的，诗人的语言感觉是天生的。这些话虽然有些夸张，但从语言方面来说，确实是有一定的道理的。诗歌的语言当然也可以锤炼，而且非常需要锤炼。另外，诗歌的语言和虚构及非虚构文学的语言是有区别的，这一点尤其要注意。

三是想象力。想象力是诗歌创作中的重要能力。诗歌的表现手法是很多的，而且经过历代以来不断地发展创造，运用也灵活多变：夸张、复沓、重叠、跳跃等。但是，各种方法都离不开想象。丰富的想象既是诗歌的一大特点，也是诗歌最重要的一种表现手法。诗人余光中说：“艺术创造应该有三个条件。第一，要有知识；第二，要有经验；第三，要有活泼的想象。天南地北、不伦不类的东西摆在一起，这个就是想象力。”刘勰在《文心雕龙》里说：“文之思也，其神远矣。故寂然凝虑，思接千载；悄焉动容，视通万里。吟咏之间，吐纳珠玉之声；眉睫之前，卷舒风云之色。其思理乏致乎！故思理为妙，神与物游。”用这句话来形容想象力之于诗歌的意义，再恰当不过了。

四是情感力。古往今来，诗歌从来都离不开情感，伟大的诗歌中都蕴藏着丰富的情感。如果说，缺少思想的诗歌是没有灵魂的诗歌，那么缺少情感的诗歌就是没有温度的诗歌。一个心中缺少爱的人，也不可能写出真正的好诗。所以，情感力是诗歌创作的重要力量。写诗的人也需要有丰富的情感。

写作练习

针对“苏武牧羊”这一历史事实，分别构思出虚构文学、非虚构文学的故事梗概，并创作诗歌一首。

内容小结

面对一个题材，我们到底写什么样的作品？这关乎我们的写作方向。每个人的写作方向是不同的，对于初学写作者来说，要选择自己的写作方向，首先要了解严肃文学和通俗文学的不同，其次还要了解文学写作的几种文体（体裁），再根据自己的阅读习惯、思维习惯、文学趣味、文学追求等实际情况，来确定自己的写作方向。

课堂设计

【课堂形式】

桌椅以U形方式摆放。确保教室内的所有人都能看到其他人，同时方便全班讨论。所有写作者准备纸笔或电脑，随时准备课堂训练。

【课堂流程】

第一个环节：构思练习

> C市的一家超市发生了一起爆炸案。警方通过调查发现，爆炸案的犯罪嫌疑人是原先超市的建筑工人，犯罪嫌疑人炸超市的原因是：超市的老板拖欠打工仔的工资，打工仔原本打算用这笔工资给未婚妻买项链的。老板不仅一直不给钱，还把打工仔羞辱了一番。打工仔在网上自学制造炸药，用自制的炸药把超市炸了，超市老板也在爆炸中被炸死了。

根据上面的材料写点什么，可以任意发挥，想写什么就写什么。

第二个环节：课堂讨论与教师总结

课堂讨论：大家的写作目标有什么不同？为什么会选择这样的写作目标？教师从严肃文学与通俗文学、不同的文体两方面进行总结，并总结一个人选择写作方向的主要原因。

第三个环节：思考与讨论

《金粉世家》《双城记》《鹿鼎记》《四世同堂》《镜花缘》《阿Q正传》《基督山伯爵》《鼠疫》《魔戒》《教父》《悲惨世界》《美国悲剧》

思考一下：上面的作品之中，哪些是严肃文学？哪些是通俗文学？理由是什么？

第四个环节：教师总结

关于上述问题，教师给出答案，并进行分析总结。

第五个环节：课堂讨论

讨论一下：严肃文学与通俗文学有什么不同？主要区别是什么？

第六个环节：教师总结

根据课堂讨论，教师总结严肃文学与通俗文学在写作目的、写作出发点、对思想内涵的态度、对艺术手法发展的态度、写作时关注的方向、读者群体、类型划分方式等方面的不同。

第七个环节：教师讲解

教师讲解几种文学样式的发展简史，并总结文学史上严肃文学和通俗文学之间的相互转化。

第八个环节：思考与发言

所有写作者思考一下自己的写作，看看自己的写作目标、写作兴趣和文学趣味是什么样的，从而确定自己选择严肃文学还是通俗文学为写作方向。思考之后，自愿发言。

第九个环节：思考与讨论

思考讨论一下：现有的写作文体有哪些？你感兴趣的文体是什么？

第十个环节：教师分析总结

教师根据课堂讨论，分析总结创意写作的几大文体，并简单概括几大文体的特点。

第十一个环节：课堂讨论

讨论一下：虚构文学、非虚构文学及诗歌三种文体对写作者的能力各有什么要求？

第十二个环节：教师总结

教师总结虚构文学、非虚构文学及诗歌写作对于写作的基本能力要求。

第十三个环节：课后训练

针对“苏武牧羊”这一历史事实，分别构思出虚构文学、非虚构文学的故事梗概，并创作诗歌一首。

第十五章

写作困境

每个人在写作的过程中都会遇到困境，这些困境有功利性的，也有非功利性的；有内在的，也有外在的；有技术上的，也有技术之外的。这些困境会给我们的写作制造阻碍，有些困境甚至会中断一些作家的写作。所以，写作困境是每一名写作者都要面对的问题，也是每一名写作者都要想办法解决的问题。

这一章，我们来共同探讨写作过程中可能遇到的各种困境，以及解决困境的方案。

第一节　精神困境

写作讨论

影响你写作的主要因素是什么？

（1）不喜欢（2）没时间（3）没天赋（4）怕失败（5）写作不赚钱（6）写作太累（7）不自信（8）经历太少（9）读书不够（10）缺少写作技巧（11）没人带领（12）其他原因

对以上提供的选项进行选择，可以多选。如果还有其他因素，也可以补写。

我们对影响写作的因素做了一项简单的调查，结果发现有一些原因是共性的。很多人发现有这么多影响自己写作的因素后，感到非常颓唐，会感叹说，自己不适合写作了。但是，创意写作的基本前提之一就是：人人都可以写作。也就是说，写作是可以学习的，而那些影响自己写作的因素其实是可以克服的。

其实，每名写作者都会有一堆影响自己写作的因素，有一些甚至会造成写作上的困境，其中首当其冲的就是精神困境。下面我们来看看，写作者可能会面临哪些精神困境。

1. 为什么写作：找不到写作的理由

为什么而写作，其实不仅仅是困扰初学写作者的问题，往往也是困扰写作多年的作家的问题。刚开始写作的时候，喜欢写作的理由有很多：有些人可能因为受到老师的表扬而喜欢上写作；有些人可能因为性格内向、不善于交流而用日记的形式跟自己交流，从而逐步喜欢上写作；有些人可能因为父亲或母亲喜欢写作而爱上写作；有些人则是受老师或邻居的影响而喜欢上写作……总而言之，那个时候喜欢写作的理由很简单，也很纯粹：表达就是快乐的，得到表扬和肯定就是快乐的。但是有一天，当自己坐在桌旁，开始认认真真地创作时，当意识到自己打算终身以写作为业，或者将花掉大量的业余时间写作时，就会开始质疑了：我到底为什么而写作？写作是否能够改变我的命运？写作能够让我养家糊口吗？抑或是，写作能够给我带来成就感吗？

其实，在大部分时期，写作都是少数人的事业，那些真正一以贯之地坚持写作的人，都只是因为两个原因而写作：喜欢，或者需要。只有当你单纯地喜欢写作，或者需要写作的时候，写作才会永远对你不离不弃。除此之外，任何功利性的原因都会让你无法一直写下去，尤其是当你的写作遇到困难的时候。

2. 写作价值怀疑：不知道自己的作品有没有价值

对自己作品的价值的怀疑，也是一件可能贯穿一个人写作生涯的事情。有时候，我们想一想人类历史上那些浩如烟海的作品时，就会产生无价值、无意义的虚无感：有史以来，有多少人写过多少文学作品，但是现在留下来的又有多少？尤其是当我们听到这样的言论时，就会更加怀疑自己作品的价值了：一部作品流传下来是需要缘分的，不仅要写得好，还需要有某种机遇。

另一种怀疑是：我写的东西有用吗？对别人、对这个世界有价值吗？我能给别人带来什么？这种自我怀疑也是非常自然的事情。过一段时间，我们发现有读者读到我们的作品，发了几声感慨，或者说了几句好话，马上又觉得自己的作品是有价值的了。我们在写作的过程中，就时常周而复始地陷入这种自我怀疑之中。

其实，伟大如卡夫卡，也时常怀疑自己作品的价值。他在与马克斯·布洛德的谈话中这样说：

> 接着卡夫卡对我说并且从外面给我看一张用墨水写着字的纸条，这就是后来人家在他的写字台里发现的那个纸条："我的遗嘱将是非常简单——请你烧掉一切。"①

后来，马克斯·布洛德关于卡夫卡的遗嘱曾有这样的报道：

> 在弗兰茨·卡夫卡的遗墨中未发现有遗嘱。在他的写字台抽

① 卡夫卡．卡夫卡文集：第4卷（书简）．祝彦，张荣昌，译．上海：上海译文出版社，2002：120.

屉里，一大叠字纸下压着一张折好的、用墨水写的字条，上面写明是给我的。这张纸条上写着如下内容：

最亲爱的马克斯，我最后的请求：所有我遗留下来的（这就是说在书箱、衣橱、写字台里，在家里和在办公室内，或已被放到别的什么地方，只要是引起你注意的）日记本、手稿、别人的和自己的信件、图画以及诸如此类的东西，只要发现，就要一点不剩地、不加阅读地予以烧毁，还有你和别人手中的所有写的或画的也要同样予以烧毁，别人手中的你应以我的名义要回。如有人不愿把信交给你，要让他们至少保证自己把信烧毁。

你的弗兰茨·卡夫卡[①]

当我们读到这个地方的时候，我们是不是会暗自庆幸：幸亏马克斯·布洛德没有按照卡夫卡的遗嘱去烧掉那些日记本和手稿，否则，当时卡夫卡没有发表的那些作品，我们就无法看到了。像卡夫卡这样伟大的作家都会对自己作品的价值产生怀疑，普通写作者更是可以理解了。事实上，对自己作品价值的怀疑也是一件好事。一名写作者，如果每每看到自己的作品，都觉得是天才之作，是天下最好的作品，那他恐怕也没多少进步的空间了。

另外，对于写作者来说，追求作品价值固然是重要的，但是我们本身并不是为了作品价值而写作的。我们可以为了写作的过程而写作，为了快乐而写作。

3. 成名焦虑：迟迟没有成名

成名欲对于年轻的写作者来说，是非常正常的欲望。尤其是，当你看到同龄的写作者不断发表作品，不断获得知名度时，内心会产生焦虑：我落后了，我什么时候可以成名？这种成名焦虑一方面是积极的——它会刺激你努力学习、努力创作；另一方面又是消极的——它会让你急功近利，甚至想着去走捷径。事实上，成名焦虑是正常的心

① 卡夫卡．卡夫卡文集：第4卷（书简）．祝彦，张荣昌，译．上海：上海译文出版社，2002：124.

态，但是过分焦虑会带来不好的影响。俗话说，“欲速则不达”，这句话同样适合写作。

真正解除你的成名焦虑的唯一路径还是：有一天，当你发现，你写作的真正目的不是为了成名的时候。

> 文学才华的主要属性可能是，有才华的人就得以运用这一才华作为最佳奖赏，这样的奖赏要超过、远远超过他作为创作成果所获得的全部奖励。对于文学才华问题，我有许多不敢肯定的看法，但是我敢肯定的看法之一是：作家从内心深处感到写作是他经历过和可能经历的最美好的事情，因为对作家来说，写作意味着最好的生活方式，而不顾及通过他写出的东西可能产生的社会、政治和经济的结果。①

很多年轻的作者看到略萨的这句话时，会觉得这位诺贝尔文学奖获得者像是一个亿万富翁，在安慰一个乞丐：钱不是最重要的，你不要着急。然而，事实是，略萨说出了很多作家的心里话：之所以选择写作，是因为写作是自己最好的生活方式。成名固然会给自己带来很多成就感，但也常常会让自己失去最简单的快乐。

对于有些人来说，成名的焦虑可能会贯穿一个人写作的始终：当你有了一定的名气的时候，你会想着有更大的名气；当你有了更大的名气的时候，你会想着名垂千古。欲望是无止境的，它在某些时候是努力的驱动力，但是有些时候又会是痛苦和焦虑的根源。还是那首《解人颐》说得好：“终日奔波只为饥，方才一饱便思衣。衣食两般皆俱足，又想娇容美貌妻。娶得美妻生下子，恨无田地少根基。买到田园多广阔，出入无船少马骑。槽头扣了骡和马，叹无官职被人欺。县丞主簿还嫌小，又要朝中挂紫衣。作了皇帝求仙术，更想登天跨鹤飞。若要世人心里足，除是南柯一梦西。”

4. 不自信：不知道自己有无天赋和才华

古今中外，有文学才华的人，都有着“天才”之誉。因此，很多

---

① 略萨．中国套盒：致一位青年小说家．赵德明，译．天津：百花文艺出版社，2000：2.

人认为，文学只属于少数人，属于那种天赋异禀、才华超群的人。普通人不可能成为作家。所以，很多时候，作家都是自然生长甚至“野蛮生长”的——很多作家在写作的过程中都经历了各种各样的打击、质疑和嘲笑，如果没有足够强大的驱动力，是很难坚持下来的。于是，最终，这就成了一种恶性循环：因为只有少数人敢于坚持写作，所以也只有少数人成为会写作的人，于是更加让人觉得只有天才才能在写作上成功。

这种对自己才华的不自信是很多人身上都有的。除了上面所说的卡夫卡，《红字》的作者、美国作家纳撒尼尔·霍桑也是一个非常不自信的人。霍桑 46 岁才开始成名，而那个时候，很多一起写作的人都已经名满天下了。关于霍桑，有一个著名的故事：

有一天，霍桑回到家跟太太索菲亚说他被炒鱿鱼了。索菲亚听了，非但没有生气，反而很高兴：“这样，你就可以专心写书了。”霍桑一脸苦笑：“那我们靠什么吃饭呀？”结果，索菲亚打开抽屉，拿出一沓钞票来。“这钱从哪里来的？”霍桑很吃惊。“我一直相信你有写作的才华，”索菲亚说，“我相信有一天你会写出一部名著，所以每个星期我都把家用省一点下来，现在这些钱够我们生活一年了。”正是有了索菲亚的鼓励，霍桑才写出后来文学史上著名的《红字》。

事实上，不自信让很多有志于写作的人在写作之路上停了下来。也有一些幸运的人，在写作之路上遇到了鼓励他们的人，让他们坚持写了下来。现在好了，我们有了创意写作。创意写作的诞生给了更多人机会。正如爱荷华大学创意写作的创始人所说，创意写作不培养作家，创意写作致力于发现和催生天赋。那么，解决不自信问题也是创意写作的任务之一。

5. 内心虚弱：缺少面对现实的勇气

很多人写作的内在动力都源自对现实生活的不满，写作则成了他们反抗现实的工具。所以，我们经常看到，一个现实中非常胆小怕事的人，作品中的人物恰恰无比强大，这事实上就是一种对现实的反抗。当然，这种反抗属于那种内心强大的人。一个内心虚弱的人，是没有勇气面对世界的挑战的，哪怕是在作品中。

> 这种会编造人物和故事的早熟才能，即作家才华的起点，它的起源是什么？我认为答案是这样的：起源于反抗情绪。我坚信：凡是废寝忘食地投入与现实生活不同生活的人们，就用这种间接的方式表示了对这一现实生活的拒绝和批评、对现实世界的拒绝和批评以及用自己的想象和理想制造出来的世界替代现实世界的愿望。那些对现状和眼下生活心满意足的人们，为什么要把自己的时间投入到创作虚构现实这样虚无缥缈、不切实际的事情中去呢？而运用这个简陋装置创作别样生活和人群以便反抗现实生活的人，有可能是在不计其数的理由推动下进行的。这些理由或者是利他主义的，或者是不高尚的，或者是慷慨豪放的，或者是吝啬卑劣的，或者是纷乱复杂的，或者是平庸简单的。①

所以，胆小怯懦固然能成为一名写作者在作品中反抗世界的动力，但也会阻碍一个人写出更强大的作品。因为内心虚弱的人，不敢在作品中有真正的反抗。正如鲁迅先生在《纪念刘和珍君》中所说："真的猛士，敢于直面惨淡的人生，敢于正视淋漓的鲜血。"所以，我们看到，现在网络上流行的所谓"爽文"，用表面的"爽"来麻醉自己，也麻醉别人，这是自身虚弱的表现，也是对读者的一种不信任，这些看起来的"强大"和"美好"，并非真正的"强大"和"美好"，而只是一种表面上的"强大"与"美好"。真正的"强大"是直面现实、直面人心的展示和批判。从这种意义上说，写作恰恰是写作者摆脱内心虚弱的机会：

> 确实，有许多创作者显得比常人更弱，更缺乏生存能力，因而对生活更为感叹万分。也许，往往如此。还必须补充一点，创作者的长处蕴于他们的短处，对于创作者而言，一种有生力量的涌现正是在他们处于极度虚弱中摆脱自身之处。②

---

① 略萨．中国套盒：致一位青年小说家．赵德明，译．天津：百花文艺出版社，2000：5.

② 布朗肖．文学空间．顾嘉琛，译．北京：商务印书馆，2003：38.

6. 写作焦虑与不写作焦虑：两种不同的焦虑

写作者常常会面对两种焦虑：不写作的时候会焦虑，因为感觉自己这段时间都虚度了；写作的时候也会焦虑，因为感觉自己游离在世界之外。这种焦虑常常会产生烦躁不安的感觉，成为自己的精神困境之一。卡夫卡在 1912 年 7 月 9 日的日记中这样写道：

> 这么久没有写什么了。明天开始写。平时我又会产生一种不断扩散开来的、不可遏止的不满足感；这次我已处于这一情绪中。烦躁不安开始了。但是如果我能干出什么名堂来，那么没有迷信的预防措施我也能做到。①

对于卡夫卡来说，写作已经成了他生活方式的一种，因此，当不写作的时候，他就会觉得自己脱离了正常生活，甚至会觉得，自己没有在生活，自己失去了存在的理由。有些写作者因为对于生活的无力，在不写作的时候，会觉得自己是个弱者，只有写作才能让自己强大起来。这是不写作带来的焦虑。所以，很多有经验的写作者会告诉自己：不写作的时候，就去生活。因为写作本身就是生活的一部分。

写作者在写作时的焦虑常常会有几种情况：一是前面所说的，感觉写作时自己游离在世界之外；二是老是担心自己写不好，浪费了一个素材。这种写作时的焦虑是写作者所受的折磨之一，但是很多写作者总是“痛并快乐着”，在焦虑中完成作品。

事实上，对于写作者来说，写作就是他的工作，如同他做一名火车司机或者推销员一样。所以，学会享受工作才是写作者最好的心态。另外，写作的时候，写作者肯定像演员一样需要“入戏”，要让自己的整个身心融入作品中。但是，当你不写作的时候，你又要像演员一样从戏里出来。你不能刚刚在演武则天，在生活中还以武则天的方式生活着。在这种意义上，写作者和演员一样，也要学会做个“两面人”，甚至于，要有些“人格分裂”。

---

① 卡夫卡．卡夫卡文集：第 4 卷（书简）．祝彦，张荣昌，译．上海：上海译文出版社，2002：96.

7. 写作孤独：必须沉在自己的世界里

在这个地方，有一对矛盾：一方面，写作者渴望成功，渴望成名，渴望被人追捧，渴望活在聚光灯下；另一方面，写作又是一项孤独的事业，写作者需要青灯照壁，独自劳作。因为写作必须是个人化劳动，写作的时候，你独立创造一个世界，又要独立面对一个世界，所以，你必须是孤独的。

> 常言说，这种孤独对于艺术家从事艺术创作来说是必要的。里尔克在给索尔姆·洛巴哈伯爵夫人的信（1907年8月3日）中说："几周以来，除了两次短暂的中断，我不曾开口说过话；我终于把自己禁闭在孤独中，而我投身于工作就像被果肉裹住的核一样"，他信中所说的孤独，从根本上说并不是孤独，而是一种静心。①

写作者的孤独还体现在另一个方面：他总是独立于人群，不被理解。因为好的写作者注定有自己独立的思考。有些作家可能在有生之年都不被认可和承认。他面对的都是质疑、批评甚至谩骂——当然，有质疑、批评和谩骂已经是比较好的情况了，最可怕的还是无人问津。

> 写作，在最成功的时候，是一种孤寂的生涯。作家的组织固然可以排遣他们的孤独，但是我怀疑它们未必能够促进作家的创作。一个在稠人广众之中成长起来的作家，自然可以免除孤苦寂寥之虑，但他的作品往往流于平庸。而一个在岑寂中独立工作的作家，假若他确实不同凡响，就必须天天面对永恒的东西，或者面对缺乏永恒的状况。②

很多时候，即便同为写作者，也未必是能够交流的人。从某种意义上说，文学注定是孤独者的事业。写作需要我们享受孤独，因为孤独就是作家的生活方式。正如海明威所说，一位成天生活在热闹中的

---

① 布朗肖．文学空间．顾嘉琛，译．北京：商务印书馆，2003：1.

② 董衡巽．海明威谈创作．北京：生活·读书·新知三联书店，1985：25.

作家是不可能写出好作品来的。因此，作为写作者，我们不必渴求“十年窗下无人问，一举成名天下知”，我们的快乐都在写作之中。

写作思考

几个人一起，相互讨论自己对于写作有哪些方面的焦虑。有什么办法可以相互借鉴，来消除这种焦虑？

第二节　观念与技术困境

写作思考

思考一下，关于写作，自己在观念上和技术上有什么问题？请一一列举出来，同时思考一下，有什么解决办法？

前面探讨的，是作为写作者在精神上的困境。接下来要探讨的，是写作本身面临的困境，即写作观念以及写作技术上面临的困境。

1. 文学认识：观念更新问题

对文学的认识，或者叫文学观，主要是阅读带来的。一个人关于文学的学习也会影响他的文学观。我们在第二章里说，阅读决定一个人写作的上限，主要原因就是，阅读会塑造一个人的文学观和文学趣味。而你的文学观和文学趣味是怎样的，你就会接近什么样的文学，你的写作也会向什么样的文学靠拢。所以，文学观的形成对于一名写作者来说，是一件大事，也是一件重要的事，意味着一个人将由自发写作转向自觉写作。但是，文学观也是柄双刃剑：一个人的文学观一旦形成，就会比较稳固，而文学是不断发展的，所以他的文学观很有可能会成为阻碍其前进的东西。

这就是文学观给写作带来的困境。面对这个问题，可能的解决方法有：一是保持阅读，阅读更多更好的作品，不断地修正并提高自己对文学的认识；二是不断地和同行交流，尤其要和那些高水平的人交流，这样的交流有利于思考文学；三是建立开放的文学观，关注文学的前沿发展，让自己的文学观有不断修正的空间。

2. 技术停滞：写作技法问题

一名写作者，当他开始比较熟练自如地写作的时候，就是他应该警惕的时候了。很多年轻的写作者都非常羡慕很多名作家所谓的“风格”，也就是这些名作家的作品具有辨识度，看一两段就可以知道是谁的作品了。风格好比一位作家的标签，有了这个标签，就相当于在江湖上扬名立万，有了自己的江湖地位了。其实，风格问题也是一柄双刃剑。对此，海明威曾尖锐地指出：

> 我不妨说，业余的文学爱好者们叫做风格的东西，通常只是在最初试图做成迄今没有做到的事情时所不能避免的拙劣手法。几乎没有一本新的名著和以前的其他名著相类似。最初，人们能够看到的只是拙劣。然后那些拙劣的手法就不是那么容易看得出来了。当它们显示出那么拙劣的时候，人们以为这些拙劣的手法就是风格，许多人模仿它们。这是令人遗憾的。[①]

所谓的风格，从某种意义上说，其实就是一个人写作技法的固化。风格形成之后，也就意味着写作技法固定了。实际上，每一位好作家都会对自己作品的创造性保持警惕。文学一旦离开了创造，其价值也就大打折扣了。所以，关于技术停滞的焦虑其实是件好事情，正是这种焦虑才会促使我们不断创新。当然，焦虑总是有限度的，只要我们保持创新意识，将写作的创新意识植入骨髓，其实也就没有什么可焦虑的了。

3. 写作前：开头焦虑

“万事开头难”，写作尤其如此。一部作品，一旦写了开头，就意味着你的故事将从哪里开始，意味着你为将要完成的这部作品定下了基调，还意味着你将要以何种方式与自己的作品对话。所以，有经验的作家对自己的作品开头都非常慎重。从某种意义上说，作品一开头，你的创作就开始了。你总想着写一部全新的作品，还要以一种全新的方式来打开局面，同时这种方式还要方便你的表述，让你写起来

---

① 董衡巽．海明威谈创作．北京：生活·读书·新知三联书店，1985：43.

很舒服，得心应手。所以，即便是加西亚·马尔克斯打算开始创作他准备已久的《百年孤独》时，他也一样焦虑。他不断地推翻自己的想法：写了一个开头，删掉，再写一个开头，再删掉。他对自己的开头一直不满意，于是他就一直焦虑着。这种焦虑如同父母在孩子即将生下时的焦虑：他们不知道这个孩子会是什么样子，是男孩还是女孩，生的时候会不会顺利。

> 《百年孤独》是一部让我反复思索的小说。我曾好几次动笔写它。素材已全部具备，结构也已确定，但是找不到合适的语调。就是说，我自己不相信我所讲述的东西。①

直到有一天，他突然找到了感觉，这种焦虑才中止：

> 必须像我外祖父母讲故事那样老老实实地讲述。也就是说，用一种无所畏惧的语调，用一种遇到任何情况、哪怕天塌下来也不改变的冷静态度，并且在任何时刻也不怀疑所讲述的事情，无论它是没有根据的还是可怕的东西，就仿佛那些老人知道在文学中没有比信念本身更具有说服力。②

尤其是他的外祖母：

> 她不动声色地给我讲过许多令人毛骨悚然的故事，仿佛是她刚刚亲眼看到的似的。我发现她讲得沉着冷静、绘声绘色，使故事听来真实可信。我正是采用了我外祖母的这种方法创作《百年孤独》的。③

所以说，对于这种焦虑，没有别的办法，只有继续思考，然后等待，等待你找到最合适的机会。好在这种等待不仅仅是令人焦虑的，也是幸福的，就像一个孩子要降生前的那种感觉。

4. 写作中：自我怀疑

有经验的写作者都知道，写作并不是开好了头，就一马平川、一

---

① 两百年的孤独：加西亚·马尔克斯谈创作．朱景冬，等译．昆明：云南人民出版社，1997：133.

②③ 同①18.

气呵成的事，至少大部分的写作并非如此。我们在写作之前，总是信心百倍，对自己正在酝酿着的作品充满自信，觉得自己会写出一部伟大的作品。然而，等作品开始写作后，我们又会不断怀疑自己：这样写行吗？这部作品有价值吗？我会不会在做一件没有意义的事？于是，焦虑、沮丧、颓唐、想放弃……多种感觉都会同时袭来，尤其是当写作遇到困难时，这种感觉就会更加强烈。卡夫卡就在 1911 年 11 月 15 日的日记里描述过这种感觉：

> 有一点是肯定的：我在事先感觉良好时逐字逐句地或只是顺便地、但是用明确的话语构思出来的一切，一拿到写字台上试图将其写下来时，却都显得枯燥无味、颠三倒四、僵化不灵，和整个环境格格不入、战战兢兢，但首先是漏洞百出，尽管原来的构思一点都未被忘记。当然，其原因多半在于，在摆脱了稿纸时，我只有在精神升华时——尽管我非常渴望这种升华，但对它的畏惧甚于渴望——才会构思出好的东西，可它们又如此丰富，我只得放弃，或盲目地、全靠偶然地从构思的洪流中掬取，一把又一把地，以致在字斟句酌地落笔时，这些掬取来的东西和它们原来生活于其中的丰富洪流相比简直微乎其微，没有能力再现那种丰富，因此它们是拙劣的，而且因为它们既引诱人而又使人一无所获，所以又是令人灰心烦恼的。①

有些时候，这种自我怀疑会让一位作家放弃正在进行的写作，放弃这部作品。事实上，历史上很多的名作家都干过这样的事，很多未完成的作品都是这样夭折的，卡夫卡就留下不少写了一半的作品——几乎所有的作家都留下了未完成的作品。有些时候，这种自我怀疑会让一位作家重新来过，对作品进行修改，重新思考作品，《安娜·卡列尼娜》就是这样来的，《悲惨世界》也是这样来的。我们现在看到的《安娜·卡列尼娜》和托尔斯泰开始写的《安娜·卡列尼娜》完全

---

① 卡夫卡．卡夫卡文集：第 4 卷（书简）．祝彦，张荣昌，译．上海：上海译文出版社，2002：93.

不同，《悲惨世界》当初也完全不是现在这个样子。因此，写作中的自我怀疑是非常正常的，这是写作者自我挣扎和自我修正的过程。写作的过程既是一个幸福的过程，也是一个焦虑的过程。这个过程有的很短暂，有的则很漫长，像《悲惨世界》，从开始酝酿到最终完稿，经历了数十年的历程。因此，要直面这种焦虑和自我怀疑，把它当作修正和提高自己作品的机会，像曹雪芹那样“披阅十载，增删五次”，让作品不断完善。

5. 写作中：没有灵感

对于写作者来说，灵感永远是个神秘的东西。一方面，灵感像是上天突然赐给你的礼品，在你并不期待的时候，可能在某个早晨或者夜晚，在不经意间，就降临了，就像上文说的，马尔克斯想起外祖母讲故事的那个时候，那种感觉是奇妙的、美妙的；另一方面，灵感又是一个折磨人的东西，在你苦苦期待它的到来的时候，它却像你第一次约会时苦苦等待的人那样，迟迟不来。说到灵感，一方面，作家不能每天躺在床上，等着灵感的降临；另一方面，所谓的“灵感”，只会光顾用心的人。正如陆游所说，“文章本天成，妙手偶得之”，“天成”的“文章”也只能“妙手”才能得到，而“妙手”不是天生的，是要后天修炼的。

当然，作家们都在想尽办法，对付写作的过程中突然没有灵感的状况。海明威的经验是：

> 我在写一本书或一个短篇小说的时候，每天早晨或天一亮就开始写作。那时没有人来打扰，天气或者凉爽或者寒冷，只要你一动笔写，就感觉到暖和了。你把你已经写过的东西读一遍，因为你一向在你知道下面要写些什么的时候停下笔，你就从那儿继续写下去。你写到你还有活力的地方，而且知道下面要写些什么，你就停下笔，力图挨过一个晚上，到第二天才去碰它。①

贾平凹也介绍过类似的经验，那就是在每天写得最得心应手的时

---

① 董衡巽. 海明威谈创作. 北京：生活・读书・新知三联书店，1985：27.

候停下来，留给第二天去写：

> 你留言说这部初稿有的章节你写得顺手，有的章节写得很艰难，这我也能读得出来。其实这是我常遇到的事，我的办法是，每当写得得心应手时就停下来，放到第二天去写。这样，在第二天一开始就写得很快乐，容易进入一个好的状态。你不妨试试。①

当然，在写得得心应手的时候停下来，是对写作者耐心的一个考验。这好比是一块肥肉到了嘴边，却要把它放下来，留到明天再吃。但是，对于写作而言，这的确不失为一个保持写作感觉的好办法。因为每天刚开始写作的时候，大脑总是茫然的，需要重新开始。而把想好的东西留在跟前，你可以很顺利地接上来，等你把准备好的东西写完了，你的大脑也打开了，便于继续写接下来的部分。

关于灵感，也许还有别的小技巧，我们可以找其他作家借鉴。

6. 写完后：怀疑作品价值

很多作家都会对自己作品的价值产生怀疑，尤其是在写作的过程中和刚刚写完之后。那个时候，写作之前的自信心都消失了。事实上，写作之前一定是要有信心的——否则就没动力写下去了。写完后对作品价值的怀疑也是非常正常的事——否则就没办法修改了。有些作家甚至从来不看自己发表或出版后的作品，主要是不敢看，生怕自己把自己作品的价值都否决掉了。所以，自古文人都有“悔其少作”的传统。杨修在《答临淄侯笺》中说：“修家子云，老不晓事，强著一书，悔其少作。”鲁迅在《〈集外集〉序言》中也说：“听说，中国的好作家是大抵‘悔其少作’的，他在自定集子的时候，就将少年时代的作品尽力删除，或者简直全部烧掉。”这其实都是一种心态：追求完美。卡夫卡对自己的不自信在所有名作家中都是少有的，他在1913年10月20日的日记中这样写道：

> [……] 我在家读《变形记》，觉得它写得拙劣。也许我真的完了，今晨的悲哀又将袭来，我不会长时间抵挡住它，它夺走我

---

① 贾平凹．关于写作的贴心话——致友人的五封信．文学报，2014-12-11.

每个希望。我连写日记的兴致都没有了，也许因为日记里缺的东西已经太多，也许因为各种行为方式我经常只写出一半，看起来也只能写出一半，也许因为连写作本身也增加了我的悲哀。[①]

当我们读到这个地方的时候，恐怕都会抑制不住哑然失笑：如果卡夫卡知道多年以后，他的《变形记》会对后世文学产生这么大的影响，不知会作何感想。其实，对写完的作品产生价值怀疑是一件很常见的事，很多时候其实也不是坏事，这说明你的文学品位高于你的作品，也说明你的作品还有提高的空间。至少，你对下一部作品的要求会更高。

写作思考

思考一下：自己在写作中面临的技术困难有哪些？可以一一列举出来。然后，小组进行讨论：有什么解决的办法？

第三节 现实困境

1. 现实干扰：缺乏写作环境

对于很多人来说，作家的写作环境都是一个神秘的问题。很多作家有传说中非常神奇的写作环境。对于写作者来说，环境问题的确是个重要问题，因为作家至少需要一个安静的环境，好让自己完全进入自己的写作情境之中。

雨果在书稿合同即将到期时，会把自己关在一个小屋里，买一整瓶的墨水，把衣服都锁起来，只留下一件大披肩，免得受到外出的诱惑。他还买了一件长衫，好在写作的时候穿上。安徒生喜欢在寂静的森林里构思童话故事，因为森林能让他释放想象力。陈忠实花了五年时间，在偏僻的山村里写《白鹿原》。他觉得，老家的乡村让他远离了心浮气躁："写作《白鹿原》书稿时，我觉得必须躲开现代文明和城市

---

① 卡夫卡．卡夫卡文集：第4卷（书简）．祝彦，张荣昌，译．上海：上海译文出版社，2002：47.

生活的喧嚣，需要这样一个寂寞乃至封闭的环境，才能沉心静气完成这个较大规模的工程。”有些作家喜欢在咖啡馆里写作，有些作家则喜欢在一个封闭的环境里写作，有些作家为了安静选择在半夜写作。

马塞尔·普鲁斯特选择把自己封闭在卧室里。他夜里写作、白天睡觉，时间的倒错使得他进一步抽离于世界之外。在《追忆似水年华》出版后不久的一次采访中，他讲述了隐居给他带来的创作上的好处。他说，“黑暗、静谧与孤独，如同沉重的斗篷披在我肩上，迫使我在自身之中再造所有的光、所有的音乐，自然的妙趣、交往的欢愉”。普鲁斯特的隐居之处，位于巴黎车水马龙的豪斯曼林荫大道。在白天，普鲁斯特的窗外是来往的行人，汽车和四轮马车在鹅卵石路上发出声响。在失眠多日之后，他对房间进行改造，以摒绝所有的声音、光线和污染物。他用百叶窗、双窗格窗以及严实的蓝绸窗帘充当保护层，以防止任何刺激物进入他的卧室。

环境对于写作者当然是重要的。但是，也有作家觉得，环境对于写作没有那么重要。福克纳 1956 年在纽约接受《巴黎评论》女记者采访时说：

> 艺术同环境也无关。它不在乎在什么地方。如果你是说我，有人给我最好的差使是当一家妓院老板。我认为这是艺术家工作的最好环境。我自己的经验是，我这一行需要的工具是纸、烟、食物和一点威士忌。

归根到底，环境对于作家的意义在于：作家需要让自己暂时脱离现实生活，进入作品中，因此他不希望被打扰。同时，写作的那个环境最好还是他习惯的，这对于他来说是一种心理暗示。但是，很多时候，我们并不具备选择环境的能力，那么，这个时候，我们能做的，就只能是调节自己的心理，让自己尽可能地排除外界的干扰，进入写作情境中去。

2. 缺少生活经历

我们在第九章说过，写过的素材主要来自两个方面：一是直接经验，也就是自己的生活经历；二是间接经验，也就是来自他人的经验，包括听他人的讲述、目睹他人的故事、从报刊书籍网络等方面搜集资料等。直接经验对于初学写作者来说尤其重要，很多作家都是从自身生活开始写起的。所以说，生活经历对于写作者来说肯定是很重要的。

但是，另一方面，每个人都有自己的经历，只不过不同人的生活经历不同而已。我们不能说，将军或乞丐的经历就更有价值一些，一个普通的公司职员或家庭主妇的经历就没有价值了。加拿大作家、诺贝尔文学奖获得者门罗人生中的大部分经历都是家庭主妇，但她照样写出了优秀的作品。历史上的将军和乞丐那么多，也不是每个人都能写出好作品。因此，从某种意义上说，每个人都在生活，每个人都以自己的方式体验着生活。所以，古往今来的作家中，各行各业的都有，有专业的写作者，有做过小偷的，有当政府职员的，有做律师和医生的。他们都写出了优秀的作品。

拥有生活经历只是拥有了一部分素材，但如果我们缺少一双慧眼，同样认识不到这些素材的价值。就像我们把一块美玉摆在狮子跟前，狮子会毫无反应一样。更何况，除了自身的经历，我们还同样生活在这个丰饶的世界上，每天都会用自己的眼睛去看这个世界。

可见，生活经历对于写作者当然很重要，但是生活经历绝不应该成为写作者不能写作的借口。

3. 情感干扰

情感也会影响一个人的写作，这毫无疑问，因为情感会影响人对这个世界的认识和判断。很多人因为爱情而写出伟大的作品，也有人因为失恋而写出伟大的作品。比如说，歌德的《少年维特之烦恼》就是失恋的产物。从卡夫卡在 1912 年 11 月 24 日写给爱人费莉丝的信中，也可以看出爱情对于他写作的影响：

> 最亲爱的！这可真是一个恶心得出奇的故事，此刻我又把它撂到一边，以便在思念你的时候得到憩息。故事的开展已稍过半，一般而言我对它也并非不满意，但它的恶心程度已无以复加；而且，你看，这类东西是从我这同一颗心里跑出来的，而你就住在这颗心里，还得把这么一颗心权且当作你的住所。别为此

> 忧伤，因为，谁知道呢，我写得越多，我解放自己越是彻底，也许对你来说我就变得越纯洁、越配得上你，不过肯定还有许多东西要从我心里抛出去，而为了从事这一件给人以极大快感的事务，夜再长也是不够用的。①

但是，在谈到这个问题时，我们宁愿把话题再扩大一点，那就是我们写作的动力。我们可以把爱也从爱情扩大到更广博的爱。这才应该是一位作家写作不竭的力量源泉：爱这个世界，爱这个世界的人。

4. 情绪调整

关于这个问题，我们在前面已经涉及过：作家和演员一样，都是那种随时能够“入戏”的人。作家写作时最重要的，就是要暂时离开自己的现时生活，进入作品中。哪怕你刚刚和家人吵了一架，你现在在写一个喜剧，仍然要把自己的心情调整到喜剧的状态；反之亦然，哪怕你刚刚获得了一项大奖，心情愉悦，感觉世界如此美好，但是在写作的时候，你仍然要面对这个世界的悲哀和无奈，仍然要和自己笔下的主人公一起伤心落泪。

海明威也承认情绪对于写作的影响：

> 记者：要写得好，情绪上的稳定是必要的吗？有一次你告诉我，你只有在你恋爱的时候才会写得好。在这个问题上，你能多少向我说明一下吗？
>
> 海明威：多么好的一个问题啊。考起来要得满分。只要别人不来碰你，不来打断你，你什么时候都可以写作。甚至你十分无情地这样做去，你也可以写作。不过，最好的写作一定是在恋爱的时候。这对你也是一样，我倒不如不加以说明了。②

因此，从你开始写作的那一天起，你就要学会调节自己的情绪，让自己进入写作状态。这种情绪的调节从环境开始，选择一个适合自

---

① 卡夫卡．卡夫卡文集：第4卷（书简）．祝彦，张荣昌，译．上海：上海译文出版社，2002：43.

② 董衡巽．海明威谈创作．北京：生活·读书·新知三联书店，1985：30.

己的环境，安静下来，慢慢进入到作品中去，假设自己就是作品中的人物，你和作品中的其他人一起生活，一起去经历人生的悲欢离合、爱恨情仇。

5. 经济原因

有很多写作者这样来给自己找借口：我要生活，我要挣钱养家，所以我没有时间写作。这话其实说得没错。这其实也不是借口。因为从某种意义上说，生活比写作更重要，我们得首先活着。正如鲁迅先生在小说《伤逝》中所说："人必生活着，爱才有所附丽。"写作当然也是一样。但是，也有一些人，在贫穷的情况下写出了伟大的作品。比如说曹雪芹，他写《红楼梦》的时候已经穷困潦倒，靠别人的接济才活了下来。但是，他仍然"披阅十载，增删五次"，写出了这部伟大的作品。究其原因，还是源于他内心对于写作的需要大于去过更好的生活。所以，很多人都只看到作品中的世界，却并不了解作家的内心："满纸荒唐言，一把辛酸泪。都云作者痴，谁解其中味？"

海明威在谈到这个问题的时候，同样谈到了对于写作的热爱：

> 记者：经济上的保障怎样呢？它对好作品有害吗？
>
> 海明威：如果很早就发生这个问题，而你热爱生活等于爱你的写作，这就需要了不起的品质去抵抗诱惑。一旦写作变成你的主要的毛病和极大的快乐，那么只有死亡才能止住它。于是经济上的保障由于使你免于忧虑而成为一个巨大的帮助。忧虑破坏写作的能力。不健康是不好的，依此类推，它产生忧虑，而忧虑侵入你的下意识，破坏你脑子里储备的东西。[①]

杜甫在怀念李白的时候写诗道："文章憎命达"，但是反过来何尝不是有道理的：正因为命不达，才写出了好文章。因为世情冷暖，人间的酸甜苦辣，恐怕也只有"命不达"的时候才能体会得到吧。我们不妨假设一下，如果曹家当年没有经历那场突如其来的变故，曹雪芹仍然是一个公子哥儿，那恐怕他也不会写《红楼梦》了，且不说他能

① 董衡巽．海明威谈创作．北京：生活·读书·新知三联书店，1985：30.

不能体会到书中所写的命运变化、世态炎凉，他恐怕也没时间再做这件事了。他要么努力考功名去了，要么天天吟诗作赋去了。他有可能成为一名好诗人，但《红楼梦》是绝对没有了。

所以，归根结底，对于文学的热爱才是你从事写作的最主要动力。反过来，爱得不够才是你放弃写作的主要原因，而并不是经济或其他什么原因。

6. 获奖和发表焦虑

这个问题恐怕只有现代才有。在没有文学奖的时代，作家们靠什么写作？恐怕不是成名成家的欲望吧。恐怕曹雪芹在写《红楼梦》的时候，就应该意识到，他的作品不会被官方认可，更不会有人给他颁奖，这部作品的命运多半是被禁。在文字狱横行的时代，还会因此丢掉性命。所以，获奖和发表的焦虑归根到底还是功利心使然。另外，现在的文学也越来越功利化了，获了一个大奖之后就等于鲤鱼跳了龙门，不仅有了钱，还有了"江湖地位"，这也客观上增强了写作者的获奖和发表焦虑。

还是海明威说得好：

> 作家像吉卜赛人一样，是一个局外人。只有才能不大的人才具有阶级意识。对于才能大的人来说，一切阶级都是他的领域。他从一切人那里吸收养料，他所创造的东西成了大家的财富。
>
> 一个作家为什么应该期望任何民众团体、任何政府的奖赏或者赏识呢？唯一的奖赏是你把工作做好，这对任何人来说都是够好的奖赏。在我看来，再没有比装腔作势、申请参加法兰西科学院或什么科学院的人更下流的了。[①]

7. 工作影响

我们在前面曾经说过，这个世界上，从事写作者的职业五花八门，不同职业的写作者需要承担自己的主要工作，职业写作者只是少数人。尤其在当下，职业作家越来越少。写作者只有自我调节，一直

---

① 董衡巽．海明威谈创作．北京：生活·读书·新知三联书店，1985：110.

到靠写作能够养家的时候。有些职业对于写作可能是有影响的，如果你对写作有足够的挚爱，那你就换一个工作来养活自己，要么暂时不要写作，先把工作做好，把生活过好。另外，有些职业对于写作其实并无害处，相反还有好处：职业给你提供了生活经验，让你有更多的写作素材。关于这个问题，海明威同样有自己的见解：

> 记者：那些从事学术工作的人们怎样呢？你认为，拥有教学位置的大量作家们已经损害了他们的文学事业吗？
>
> 海明威：这要看你所说的损害是指什么。这是曾经被污损的妇女的用语吗？或者这是政治家的妥协、让步吗？或者，对于在你和你愿意多给一点钱但是以后再给的食品商或者裁缝师傅之间所作的妥协呢？一位既能写作又能教书的作家应该是两种事情都能做的。许多有能力的作家都证明了能够这样做。①

换言之，如果你有这个能力既写作又教书，那就继续干下去吧。工作对于写作而言，都是双刃剑，既能给你提供写作素材，也会让你的时间没有那么自由。这个问题，只能自己去解决了。

写作思考

每个写作者列出自己写作的现实困难，同时交流一下，看看有没有什么办法来解决这些困难。

内容小结

写作困境是每一个写作者都会面临的问题。有些写作者的困境主要来自精神上的：对写作目的的追问、对写作价值的怀疑、对自身才华的不自信等。有些写作者的困境则是来自文学观及写作技法：技术停滞、缺少灵感、自我怀疑等。也有些写作者的困境是来自现实生活：缺少写作环境、缺少生活阅历、没有写作条件等。对于很多写作者来说，三类困境同时存在。这些困境，有些是自己的认识问题带来的，有些则是写作过程中都会存在的问题，需要自己去面对和解决。

---

① 董衡巽．海明威谈创作．北京：生活·读书·新知三联书店，1985：32.

课堂设计

【课堂形式】

桌椅以分组的形式摆放。三到五名写作者一个小组。所有写作者准备纸笔或电脑，随时准备课堂训练。

【课堂流程】

第一个环节：思考讨论

影响你写作的主要因素是什么？

(1) 不喜欢 (2) 没时间 (3) 没天赋 (4) 怕失败 (5) 写作不赚钱 (6) 写作太累 (7) 不自信 (8) 经历太少 (9) 读书不够 (10) 缺少写作技巧 (11) 没人带领 (12) 其他原因

对以上选择题进行选择，可以多选；如果还有其他因素，也可以补写。

第二个环节：课堂讨论与教师总结

课堂讨论，将大家选择的和新增的所有因素都写到黑板上，将所有的困境总结为三类：精神困境、观念技术困境和现实困境。

第三个环节：思考与讨论

讨论哪些属于精神困境，对这些困境进行分析，大家提出解决方法。

第四个环节：教师总结

教师对大家的发言进行总结，提出主要存在的精神困境，并逐个进行分析。

第五个环节：课堂讨论

讨论一下：刚刚列举的困境中哪些属于观念与技术困境？还有没有补充的？

第六个环节：课堂讨论

对大家所讨论的观念与技术困境进行分析，提出解决方法。

第七个环节：教师讲解

教师对大家的发言进行总结，提出主要存在的观念与技术困境，并逐个进行分析。

第八个环节：课堂讨论

讨论一下：刚刚列举的困境中哪些属于现实困境？还有没有补充的？

第九个环节：课堂讨论

对大家所讨论的现实困境进行分析，提出解决方法。

第十个环节：教师讲解

教师对大家的发言进行总结，提出主要存在的现实困境，并逐个进行分析。

第十六章

成为作家

成为一个作家，要具备怎样的条件？这是一个见仁见智的问题。我们很难以个例来证明，也无法像科学那样得出确定性的结论。但是，关于这一点，仍然有很多人进行了探讨，他们提出了成为作家的一些必要条件。另外，如何成为一个优秀作家？优秀作家又有哪些素质，是什么让一个作家成为优秀作家？优秀作家们自己能够提供一些经验，文学理论家们仍在围绕这个问题争论不休。

这一章，我们主要探讨成为作家的条件，其中主要提出一些思考性问题，给初学写作者提供一些借鉴。

第一节 成为作家的条件

写作讨论

请列出三条以上成为作家的条件，并说出理由。

关于成为作家的条件，无论是作家、文学理论家、文学史家还是普通人，都总结出了五花八门的条件。我们挑出其中一些，一起来探讨一下。

1. 复杂坎坷的人生经历

人生经历，或者说生活阅历，所有人都会有，关键在于“复杂坎坷”上。关于这一条，从个体经验来说，似乎无法证实或者证伪，因为从正面或者反面都能举出例子来。但是，我们可以反问几个问题：第一，什么样的人生经历才算是“复杂坎坷”？是不是一定要吃很多苦头，多离几次婚？有没有什么标准？第二，假如你没有所谓“复杂坎坷的人生”，那么，为了成为作家，你是不是要想办法让自己的人生变得“复杂坎坷”起来？第三，是不是只有“复杂坎坷”才能让一个人更能认识世界、认识人生？

弄清楚这三个问题，我们就可以对这一点作出自己的判断了。

2. 广博的知识

首先，我们肯定一点：作家应该属于知识分子，既然是知识分子，应该还是要有一些知识的。那么，作家到底需要哪些知识？我们不妨看看作家的作品中需要哪些知识。看一下古往今来的文学作品，其中涉及的知识包罗万象，不胜枚举。比如，关于巴尔扎克的《人间喜剧》，恩格斯曾说，从这里所学到的东西，“比从当时所有职业的史学家、经济学家和统计学家那里学到的全部东西还要多”。还有《红楼梦》，里面涉及的知识至少有历史、诗词学、医学、茶艺、地方风俗、地理、烹饪、园林设计、室内设计、画面、人物服装、建筑等方面。

从某种意义上说，作家需要成为一个“杂家”。对于作家来说，知识永远不会嫌多。那么，到底多少知识才够？第一，我们得考虑一位作家的写作领域。比如说，有些作家专攻历史小说，那么他们的知识体系中历史知识所占的比重就要大一些。第二，有一些基本知识是作家必须具备的。比如人文类的知识，这是写作者最基础的知识；再比如心理学，有助于我们了解人性；再比如社会学，帮助作家了解社会、了解世界；当然还有文学知识。第三，知识不能代替思想。知识只是帮助作家了解世界是怎么样的，但作家最终需要思考世界为什么会是这个样子，有没有可能成为另外的样子。

鲁迅在《致颜黎民》里说："专看文学书，也不好的。先前的文学青年，往往厌恶数学，理化，史地，生物学，以为这些都无足重轻，后来变成连常识也没有，研究文学固然不明白，自己做起文章来也糊涂，所以我希望你们不要放开科学，一味钻在文学里。譬如说罢，古人看见月缺花残，黯然泪下，是可恕的，他那时自然科学还不发达，当然不明白这是自然现象。但如果现在的人还要下泪，那他就是糊涂虫。"这句话现在似乎并不过时。写作者同样会在写作的时候需要各类自然科学、社会科学方面的知识。

3. 丰富的文学修养

这似乎是一个不需要探讨的问题。作家既然是文学工作者，那么文学修养显然是必要的。但问题是，什么是文学修养？文学修养是不是成为作家的充分必要条件？很显然，文学修养是成为作家的必要条件，但不是充分条件，因为也有很多文学修养很高的人并没有成为作家。所谓文学修养，应该包括对于文学的认识、了解以及应用能力。对文学的认识是指文学观。我们在上一章说过，文学观决定着一名写作者能够接近的高度。对于文学的了解，是指一个人的文学知识，包括对于经典文学作品的了解，对于文学概念、文学史、文学的内在规律和要求的了解，等等。对于文学的应用能力，是指思考、写作和评论文学作品的能力。这几个方面的能力构成一个人的文学修养。可以这么说，文学修养是一个人成为作家的前提和必要条件，但仅仅具备文学修养是不够的。

4. 会讲故事

有很多会讲故事的人没有成为作家。但是，作家是不是一定要是一个会讲故事的人？首先，讲故事包括用声音讲故事和用文字讲故事。作家需要的应该是用文字讲故事的能力。事实上，很多作家在生活中并不善言辞。其次，讲故事有讲自己的故事，还有讲别人的故事。在这里，我们所说的“别人的故事”是指别人创作的故事，作家需要的能力肯定是讲“自己的故事”的能力。再次，作家还需要细分。如果以文体来划分，作家包括小说家、散文家、编剧和诗人，小说家、散文家和编剧对讲故事能力的要求会更高一些。另外，故事只是文学中的一个部分，仅仅会讲故事也成不了作家。我们生活中有很多人都很会讲故事，但是并没有成为作家。

5. 语言天赋

在很多人眼里，会写作的人意味着“文笔很好”，也就是语言能力好。文学是语言的艺术，语言是文学承载人物、故事及思想的工具。所以，首先我们可以肯定，语言能力对于一位作家来说，其重要性怎么强调都不过分。但是，语言到底是天生的，还是后天修炼的？语言是不是一种天赋能力？儿童学家研究发现，不同的儿童，在语言能力上的确是有差别的，也就是说，语言能力确实是有天赋的。但是，有语言天赋并不等于写作的语言能力就很强，文学语言和口头语言还是有区别的。语言是需要后天修炼的。很难想象，一个没有文学阅读、没有写作练习的人，会有很强的文学语言能力。而恰恰有很多经验证明，一些天生不爱表达、不擅表达的人，后来成为出色的作家。所以，语言天赋这东西，我们不妨可以放在一边。不管你有没有语言天赋，想成为作家，你都需要修炼自己的语言。而且语言是可以后天修炼的。

6. 丰富的阅读

不可否认，有些作家在没有多少阅读的时候，依靠天赋写出了好作品。但是，这样的例子其实并不多。靠天赋写作是年轻时的常态。实际上，很多作家都强调，天赋加上努力，才能成为好作家。而其中的“努力”，就包括阅读在内。即便有再高的天赋，写作依然是需要学习的；而且我们所说的“天赋”，其实也包括学习能力在内。换句话说，所谓天赋高的写作者，只不过是学得快的写作者而已。而学习写作，最重要的渠道之一，就是阅读。这一点，我们在第二章已经说过。文学作品同其他产品的区别就在于，所有的技术秘密就藏在作品里。也就是说，即便你没有写作老师教，光靠自己刻苦地学习研究前人的作品，你也可以掌握很多写作技能。事实上，很多作家不都是这么诞生的吗？就这一点而言，丰富的阅读是必要的。当然，阅读也有选择，也有方法，关于这一点，我们在第二章已经说过，不再赘述。

7. 对文学狂热的爱

在我们所知道的案例中，大部分作家应该都是对文学有着狂热的爱。但是，也的确有少数作家因为功利目的而走上写作道路。比如说余华：

> 我写小说的时候，是一名牙医。那时候我写小说是为了不拔牙，为了进文化馆工作，文化馆那些人他们经常不上班，所以我觉得那个地方很吸引我。我决定写小说也是有原因的，当时进入文化馆只有三条路可走，一是学画画，二是学作曲，这东西都得从头开始学，太麻烦了，写小说我倒是可以。估计我那时认识的汉字有五六千个了，我想写作应该没什么问题了，所以就开始写了。①

反过来，对文学有着狂热的爱不一定能成为作家。有些热爱写作的人写了一辈子，最终也没有成为作家。所以，对文学狂热的爱不是成为作家的必要条件，更不是成为作家的充分条件。当然，从事文学工作的人，如果热爱文学，那肯定在从事这项工作的时候会更快乐一些。其实，所有的行当都是这样的。

8. 高超的才华

文学才华是一个广义的概念，其中包括多个方面：语言能力、想

---

① 余华．余华：一个好的读者才是一个好的作家．作文升级，2009（12）．

象力、观察力等。但是，“才华”又是一个相对的概念，到底什么才是有才华，也是仁者见仁、智者见智。

> 要写出一部好的小说，当然需要才智，但却是一种特殊的才智，或许还不要太高才好，这些作家都富有才智，但称不上才智超凡。他们在处理一般思想时所表现出的幼稚常常是惊人的。他们接受了当时盛行的一些哲学论调，可当他们把这些论调用于小说中时，结果往往并不理想。事实上，思想并不是他们分内的事儿，他们对思想的关切（假如真的关切的话）是非常情绪化的。在概念思维上，他们没有多少天赋。他们感兴趣的不是命题，而是实例，因为只有具体的事情才能激发其兴趣。但如果说智力不是其强项的话，他们拥有更加有效的禀赋。他们感受强烈，甚至是热烈；他们富有想象力、敏锐的观察力，还能够站在自己笔下人物的角度，乐其所乐，痛其所痛；最后，他们还要有一定的才能，可以把自己的所见、所感、所想鲜明有力地具体展现出来。①

某种意义上，才华对于作家来说，更多的是一种赞誉。当你写得好的时候，你当然就是一个有写作才华的人了。

9. 对世界的好奇心

有一点是肯定的：作家一定不是一个对世界漠不关心的人。一位好的作家一定会关注社会、关注他人，并且对世界有着持续的好奇心。这一点很多作家都说过。所谓好奇心，就是对那些未知的东西感到好奇，有探索的欲望，想知道背后的真相，而这些都是作家写作的动力之一。好奇心同时还会给作家带来表达的欲望。在探索之后，作家会和别人分享。这种好奇心包括对自然、对人性、对社会、对陌生领域的好奇心，是作家写作的永恒动力之一，而反过来，写作也是作家用来思考世界、探索世界的工具。好奇心还体现在创造性上。文学创作是创造性工作，不断发现新东西、表达新东西、用新的方式表达，这也是好奇心的体现。

---

① 毛姆．巨匠与杰作．李锋，译．南京：南京大学出版社，2008：298.

10. 对世界不满

似乎很多作家都表达过对世界的不满。事实上，几乎所有人都表达过对世界的不满。从某种意义上说，人对世界永远都是不满意的。即便你生在富贵之家，即便你生来就是公主，你也有很多的不满意。你会埋怨自己缺少自由，你会埋怨父母对自己爱得不够，你会埋怨自己不够漂亮……所以，很多人来到这个世界的时候，都会感觉这个世界一直跟自己过不去。于是，我们需要表达我们的不满。对于作家来说，写作也是表达不满的工具之一。因为对社会的不公平不满，所以于连会在法庭上慷慨陈词，批评坐上审判台的都是贵族老爷，没有平民；因为对知识分子和科考制度不满，所以吴敬梓写了《儒林外史》，嘲笑知识界的各种荒唐。对世界不满是作家反抗世界的方式之一。

同时，文学的任务从来不是歌功颂德。文学总是站在弱者的立场，为弱者服务，替弱者说话，帮助弱者表达对世界的不满。这一点，我们在鲁迅等作家的笔下，已经看得很清楚了。

另外，文学也是作家与世界和解的工具。既然人生来就与世界不和，那么人就会一直生活在动荡之中。但是，人最终还是要与世界共存，要与世界和解，所以文学也是作家与世界和解的工具。在文学之中，作家完成了内心的修复和安宁。

11. 孤独或残缺的童年

我们在第十章曾经谈到这个问题。对于很多作家来说，孤独或残缺的童年造成了他们写作的某些特质，并在他们的作品中体现出来。同时，孤独和残缺的童年也会成为他们写作的动力，这一点在张爱玲等很多作家身上也得到了证明。但是，孤独或残缺的童年是否是写作的必要条件？这一点值得商榷，因为我们可以举出很多反例来。海明威曾经说，不幸的童年是作家的摇篮。莫言却说，幸福的童年是作家的财富。另外，童年的幸福并不意味着“满意”。正如前文所说，人对世界总是不满的，所以，即使是再幸福的童年，也会有不满意的地方，不满意就会产生表达的欲望，这也是写作的动力。

12. 对世界敏感

相比较而言，作家的确是比较敏感的那一类人群。作家既天生敏感，又多愁善感。其实，这是可以理解的。一名写作者如果缺少对世界的敏感，就很难发现人性中那些幽微的东西，很难发现世界中那些隐藏的真相。所以，对世界敏感应该是成为一个作家的必备条件。对世界敏感的人总是善于发现，也喜欢发现。文学本身就是需要敏感，对情感的敏感、对人性的敏感、对社会现象的敏感、对世界变化的敏感……这些敏感都构成了文学作品中常人所不能企及的部分，而这部分可能恰恰隐藏着世界的真相。当然，不同的作家的敏感对象也会有所不同。维克多·雨果和列夫·托尔斯泰不仅是作家，也是思想家，他的敏感触及社会和全人类。简·奥斯汀和门罗则对家庭、婚恋、情感等方面更敏感，她们的作品深入人性尤其是女性的内心深处。所以，从某种意义上说，对世界的敏感应该是作家的必备素质。

13. 耐得住寂寞

作家的寂寞表现在三个方面：一是在成名之前，默默创作，无人问津，内心是寂寞的。二是在创作之时，是需要不被世界打扰的。像曹雪芹写《红楼梦》、陈忠实写《白鹿原》，都是在孤独的状态下写的，而且一写就是很多年，这么多年里，除了和文学打交道，他们在生活中都是孤独寂寞的。三是自己的思想不被认可和认知，这其中，既有“先天下之忧而忧，后天下之乐而乐”的寂寞，也有“知我者谓我心忧，不知我者谓我何求”的寂寞，还有“知音少，弦断有谁听”的寂寞。事实上，文学就是寂寞的事业。文学家或许也会站在聚光灯下，但是更多的是“青灯照壁”“冷雨敲窗”的孤独。作家需要寂寞，寂寞才能让他冷静地思考、冷静地创作。所以，无论是曹雪芹的“披阅十载，增删五次”的写作，还是路遥用杜鹃啼血的方式完成《平凡的世界》，都是写作的常态，也是优秀的作品诞生的常态。

14. 淡泊名利

首先我们要确定的是，很多作家并不是淡泊名利的人。恰恰相反，很多作家都是名利心很重的人，尤其是对名誉非常看重的人。而这也是很多作家前进的动力之一。巴尔扎克曾说，平生最爱的东西有两样，一是爱情，一是荣誉，两者都不能满足，永远都不能满足。席勒说，比生命更重要的是荣誉。所以，对于年轻的写作者来说，追求名誉、希望出名是一件非常正常的事，也是写作的动力之一。从某种意义上说，功利心是一个人前进的基本动力之一。但是“过犹不及”，过分在乎名利也会让自己的写作变得庸俗化，让一些人不择手段去获取名利。毕竟，作家所从事的是精神世界的工作，作家也被称作人类精神的生产者和捍卫者，如果自己都没有身体力行，可以想见，那样的作家也很难写出有真正高度的作品来。同时，写作真正给作家带来快乐的，应该是写作的过程。在写作中，作家思考人性，思考世界，最终达到与世界的和解，这才是作家最大的快乐。至于名誉和利益，那只不过是副产品而已。

15. 人格分裂

美国作家、学者多萝西娅·布兰德在《成为作家》一书中，谈到了“双重人格”是一名写作者的常态。我们在前文也曾经说过，作家在写作的过程中，需要全身心地参与，需要像演员一样“入戏”，但是，我们不能把这种状态带到生活中。我们不能因为自己正在写《霍乱时期的爱情》，就在生活中成为阿里萨或者费尔米纳。其实，很多职业都是一样，一个人职场生活的状态可能与家庭生活的状态是不同的。一名法官如果在家庭生活中仍然像法官一样对待自己的妻子和儿女，那么他的家庭生活一定很糟糕。同样，写作是作家的职业，所以作家肯定也要学会拥有“双重人格”：在写作的时候是一个人，在生活中是另一个人。另外，作家的“人格分裂”和通常所说的“文如其人”是相对的，有些作家的为人和自己的作品还真的不一样，这样的例子在历史上非常多。

16. 宣泄的欲望

很多人在压力太大或者内心情绪积累过多的时候，都会有宣泄的欲望。只不过，作家宣泄的欲望是用文字来达成的。这种宣泄的欲望包括表达对世界的不满、思考以及对自己内心的分享等。在作家那里，这种宣泄的欲望就会转化为创作的冲动。

> 我认为，创作冲动在一个人二十几岁的时候达到高峰，然后，部分是由于创作冲动只是青春期的产物，部分是由于尘事纷繁和谋生的需要，使得人们无暇去练习，这种冲动也就减退并消失了。然而也有很多人（比我们以为的还要多），这种冲动会继续压在他们身上，让他们如痴如醉。正是由于内心的这种欲望，这些人成了作家。①

在这里，我们看到，宣泄的欲望人人都有，但写作者是以文学为工具来宣泄的。这种宣泄的欲望年轻人都有，但是随着年龄的增长会减弱。对于作家来说，保持这种宣泄欲望的方式就是写作。所以，作家是保持着持续宣泄欲望的那群人。同时，作家的“宣泄”不是简单地埋怨、发牢骚甚至谩骂，作家的“宣泄”是艺术的、深刻的和含蓄的。

17. 独特的看世界的方式

每个人都有自己看世界的方式，从这种意义上说，每个人看世界的方式都是独特的。所不同的是，作家们有一套自己看待世界的方式。哲学认识世界的方式是寻找共性，所以哲学的目标对象是“一般”；文学认识世界的方式是寻找独特性，所以文学的目标对象是“特殊”。哲学通过找到“一般”来解释“特殊”，文学则通过对“特殊”的个体的认识，来表现“一般”。另外，不同的作家有不同的关注点以及关注的方式，所以不同的作家也有自己独特的看待世界的方式。这种“独特”在某些时候体现为“标新立异”，在某些时候体现为“特立独行”。

> 必须拿什么跟创作冲动结合起来，才可能让一个作家写出有价值的作品？我觉得是个性。有的个性让人欢喜，有的个性令人不快，这都没关系。重要的是，凭借其性格上的特点，作家能够用一种独有的方式看问题。哪怕他看问题的方式在大众眼里既不

① 毛姆．巨匠与杰作．李锋，译．南京：南京大学出版社，2008：296.

合理也不真实，也都无所谓。[1]

作家看世界的方式当然是独特的，他们也不害怕这种独特，并为这种独特感到自豪。独特的看世界的方式有助于作家去发现世界另外的样子。

前面我们探讨了十七种成为作家的可能条件。有些是应该有的，有些则未必。当然，成为作家也许还有很多其他的条件，但是对于一个打算成为作家的人来说，不必过于在乎这些。最重要的是，我们是否有志于写作。如果答案是肯定的，那么，接下来的事就简单了，我们需要的就是：努力。

写作思考

思考一下我们在第一节中列举的那些成为作家的条件，你的观念是怎样的？你觉得还有哪些条件是成为作家所必需的？

第二节　作家们是怎样成为作家的

写作讨论

认真思考一下，你为什么而写作？你的写作的驱动力是否能够支撑你坚持下去？

作家们是怎样开始写作的？他们是怎样成为作家的？他们选择写作的原因是什么？我们来看看这些作家自己是怎么说的。

[加] 玛格丽特·艾特伍德

1957 年，我 17 岁。我们的教授明白表示我们是群呆头鹅，完全不像 10 年前自战场归来的那些退伍军人那么令人兴奋，他们经历过无情的现实，一心渴望求知；也不像那些左派那么令人兴奋，他们三十年代上大学的时候掀起了不小的骚动。教授们说得没错：大致说

① 毛姆．巨匠与杰作．李锋，译．南京：南京大学出版社，2008：297.

来，我们是一群呆头鹅。男生准备就业，女生准备当他们的太太。前者穿的是灰色法兰绒衬衫、制服外套，打领带，后者穿的是驼毛大衣、开司米上衣加薄外套，戴单颗珍珠耳环。

……

这段时间我一直在写作，写得不好，但充满非写不可的冲动和希望。当时我几乎写遍了日后我从事的文类——诗，小说，散文，然后辛辛苦苦把稿子打好字，一共只用四只手指头，到今天我还是这样打字。在大学的阅览室里，我着魔似的苦读当时国内薄薄几份英文的文学杂志（我记得是五份），不明白其中若干诗作为什么会被某个白胡子、上帝一般的编辑认为比我的诗好。

之后我的作品开始在校内的文学刊物发表，然后——借助于写好地址的回邮信封，这是《作家市场》教给我的诀窍——也在那薄薄的、令人向往的五份杂志之一发表了。

……第一次收到文学杂志的采用信时，我一整个星期如在梦中。事实上，我是太震惊了。就连我自己，在内心最最深处，也认为我是在朝遥不可及的目标努力，结果这下子发现原来那目标并非遥不可及。一切愿望都即将实现，仿佛是某场带着模糊威胁意味的梦境，或者让人心想事成的童话故事。我读过太多民间传说——一觉醒来黄金变成煤炭，美貌带着砍掉你双手的诅咒，不可能不知道眼前会有诡计和危险，还有某种可能致命的代价要付。

通过那些文学杂志，也通过校内一些为那些杂志撰稿的教授，我发现了一道秘门。那扇门仿佛开在一座光秃秃的山丘上——像冬天的小山头，或者蚁丘；在不知情的外人眼中，此处毫无生命迹象，但如果你设法得其门而入，便会看见繁忙不已的景象。文学活动的小宇宙就在我眼前运作不停。[①]

［英］玛格丽特·德拉布尔

我自幼生长于书香门第，可以说是饱读诗书。小时候上学时我也

① 艾特伍德．与死者协商——玛格丽特·艾特伍德谈写作．严韻，译．上海：上海三联书店，2007：16.

写点东西，我不知道这是否意味着我有当作家的愿望，我确实喜欢写作（写一些短篇小说，或许是很糟糕的短篇小说，但我确实写了）。许多孩子也写些东西，然后经历了一个中断期，他们中的大多数没有走出来。我在剑桥念完了大学，我读了许多英语作品，在剑桥时我不怎么写东西，因为当时那里没有多少写作的气氛。离开学校后，我才真正开始写我的第一部小说。离开剑桥的那一周我结了婚，我不知道为什么会这样，但确实是这样做了，而且，突然发现自己由于家庭和实际的各种原因而找不到工作。我写第一本小说是因为我发现现实生活与读书生活之间存在着巨大的差异，那时，我确实对作为学生和作为成年人之间的生活差异感到困惑。在写作的过程中，我发现这正是我真正想要的，我的确想写作。因此，这是各种情况综合的结果。有时我怀疑，假如当时我很忙，假如有更多的事情要做，假如我不是因为为人妻而无所事事，假如我不是在艾冯河畔斯特拉特福，那儿没有很多认识的人，我是否还能写出第一本小说。也许还没等我想到要写一本书时，十年就已经过去了。但是，令人高兴的是事情那样发生了，而且，第一本小说一写完，我就知道这就是我真正想要做的事情。①

［日］村上春树

我可以具体说出下决心写小说的时刻，那是一九七八年四月一日下午一点半前后。那一天，在神宫球场的外场观众席上，我一个人一边喝着啤酒，一边观看棒球比赛。神宫球场距离我居住的公寓仅仅一步之遥，而我当时是个热情的养乐多燕子队支持者。天空中一丝儿云也没有，风儿暖洋洋的，是个无可挑剔的阳春佳日。那时候神宫球场外场上还没有设置座椅，只是一面斜坡，长着一片绿草。我躺在草地上，啜饮着啤酒，不时仰面眺望天空，一边观看比赛。一如平日，观众不多。养乐多燕子队在主场迎战本赛季开幕战的对手——广岛鲤鱼

---

①　我是怎样成为作家的——德拉布尔访谈录．屈晓丽，译．当代外国文学，2002（2）.

队。记得养乐多燕子队的投手是安田。他是个五短身材、胖乎乎的投手，善投一手极难对付的变化球。安田第一局轻轻松松叫广岛的进攻无功而返。接着，在第一局的后半场，第一棒击球手、刚从美国来的年轻的外场手戴夫·希尔顿，打出了一个左线安打。球棒准确地击中了快速球，清脆的声音响彻球场。希尔顿迅速跑过一垒，轻而易举地到达二垒。而我下决心“对啦，写篇小说试试”，便是在这个瞬间。我还清晰地记得那晴朗的天空，刚刚恢复了绿色的草坪的触感，以及球棒发出的悦耳声响。在那一刻，有什么东西静静地从天空飘然落下，我明白无误地接住了它。

我并没有野心要当个小说家。我只是一心一意想写一篇小说，甚至连个具体的构思都没有，却觉得“现在，我大概能写出点像样的东西来”。回到家里，坐在书桌前——好，动手写啦！这时候才发现，我连一支正儿八经的钢笔都没有，于是去了新宿的纪伊国屋书店，买回一沓稿纸，和一支一千多日元的水手牌钢笔。一笔小小的投资。

那是春天的事。到了秋天，一部二百来页、每页四百字的作品写完了。觉得心情甚是舒畅，但还不知道如何处理才好，便顺势投稿应征文学杂志的新人奖去了。甚至连复印件都没有拷贝一份，由此可知，我当时一定觉得如果落选，这篇稿子去向不明也无所谓。这就是后来那部以《且听风吟》为名出版的作品。而当时我关切的，说是作品能否得见天日，毋宁说是能否写完。

……翌年初春，《群像》编辑部打来电话，告诉我“你的作品入围最后一轮评选”，当时我已将应征新人奖一事忘到了爪哇国，因为每天的生活实在太忙碌。猛然一听这话，竟一时无法明白对方在说啥，如坠五里雾中：“什么？”总而言之，那部作品获得了新人奖，夏天还推出了单行本。对那本书的评价也算马马虎虎。我年届三十，懵懵懂懂、稀里糊涂、毫无预料地，就成了一名新晋小说家。我自然惊愕不已，周围的人恐怕更诧异。[①]

---

① 村上春树．当我跑步时我谈些什么．施小炜，译．海口：南海出版公司，2009：33.

［英］萨门·拉舍迪

我写作：

因为我爱好虚构，好撒谎。这正是体现了最奇妙的反论，借以非真实揭示出真理的线索来。

因为我喜欢孤独，一个人待在屋子里。

因为我喜爱某种书，尽管这些书尚未出世，但我想总有一天会见天日的。

因为我至今仍未找到一种办法，这就是怎么才能勉励不写作。

因为我还不能找到一个美妙的方法表现自我和外部世界。尤其是这个世界的面目已被有意或无意地涂抹，为了形成如今正在努力重新形成的其本来面目的“我”。

因为只有写，我才能说出我的所思所想。

因为同所有侨居者一样，我应该全部创造出：我，我的世界、一切。

因为还在我孩提时，有人就告诉我，要拥抱书籍。是否由于我不当心，刚才我还把书失落在地上（而他人拥抱的仅仅是书本和面包）。

因为有话要对他人讲，有事要同他人讨论。写作，其部分使命是对某些事物提出不同见解。

因为我从来不知道为什么写作，除非我正在写。

［巴西］若热·亚马多

我写作，首先是为了满足内心的需要和一种不可战胜的欲望。既然是我的一种爱好，那我就不得不写。主题、人物、环境都摆在我的面前，坐在打字机前进行写作是我不可推卸的责任。就这样，我写出了小说。

再者，我写作为的是让他人读我的书，借以给人以影响，促进改判我国的现状，为人民创造更加美好的生活，高高举起斗争和希望的旗帜。

我认为，文学是人民的武器，作家是人民希望和斗争的代言人。

这就是我作为小说家，在我构思创作一部作品时试图做的事。

［西］卡米洛·何塞·塞拉

文学可能是一种报复行为，而我们自己却不去实践它。等到复仇者降生的那一天，也许我已经化为灰烬了。他是要对人们讲起维吉尔和他的《埃涅阿斯记》的。

一本书比起它的作者或复仇者来在阳世存在的时间更长。即在人死后，这酷劣的复仇行为依然不会消失。

那么，是否我们写作全部都是为了报复，甚至不清楚这样做确为何故？我并不排除有这种无意识的可能性。但是，作家写作担心的只是遭受虐待，很少带给我们对原始情况的怀疑和确信，这大概是作家无他人帮助的唯一原因。①

莫言

我的作家梦想是很早就产生了的，那时候，我的邻居是一个大学中文系的被打成右派、开除学籍、下放回家的学生。我与他在一起劳动，起初他还忘不了自己曾经是一个大学生，说起话来文绉绉的。但是严酷的农村生活和艰苦的劳动很快就把他那点知识分子的酸气改造得干干净净，他变成了一个与我一样的农民。在劳动的间隙里，我们饥肠辘辘，胃里泛着酸水。我们最大的乐趣就是聚集在一起谈论食物。大家把自己曾经吃过的或者是听说过的美食讲出来让大家享受，这是真正的精神会餐。说者津津有味，听者直咽口水。大学生说他认识一个作家，写了一本书，得了成千上万的稿费。他每天吃三顿饺子，而且还是肥肉馅的，咬一口，那些肥油就唧唧地往外冒。我们不相信竟然有富贵到每天都可以吃三次饺子的人，但大学生用蔑视的口吻对我们说，人家是作家！懂不懂？作家！从此我就知道了，只要当了作家，就可以每天吃三次饺子，而且是肥肉馅的。每天吃三次肥肉馅饺子，那是多么幸福的生活！天上的神仙也不过如此了。从那时

① 萨门·拉舍迪、若热·亚马多、卡米洛·何塞·塞拉的相关内容均出自：王歌．世界100位作家谈写作．上海：上海文化出版社，1987.

起，我就下定了决心，长大后一定要当一个作家。①

余华

我在“牙齿店”干了五年，观看了数以万计的张开的嘴巴，我感到无聊之极，我倒是知道了世界上什么地方最没有风景，就是在嘴巴里。

当时，我经常站在临街的窗前，看到在文化馆工作的人整日在大街上游手好闲地走来走去，心里十分羡慕。

有一次我问一位在文化馆工作的人，问他为什么经常在大街上游玩？他告诉我：这就是他的工作。

我心想这样的工作我也喜欢。于是我决定写作，我希望有朝一日能够进入文化馆。

当时进入文化馆只有三条路可走：一是学会作曲；二是学会绘画；三就是写作。

对我来说，作曲和绘画太难了，而写作只要认识汉字就行，我只能写作了。

在1983年11月的一个下午，我接到了一个来自北京的长途电话，一家文学杂志让我去北京修改我的小说。

当我从北京改完小说回家时，我才知道我们小小的县城轰动了，我是我们县里历史上第一个去北京改稿的人。

我们县里的官员认为我是一个人才，他们说不能再让我拔牙了，说应该让我去文化馆工作，就这样我进了文化馆。②

严歌苓

我上到一年级就“文革”了。我的启蒙教育很早，我爸爸教我识字大概是四岁，都是自学，第一个最正规的学堂就是哥伦比亚艺术学院。

---

① 张清华，曹霞．看莫言——朋友、专家、同行眼中的诺奖得主．武汉：华中科技大学出版社，2013：12.

② 余华：我是怎么从牙医成为作家的？．记者观察，2018（3）.

我父亲的教育方式是一个自由思考者的教育方式，他先发现你喜欢什么。他也让我拉过小提琴，但是后来觉得我不喜欢就不拉了。他发现我喜欢跳舞就带我去求师，发现我唱歌唱得很好也带我去求师。

他不太禁止我读书，比如什么书是儿童不宜，他不管，他觉得你自己会有鉴别能力的，而且他觉得越小接触大人认为不宜的东西越好，反而不觉得特别神秘和禁忌。

我的母亲比较严格，会禁止我看一些书，我就偷偷地看。

我从 12 岁到军队的文工团，跳了 8 年舞蹈。

最早是 1979 开始写作。我们部队参加自卫反击战，当时记者很少，我说我想去，就批准我去了。我到后方的野战医院开始采访，采访伤员、从前线撤下来的小战士，有一天夜里就来了一千多个。采访他们以后就觉得，舞蹈这个东西太不能表达我自己了。就像我爸爸当年从画家转行成作家一样，我也大概是从那次转行成了一个写作的人。

当时我写了几首小诗，都发表了，因为很缺这样的文章，就给了我一个三等功。我又去了一次前线，就使我彻底转行了，转到创作组。[①]

贾平凹

记得 40 年前，当时我 20 多岁，在西安有一帮人是业余作者，都非常狂热，当时组成了一个文学团社，我给这个团社取名“群木文学社”，意思就是一棵树长起来特别不容易，因为容易长歪长不高，许多树木一起长的时候，虽然拥挤，但是在拥挤之中都会往上长，容易长得高、长得大。

现在陕西很多知名作家当时都是“群木社”的。那时我们条件特别差，但是热情特别高，也不梦想在各单位当科长、处长，大家都很年轻，也不急着谈恋爱，一心只是想着文学，一见面就是谈文学，要么就是写东西。那个时候写东西就像小母鸡下蛋一样，焦躁不安，叫声连天，生下来还是一个小蛋，而且蛋皮上还带着血。从那时一路走

① 朱又可．严歌苓：我到哪里都是边缘人．南方周末，2015－01－25.

过来，走到今天，回想起来有喜悦、有悲苦，写出来作品就像莲开放一样喜悦，遇到了挫败就特别悲苦，这种悲苦是说不出来的。①

路遥

伯父也是农民，没有孩子，我到了这里可以上学。上学很艰难，很穷。好在学校离家五里路，可以回家吃饭。当时，衣衫褴褛，裤子破了不敢到别人面前，有人恶作剧，专门把我拉到人群里，惹得哄堂大笑，我很伤心。

后来，喜爱看书，看书是一贯的，范围广，读了许多其他的书，接触了一些文学著作，感到在这方面有才能，试着写一些东西，自尊心建立起来。……在县城做过零星的工作，做过宣传工作，当过县剧团编剧，宣传过毛主席著作。1973 年推荐上了大学，是工农兵学员，那些大学都不要我，最后延安大学收留了我，学习 3 年，到《延河》编辑部，一直到 1982 年，专业创作。②

我们看到，作家们从事写作的原因各不相同。有偶然走上写作之路的，有因为热爱而走上写作之路的，有别无选择而写作的，有因为自身心理需要而写作的，还有为了某种崇高的目标而从事写作的。总而言之，从事写作的理由有很多种，每个人的驱动力也各不相同。但是，无论如何，写作都是作家的生活方式。既然选择了写作这条路，就要准备接受作家的生活方式。

写作思考

如何让写作成为自己的生活方式？

第三节 情怀与思想

福克纳曾经说过，做一位作家需要三个条件：经验、观察、想

① 贾平凹．我是怎么当上作家的．群言，2017（2）．

② 路遥是怎样成为作家的．中国青年报，2020-04-23．

象。有了其中两项——有时只要有了其中一项——就可以弥补另外一两项的不足。

很显然，这只是福克纳的意见，仅仅这三个条件恐怕是不够的。根据前两节关于成为作家的条件以及对作家写作理由的探讨，我们对作家是怎样的一类人应该有了大概的了解。在此总结一下。

1. 作家是讲故事的人

马尔克斯不只一次在访谈当中强调自己是一个讲故事的人。毛姆也不只一次说过："我就是一个讲故事的人，我从来不假装自己是别的什么。"新西兰女作家莲达·陈崴-尔利说："我是一个用心灵讲故事的人。"英国女作家、2007 年诺贝尔文学奖获得者多丽丝·莱辛也说，她只是个讲故事的人，她对文学能否推动社会的进步表示怀疑。

莫言在获得诺贝尔文学奖后，在瑞典文学院的演讲就用了"讲故事的人"为题。他在演讲中多次提到自己是个讲故事的人："在军营的枯燥生活中，我迎来了八十年代的思想解放和文学热潮，我从一个用耳朵聆听故事，用嘴巴讲述故事的孩子，开始尝试用笔来讲述故事。""我该干的事情其实很简单，那就是用自己的方式，讲自己的故事。"他在演讲快结束的时候说："我是一个讲故事的人。因为讲故事我获得了诺贝尔文学奖。我获奖后发生了很多精彩的故事，这些故事，让我坚信真理和正义是存在的。今后的岁月里，我将继续讲我的故事。"

为什么这么多作家都强调自己是个讲故事的人呢？其实，从某种意义上说，文学自从诞生之日起，就和故事有着不可分割的联系。在古希腊，我们看到《荷马史诗》中最大的力量就来自故事。在中国，神话传说是文学中重要的组成部分。从古代时期开始，作家就是一群讲故事的人。无论是小说家、戏剧作家甚至是诗人，他们都在努力为读者讲个好故事。

故事是让人类了解同类的工具，也是人类相互交流的工具。我们交朋友都是从分享彼此的故事开始。这说明故事本身拥有巨大的魅力和力量。

对于作家而言，故事更是表达思考、传递情感和塑造人物的载体。

有了故事，我们的表达就不再那么枯燥乏味，不再那么难以理解。

2. 作家是能够独立思考的人

人类发展至今，已经形成了庞大的关于政治、经济、文化、科学等各方面的认识，并有了庞大的影响人类的固定的观念和思考。然而，人类需要继续进步，所以突破这些既有的观念是人类必须要做的事情。因而，很多有识之士都呼吁我们要做一个有独立思考的人。孔子说："学而不思则罔。"历史学家陈寅恪说："惟此独立之精神，自由之思想，历千万祀，与天壤而同久，共三光而永光。"哲学家尼采说："真正独立思考的人，在精神上是君主。"数学家华罗庚说："独立思考能力是科学研究和创造发明的一项必备才能。在历史上任何一个较重要的科学上的创造和发明，都是和创造发明者的独立地、深入地看问题的方法分不开的。"发明家爱迪生说："不下决心培养思考习惯的人，便失去了生活中最大的乐趣。"法国诗人、文艺批评家布瓦洛说："你们要学习思考，然后再来写作。"茅盾说："人类的头脑，本来是具有独立思考的能力的。如果没有，人类就不能从'蠢如鹿豕'进化到文明。但是人类的这个天赋，是在生活斗争中不断碰到矛盾而又不断解决矛盾的过程中逐渐发达起来的。前人的经验和独立思考的成果，应当是后人所借以进行独立思考的资本，而不是窒息独立思考的偶像。"

对于作家来说，独立思考尤为重要。从某种意义上说，文学和历史都是记录人类生活的工具。但是，历史学家致力于记录历史事实，并且企图站在社会全体的高度来为人类代言。但在正史之外，人类还需要站在个体角度来记录人类生活。而这，就是文学的使命，也是作家的使命。所以，巴尔扎克说过："小说被认为是一个民族的秘史。"陈忠实的《白鹿原》的扉页，也写着这样一句话。可见作家们对于独立记录的重视。独立记录的一个前提就是：作家要有自己的独立思考。没有独立思考，就无法独立记录。

另外，如前文所说，作家的写作首先在于发现。而发现的关键，就在于作家的独立思考。没有独立思考的写作者，只是一个记录员，或者是应声虫，算不上真正的作家。

3. 作家是关注社会、关注现实的人

文学本质上有两个世界：一个是外在世界，一个是内在世界。而外在世界，除了历史上的世界外，还包括我们当下的世界。一位作家不可能一辈子只写自己，即便是写自己，也无法让自己脱离与外部世界的关联。所以，作家关注社会、关注现实，是因为外在世界也是自己写作的巨大素材库。从某种意义上说，作家是世界的记录者。如果一位作家不关注社会、不关注现实，那他就无法记录这个世界。我们看到，古往今来的作家们，无一不是关注社会和现实的人。托尔斯泰听说有人卧轨自杀，就去现场了解情况，还看了死者的解剖，最终才写了《安娜·卡列尼娜》；司汤达正是出于对复辟时期社会阶层固化的社会现实的不满，才写了《红与黑》；路遥的《平凡的世界》，更是对自己脚下那片土地最深沉的凝视。

另外，作家之所以关注社会、关注现实，是因为作家对于这个世界倾注了巨大的爱。爱是作家写作的动力之一，也是作家对世界的态度。因为爱，所以才会带着热情去思考这个世界、记录这个世界。正如艾青诗中所说："为什么我的眼里常含泪水？因为我对这土地爱得深沉。"

4. 作家是勤奋的人

当然，作家还是一个非常勤奋的人，关于这一点，路遥阐述得比较清楚：

> 搞文学，具备这方面的天资当然是重要的，但就我来说，并不重视这项东西。我觉得，作品在某种意义上，不完全是智慧的产物，更主要的是毅力和艰苦劳动的结果。
>
> 从工作特点来看，作家是个体劳动者。这种独立性的劳动非常艰苦，不能指靠别人来代替。任何外在的帮助，都不可能缓减这种劳动的内在紧张程度。有时候，一旦进入创作过程（尤其是篇幅较大的作品），如同进入茫茫的沼泽地，前不着村，后不靠店，等于一个人孤零零地在稿纸上进行一场不为人所知的长征。……遇到这

样的情况，除过对自己所写的东西保持清醒的头脑以外，最重要的就是要咬着牙，一步一步向前跋涉。要想有所收获，达到目标，就应当对自己残酷一点！

文学创作的艰苦性还在于它是一种创造性的劳动，任何简单的创造都要比复杂的模仿困难得多。平庸的作家会反复制造出一堆又一堆被同样平庸的评论家所表扬的文学废品，而任何一个严肃认真的作家，为寻找一行富有创造性的文字，往往就像在沙子里面淘金一般不容易。如果说创作还有一点甜头，那么，这种甜头只有在吃尽苦头以后才能尝到。

为了适应这种艰苦的、创造性劳动的需要，我们必须一开始就培养自己的优良品质。

首先要有坚强的性格。一个软弱的人不能胜任这项长期艰苦的劳动。性格的坚定是建立在信仰的坚定这个基础上的。

一个人要是对社会、事业等等方面没有正确的认识和坚定的信仰，也就不可能具有性格的坚定性。而一个经常动摇的人怎么可能去完成一项艰难困苦的事业？

对生活应该永远抱有热情。对生活无动于衷的人是搞不成艺术创作的。艺术作品都是激情的产物。如果你自己对生活没有热情，怎么能指望你的作品去感染别人？当然，这种热情决不是那种简单的感情冲动。它必须接受成熟的思想和理智的指导。

应该有自我反省的精神。如果说，一个人的进取精神是可贵的，那么，一个人的自我反省精神也许更为可贵。尤其是搞创作的人，这是一个最重要的品质。一个对自己经常抱欣赏态度的作家是不会有什么出息的，应该经常检讨自己，要有否定自己的勇气。[①]

归根结底，一位好作家必须是个有独立思考的人、有情怀的人、会讲故事的人，还必须是一个勤奋的人。而思想和情怀，最终会决定一位作家站多高、走多远。

---

① 路遥．作家的劳动．作文周刊（高考版），2014（3）．

写作思考

根据前面的探讨，思考自己的写作之路，问自己三个问题：写作之路，要不要走下去？如何走下去？朝哪里走下去？

内容小结

关于成为作家的条件，有很多种说法，有些是个体的经验，有些是研究后的思考。事实上，作家的养成，既是一个偶然事件，也是一个必然事件。每个作家都有自己成为作家的理由，也有自己从事写作的理由。但是，作家最重要的三个身份无疑是：讲故事的人、独立思考的人，以及关注现实和社会的人。因为情怀和思想，会决定一个作家站多高、走多远。

课堂设计

【课堂形式】

桌椅以分组的形式摆放。三到五名写作者一个小组。所有写作者准备纸笔或电脑，随时准备课堂训练。

【课堂流程】

第一个环节：思考讨论

请每个人列出三条以上成为作家的条件，并说出理由。

第二个环节：课堂讨论与教师总结

课堂讨论，将大家所列举的成为作家的条件拿出来，进行归类，然后逐条进行讨论：你的观念是怎样的？你觉得还有哪些条件是成为作家所必需的？

第三个环节：思考与讨论

认真思考一下，你为什么而写作？你的写作的驱动力是否支撑着你坚持下去？

第四个环节：教师分享

教师分享一些作家怎样成为作家的经历。最后总结：从事写作的理由有很多种，每个人的驱动力也各不相同。但是，无论如何，写作都是作家的生活方式。

第五个环节：课堂总结

作家最重要的几个身份无疑是：讲故事的人、独立思考的人、关注现实和社会的人，以及勤奋的人。

精品写作课

作家的诞生——12位殿堂级作家的写作课

中国人民大学刁克利教授10余年研究成果倾力呈现，横跨2800年人类文学史，走近12位殿堂级写作大师，向经典作家学写作，人人都能成为作家。

荷马：作家第一课，如何处理作品里的时间？

但丁：游历于地狱、炼狱和天堂，如何构建文学的空间？

莎士比亚：如何从小镇少年成长为伟大的作家？

华兹华斯和弗罗斯特：自然与作家如何相互成就？

勃朗特姐妹：怎样利用有限的素材写作？

马克·吐温：作家如何守望故乡，如何珍藏童年，如何书写一个民族的性格和成长？

亨利·詹姆斯：写作与生活的距离，作家要在多大程度上妥协甚至牺牲个人生活？

菲兹杰拉德：作家与时代、与笔下人物之间的关系？

劳伦斯：享有身后名，又不断被诋毁、误解和利用，个人如何表达时代的伤痛？

毛姆：出版商的宠儿，却得不到批评家的肯定。选择经典还是畅销？

作家的诞生
——12位殿堂级作家的写作课

一个故事的诞生——22堂创意思维写作课

郝景芳和创意写作大师们的写作课，国内外知名作家、写作导师多年创意写作授课经验提炼而成，汇集各路写作大师的写作法宝。它将告诉你，如何从一个种子想法开始，完成一个真正的故事，并让读者沉浸其中，无法自拔。

郝景芳：故事是我们更好地去生活、去理解生活的必需。

故事诞生第一步：激发故事创意的头脑风暴练习。

故事诞生第二步：让你的故事立起来。

故事诞生第三步：用九个句子描述你的故事。

故事诞生第四步：屡试不爽的故事写作法宝。

创意写作书系

这是一套广受读者喜爱的写作丛书，系统引进国外创意写作成果，推动本土化发展。它为读者提供了一把通往作家之路的钥匙，帮助读者克服写作障碍，学习写作技巧，规划写作生涯。从开始写，到写得更好，都可以使用这套书。

综合写作		
书名	作者	出版日期
成为作家	多萝西娅·布兰德	2011 年 1 月
一年通往作家路——提高写作技巧的 12 堂课	苏珊·M. 蒂贝尔吉安	2013 年 5 月
创意写作大师课	于尔根·沃尔夫	2013 年 6 月
作家创意手册	杰克·赫弗伦	2015 年 1 月
与逝者协商——布克奖得主玛格丽特·阿特伍德谈写作	玛格丽特·阿特伍德	2019 年 10 月
心灵旷野——活出作家人生	纳塔莉·戈德堡	2018 年 2 月
渴望写作——创意写作的五把钥匙	格雷姆·哈珀	2022 年 6 月
诗性的寻找——文学作品的创作与欣赏	刁克利	2013 年 10 月
从创意到畅销书——修改与自我编辑	詹姆斯·斯科特·贝尔	2016 年 1 月
来稿恕难录用——为什么你总是被退稿	杰西卡·佩奇·莫雷尔	2018 年 1 月
虚构写作		
小说写作教程——虚构文学速成全攻略	杰里·克里弗	2011 年 1 月
开始写吧！——虚构文学创作	雪莉·艾利斯	2011 年 1 月
冲突与悬念——小说创作的要素	詹姆斯·斯科特·贝尔	2014 年 6 月
情节与人物——找到伟大小说的平衡点	杰夫·格尔克	2014 年 6 月
人物与视角——小说创作的要素	奥森·斯科特·卡德	2019 年 3 月
情节线——通过悬念、故事策略与结构吸引你的读者	简·K. 克莱兰	2022 年 1 月
经典人物原型 45 种——创造独特角色的神话模型（第三版）	维多利亚·林恩·施密特	2014 年 6 月
经典情节 20 种（第二版）	罗纳德·B. 托比亚斯	2015 年 4 月
情节！情节！——通过人物、悬念与冲突赋予故事生命力	诺亚·卢克曼	2012 年 7 月
如何创作炫人耳目的对话	詹姆斯·斯科特·贝尔	2016 年 11 月
超级结构——解锁故事能量的钥匙	詹姆斯·斯科特·贝尔	2019 年 6 月
故事工程——掌握成功写作的六大核心技能	拉里·布鲁克斯	2014 年 6 月
故事力学——掌握故事创作的内在动力	拉里·布鲁克斯	2016 年 3 月
畅销书写作技巧	德怀特·V. 斯温	2013 年 1 月
30 天写小说	克里斯·巴蒂	2013 年 5 月
从生活到小说（第二版）	罗宾·赫姆利	2018 年 1 月
小说创作谈	大卫·姚斯	2016 年 11 月
写小说的艺术	安德鲁·考恩	2015 年 10 月
成为小说家	约翰·加德纳	2016 年 11 月
小说的艺术	约翰·加德纳	2021 年 7 月

非虚构写作		
开始写吧！——非虚构文学创作	雪莉·艾利斯	2011 年 1 月
写作法宝——非虚构写作指南	威廉·津瑟	2013 年 9 月
故事技巧——叙事性非虚构文学写作指南	杰克·哈特	2012 年 7 月
光与热——新一代媒体人不可不知的新闻法则	迈克·华莱士	2017 年 3 月
自我与面具——回忆录写作的艺术	玛丽·卡尔	2017 年 10 月
写出心灵深处的故事——非虚构创作指南	李华	2014 年 1 月
写我人生诗	塞琪·科恩	2014 年 10 月
类型及影视写作		
金牌编剧——美剧编剧访谈录	克里斯蒂娜·卡拉斯	2022 年 1 月
开始写吧！——影视剧本创作	雪莉·艾利斯	2012 年 7 月
开始写吧！——科幻、奇幻、惊悚小说创作	劳丽·拉姆森	2016 年 1 月
开始写吧！——推理小说创作	劳丽·拉姆森	2016 年 7 月
弗雷的小说写作坊——悬疑小说创作指导	詹姆斯·N. 弗雷	2015 年 10 月
好剧本如何讲故事	罗伯·托宾	2015 年 3 月
经典电影如何讲故事	许道军	2021 年 5 月
童书写作指南	玛丽·科尔	2018 年 7 月
网络文学创作原理	王祥	2015 年 4 月
写作教学		
小说写作——叙事技巧指南（第十版）	珍妮特·伯罗薇	2021 年 6 月
剑桥创意写作导论	大卫·莫利	2022 年 6 月
你的写作教练（第二版）	于尔根·沃尔夫	2014 年 1 月
创意写作教学——实用方法 50 例	伊莱恩·沃尔克	2014 年 3 月
创意写作思维训练	丁伯慧	2022 年 6 月
故事工坊（修订版）	许道军	2022 年 1 月
大学创意写作·文学写作篇	葛红兵 许道军	2017 年 4 月
大学创意写作·应用写作篇	葛红兵 许道军	2017 年 10 月
小说创作技能拓展	陈鸣	2016 年 4 月
青少年写作		
会写作的大脑 1——梵高和面包车（修订版）	邦妮·纽鲍尔	2018 年 7 月
会写作的大脑 2——怪物大碰撞（修订版）	邦妮·纽鲍尔	2018 年 7 月
会写作的大脑 3——33 个我（修订版）	邦妮·纽鲍尔	2018 年 7 月
会写作的大脑 4——亲爱的日记（修订版）	邦妮·纽鲍尔	2018 年 7 月
奇妙的创意写作——让你的故事和诗飞起来	卡伦·本基	2019 年 3 月
成为小作家	李君	2020 年 12 月
写作魔法书——让故事飞起来	加尔·卡尔森·莱文	2014 年 6 月
写作魔法书——28 个创意写作练习，让你玩转写作（修订版）	白铅笔	2019 年 6 月
写作大冒险——惊喜不断的创作之旅	凯伦·本克	2018 年 10 月
小作家手册——故事在身边	维多利亚·汉利	2019 年 2 月
北大附中创意写作课	李韧	2020 年 1 月
北大附中说理写作课	李亦辰	2019 年 12 月

图书在版编目（CIP）数据

创意写作思维训练 / 丁伯慧著 . -- 北京：中国人民大学出版社，2022.6
（创意写作书系）
ISBN 978-7-300-30673-5

Ⅰ.①创… Ⅱ.①丁… Ⅲ.①文学写作学 Ⅳ.①I04

中国版本图书馆 CIP 数据核字（2022）第 093632 号

创意写作书系
创意写作思维训练
丁伯慧　著
Chuangyi Xiezuo Siwei Xunlian

出版发行	中国人民大学出版社		
社　　址	北京中关村大街 31 号	**邮政编码**	100080
电　　话	010－62511242（总编室）		010－62511770（质管部）
	010－82501766（邮购部）		010－62514148（门市部）
	010－62515195（发行公司）		010－62515275（盗版举报）
网　　址	http://www.crup.com.cn		
经　　销	新华书店		
印　　刷	天津中印联印务有限公司		
规　　格	160 mm×235 mm　16 开本	**版　　次**	2022 年 6 月第 1 版
印　　张	23.25 插页 1	**印　　次**	2022 年 6 月第 1 次印刷
字　　数	312 000	**定　　价**	57.00 元